BESTSELLER

Ken Follett nació en Cardiff (Gales), pero cuando tenía diez años su familia se trasladó a Londres. Se licenció en filosofía en la Universidad de Londres y posteriormente trabajó como reportero del *South Wales Echo*, el periódico de su ciudad natal. Más tarde consiguió trabajo en el *Evening News* de la capital inglesa y durante esta época publicó, sin mucho éxito, su primera novela. Dejó el periodismo para incorporarse a una editorial pequeña, Everest Books, y mientras tanto continuó escribiendo. Fue su undécima novela la que se convirtió en su primer gran éxito literario.

Ken Follett es uno de los autores más queridos y admirados por los lectores en el mundo entero y la venta total de sus libros supera los ciento cincuenta millones de ejemplares.

Está casado con Barbara Follett, activista política que fue representante parlamentaria del Partido Laborista durante trece años. Viven en Stevenage, al norte de Londres. Para relajarse, asiste al teatro y toca la guitarra con una banda llamada Damn Right I Got the Blues.

En 2010 fue galardonado con el Premio Qué Leer de los lectores por *La caída de los gigantes*.

Para más información, visite la página web del autor: www.kenfollett.es.

Biblioteca
KEN FOLLETT

Triple

Traducción de
Mirta Arlt

DEBOLS!LLO

Título original: *Triple*

Primera edición con esta portada: mayo, 2016

Printed in Spain – Impreso en España

ISBN: 978-84-9759-312-0 (vol. 98/5)
Depósito legal: B-8.966-2016

Compuesto en Fort, S. A.

Impreso en Novoprint
Sant Andreu de la Barca (Barcelona)

P 8 9 3 1 2 B

Penguin
Random House
Grupo Editorial

Se puede considerar que la única dificultad para hacer cualquier tipo de bomba de fisión es la preparación de una cantidad de material fisionable de adecuada pureza; el diseño de la bomba misma es relativamente simple.

Encyclopedia Americana

PRÓLOGO

Una vez, sólo una vez, estuvieron todos juntos.

Se volvieron a encontrar hace muchos años, cuando eran jóvenes, antes de que todo esto sucediera; pero el encuentro deja sombras que duran décadas.

Era el primer domingo de noviembre de 1947, para ser exacto; y cada uno de los hombres era presentado a los demás; naturalmente, durante unos minutos estuvieron todos en una misma habitación. Algunos de inmediato olvidaron las caras que vieron y los nombres que escucharon en las presentaciones. Algunos en realidad olvidaron el día por completo; y cuando se volvió tan importante, veinte años más tarde, tuvieron que aparentar que recordaban; mirar las fotografías descoloridas y murmurar «¡Ah, sí!», como si les resultara conocido.

La primera de las reuniones fue una coincidencia, pero no demasiado asombrosa. Eran hombres jóvenes y capaces; destinados a tener poder, a tomar decisiones, e impulsar cambios, cada uno a su manera, en sus diferentes países; y este tipo de jóvenes a menudo se encuentra en lugares como la Universidad de Oxford. Además, cuando sucedió todo esto, los que no estaban implicados inicialmente se vieron envueltos en el asunto simplemente porque habían conocido a los demás en Oxford.

Sin embargo, cuando ocurrió no pareció un encuentro histórico. Era simplemente otra reunión social en un lugar donde había muchas reuniones sociales con jerez (y, los no graduados agregaban, poco jerez). Era una ocasión carente de acontecimientos de interés. Bueno, casi.

Al Cortone golpeó la puerta y aguardó en el vestíbulo a que un hombre muerto le abriera.

La sospecha de que su amigo estaba muerto se había convertido en una certeza en los últimos tres años. Primero Cortone había oído que Nat Dickstein había caído prisionero. Luego, cuando estaba a punto de acabar la guerra, comenzaron a circular historias acerca de lo que les estaban haciendo a los judíos en los campos de concentración nazis. Y, al final, la triste verdad se supo.

Oyó cómo, al otro lado de la puerta, un fantasma deslizaba una silla por el suelo y caminaba torpemente.

Cortone se sintió súbitamente nervioso. ¿Y si Dickstein estuviera inválido, deformado, o acaso mentalmente desequilibrado? Él nunca había sabido cómo manejarse con los inhabilitados físicos o con los dementes, además sólo estuvieron juntos unos días, allá por 1943. ¿Cómo sería Dickstein ahora?

La puerta se abrió.

—Hola, Nat —dijo Cortone.

Dickstein se quedó mirándolo y luego le dedicó una amplia sonrisa. Respondió con una de sus frases hechas:

—¿Te has caído del cielo?

Cortone sonrió aliviado. Se estrecharon las manos, se palmearon las espaldas y se dijeron las típicas frases «afectuosas» de la jerga de cuartel; luego entraron.

Dickstein tenía una habitación en una antigua casa de techos altos, en uno de los barrios viejos de la ciudad. En la habitación había una cama individual perfectamente hecha, como en el ejército; un armario de madera oscura, con una cómoda haciendo juego; y una mesa llena de libros, ante una ventana pequeña. Cortone pensó que la habitación se veía desnuda. Si él hubiera vivido allí, se habría rodeado de objetos personales para que el lugar pareciera más acogedor: fotografías de su familia, recuerdos de las cataratas del Niágara y Miami Beach, su trofeo de fútbol de la High School.

—¿Cómo me has encontrado? —quiso saber Dickstein.

—No ha sido fácil. —Cortone se quitó la chaqueta del uniforme y la dejó sobre la pequeña cama—. Llevo buscándote desde ayer.

Echó una mirada al único sillón que había en la habitación; tenía los posabrazos desportillados, un resorte asomaba por los descoloridos crisantemos de la tela estampada y le faltaba una pata que había sido reemplazada por un ejemplar del *Teeteto* de Platón.

—¿Los seres humanos pueden sentarse ahí?

—Si pasan de la jerarquía de sargentos no. Pero...

—De todos modos no pertenecen al género humano.

Los dos rieron; era una antigua broma. Dickstein trajo un sillón que tenía ante la mesa y miró a su amigo atentamente.

—Estás más gordo.

Cortone se palmeó la barriga.

—Vivimos bien en Francfort. Realmente te perdiste el ser desmovilizado. —Se inclinó y bajó la voz—. He hecho una fortuna. Joyería, porcelanas, antigüedades; todo comprado con cigarrillos y jabón. Los alemanes se están muriendo de hambre, y lo mejor es que las chicas son capaces de hacer cualquier cosa por un Tootsie Roll.

Volvió a echarse hacia atrás en el asiento, esperando escuchar las risas de Dickstein, pero éste se quedó mirándolo sin decir nada. Desconcertado, Cortone cambió de tema.

—Tú eres cualquier cosa menos gordo.

Al principio se había sentido tan aliviado de ver a Dickstein aún entero y sonriendo que no se había dado cuenta de lo delgado que estaba su amigo. Se le veía demacrado. Nat Dickstein siempre había sido bajo y menudo, pero ahora parecía un saco de huesos. La piel sin vida y con palidez mortal, y los grandes ojos castaños tras los anteojos de armazón de plástico, acentuaban el efecto. Entre el borde de las medias y botamanga del pantalón asomaban unos esqueléticos centímetros de pierna. Cuatro años atrás Dickstein había sido trigueño, musculoso, fuerte como las suelas de cuero de sus botas de militar del ejército británico. Cuando Cortone hablaba de su camarada inglés, cosa que hacía a menudo, decía, «es el cretino más fuerte y el mejor soldado que jamás haya salvado mi cretina vida, y no lo estoy diciendo en broma».

—¿Gordo? No —dijo Dickstein—. Este país aún está bajo un racionamiento riguroso, compañero, pero nos las arreglamos para ir tirando.

—Hemos pasado por peores...

Dickstein sonrió.

—Y hemos sobrevivido.

—A ti te hicieron prisionero.

—En La Molina.

—¿Cómo te cogieron?

—Muy fácil. —Dickstein se encogió de hombros—. Recibí un balazo en la pierna y perdí el conocimiento. Cuando me desperté, estaba en un furgón alemán.

Cortone le miró a las piernas.

—¿Conseguiste salvarla?

—Tuve suerte. En el vagón del tren que transportaba prisioneros de guerra iba un médico.

Cortone asintió.

—Y luego el campo...

Pensó que quizá no debería preguntar, pero quería saber.

Dickstein desvió la mirada.

—Todo iba más o menos bien hasta que descubrieron que era judío —explicó—. ¿Quieres una taza de té? No puedo permitirme comprar whisky.

—No. —Cortone pensó que hubiera sido mejor no haber hablado—. De todos modos ya no bebo whisky por la mañana. Ahora la vida ya no me parece tan corta como antes.

Dickstein volvió a mirar a Cortone.

—Decidieron descubrir cuántas veces se podía romper una pierna por el mismo lugar y volver a soldarse.

—Dios santo —murmuró Cortone.

—Ésa fue la mejor parte —continuó Dickstein en voz baja y monótona. Volvió a desviar la mirada.

—Hijos de puta —dijo Cortone. No sabía qué decir. Entonces se dio cuenta de la extraña expresión que dominaba el rostro de Dickstein. Era miedo, y le resultó extraño descubrirlo. Después de todo, aquello ya había pasado. ¿No era así?— Bueno, diablos, al final ganamos —dijo palmeando el hombro de Dickstein, quien forzó una sonrisa.

—Así es... Bien, dime, ¿qué estás haciendo en Inglaterra? ¿Y cómo me has encontrado?

—Bueno, decidí parar en Londres antes de continuar de viaje de vuelta a Buffalo. Fui a la Oficina de Guerra... —Cortone vaciló. Había ido a la Oficina de Guerra para saber cómo y dónde había muerto Dickstein—. Me dieron una dirección en Stepney —continuó—, pero cuando llegué allí, sólo había una casa en pie en toda la manzana. En esa casa, cubierto de polvo, me encontré a un viejo...

—Tommy Coster.

—Exactamente. Bueno, después de tomar diecinueve

tazas de té y de escuchar la historia de su vida, me dijo que fuera a otra casa que estaba a la vuelta de la esquina, donde vive tu madre. Ella me invitó a más té y también me explicó su vida. Cuando por fin me dio tu dirección ya era demasiado tarde para coger el último tren a Oxford, así que decidí esperar y venir a verte esta mañana... Y aquí estoy. No estaré mucho tiempo; mi barco sale mañana.

—¿Ya tienes la baja?

—Dentro de tres semanas, dos días y noventa y cuatro minutos.

—¿Qué vas a hacer cuando estés en casa?

—Administrar los negocios de la familia, en estos dos últimos años he descubierto que soy un gran hombre de negocios.

—¿Qué tipo de negocios tiene tu familia? Nunca me hablaste de ello.

—Transporte en camiones —contestó Cortone sin querer extenderse en más explicaciones—. ¿Y tú? ¿Qué haces en la Universidad de Oxford? ¡Por Dios!, no me digas que a estas alturas estás estudiando.

—Literatura hebrea.

—Estás bromeando...

—Podía escribir hebreo antes de ir al colegio; ¿nunca te lo dije? Mi abuelo era un estudioso. Vivía en un cuarto hediondo de una casa de comidas que había en Mile End Road. Yo iba allí todos los sábados y domingos desde antes de tener uso de razón, y nunca me quejé por ello, al contrario, me encantaba. De todos modos, ¿qué otra cosa podría estudiar?

Cortone se encogió de hombros.

—No lo sé; física atómica, dirección de empresas... ¡Yo qué sé! Además, ¿por qué tienes que estudiar algo?

—Para llegar a ser feliz, inteligente y rico.

Cortone sacudió la cabeza.

—Loco como siempre. ¿Hay muchas chicas por aquí?

—Muy pocas. Además estoy ocupado.

—Mentiroso. —Le pareció que Dickstein se sonrojaba—. Estás enamorado, vamos... ¿Crees que no me doy cuenta? ¿Quién es ella?

—Bueno, a decir verdad... —Dickstein estaba confundido—. No pue... Está lejos. Es la esposa de un profesor. Exótica, inteligente, la mujer más hermosa que he conocido en mi vida.

—No parece que tengas muchas posibilidades con ella, Nat —dijo Cortone.

—Lo sé, pero... —Dickstein se puso de pie—. Vas a tener la oportunidad de conocerla.

—¿Me la vas a presentar?

—El profesor Ashford da una fiesta en la que habrá jerez. Estoy invitado. Iba a irme en este momento, antes de que tú llegaras. —Dickstein se puso la chaqueta.

—Una fiesta en Oxford —dijo Cortone—. ¡Cuando esto se sepa en Buffalo!

Era una fría y despejada mañana. Los rayos pálidos del sol desleían las paredes de piedra ocre de los viejos edificios de la ciudad. Caminaban en silencio, con las manos en los bolsillos y encorvados para protegerse del frío viento de noviembre. Cortone iba murmurando: «Sueño sobre sueño, mierda.»

Había poca gente por las calles, sin embargo no habrían caminado más de un kilómetro cuando Dickstein señaló a un hombre alto, con una bufanda de estudiante al cuello, que caminaba por la acera de enfrente.

—Ahí va el ruso —dijo, y gritó—: ¡Eh! ¡Rostov!

El hombre levantó la cabeza, agitó la mano y cruzó la calle. Llevaba el pelo cortado al rape como en el ejército, y era demasiado alto y delgado para el traje que llevaba. Cortone estaba empezando a creer que todo el mundo era delgado en el país.

—Rostov está en Balliol, en el mismo *college* que yo —le explicó Dickstein—. David Rostov te presento a Alan Cortone. Al y yo estuvimos en Italia juntos durante un tiempo. ¿Ibas a la casa de Ashford?

El ruso asintió.

—Cualquier cosa por un trago gratis.

—¿Usted también está interesado por la literatura hebrea? —le preguntó Cortone.

—No, yo estoy estudiando economía burguesa —contestó Rostov.

Dickstein soltó una estruendosa carcajada, dejando desconcertado a Cortone. Dickstein explicó.

—Rostov es de Smolensko. Es miembro del Partido Comunista de la Unión Soviética —explicó Dickstein, pero Cortone seguía sin entender qué le había hecho tanta gracia.

—Creía que nadie podía salir de Rusia —dijo.

Rostov le explicó que su padre era diplomático en Japón cuando estalló la guerra. Tenía una expresión seria, pero ocasionalmente se permitía una sonrisa astuta. Aunque su inglés era imperfecto, se las ingenió para que Cortone comprendiera que se sentía ciertamente superior a él. Cortone dejó de prestarle atención y pensó cómo podía haber llegado a querer a Dickstein como si fuera su propio hermano, pelear hombro con hombro junto a él y ahora que se había convertido en un estudiante de literatura hebrea advertir que nunca lo había conocido de verdad.

—¿Has decidido ya si irás a Palestina? —preguntó entonces Rostov a Dickstein.

—¿A Palestina? —preguntó Cortone—. ¿Para qué?

Dickstein pareció inquietarse:

—Aún no.

—Deberías ir —dijo Rostov—. La Jewish National Home contribuirá a deshacer los últimos restos del Imperio británico en Oriente Próximo.

—¿Ésa es la línea del partido? —preguntó Dickstein con una desvaída sonrisa.

—Sí —dijo Rostov seriamente—. Tú eres socialista...

—De algún modo.

—... y es muy importante que el nuevo Estado sea socialista.

Cortone no lo podía creer.

—Los árabes están matando a tu gente en Palestina. Diablos, Nat; ¡acabas de librarte de los alemanes!

—Todavía no he decidido lo que voy a hacer —repitió Dikstein, sacudiendo la cabeza irritado—. No sé lo que haré. —Era evidente que no quería hablar del asunto.

Caminaban deprisa. El rostro de Cortone estaba helado, pero su cuerpo transpiraba bajo su uniforme de invierno. Rostov y Dickstein comenzaron a discutir un episodio escandaloso: un hombre llamado Mosley —el nombre no le decía nada a Cortone— había sido persuadido para ir a Oxford y pronunciar un discurso ante el monumento en memoria de los mártires. Mosley, por lo que Cortone pudo entender, era un fascista, y Rostov sostenía que el incidente probaba hasta qué punto la democracia social estaba más cercana al fascismo que al comunismo. Dickstein argumentaba que los estudiantes que habían organizado todo aquello simplemente intentaban llamar la atención.

Cortone escuchaba y observaba a los dos hombres. Eran una extraña pareja: Rostov, alto, con la bufanda enrollada en el cuello como un vendaje rayado, caminaba a pasos largos, y al hacerlo sus pantalones demasiado cortos ondeaban como banderas por encima de sus tobillos; y el menudo Dickstein, grandes ojos y lentes redondos, vestido con un traje de desmovilización, con aspecto esquelético. Cortone no era demasiado culto, pero consideraba que podía adivinar cuándo se mentía en cualquier «idioma» y sabía que ninguno de los dos estaba diciendo lo que pensaba: Rostov repetía como un loro una suerte de dogma oficial, y Dickstein, con su aparente prescindencia, enmascaraba una actitud más profunda. Cuando Dickstein se echó a reír por lo de Mosley, a Cortone le recordó a un chico que se ríe al despertar de una pesadilla. Los dos mantenían una discusión inteligente pero no había sentimiento en sus palabras; era como un duelo con espadas desafiladas.

En un momento dado Dickstein pareció advertir que Cortone había quedado fuera de la conversación y comenzó a hablar del dueño de la casa a donde iban.

—Stephen Ashford es algo excéntrico, pero desde luego es un hombre muy interesante —dijo—. Pasó la mayor parte de su vida en Oriente Próximo. Amasó una pequeña fortuna y la perdió. Solía hacer cosas tan alocadas como cruzar el desierto de Arabia en camello.

—Ésa podría ser la manera menos absurda de cruzarlo —dijo Cortone.

—Su esposa es libanesa —terció Rostov.

Cortone miró a Dickstein.

—Ella es...

—Mucho más joven que él —explicó Dickstein, adelantándose a su pregunta—. La trajo a Inglaterra justo antes de que comenzara la guerra, y él trabajó aquí como profesor de literatura semítica. Si te sirve marsala en lugar de jerez, significa que te estás quedando más de la cuenta.

—¿La gente conoce la diferencia? —preguntó Cortone.

—Ésta es la casa.

Cortone casi esperaba encontrarse con un edificio de arquitectura árabe; pero la casa de Ashford imitaba el estilo Tudor, estaba pintada de blanco con el maderamen verde. Los tres jóvenes atravesaron un sendero de ladrillos que llevaba a la casa y cruzaba el jardín delantero que parecía un bosque de arbustos. La puerta principal estaba abierta y entraron al pequeño vestíbulo cuadrado. En algún lugar varias personas reían. La reunión había comenzado. Se abrieron un par de puertas y salió la mujer más bella del mundo. Cortone quedó paralizado. Se detuvo a contemplarla mientras ella cruzaba la habitación para recibirlos. Oyó que Dickstein decía:

—Éste es mi amigo Alan Cortone. —Y de pronto estaba tocando su mano tostada, cálida y seca, de dedos largos y delgados que no hubiera querido soltar.

La mujer se volvió y los condujo hasta la sala de estar. Dickstein tocó el brazo de Cortone y sonrió: sabía lo que estaba pasando en el ánimo de su amigo.

Cortone recuperó su compostura lo suficiente como para decir: «Demonios.»

Pequeños vasos de jerez estaban alineados con precisión militar sobre una mesa. Ella tomó uno y se lo ofreció a Cortone con una sonrisa.

—Bueno, soy Eila Ashford —dijo.

Mientras ella distribuía los vasos, Cortone la observó con atención. No llevaba ninguna alhaja, ni se había maquillado; tenía el pelo negro y lacio y aunque llevaba un vestido blanco y calzaba sandalias, tuvo la sensación de estar viéndola prácticamente desnuda. Cortone, confundido por estos pensamientos que le venían a la mente mientras la miraba, se obligó a darse la vuelta y estudiar el ambiente. La habitación tenía esa elegancia de los lugares donde la gente vive algo por encima de sus posibilidades. La rica alfombra persa cubría un suelo de linóleo gris algo descascarado, y vio que alguien había estado arreglando la radio porque había algunas piezas sobre una mesa. En la pared vio dos cercos más claros en el papel, señal inequívoca de que dos cuadros habían sido quitados. También se dio cuenta de que no todos los vasos de jerez eran del mismo juego. Unas doce personas estaban en la habitación.

Un árabe, que vestía un hermoso traje occidental color gris perla, estaba de pie ante el fuego mirando una estatuilla de madera que estaba en la repisa de la chimenea. Eila Ashford lo llamó.

—Quiero presentarle a Yasif Hassan, un amigo de mi familia —dijo—. Está en el Worcester College.

—Conozco a Dickstein —comentó Hassan y fue dando la mano a todos.

Cortone pensó que Hassan era un tipo bastante atractivo, pero notó que se mostraba altivo como ocurría con muchos árabes que hacían dinero y eran invitados a casas de blancos.

—¿Usted es del Líbano? —le preguntó Rostov.

—De Palestina.

—¡Ah! —El ruso se animó—. ¿Y qué piensa del plan de reparto de las Naciones Unidas?

—No le concedo ningún valor —dijo el árabe lánguidamente—. Sólo cuando los ingleses se vayan mi país tendrá un gobierno democrático.

—Pero entonces los judíos quedarán en minoría —argumentó Rostov.

—Están en minoría en Inglaterra. ¿Habría que darles Surrey como patria?

—Surrey nunca fue de ellos, pero Palestina sí lo fue una vez.

Hassan se encogió de hombros con elegancia.

—Eso fue cuando los galeses dominaban Inglaterra; los ingleses, Alemania; y los normandos franceses vivían en Escandinavia. —Se volvió hacia Dickstein—. Usted tiene noción de la justicia, ¿qué piensa?

Dickstein se quitó las gafas.

—Dejemos a un lado la justicia. Quiero un lugar que pueda llamar mío.

—¿Aun cuando tenga que robar el mío? —preguntó Hassan.

—Usted puede tener el resto de Oriente Próximo.

—No lo quiero.

—Esta discusión prueba la necesidad de una distribución —dijo Rostov.

Eila Ashford les ofreció cigarrillos en una caja. Cortone tomó uno, y encendió el de ella. Mientras los demás discutían sobre Palestina, Eila le preguntó:

—¿Hace mucho que conoce a Dickstein?

—Nos conocimos en 1943 —respondió él. Le observó los labios mientras fumaba, lo hacía de una manera hermosa. Delicadamente se quitó una pizca de tabaco de la punta de la lengua.

—Es un joven por el que siento mucha curiosidad —dijo Eila.

—¿Por qué?

—A muchos de los que le conocen les sucede lo mismo que a mí. Es tan sólo un muchacho, y sin embargo parece tan mayor. Además es evidentemente un *cokney,* pero no se intimida para nada ante los ingleses de clase alta. Habla de todo, excepto de sí mismo.

Cortone asintió:

—Me doy cuenta de que yo tampoco lo conozco.

—Mi marido dice que es un estudiante brillante.

—A mí me salvó la vida.

Ella lo miró interesada, como si tratara de averiguar si Cortone tan sólo intentaba impresionarla o realmente decía la verdad.

—Me gustaría que me lo contara.

Un hombre maduro que llevaba unos amplios pantalones de pana le tocó el hombro y dijo:

—¿Qué tal va todo, querida?

—Muy bien —respondió ella—. Señor Cortone, éste es mi esposo, el profesor Ashford.

—¿Cómo está usted? —preguntó Cortone.

Ashford, un hombre que se estaba quedando calvo y no vestía con demasiada elegancia, decepcionó un poco a Cortone, que había esperado que fuese un Lawrence de Arabia. Pensó: Después de todo quizá Nat tenga alguna posibilidad.

—El señor Cortone me estaba contando cómo Dickstein le salvó la vida —dijo Eila.

—¡Qué interesante! —exclamó Ashford.

—No es muy largo de contar —dijo Cortone. Echó una mirada a Dickstein, que en ese momento estaba enfrascado en una discusión con Hassan y Rostov. A Cortone le llamó la atención cuán delatadora era la postura de cada uno de aquellos tres hombres: el ruso, con los pies separados, blandía un dedo como un maestro, seguro en su dogma; Hassan, apoyado contra una estantería llena de libros, tenía una mano en el bolsillo y fumaba pausadamente. Daba la sensación de que aquella discusión sobre el futuro de su país era de mero interés académico para él. Dickstein parecía tenso, con los brazos cruzados a la altura del pecho, los hombros encorvados y la cabeza baja. Su postura contradecía del todo sus palabras carentes de todo apasionamiento. Cortone escuchó: «Los ingleses prometieron Palestina a los judíos», y la réplica: «Guárdate de los regalos de un ladrón.» Se volvió de nuevo hacia los Ashford y comenzó a relatarles la historia.

—Fue en Sicilia, cerca de Ragusa, una ciudad de montaña —dijo—. Yo había llevado un grupo hacia las afueras, y al llegar al norte de la ciudad nos encontramos con un tanque alemán en un pequeño pozo junto a un grupo de árboles. Parecía abandonado. Cuando nos pusimos de nuevo en marcha, se oyó un disparo, sólo uno, y un alemán con una ametralladora cayó de un árbol. Había estado ahí escondido, con la intención de sorprendernos cuando pasáramos. Nat Dickstein fue quien le disparó.

Los ojos de Eila brillaban, parecía interesada, pero su marido había palidecido. Era evidente que el profesor no tenía estómago para relatos macabros. Cortone pensó: Bueno, si esto te descompone, espero que Dickstein nunca te cuente ninguna de sus historias.

—Los ingleses habían llegado a la ciudad desde el otro lado —continuó Cortone—. Nat, al igual que yo, había visto el tanque y olió la trampa. Había localizado al tirador apostado entre los árboles y estaba aguardando para ver si había otros cuando nosotros aparecimos. Si no hubiera sido tan astuto, yo estaría muerto.

Eila y su marido guardaron silencio por un momento.

—No hace tanto tiempo —señaló—, pero olvidamos tan pronto...

Ella recordó entonces a sus demás invitados y antes de alejarse dijo:

—Me gustaría volver a hablar con usted antes de que se vaya. —Luego se dirigió al otro extremo de la habitación donde Hassan estaba tratando de abrir las puertas que daban al jardín.

Ashford se pasó nerviosamente una mano por los cabellos desaliñados.

—Todos oímos hablar de las grandes batallas, pero sólo los soldados recuerdan los pequeños incidentes personales.

Cortone asintió. Tenía la sensación de que Ashford no tenía idea de cómo era una guerra, y se preguntó si la juventud del profesor había sido realmente tan aventurera como afirmaba Dickstein.

—Más tarde lo llevé a que conociera a mis primos (mi familia proviene de Sicilia) y celebramos lo ocurrido con pasta y vino. Estuvimos juntos sólo unos días, pero llegamos a sentirnos tan unidos como hermanos, ¿sabe?

—Entiendo.

—Cuando supe que había caído prisionero, pensé que no lo volvería a ver nunca más.

—¿Sabe usted lo que le sucedió? —preguntó Ashford—. Él nunca cuenta mucho...

Cortone se encogió de hombros.

—Sobrevivió a los campos...

—Tuvo suerte.

—¿Le parece?

Ashford lo miró confundido y luego se dio la vuelta y miró alrededor. Pasado un momento dijo:

—Ésta no es una reunión muy típica de Oxford. Dickstein, Rostov y Hassan son estudiantes un tanto fuera de lo común. Tendría que conocer a Toby, es el arquetipo del no graduado. —Se cruzó con la mirada de un muchachito de cara sonrosada con traje de *tweed* y una ancha corbata tejida—. Toby, ven, quiero presentarte a un compañero del ejército de Dickstein, el señor Cortone.

Se dieron un fuerte apretón de manos.

—¿Tienen alguna información exclusiva? —preguntó Toby—. ¿Ganará Dickstein?

—¿Ganar qué? —preguntó Cortone confundido.

Ashford explicó:

—Dickstein y Rostov van a jugar una partida de ajedrez. Se supone que los dos son muy buenos. Toby cree que usted podría tener alguna novedad exclusiva... Probablemente quiera apostar sobre el resultado.

—Creía —dijo Cortone— que el ajedrez era un juego de viejos.

Toby exclamó, en voz bastante alta y vaciando el vaso:

—¡Ah! —Tanto él como Ashford parecían estupefactos por el comentario de Cortone. Una pequeña, de cuatro o cinco años, entró desde el jardín con un gato viejo y gris en los brazos. Ashford la presentó con el orgullo coqueto de un hombre que ha llegado a ser padre en la madurez.

—Ésta es Suza.

—Y éste es *Ezequiel* —dijo la niña.

Tenía la piel y el pelo de su madre; sería tan hermosa como ella. Cortone se preguntó si sería en realidad hija de Ashford, pues no se le parecía en nada. La niña extendió la patita del gato y Cortone cortésmente se la tomó y saludó:

—¿Qué tal *Ezequiel*?

Suza fue hasta donde estaba Dickstein.

—Buenos días, Nat. ¿Podrían hacerle una caricia a *Ezequiel*?

—Es un encanto —dijo Cortone a Ashford—. Tengo que hablar con Nat. ¿Me disculpa un momento? —Fue hasta donde estaba Dickstein, que se hallaba de rodillas acariciando el gato.

—Éste es mi amigo Alan.

—Ya nos conocemos —respondió la niña agitando las pestañas.

Cortone pensó: Eso lo ha aprendido de su madre.

—Estuvimos juntos en la guerra —continuó Dickstein. Suza miró a Cortone.

—¿Mataste gente?

Él dudó.

—Sí.

—¿Sientes remordimiento?

—No demasiado. Era gente mala.

—Nat tiene remordimiento. Por eso no le gusta mucho hablar de ello.

La niña había aprendido a conocer a Dickstein más que todos los adultos juntos.

El gato saltó de los brazos de Suza con sorprendente agilidad y ella fue tras él. Dickstein se puso de pie.

—Yo no diría que la señora Ashford es inalcanzable —dijo Cortone quedamente.

—¿Ah, no?

—Ella no puede tener más de veinticinco años y él es por lo menos veinte años mayor; además, apostaría a que no es un tipo muy interesante. Si se casaron antes de la guerra, ella debía de tener unos diecisiete años. Y desde luego ahora no parecen muy enamorados.

—Me gustaría poder creerte —dijo Dickstein, sin mostrar demasiado interés por lo que Cortone le decía, muy al contrario de lo que éste había esperado—. Ven, vamos a ver el jardín.

Franquearon las puertas francesas. El sol calentaba más ahora y no hacía tanto frío. El jardín se extendía en una espesura verde oscura hasta la orilla del río. Caminaron alejándose de la casa.

—Toda esta gente no parece gustarte mucho —empezó Dickstein.

—La guerra ha concluido. Ahora tú y yo vivimos en mundos diferentes. Todo esto, profesores, partidas de ajedrez, reuniones... es para mí como si me trasladaras a Marte. Mi vida es hacer negocios, derrotar a la competencia, ganar unos cuantos dólares. Había pensado en ofrecerte un lugar en mi empresa, pero me doy cuenta de que malgastaría mi tiempo.

—Alan...

—Escucha, qué diablos. Probablemente ahora nos perdamos de vista. No me gusta escribir cartas, pero seguiré manteniéndome en contacto contigo porque nunca olvidaré que te debo la vida. Así sabrás donde encontrarme si más adelante necesitas algo de mí, y yo podré pagarte esa deuda.

Dickstein iba a contestarle cuando escucharon unas voces que se lo impidieron.

—Oh..., no, aquí no, ahora no... —gritó una mujer.

—¡Sí! —contestó una voz de hombre.

Dickstein y Cortone se hallaban junto a un espeso seto que servía de cerco en la esquina del jardín; alguien había comenzado a plantar un macizo y nunca había concluido el trabajo. A pocos pasos de donde estaban se abría un claro, luego el cerco dibujaba un ángulo recto y se extendía a lo largo de la orilla del río. Las voces venían claramente desde el otro lado del follaje.

La mujer volvió a hablar, en voz baja y ahogada.

—No; no lo hagas, por favor...

Dickstein y Cortone atravesaron el claro.

Cortone nunca olvidaría lo que vio. Miró al hombre y a la mujer y luego a Dickstein, que, estupefacto, parecía a punto de caer desplomado; boquiabierto, miraba con horror y desesperación la escena. Cortone volvió a mirar a la pareja.

La mujer, Eila Ashford, con la falda del vestido recogida en torno a la cintura y el rostro arrebatado por el placer, besaba apasionadamente a Yasif Hassan.

1

En el aeropuerto de El Cairo la llamada de atención del servicio de información por megafonía era un ruido parecido al de un timbre. A continuación se anunció en árabe, italiano, francés e inglés la llegada del vuelo de Alitalia proveniente de Milán.

Towfik el-Masiri dejó su mesa en el *buffet* y se fue abriendo camino hasta llegar a la terraza. Se puso las gafas de sol para mirar la pista de cemento reverberante. El Caravelle ya había aterrizado y los viajeros estaban descendiendo por las escalerillas.

Towfik estaba allí porque esa mañana había recibido un telegrama codificado de su «tío», que venía desde Roma. Era habitual utilizar códigos para tratar de asuntos de negocios en telegramas internacionales, siempre que antes se dejara la clave en la oficina de Correos. Tales códigos se usaban más para ahorrar dinero —mediante la reducción de frases comunes a una sola palabra— que para mantener secretos. El telegrama del tío de Towfik, descifrado conforme al código registrado, daba detalles del testamento de su tía. Sin embargo Towfik aplicó otra clave y el mensaje que él leyó era el siguiente:

Observe y siga profesor Friedrich Schulz. Llega Cairo vía Milán miércoles 28 de febrero 1968 por varios días. Edad 51 altura 1,80 m peso 75 kilos pelo blanco ojos azules nacionalidad austriaco. Acompaña esposa solamente.

Los pasajeros comenzaron a salir del avión, y Towfik reconoció a su hombre casi inmediatamente. Sólo había un hombre alto, delgado y de pelo blanco en ese vuelo. Llevaba un traje azul claro, una camisa blanca y corbata, una bolsa de plástico de las que se dan con las compras y una cámara fotográfica. Su esposa, mucho más baja, llevaba una minifalda, siguiendo los dictados de la moda, y una peluca rubia. Mientras cruzaban la pista miraban alrededor y olían el caluroso aire seco del desierto como suele hacer la mayor parte de la gente que llega por primera vez a África del Norte.

Los pasajeros desaparecían en el vestíbulo de llegada. Towfik aguardó en la terraza hasta que todos retiraron el equipaje de la cinta y luego entró y se mezcló con el grupo de personas que aguardaba detrás de la baranda de la aduana.

Tuvo que esperar mucho, algo que desde luego no le habían enseñado a hacer. Le enseñaron a llevar armas y a usarlas, a memorizar mapas, abrir cerraduras de cajas fuertes y matar gente sólo con las manos. Todo eso lo había aprendido en los primeros seis meses del curso de entrenamiento; pero no le habían dado clases para tener paciencia, ni ejercicios para aliviar el dolor de pies, ni seminarios acerca del tedio. Además, tenía la sensación de que algo iba mal, y debía andar con cuidado para no levantar sospechas...

Había otro agente entre la multitud.

El subconsciente de Towfik lo puso alerta mientras meditaba sobre la paciencia. Las personas que aguardaban a sus parientes, amigos o socios que venían en el avión de Milán estaban impacientes. Fumaban, pasaban el peso del cuerpo de un pie a otro, inclinaban la cabeza hacia un lado y luego hacia el otro, husmeaban. Había una familia de clase media con cuatro niños; dos hombres que vestían la tradicional chilaba rayada; un hombre de negocios con traje oscuro; una joven blanca; un chófer con un distintivo de la empresa Ford; y...

Un hombre que no parecía impaciente.

Lo mismo que Towfik, tenía la piel oscura y el pelo corto y usaba un traje de corte europeo. A primera vista parecía estar con la familia de clase media... tal como Towfik podía parecer que estaba con el hombre de negocios vestido de traje oscuro. El otro agente permanecía tranquilo, con las manos a la espalda, mirando hacia la salida de la sala de equipajes, como si no tuviera nada que hacer. Tenía una línea de piel más clara a lo largo de la nariz, como si fuera una antigua cicatriz. Se la tocó, una vez, en un gesto que podría ser nervioso, luego volvió a cogerse las manos a la espalda.

El interrogante era: ¿había descubierto a Towfik?

Éste se volvió hacia el hombre de negocios que estaba junto a él, y dijo:

—Nunca entiendo por qué esto tiene que tomar tanto tiempo. —Sonrió y habló en voz baja, de tal modo que el hombre de negocios tuvo que inclinarse para oír lo que él decía y a su vez le sonrió. Parecían dos viejos conocidos.

El hombre de negocios dijo:

—Llevar a cabo todas las formalidades lleva más tiempo que viajar.

Towfik echó una mirada al otro agente. El hombre seguía en la misma posición, observando la salida. No había intentado ningún tipo de disimulo. ¿Eso significaba que no había localizado a Towfik? ¿O simplemente había decidido que lo despistaría mejor aparentando no haberlo descubierto, y que cualquier disimulo lo pondría en evidencia?

Los pasajeros comenzaron a aparecer, y Towfik se

dio cuenta de que no podía hacer nada en ningún sentido. Tuvo la esperanza de que las personas a quienes el agente aguardaba salieran antes que el profesor Schulz.

No fue así. Schulz y su esposa estuvieron entre los primeros pasajeros que salieron.

El otro agente se aproximó a ellos y se dieron la mano.

Naturalmente, naturalmente.

El otro agente estaba ahí aguardando a Schulz.

Towfik observó mientras el hombre llamaba a los mozos y acompañaba a los Schulz a la salida; luego se fue a su coche por una puerta distinta. Antes de entrar en él se quitó la chaqueta y la corbata y se puso las gafas de sol y una gorra de algodón blanca. De esta forma sería difícil que alguien lo identificara como el hombre que había estado esperando en el lugar señalado.

Se imaginó que el agente habría estacionado en una zona no destinada a los que aguardaban, justo fuera de la entrada principal, de modo que condujo el coche hasta ese lugar. Tenía razón. Vio a los mozos cargando el equipaje de Schulz en el maletero de un Mercedes gris de cinco años atrás. Continuó la marcha.

Se dirigió con su sucio Renault a la carretera principal que iba de Heliópolis, donde estaba situado el aeropuerto, a El Cairo. Condujo a una velocidad de sesenta kilómetros por hora y se mantuvo en el carril de velocidad lenta. Dos o tres minutos más tarde, el Mercedes lo pasaba, y él aceleró para no perderlo de vista. Memorizó el número de la matrícula puesto que siempre es útil reconocer el coche del enemigo.

El cielo comenzó a nublarse. Mientras aceleraba por la carretera bordeada de palmeras, Towfik consideró lo que había descubierto hasta el momento. El telegrama no le decía mucho sobre Schulz, aparte de describirle su aspecto e indicarle que era un profesor austriaco. No obstante, la escena del aeropuerto era significativa. Lo habían tratado como a una especie de VIP clandestino. Towfik consideró que el que lo esperaba era un agente local. Todo indicaba que era así: sus ropas, su coche, su manera de esperar. Parecía, pues, que Schulz había llegado a El Cairo por invitación del gobierno, pero que él o la gente a quien había venido a ver querían que su visita se mantuviera en secreto.

No era mucho lo que sabía. Schulz ¿era profesor de qué? Podía ser un banquero, un fabricante de armamento, experto en cohetería, o un comprador de algodón. Incluso podía estar vinculado con Al Fatah, pero Towfik no podía verlo como a un nazi resurrecto. Aun así, todo era posible.

Evidentemente Tel Aviv no consideraba que Schulz fuera importante; de ser así, no hubiera utilizado a Towfik, que era joven e inexperto, para vigilarlo. Incluso era posible que todo el episodio fuese otro ejercicio de entrenamiento.

Entraron a El Cairo por el Shari Ramses, y Towfik disminuyó la distancia entre su coche y el Mercedes hasta que sólo quedó entre ellos otro vehículo. El Mercedes dobló a la derecha sobre el Corniche al-Nil, luego cruzó el río por el puente del Veintiséis de Julio y entró a Zamalek, distrito de la isla de Gezira.

Había menos tránsito en esta zona y Towfik se inquietó pensando que podía ser identificado por el agente que conducía el Mercedes; pero al cabo de unos minutos éste entró por una calle residencial cerca del Officer's Club y se dutuvo ante un edificio de apartamentos con un jacarandá en el jardín. Towfik inmediatamente dobló a la derecha y desapareció antes de que se abrieran las puertas del Mercedes. Aparcó, salió del coche y caminó de vuelta hasta la esquina. Llegó a tiempo para ver que el agente y los Schulz entraban en el edificio seguidos por un encargado en chilaba que arrastraba penosamente las maletas.

Towfik miró la calle arriba y abajo. No vio a nadie. Volvió al coche, dio marcha atrás doblando la esquina y lo aparcó entre otros dos, en el mismo lado de la calle que el Mercedes.

Media hora más tarde el agente salía solo, se sentó al volante del Mercedes y se fue.

Towfik se dispuso a esperar.

Esto continuó durante dos días, luego se interrumpió.

Hasta ese momento los Schulz se comportaron como turistas, y parecían pasárselo bien. La primera noche cenaron en un club nocturno y contemplaron a un grupo de bailarinas ejecutando la danza del vientre. Al día siguiente visitaron las pirámides y la esfinge, almorzaron en Groppi y cenaron en el Nile Hilton. En la mañana del tercer día se levantaron temprano y tomaron un taxi a la mezquita de Ibn Tulun.

Towfik dejó su coche cerca del museo Gayer-Anderson y los siguió. Los Schulz miraron distraídamente la mezquita y se encaminaron hacia el este por el Shari al-Salibah. Anduvieron perdiendo el tiempo, mirando las fuentes y los edificios, curioseando en oscuros y pequeños negocios, mirando mujeres *baladíes*, comprando cebollas y pimientos y pezuñas de camellos en quioscos callejeros.

Se detuvieron en una diagonal y fueron a una casa de té. Towfik cruzó la calle hasta el *sebeel*, una fuente ubicada tras rejas de hierro forjado y estudió el bajorrelieve barroco de las paredes. Después fue calle arriba, sin perder de vista la casa de té, y se entretuvo un poco comprando cuatro tomates gigantes y deformes a una mujer de gorro blanco que iba descalza.

Los Schulz salieron de la casa de té y se dirigieron hacia el norte. Towfik los siguió, hasta la calle del mercado. Allí le resultó más fácil caminar sin rumbo fijo, unas veces adelantándoseles, otras quedando atrás. La mujer compró chinelas y ajorcas de oro y pagó demasiado dinero por una ramita de menta que compró a un niño medio desnudo. Towfik se les adelantó lo suficiente como para poder tomar un pocillo pequeño de fuerte café turco sin azúcar bajo el toldo de un bar llamado Nasif's.

Dejaron la calle del mercado y entraron a un zoco cubierto, especializado en monturas. Schulz echó una mirada a su reloj y habló con su esposa —dándole a Towfik la primera leve sensación de ansiedad— y luego caminaron algo más apresuradamente hasta que llegaron a Bab Suweyla, la entrada a la original ciudad amurallada.

Por un momento los Schulz desaparecieron de la vista de Towfik tapados por un burro que tiraba de un carro cargado con tinajas cuyas bocas estaban tapadas con papeles apelmazados. Cuando el carro pasó, Towfik vio que Schulz le decía adiós a su esposa y se metía en un Mercedes algo viejo de color gris.

Towfik lanzó una maldición por lo bajo.

Se oyó el portazo y el coche arrancó. La señora Schulz agitó la mano. Towfik leyó el número de la matrícula —era el mismo coche que él había seguido desde Heliópolis— y lo vio dirigirse hacia el oeste y doblar a la izquierda, en dirección a Ehari Port Said.

Olvidándose de la señora Schulz, se volvió y echó a correr. Habían caminado alrededor de una hora, pero sólo habían hecho un kilómetro. Towfik pasó de nuevo ante la talabartería y por la calle del mercado esquivó las carpas y atropelló a hombres con chilabas y a mujeres de negro. Finalmente dejó caer la bolsa de tomates que llevaba al chocar contra un barrendero rubio y corrió hasta el museo, donde estaba aparcado su coche.

Se dejó caer detrás del volante, sin resuello, e hizo

un gesto de dolor llevándose una mano al costado. Puso el motor en marcha y arrancó tomando una calle transversal, en dirección a Shari Port Said.

El tránsito era fluido, de modo que cuando desembocó en la carretera adivinó que debía de estar detrás del Mercedes. Continuó hacia el sur, sobre la isla de Rodas y el puente de Giza, y salió a la calle de Giza.

Schulz no había estado deliberadamente tratando de sacárselo de encima, pensó Towfik. Si el profesor hubiese sido un profesional, hubiera despistado a Towfik hacía rato. No, simplemente había dado un paseo matutino por el mercado antes de encontrarse con alguien en algún lugar previamente concertado. Pero Towfik estaba seguro de que el lugar del encuentro y la caminata previa habían sido sugeridos por el agente.

Podían ir a cualquier parte, pero parecía probable que estuvieran dejando la ciudad —de no ser así Schulz simplemente podría haber tomado un taxi en Bab Zuweyla—; además ésta era la carretera principal que iba al oeste. Towfik conducía muy rápido. Pronto no quedaba nada ante él salvo la carretera gris, recta como una flecha, flanqueada por la arena amarilla y el cielo azul extendiéndose hasta el horizonte.

Llegó a las pirámides sin alcanzar el Mercedes. Ahí la ruta se bifurcaba, la del norte conducía a Alejandría, la del sur a Faiyum. Teniendo en cuenta dónde había recogido a Schulz el Mercedes, era improbable que se dirigieran a Alejandría, ya que hubieran podido tomar un camino más directo. En consecuencia Towfik se dirigió hacia Faiyum.

Cuando finalmente divisó el Mercedes, éste venía detrás de él a toda velocidad. Antes de alcanzarlo dobló a la derecha y salió de la carretera principal. Towfik frenó y giró en redondo para ir hasta donde el otro coche había doblado; éste ya se había adelantado más de un kilómetro. Towfik lo siguió.

El asunto se estaba volviendo peligroso. El camino parecía adentrarse en el desierto del oeste, en dirección al campo de petróleo de Qattara. El agente del Mercedes seguramente advertiría que él los seguía. Si se trataba de un buen profesional, pronto recordaría haber visto el Renault en la carretera de Heliópolis.

A estas alturas se terminaban las fórmulas aprendidas, y todas las triquiñuelas de camuflaje se volvían inútiles; simplemente había que seguir la pista a alguien y no perderlo de vista, ya fuera que el otro lo descubriera o no, porque el asunto era saber adónde iba, así que un buen agente debía ingeniárselas para averiguarlo.

Por lo tanto trató de precaverse contra el viento del desierto y continuó su persecución; pero aun así lo perdió de vista.

El Mercedes era un coche más veloz, y mejor dotado que el suyo para avanzar por aquella ruta angosta y desigual. Towfik siguió avanzando con la esperanza de alcanzarlos cuando ellos se detuvieran, o por lo menos llegar a algún punto que pudiera ser el lugar adonde iban.

Sesenta kilómetros más adelante, ya internado en el desierto y preocupado por el combustible, llegó a la pequeña villa de un oasis, que se hallaba en un cruce de caminos. Algunos animales esqueléticos pastaban entre la escasa vegetación de alrededor de una fuente barrosa. Un tarro de judías y tres latas de Fanta sobre una mesa plegable fuera de una cabaña parecían ser los únicos productos que se servían en aquel singular café local. Towfik salió del automóvil y habló con un viejo que daba de beber a un macilento búfalo.

—¿Ha visto pasar un Mercedes gris?

El campesino lo miró sin dar señas de comprensión, como si le estuvieran hablando en un idioma desconocido.

—¿Ha visto un automóvil gris?

El viejo se pasó la mano por la frente para espantarse un gran moscardón y asintió:

—Sí.

—¿Cuándo?

—Hoy.

Ésa era probablemente la respuesta más precisa que podía esperar.

—¿En qué dirección fue?

El viejo señaló hacia el oeste, desierto adentro.

—¿Dónde puedo conseguir gasolina? —preguntó Towfik.

El hombre señaló en dirección este, hacia El Cairo.

Towfik le dio una moneda y volvió al coche. Puso el motor en marcha y miró una vez más la aguja del indicador del combustible. Tenía suficiente para volver a El Cairo, pero si continuaba rumbo al oeste se quedaría sin gasolina a la vuelta.

Había hecho todo lo que había podido, se dijo. Desalentado, dio la vuelta y emprendió el camino de vuelta a la ciudad.

A Towfik no le gustaba su trabajo; cuando no ocurría nada se aburría, y cuando había algo interesante que hacer tenía miedo. Pero le habían dicho que había que hacer un trabajo importante, peligroso, en El Cairo, que él tenía las cualidades necesarias para ser un buen espía, y que no había suficientes judíos egipcios en Israel, por lo que les sería difícil encontrar a otro que reuniese las condiciones necesarias si él rechazaba el trabajo; entonces, por supuesto, había aceptado. No arriesgaba su vida por idealismo. Se trataba más bien de su propio interés: la destrucción de Israel significaría su propia destrucción; al luchar por Israel, estaba luchando por sí mismo; arriesgaba su vida para salvarse. Era algo lógico. Aun así se proyectaba hacia el futuro... Dentro de cinco años, diez, veinte quizá, cuando fuera demasiado viejo para trabajar el campo y lo llevaran a la patria, podría trabajar detrás de un escritorio y conocer a una linda chica judía. Entonces se casaría con ella y disfrutaría de la tierra por la cual había luchado.

Entretanto, tras haber perdido la pista del profesor Schulz, se dedicó a seguir a su esposa.

La mujer continuaba visitando los lugares de interés, ahora escoltada por un muchachito árabe que presumiblemente había sido encomendado por los egipcios para cuidarla mientras su esposo se hallaba ausente. Por la noche el árabe la llevó a un restaurante egipcio y luego la acompañó a su casa y la besó en la mejilla, debajo del jacarandá del jardín.

A la mañana siguiente Towfik fue a la oficina central de correos y envió un cable en código a su tío en Roma:

> Schulz recogido aeropuerto por sospechoso agente local. Pasó dos días haciendo visitas turísticas, recogido por mencionado agente y conducido dirección Qattara. Seguimiento frustrado. Ahora siguiendo esposa.

Estuvo de vuelta en Zamalek a las nueve de la mañana. A las once y treinta vio a la señora Schulz en una terraza tomando café, y pudo imaginarse el tipo de apartamento en el que estaban alojados.

Para el mediodía, en el interior del automóvil de Towfik hacía un calor insoportable. Towfik comió una manzana y tomó cerveza caliente de una botella.

El profesor Schulz llegó al caer la tarde, en el mismo Mercedes gris. Parecía cansado y tenía un aspecto algo desaliñado, propio de un hombre de mediana edad que ha hecho un largo viaje. Salió del coche y entró en el edificio sin mirar hacia atrás. Después de dejarlo, el agente condujo pasando junto al Renault y miró directamente a Towfik durante un instante. Éste no podía hacer nada al respecto.

¿Dónde había estado Schulz? Tardó casi un día en regresar, pensó Towfik; pasó una noche, un día entero y una segunda noche en el lugar; y estuvo gran parte de ese día en viaje de vuelta. Qattara era sólo una de las varias posibilidades; aquella ruta que atravesaba el desierto llegaba hasta Matruh, sobre la costa mediterránea. Había un desvío a Karkur Tohl, en el extremo sur; cambiando de coche y con un guía podrían incluso haber llegado a un punto de reunión en la frontera con Libia.

A las nueve de la noche los Schulz volvieron a salir. El profesor tenía un aspecto renovado. Se habían vestido para cenar. Caminaron hacia el borde de la calle y llamaron un taxi.

Towfik tomó una decisión. No los seguiría.

Salió del coche y entró al jardín del edificio. Avanzó por el césped polvoriento y halló un punto de observación, detrás de un arbusto, desde donde podía ver el interior del vestíbulo a través de la puerta abierta que tenía enfrente. El encargado nubio estaba sentado en un banco de madera, hurgándose la nariz.

Towfik aguardó.

Veinte minutos más tarde el hombre abandonó el banco y desapareció por la parte trasera del edificio.

Towfik se apresuró a cruzar el vestíbulo y corrió escaleras arriba.

Tenía tres tipos de llaves maestras, pero no logró abrir la puerta del apartamento con ninguna. Al final lo consiguió utilizando un trozo de plástico blando de una regla de un juego de escritorio.

Entró y cerró la puerta.

Afuera estaba totalmente oscuro. Sólo la luz mortecina de un farol de la calle entraba por las ventanas abiertas. Towfik sacó una linterna del bolsillo del pantalón, pero todavía no la encendió.

El apartamento era amplio, con paredes pintadas de blanco y muebles coloniales ingleses. Tenía el aspecto vacío y frío propio de un lugar donde nadie vive en realidad. Había una gran sala, un comedor, tres dormitorios y una cocina. Tras echar una mirada general, Towfik comenzó a inspeccionar en serio.

Las dos habitaciones más pequeñas estaban vacías. En la más grande, revisó rápidamente los cajones y armarios. En uno había vestidos bastantes llamativos de una mujer no demasiado joven: estampados brillantes, trajes con lentejuelas, de color turquesa y naranja y rojo. Las etiquetas eran norteamericanas. Schulz era austriaco, según decía el telegrama, pero quizá vivía en Estados Unidos. Towfik nunca había oído hablar de él.

Junto a la cama, sobre la mesita de noche, había una guía de El Cairo en inglés, un número de *Vogue* y la fotocopia de una conferencia sobre isótopos.

De modo que Schulz era un hombre de ciencia.

Towfik recorrió las páginas de la conferencia. La mayor parte del texto sobrepasaba su comprensión. Schulz debía de ser un químico o un físico muy especializado, pensó. Si estuviera aquí para trabajar sobre problemas de armamento, Tel Aviv necesitaría estar informada.

No había documentos personales. Evidentemente Schulz debía de llevar el pasaporte y la billetera en el bolsillo. Las etiquetas de la línea aérea habían sido quitadas del juego de maletas de cuero.

En una mesita baja de la sala, había dos vasos vacíos que olían a ginebra; la pareja debía de haber tomado un cóctel antes de salir.

En el baño, Towfik halló las ropas que Schulz había usado en el desierto. En los zapatos había arena y en la pernera de los pantalones halló pequeñas manchas de polvo gris que podía ser cemento. En el bolsillo superior de la chaqueta arrugada, había una cajita de plástico cuadrada, de unos tres centímetros, muy liviana. Contenía un sobre cerrado herméticamente del tipo usado para proteger una película fotográfica.

Towfik se guardó la cajita de plástico en el bolsillo.

Las etiquetas de la línea aérea despegadas del equipaje estaban en una papelera que había en la sala pequeña. Los Schulz residían en Boston, Massachusetts, lo cual probablemente significaba que el profesor enseñaba en Harvard, en el Instituto Tecnológico de Massachusetts o en una de las muchas universidades menores de la zona. Towfik hizo rápidamente algunos cálculos. Schulz tendría alrededor de veinte años durante la Segunda Guerra Mundial; podría ser fácilmente uno de los expertos alemanes en cohetería que fueron a Estados Unidos después de la guerra.

O no. No se necesitaba ser nazi para trabajar para los árabes.

Nazi o no, Schulz no era muy delicado; el jabón, el dentífrico y la colonia para después de afeitarse eran todos de hoteles y líneas aéreas.

En el suelo, junto a una silla de junco, cerca de la mesa con los vasos de cóctel vacíos, había una agenda rayada, con la página de arriba en blanco. Un lápiz se hallaba sobre ella. Quizá Schulz había estado escribiendo notas acerca de su viaje; mientras bebía su cóctel. Towfik revisó el apartamento en busca de hojas de la agenda.

Las halló en el balcón, convertidas en cenizas, dentro de un gran cenicero de vidrio.

La noche era fresca; según fuera avanzando el año, el aire se entibiaría y tendría la fragancia de las flores del jacarandá del jardín de abajo. El tránsito de la ciudad se oía rugir a lo lejos. Le recordaba el apartamento de su padre en Jerusalén.

Se preguntó cuánto tiempo pasaría antes de que volviera a ver Jerusalén.

Ya había hecho todo lo que le había sido posible en ese lugar. Revisaría de nuevo la agenda, tal vez Schulz había apretado el lápiz lo suficiente como para dejar marcadas sus notas en las páginas de abajo. Se apartó de la baranda y cruzó el balcón hasta llegar a las ventanas francesas que conducían de vuelta a la sala.

Estaba al lado de la puerta cuando oyó voces.

Towfik se quedó helado.

—Lo lamento, querida; no hubiera podido tolerar otra cena recalentada.

—Por Dios, pero al menos hubiéramos podido comer algo.

Los Schulz habían regresado.

Towfik revisó rápidamente su trayectoria a través de las habitaciones: dormitorios, baño, sala, cocina... Había vuelto a poner en su lugar todo lo que había tocado, excepto la pequeña cajita de plástico, que se había guardado. Schulz tendría que suponer que la había perdido.

Si Towfik lograba irse en ese momento sin ser visto, ellos quizá nunca se enterarían de que había estado allí.

Apoyó el vientre sobre la baranda y se descolgó. Estaba demasiado oscuro para poder ver dónde caería, pero se soltó y tuvo suerte de caer bien. Luego se fue andando.

Había sido su primer robo, y se sentía satisfecho. Todo había salido bastante bien, como en un ejercicio de entrenamiento, incluso el retorno anticipado del ocupante y la súbita huida del espía parecían formar parte de un curso de formación. Sonrió en la oscuridad. Aún podía vivir para llegar a ver ese trabajo de escritorio.

Subió a su coche, puso el motor en marcha y encendió las luces.

Dos hombres emergieron de las sombras y se colocaron junto al Renault.

—¿Quién...?

No se detuvo a averiguar qué sucedía. Pisó el embrague, puso la primera y salió disparado. Los dos hombres se hicieron inmediatamente a un lado.

No habían intentado detenerlo. Entonces ¿qué querían? ¿Asegurarse de que él estaba en el coche?

Pisó un poco el freno, miró hacia el asiento de atrás, y supo, con insoportable tristeza, que nunca volvería a ver Jerusalén. Un árabe vestido de negro le sonreía por encima del cañón de una metralleta.

—Continúe —dijo—, pero no tan rápido, por favor.

Pregunta: ¿Cuál es su nombre?

Respuesta: Towfik el-Masiri.

P.: Datos personales.

R.: Veintiséis años, un metro sesenta de altura, cincuenta y cinco kilos, ojos castaños, pelo negro, rasgos semíticos, piel tostada.

P.: ¿Para quién trabaja?

R.: Soy estudiante.

P.: ¿Qué día es hoy?

R.: Sábado.

P.: ¿Nacionalidad?

R.: Egipcia.

P.: ¿Cuánto es veinte menos siete?

R.: Trece.

Las preguntas precedentes se hacen para facilitar la calibración exacta del detector de mentiras.

P.: ¿Usted trabaja para la CIA?

R.: No. (VERDAD.)

P.: ¿Los alemanes?

R.: No. (VERDAD.)

P.: Israel, entonces.

R.: No. (FALSO.)

P.: ¿Realmente es usted estudiante?

R.: Sí. (FALSO.)

P.: ¿Cuáles son sus estudios?

R.: Estudio química en la Universidad de El Cairo. (VERDAD.) Estoy interesado en polímeros. (VERDAD.) Quiero ser ingeniero petroquímico. (FALSO.)

P.: ¿Qué son polímeros?

R.: Complejos compuestos orgánicos con moléculas de larga cadena. El más común es el politeno. (VERDAD.)

P.: ¿Cómo se llama?

R.: Ya se lo dije, Towfik el-Masiri. (FALSO.)

P.: Las almohadillas colocadas en su cabeza y pecho miden su pulso, latidos del corazón, respiración y transpiración. Cuando usted dice mentiras, el metabolismo lo delata; respira más ligero, transpira más, etc. Esta máquina que nos dieron los rusos, nuestros amigos, me dice cuándo está usted mintiendo. Además, da la casualidad de que sé que Towfik el-Masiri está muerto. ¿Quién es usted?

No hay respuesta.

P.: El cable colocado en la punta de su pene es parte de otra máquina diferente. Está conectado con este botón de aquí. Cuando lo presiono...

Grito.

P.: ... una corriente eléctrica pasa a través del cable y le produce un *shock*. Hemos puesto sus pies en un balde con agua para aumentar la eficacia del aparato. ¿Cuál es su nombre?

R.: Avram Ambache.

El aparato eléctrico intefiere con el funcionamiento del detector de mentiras.

P.: Tome un cigarrillo.

R.: Gracias.

P.: No sé si me creerá, pero odio este trabajo. La dificultad es que la gente que lo hace con placer nunca sirve; hace falta sensibilidad, ¿no? Yo soy una persona sensible... Odio ver sufrir a la gente. ¿Usted no?

No hay respuesta.

P.: Ahora usted está tratando de pensar en formas de resistir esta tortura. Por favor, no se canse. No hay defensa posible contra las técnicas modernas de... interrogatorio. ¿Cuál es su nombre?

R.: Avram Ambache. (VERDAD.)

P.: ¿Quién es su control?

R.: No sé qué decir. (FALSO.)

P.: ¿Es Bosch?

R.: No, Friedman. (LECTURA INDETERMINADA.)

P.: Es Bosch.

R.: Sí. (FALSO.)

P.: No, no es Bosch. Es Krantz.

R.: Está bien, es Krantz; lo que usted quiera. (VERDAD.)

P.: ¿Cómo establecen contacto?

R.: Tengo una radio. (FALSO.)

P.: No me está diciendo la verdad.

Grito.

P.: ¿Cómo se comunican?

R.: Por una casilla de correo en el *faubourg*.

P.: Usted cree que cuando siente dolor el detector de mentiras no funciona demasiado bien y, por lo tanto, puede ampararse en la tortura para no decir la verdad. Sólo en parte tiene razón. Ésta es una máquina muy sofisticada, y yo pasé muchos meses aprendiendo a manejarla. Después de haberle dado una descarga la máquina sólo necesita un momento para reajustarse; luego puedo volver a saber cuándo usted está mintiendo. ¿Cómo se comunican?

R.: Por una casilla de correo... (Grito.)

—¡Alí! Se le ha soltado el pie. Estas convulsiones son muy fuertes. Átalo de nuevo, antes de que vuelva en sí. Toma ese balde y pon más agua.

Pausa.

—Bien, está despertando, vete.

P.: ¿Puede oírme?

Towfik está confuso.

P.: ¿Cómo se llama?

No hay respuesta.

P.: Un pequeño pinchazo para ayudarlo...

Grito.

P.: ... a pensar.

R.: Avram Ambache.

P.: ¿Qué día es hoy?

R.: Sábado.

P.: ¿Qué le dimos para el desayuno?

R.: Judías.

P.: ¿Cuánto es veinte menos siete?

R.: Trece.

P.: ¿Cuál es su profesión?

R.: Soy estudiante... ¡Oh, no! Por favor, soy espía, sí, soy espía, no presione el botón, por favor. ¡Dios mío!, ¡Dios mío...!

P.: ¿Cómo se comunican?

R.: Cables cifrados.

P.: Tome un cigarrillo... Oh, parece que no lo puede sostener entre los labios; déjeme que lo ayude...

R.: Gracias.

P.: Trate de mantenerse tranquilo. Recuerde que mientras usted diga la verdad no habrá dolor.

Pausa.

P.: ¿Se siente mejor?

R.: Sí.

P.: Bueno, yo también. Ahora hablemos del profesor Schulz. ¿Por qué lo estaba siguiendo?

R.: Recibí orden de hacerlo. (VERDAD.)

P.: ¿De Tel Aviv?

R.: Sí. (VERDAD.)

P.: ¿De quién en Tel Aviv?

R.: No lo sé. (LECTURA CONFUSA.)

P.: ¿De Krantz?

R.: Quizá. (VERDAD.)

P.: Krantz es un buen hombre. Se puede confiar en él. ¿Cómo está su esposa?

R.: Muy bien. Yo... (Grito.)

P.: Su esposa murió en 1958. ¿Por qué me obliga a hacerle daño? ¿Qué hizo Schulz?

R.: Durante dos días hizo turismo, después desapareció en el desierto en un Mercedes gris.

P.: Y usted entró a robar a su apartamento.

R.: Sí. (VERDAD.)

P.: ¿Qué descubrió?

R.: Que es un científico. (VERDAD.)

P.: ¿Algo más?

R.: Estadounidense. (VERDAD.) Eso es todo (VERDAD.)

P.: ¿Quién fue su instructor en aprendizaje?

R.: Ertl. (LECTURA CONFUSA.)

P.: Pero ése no era su verdadero nombre.

R.: No lo sé. (FALSO.) ¡No! El botón no; déjeme pensar, era... un momento, creo que alguien dijo que su verdadero nombre era Manner. (VERDAD.)

P.: Oh, Manner. Qué pena. Es de la vieja escuela. Todavía cree que se puede enseñar a los agentes a resistir el interrogatorio. Él tiene la culpa de que usted esté sufriendo tanto. ¿Y qué me dice de sus colegas? ¿Quiénes se formaron con usted?

R.: Nunca conocí sus verdaderos nombres. (FALSO.)

P.: ¿Ah, sí?

Grito.

P.: Los verdaderos nombres.

R.: Todos no...

P.: Dígame los que sepa.

No hay respuesta.

Grito.

El prisionero se desmaya.

Pausa.

P.: ¿Cómo se llama?

R.: Uh... Towfik.

Grito.

P.: ¿Qué tomó en el desayuno?

R.: No lo sé.

P.: ¿Cuánto es veinte menos siete?

R.: Veintisiete.

P.: ¿Qué le dijo a Krantz sobre el profesor Schulz?

R.: Visitas turísticas... Desierto occidental... Seguimiento frustrado...

P.: ¿Con quién se entrenó?

Grito.

El prisionero murió.

Cuando Kawash pidió una reunión, Pierre Borg asistió. No hubo discusión alguna sobre lugares y horas: Kawash envió un mensaje dándole una cita, y Borg hizo lo posible para acudir. Kawash era, sin duda alguna, el mejor agente doble que Borg había tenido.

El jefe del Mosad se apostó en un extremo de la Bakerloo Line hacia el norte, sobre la plataforma de la estación de metro en Oxford Circus, leyendo un aviso de una serie de conferencias sobre teosofía, mientas aguardaba a Kawash. No tenía idea del motivo que había tenido el árabe para elegir Londres para este encuentro; no podía imaginar qué les habría dicho a sus superiores que estaba haciendo en la ciudad; ni sabía por qué Kawash era un traidor. Pero ese hombre había ayudado a los israelíes a ganar dos guerras y a evitar una tercera, y Borg lo necesitaba.

Echó una mirada a lo largo de la plataforma tratándodo de distinguir la cabeza morena y la gran nariz aguileña de Kawash. Creía saber sobre qué quería hablarle y esperaba no equivocarse.

Borg estaba muy preocupado por el asunto Schulz. Había comenzado como una tarea de rutina, justamente, el encargo más apropiado para su más nuevo e inexperto agente en El Cairo: un físico norteamericano de las altas esferas, de vacaciones en Europa, decide realizar un viaje turístico a Egipto. El primer signo de alarma fue cuando Towfik perdió a Schulz. A esas alturas de los acontecimientos Borg ya había tomado algunas disposiciones respecto de ese proyecto. Un periodista *freelance* en Milán, que ocasionalmente realizaba tareas de investigación para el servicio de inteligencia alemán, había descubierto que el pasaje de avión de Schulz hasta El Cairo había sido pagado por la esposa de un diplomático egipcio en Roma. Entonces la CIA, a manera de rutina, pasó al Mosad una serie de fotos de satélite del área en torno a Qattara que parecía mostrar signos de construcciones; y Borg había recordado que Schulz iba en dirección a Qattara cuando Towfik lo perdió.

Algo se estaba tramando, pero no sabía qué, y eso le preocupaba.

No obstante, siempre estaba preocupado. Si no eran los egipcios, eran los sirios; si no eran los sirios, eran los fedayines; si no eran sus enemigos, eran sus amigos y la cuestión de cuánto tiempo continuarían siendo sus amigos. Tenía un trabajo inquietante. Su madre le había dicho en cierta ocasión: «No se trata del trabajo: tu naciste preocupado, como tu pobre padre. Si fueras jardinero, estarías igualmente preocupado.» Posiblemente estuviera en lo cierto, pero de todos modos la paranoia era el único estado posible en el que podía vivir un entrenador de espías.

Ahora Towfik había interrumpido las comunicaciones, y ése era el signo más inquietante.

Quizá Kawash tuviera algunas respuestas.

El ruido ensordecedor del coche que llegaba se hizo oír. Borg se desentendió, él no estaba esperando el metro. Leyó los nombres que aparecían en el cartel publicitario de un filme. La mitad de ellos eran judíos. Quizá tendría que haber sido productor de cine, pensó.

El convoy arrancó y una sombra cayó sobre Borg; levantó la vista y se encontró con la calmada expresión de Kawash.

—Gracias por venir —dijo el árabe. Siempre decía lo mismo.

Borg lo pasó por alto. Nunca sabía cómo responder a los agradecimientos.

—¿Qué novedades hay? —preguntó.

—Tuve que detener a uno de tus jóvenes en El Cairo el viernes.

—¿Tuviste qué?

—El servicio de inteligencia del ejército estaba protegiendo a un VIP, y advirtieron que el muchacho les estaba siguiendo. Los militares no tienen personal operativo en la ciudad, de modo que le pidieron a mi departamento que lo detuviera. Era una orden oficial.

—Maldita sea —dijo Borg—. ¿Qué le sucedió?

—Tuve que hacerlo conforme a la ordenanza —dijo Kawash. Se veía muy triste—. El muchacho murió mientras era interrogado. Su nombre era Avram Ambache, pero trabajaba como Towfik el-Masiri.

Borg frunció el entrecejo.

—¿Dio su verdadero nombre?

—Está muerto, Pierre.

Borg sacudió la cabeza irritado. Kawash siempre quería demorarse sobre aspectos pesonales.

—¿Por qué dijo su nombre?

—Estamos usando el equipo ruso: el *shock* eléctrico y el detector de mentiras juntos. No los estás entrenando para que resistan algo así.

Borg lanzó una pequeña risotada.

—Si les dijéramos algo sobre ese tipo de «interrogatorios», nunca lograríamos un solo imbécil dispuesto a trabajar para nosotros. ¿Qué más soltó?

—Nada que no supiéramos. Hubiera hablado más, pero lo maté antes de que lo hiciera.

—¿Tú lo mataste?

—Yo dirigí el interrogatorio para asegurarme de que no dijera nada importante. Todas estas entrevistas están grabadas ahora y las transcripciones archivadas. Estamos aprendiendo de los rusos. —La tristeza se profundizó en sus ojos castaños—. ¿Acaso prefieres que sea otro quien mate a tus muchachos?

Borg lo miró y luego bajo la cabeza. Una vez más tenía que desviar la conversación para no adentrarse en consideraciones personales.

—¿Qué descubrió el muchacho acerca de Schulz?

—Un agente llevó al profesor al desierto del oeste.

—Sí, ya lo sabemos. Pero ¿para qué?

—No lo sé.

—Tienes que saberlo. ¡Para eso estás en el servicio de inteligencia egipcio!

Borg trató de dominar su irritación, se dijo que cualquier información que tuviera la transmitiría.

—No sé qué están haciendo, pero hemos destinado a un grupo especial para averiguarlo —explicó Kawash—. Mi departamento no está informado.

—¿Tienes idea de por qué?

El árabe se encogió de hombros.

—Yo diría que no quieren que los rusos se enteren. Hoy en día acaban averiguando cualquier cosa de la que somos informados.

Borg dejó que se notara su desilusión.

—¿Eso es todo lo que Towfik pudo hacer?

De pronto se manifestaba el enojo en la suave voz del árabe.

—El chico murió por ti —dijo.

—Se lo agradeceré en el cielo. ¿Murió en vano?

—Cogió esto del apartamento de Schulz. —Kawash sacó la mano del bolsillo interior de su chaqueta y le mostró a Borg una pequeña caja cuadrada de plástico azul.

Borg la cogió.

—¿Cómo sabes de dónde la sacó?

—Tiene las impresiones digitales de Schulz. Y detuvimos a Towfik justo cuando salía del apartamento.

Borg abrió la caja y palpó el liviano sobre hermético. Y había sido abierto. Sacó el negativo fotográfico.

—Abrimos el sobre y revelamos el negativo. Estaba en blanco —explicó el árabe.

Con un gran suspiro de satisfacción, Borg volvió a cerrar la cajita y se la puso en el bolsillo. Ahora todo tenía sentido, ahora comprendía, por fin sabía qué tenía que hacer. Llegaba el metro.

—¿Quieres tomar éste? —dijo.

Kawash frunció levemente el entrecejo, asintiendo con la cabeza, y se dirigió hacia el borde de la plataforma mientras el convoy se detenía y las puertas se abrían. Subió y se quedó ante la puerta.

—No sé qué demonios puede ser la cajita —dijo.

Borg pensó: Aunque no me tienes en la misma consideración, yo creo que tú eres un tipo sensacional. Sonrió levemente al árabe a medida que las puertas del metro se cerraban.

—Yo sí lo sé —afirmó Borg.

2

La muchacha norteamericana se había apegado mucho a Nat Dickstein.

Trabajaban juntos en un polvoriento viñedo, sacándole las hierbas y escardando la tierra. Una leve brisa soplaba sobre ellos desde el mar de Galilea. Dickstein se había quitado la camisa y trabajaba en pantalones cortos y con sandalias, con ese menosprecio por el sol que sólo los nacidos en las ciudades poseen.

Era un hombre delgado, estrecho de hombros, de codos y rodillas protuberantes. Karen lo observaba cuando hacía un alto en el trabajo, lo cual hacía bastante a menudo. Él sin embargo parecía no necesitar descanso. Sus músculos duros se movían como una soga nudosa bajo la piel bronceada surcada por cicatrices. Karen, de naturaleza sensual, deseaba tocarlas con sus dedos y preguntarle cómo se las habían hecho.

A veces Nat levantaba la vista y sorprendía su mirada, entonces le sonreía con naturalidad y continuaba trabajando. Su rostro, cuando estaba tranquilo, tenía una expresión plácida. Tras las gafas redondas que tanto gustaban a las chicas de la generación de Karen porque las usaba John Lennon, se distinguían sus ojos oscuros. Era moreno y llevaba el pelo corto; a Karen le hubiera gustado que se lo dejara crecer. Cuando sonreía parecía más joven; aunque era difícil calcular su edad. Tenía la fuerza y energía de un joven, pero ella le había visto el tatuaje del campo de concentración debajo de su reloj de pulsera, de modo que no podía tener menos de cuarenta años.

Nat había llegado al *kibbutz* poco después que Karen, en el verano de 1967. Ella había ido con sus desodorantes y sus píldoras anticonceptivas, en busca de un lugar donde vivir sus ideales hippies sin ser criticada las veinticuatro horas del día. Dickstein había llegado en una ambulancia. La joven supuso que había sido herido en la guerra de los Seis Días, y los que compartían el *kibbutz* pensaban lo mismo.

El recibimiento que le hicieron a él fue muy distinto del que le hicieron a ella, quien fue recibida con cordialidad pero con cierta distancia. Nat Dickstein retornaba como un hijo perdido durante largo tiempo. Durante días lo rodearon, lo alimentaron y se alejaron de sus heridas con lágrimas en los ojos.

Si Dickstein era como un hijo, Esther era para los habitantes del *kibbutz* la madre. Era la mayor de todos. Karen había dicho: «Parece la madre de Golda Meir.» Y alguien había contestado: «Yo creo que es el padre de Golda», lo que provocó la risa de todos. Para caminar usaba un bastón, y andaba por el lugar dando consejos que nadie le pedía, en la mayoría de los casos muy sensatos. Había montado guardia ante el cuarto de Dickstein, mientras estuvo enfermo y echó de allí a los niños ruidosos, agitando su bastón y amenazándolos con castigos que incluso los pequeños sabían que nunca les administraría.

Dickstein se repuso muy rápidamente. En pocos días se encontraba sentado al sol, pelando verduras para la cocina y contando chistes a los niños. Dos semanas más tarde estaba trabajando en el campo, y pronto demostró tener una gran resistencia, sólo superada por los muchachos más jóvenes.

No se sabía mucho de su pasado, pero en una ocasión Esther le había contado a Karen la historia de su llegada a Israel en 1948, durante la guerra de la Independencia.

Ese año para Esther era parte del pasado reciente. Durante las primeras dos décadas del siglo vivió en Londres, y formó parte de varios grupos que defendían causas radicales de izquierda, desde el sufragismo hasta el pacifismo, antes de emigrar a Palestina; pero su memoria se remontaba a más atrás, hasta los pogromos en Rusia, todo lo cual recordaba como imágenes de una monstruosa pesadilla. Esther se había sentado bajo una higuera, en la hora de mayor calor del día, para barnizar una silla que había hecho con sus propias manos nudosas, y le contó a Karen la historia de Dickstein, refiriéndose a él como si fuera un escolar inteligente pero travieso.

—Eran ocho o nueve, algunos universitarios, otros obreros del East End. Si alguna vez habían tenido dinero, lo habían gastado antes de llegar a Francia. Llegaron a París en un camión que los fue recogiendo por el camino, luego saltaron a un tren de carga hasta Marsella, desde donde por lo visto caminaron la mayor parte del trayecto hasta Italia. Después robaron un coche del ejército alemán, un Mercedes, y fueron en él hasta el sur de Italia. —El rostro de Esther se surcaba de arrugas cuando sonreía. Karen pensó: A ella le hubiera encantado haber estado allí con ellos.

»Dickstein había estado en Sicilia durante la guerra, y allí conoció a miembros de la mafia, que tenía todo el sobrante de armamentos de la guerra. Dickstein quería armas para Israel, pero no tenía dinero. Persuadió a los sicilianos para que vendieran un barco cargado de metralletas a un comprador árabe, y luego les dijeran a los judíos dónde se realizaría la entrega. Los hombres de la mafia sabían qué pretendía y no les pareció mal. Se hizo el trato, y una vez los sicilianos obtuvieron su dinero, ¡Dickstein y sus amigos robaron el barco con el cargamento y navegaron en él hasta Israel! —Karen se había echado a reír y una cabra que estaba pastando la miró con malignidad.

»Aguarda, no has oído el final de la historia. Algunos de los muchachos de la universidad habían hecho un poco de remo y uno del otro grupo había sido estibador, pero ésa era la única experiencia que tenían como marineros. Aun así navegaron con un carguero de cinco mil toneladas sin ayuda. Planearon la pequeña travesía a partir de principios elementales: la embarcación tenía mapas y una brújula. Dickstein había mirado en un libro cómo se ponía en marcha un barco, pero dice que el libro no indicaba cómo se frenaba, de modo que aparecieron en Haifa, dando voces y arrojando sus sombreros al aire, como si fueran un equipo universitario, cuando encallaron en el muelle.

»Inmediatamente fueron perdonados. No es de extrañar... las armas eran más preciosas que el oro. A partir de entonces empezaron a llamarle Dickstein el Pirata.

Desde luego no se parece en nada a un pirata, pensó Karen, volviéndose ahora hacia él, que estaba trabajando en la viña con sus pantalones cortos y sus gafas. De todos modos era atractivo. Quería seducirlo, pero no sabía cómo hacerlo. Evidentemente a Dickstein le gustaba Karen, y ella se había ocupado de que él supiera que estaba disponible. Pero él nunca hizo ademán alguno de acercamiento, quizá pensara que Karen era demasiado joven e inocente, o quizá había decidido alejarse de las mujeres.

La voz de Nat interfirió en sus pensamientos.

—Creo que hemos terminado.

Karen miró el sol; ya era hora de irse.

—Tú has hecho el doble de trabajo que yo.

—Estoy acostumbrado. Hace veinte años que estoy por aquí. El cuerpo se habitúa.

Caminaron de vuelta hacia el poblado mientras el cielo se volvía púrpura y amarillo. Karen dijo:

—¿Qué haces cuando no estás aquí?

—Oh... enveneno pozos de agua, robo niños cristianos.

Karen se echó a reír.

—¿Qué te parece esta vida comparada con la de California? —preguntó él.

—Es un lugar magnífico —respondió Karen—. Aunque creo que aún pasará mucho tiempo hasta que las mujeres sean consideradas iguales a los hombres.

—Ése parece ser el tema de interés del momento.

—Tú nunca tienes mucho que decir sobre eso.

—Mira, creo que tú tienes razón; pero yo creo que las personas deben hacer uso de su libertad y no esperar a que se la den.

—Eso suena a buena excusa para no hacer nada —dijo Karen.

Dickstein se echó a reír.

Cuando entraban a la ciudad pasaron junto a un joven montado en un poni que llevaba un rifle y se dirigía a la frontera a patrullar. Dickstein le gritó:

—Ten cuidado, Yishael.

El bombardeo en los Altos del Golán había cesado y los niños ya no tenían que dormir en los refugios bajo tierra; pero el *kibbutz* mantenía las patrullas. Dickstein había sido uno de los que se había manifestado en favor de mantener la vigilancia.

—Le voy a leer a Mottie —dijo Dickstein.

—¿Puedo ir?

—Naturalmente. —Él miró su reloj—. Tenemos el tiempo justo para lavarnos. Ven a mi habitación en cinco minutos.

Se separaron y Karen fue a las duchas. Un *kibbutz*

era el mejor lugar para un huérfano, pensó mientras se desvestía. Los padres de Mottie habían muerto: el padre en un bombardeo en los Altos del Golán; la madre, durante un ataque de los fedayines. Los dos habían sido muy amigos de Dickstein. Para el niño había sido una tragedia, pero aún dormía en la misma cama, comía en el mismo cuarto y tenía por lo menos cien adultos que lo querían y se ocupaban de él; no se lo habían entregado a tías de mala voluntad ni a viejos abuelos, ni había ido a parar a un orfanato. Además tenía a Dickstein.

Después de bañarse, Karen se puso ropa limpia y fue al cuarto de Dickstein. Mottie ya estaba allí, sentado sobre las rodillas de Nat, chupándose el pulgar y escuchando *La isla del tesoro* en hebreo. Dickstein era la única persona que Karen conocía que hablaba hebreo con acento *cockney*. Su entonación era aún más extraña ahora, porque estaba haciendo diversas voces según los personajes del relato: un tono más alto para Jim, uno más grave para Long John Silver, y casi un susurro para el loco Ben Gunn. Karen se sentó a observarlos bajo la amarilla luz eléctrica y pensó qué aniñado se veía Dickstein y qué adulto el niño.

Cuando concluyó el capítulo, los dos llevaron a Mottie a su dormitorio, lo metieron en la cama y le dieron un beso, luego se fueron al comedor. Karen pensó: Si seguimos así, yendo juntos a todas partes, todos pensarán que somos amantes.

Se sentaron con Esther. Después de comer, ella les contó una historia y en sus ojos había un destello juvenil.

—Cuando fui por primera vez a Jerusalén, me dijeron que si tenías una almohada de plumas, podías llegar a comprar una casa.

Dickstein captó inmediatamente la indirecta.

—No me digas. ¿Por qué?

—Una buena almohada de plumas se podía vender entonces por una libra. Si ingresabas esa libra en un banco, podías pedir prestado diez libras. Entonces buscabas un terreno. El dueño aceptaba la entrega de diez libras y el resto podías pagarlo mensualmente. Así te convertías en propietario. Ibas a un constructor y le decías: «Edifica una casa para mí en este terreno. Todo lo que quiero es un pequeño apartamento para mí y mi familia.»

Todos rieron. Dickstein miró hacia la puerta. Karen le siguió la mirada y vio a un extraño, un hombre fornido de unos cuarenta años, que tenía un rostro vulgar y regordete. Dickstein se levantó y fue hacia él.

—Deja de sufrir, muchacha —dijo Esther a Karen—, éste no nació para ser marido.

Karen miró a Esther, luego de nuevo a la puerta. Dickstein se había ido. Unos minutos más tarde oyó el ruido de un motor que se ponía en marcha y el coche partía.

Esther puso su vieja mano sobre la joven de Karen y se la apretó.

Karen nunca volvió a verlo.

Nat Dickstein y Pierre Borg se sentaron en la parte trasera de un Citroën negro. El guardaespaldas de Borg conducía con su pistola ametralladora junto a él en el asiento delantero. Siguieron a través de la oscuridad sin ver delante de ellos otra cosa que el cono de luz de los faros. Nat Dickstein tenía miedo.

Nunca había llegado a verse a sí mismo tal como lo veían los otros, es decir, como un agente competente, brillante, que había probado su habilidad para sobrevivir en cualquier circunstancia. Más tarde, cuando estuviera metido en el asunto, y todos dependieran de su ingenio, y tuviese que luchar a brazo partido para solucionar asuntos de estrategia y enfrentarse a problemas y diferentes personas, no tendría posibilidades de dar cabida al temor. Pero en ese momento, cuando Borg estaba a punto de asignarle una misión y no tenía planes que trazar, ni proyectos que elaborar, ni la necesidad de evaluar a posibles colaboradores, tenía miedo, mucho miedo. Debía volver la espalda a la paz y al trabajo rudo de la tierra bajo el sol; ahora le esperaban riesgos terribles, grandes peligros, mentiras, dolor, derramamiento de sangre y, quizá, su propia muerte. Iba sentado en un extremo del asiento, arrinconado, con los brazos cruzados en el pecho, observando la cara levemente iluminada de Borg, mientras el miedo a lo desconocido le hacía sentir un nudo en el estómago.

A la pálida luz intermitente, Borg parecía el gigante de un cuento de hadas. Era un hombre de rasgos grandes, exagerados: tenía labios abultados, mejillas anchas y ojos saltones sombreados por cejas espesas. Siempre le habían dicho que había sido un niño horroroso, y de hecho, pasados los años, se había convertido en un hombre igualmente horrible. Cuando estaba nervioso, como en ese momento, se llevaba continuamente las manos a la cara, se cubría la boca, se tocaba la nariz, se rascaba la frente, como si inconscientemente tratara de esconder su fealdad. En una ocasión Dickstein le había preguntado:

—¿Por qué grita usted a todo el mundo?

Y él le había respondido:

—Porque todos son asquerosamente guapos.

Nunca sabía qué idioma usar para hablar con Borg, que era francocanadiense de nacimiento y tenía dificultades con el hebreo. El hebreo de Dickstein era bueno, pero su francés sólo pasable, así que generalmente se comunicaban en inglés.

Dickstein trabajaba a las órdenes de Borg desde hacía

diez años, pero no era una persona por la que sintiera afecto. Comprendía su naturaleza inquieta, infortunada y conflictiva, lo respetaba como profesional y por su dedicación obsesiva al servicio de inteligencia israelí, pero creía que todo ello no era razón suficiente para sentir afecto por una persona. Cuando Borg le mentía siempre había sólidas razones para que lo hiciera, pero aun así a Dickstein le seguía molestando.

Como revancha adoptaba la táctica de Borg: no le decía adónde iba, o le mentía, no le informaba sobre su paradero cuando estaba en una misión y simplemente le llamaba o le enviaba mensajes con exigencias perentorias. A menudo, incluso, no le desvelaba parte de sus planes de procedimiento, para evitar que Borg interviniera en ellos. Además, haciéndolo se sentía más seguro porque sabía que, en ocasiones, Borg tenía que informar a los políticos sobre lo que el servicio de inteligencia estaba haciendo, y esa información podía entonces filtrarse y llegar a la oposición. Dickstein conocía la fuerza de su posición; a él se debían muchos de los triunfos que distinguían la carrera de Borg, y se valía de ello para actuar a su manera.

El Citroën cruzó la ciudad árabe de Nazaret —desierta ahora, presumiblemente debido al toque de queda— y continuó a través de la noche, en dirección a Tel Aviv. Borg encendió un cigarro y comenzó a hablar.

—Después de la guerra de los Seis Días, uno de los brillantes muchachos del Ministerio de Defensa escribió un opúsculo titulado *La inevitable destrucción de Israel*. El razonamiento era éste: durante la guerra de la Independencia nosotros compramos armamento a Checoslovaquia. Cuando el bloque soviético comenzó a inclinarse hacia los árabes, nosotros nos acercamos a Francia, y más tarde a Alemania Occidental. Pero Alemania canceló todos los convenios en cuanto los árabes lo descubrieron; Francia después de la guerra de los

Seis Días impuso un embargo, y tanto Inglaterra como Estados Unidos han rehusado siempre a abastecernos de armas. Estamos perdiendo una a una todas nuestras fuentes.

»Supongamos que podemos compensar esas pérdidas hallando nuevos abastecedores e impulsando nuestra propia industria armamentística: aun así, es un hecho que Israel debe ser la perdedora en la carrera de armamento de Oriente Próximo. Los países petroleros, durante el futuro cercano, serán más ricos que nosotros. Nuestro presupuesto de defensa es ya una terrible carga en la economía nacional, mientras que nuestros enemigos no tienen nada mejor para invertir sus billones. Cuando ellos tengan diez mil tanques, nosotros necesitaremos seis mil; cuando ellos tengan veinte mil tanques, nosotros necesitaremos doce mil; y así sucesivamente. Por el simple hecho de duplicar su inversión en armamento todos los años, podrán destrozar nuestra economía nacional sin disparar un solo tiro.

»Finalmente, la reciente historia de Oriente Próximo muestra un ciclo de guerras limitadas una vez cada diez años. La lógica de este circuito va en nuestra contra. Los árabes pueden permitirse perder una guerra de vez en cuando, pero nosotros no: nuestra primera derrota será nuestra última guerra. En resumen, la supervivencia de Israel depende de que nosotros podamos romper esa cadena, ese círculo vicioso que nuestros enemigos nos han impuesto.

Dickstein asintió.

—No se trata de una línea nueva de pensamiento. Es el tradicional argumento de «paz a cualquier precio». Estoy seguro de que ese brillante muchacho fue despedido del Ministerio de Defensa por esa publicación. Debemos infligir —continuó— o tener el poder de infligir daño permanente al próximo ejército árabe que cruce nuestra frontera. Debemos tener armas nucleares.

Dickstein permaneció inmóvil durante un momento; después lanzó un hondo suspiro. Era una de esas ideas lapidarias que parecían obvias en cuanto se las enunciaba. Lo cambiaría todo. Guardó silencio un momento mientras reflexionaba sobre las consecuencias. Tenía muchas dudas: ¿era técnicamente posible?, ¿los estadounidenses colaborarían?, ¿el gabinete israelí lo aprobaría?, ¿los árabes responderían con su propia bomba? Sólo respondió:

—Brillante idea la del tipo del ministerio, diablos. Esa ponencia pertenece a Moshe Dayan.

—Sin comentarios —dijo Borg.

—¿El gabinete la adoptó?

—Hubo un largo debate. Algunos viejos políticos argumentaron que no habían llegado hasta ahí para ver cómo los países de Oriente Próximo quedaban sumidos en un holocausto nuclear. Pero la fracción de la oposición se apoyó fundamentalmente en el argumento de que si teníamos una bomba los árabes también lograrían una, y volveríamos a estar igualados. Y esto resultó ser un gran error.

Borg se metió la mano en el bolsillo y sacó una pequeña caja de plástico, que entregó a Dickstein. Éste encendió la luz interior del coche y examinó la caja, que tenía unos tres centímetros, y era fina y de color azul. Dentro había un pequeño sobre negro que no dejaba pasar la luz.

—¿Qué es esto? —dijo.

—Un físico llamado Friedrich Schulz visitó El Cairo en febrero. Es austriaco pero trabaja en Estados Unidos. Aparentemente estaba pasando sus vacaciones en Europa; pero su pasaje de avión a Egipto fue pagado por el gobierno egipcio. Ordené que lo siguieran, pero despistó a nuestro hombre y desapareció durante cuarenta y ocho horas en el desierto occidental. Sabemos por las fotografías de satélites de la CIA que se está realizando una gran construcción en esa parte del desierto. Cuando Schulz volvió de allí tenía esta caja en el bolsillo. Es un dosímetro personal, con un negativo común en el sobre hermético, que se lleva en el bolsillo, adherido a la solapa o en el cinturón. Si la persona que lo lleva se expone a la radiación, el negativo se verá borroso cuando se revele. Los dosímetros suelen llevarlos encima todos los que visitan o trabajan en una planta de energía nuclear.

Dickstein apagó la luz y devolvió la cajita a Borg.

—¿Quieres decir que los árabes están fabricando bombas atómicas?

—Así es —contestó Borg en un tono de voz innecesariamente alto.

—De modo que el gabinete dio a Dayan la aprobación para fabricar una bomba atómica.

—En principio, sí.

—¿Qué quieres decir?

—Hay algunas dificultades de orden práctico. El mecanismo del asunto es simple, me refiero a la parte de la maquinaria de la bomba. Cualquiera que pueda hacer una bomba convencional puede fabricar una bomba atómica. El problema es conseguir el material explosivo: plutonio, que se obtiene de un reactor nuclear. Es un derivado. Ahora bien, tenemos un reactor en Dimona en el desierto de Néguev. ¿Lo sabías?

—Sí.

—Es nuestro secreto peor guardado. Sin embargo, no tenemos el equipo necesario para extraer el plutonio del combustible gastado. Podríamos construir una planta reprocesadora, pero el problema es que no poseemos uranio propio para usar en el reactor.

—Un momento. —Dickstein frunció el entrecejo—.

¿Tenemos uranio para abastecer el reactor para su uso normal?

—Sí. Lo obtenemos de Francia, y nos lo dan a condición de que devolvamos el combustible gastado para que ellos lo vuelvan a procesar y obtener así el plutonio.

—¿No hay otros abastecedores?

—Nos impondrán las mismas condiciones. Es parte de todos los tratados de no proliferación de las armas nucleares...

—Pero los que trabajan en Dimona podrían obtener combustible gastado sin que nadie lo notara...

—No. Dada la cantidad de uranio originalmente abastecido, es posible calcular con precisión cuánto plutonio puede obtenerse. Y lo pesan muy cuidadosamente. Se trata de un material muy costoso.

—De modo que es necesario apoderarse de una cantidad de uranio.

—Exactamente.

—¿Y la solución?

—La solución es que tú la robes.

Dickstein se volvió hacia la ventanilla. La luna ya estaba en lo alto del cielo e iluminaba a un rebaño de ovejas reunidas en el extremo de un campo, al cuidado de un pastor árabe que sostenía un cayado. De modo que ése era el juego: uranio robado para la tierra de la leche y la miel. La última vez había sido la muerte de un líder terrorista en Damasco; la vez anterior el chantaje a un árabe opulento en Montecarlo para evitar que siguiera aportando fondos a los fedayines.

Los sentimientos de Dickstein habían sido descartados mientras Borg hablaba de política, Schulz y reactores nucleares. Ahora recordaba que esto lo implicaba a él, y volvió a sentir miedo, y con él volvieron los recuerdos. Después de que su padre muriera, su familia había quedado sumida en la pobreza más absoluta. Recordaba cómo cuando los acreedores llamaban a la puerta le enviaban a él para que les dijera: «Mamá no está.» A los trece años esto había resultado humillante para él, porque los acreedores sabían que él estaba mintiendo, y él, que ellos sabían que mentía. Notaba cómo lo miraban con una mezcla de desprecio y lástima. No había podido olvidar cuán humillado se sintió entonces, y desde ese momento cuando alguien como Borg le decía algo así como «Pequeño Nathaniel, ve y roba un poco de uranio para tu patria», ese sentimiento volvía a dominarlo.

A su madre siempre le preguntaba: «¿Tengo que hacerlo?» Y ahora le dijo a Pierre Borg:

—Si de todos modos vamos a robarlo, ¿por qué no comprar el uranio, y simplemente negarnos a devolver el combustible gastado para que lo reprocesen?

—Porque de este modo todo el mundo conocería nuestras intenciones.

—¿Y...?

—Reprocesar es un proceso lento de muchos meses. Durante ese tiempo podrían suceder dos cosas: una, que los egipcios apuraran su programa; y dos, que los estadounidenses nos presionaran para que no fabricáramos la bomba.

—Entiendo —Dickstein se dio cuenta de que el asunto era más peligroso aún de lo que se había imaginado—. De modo que quieres que robe el material sin que nadie sepa que lo hemos hecho nosotros.

—Más todavía. —La voz de Borg era dura y bronca—. Nadie debe saber, de momento, que ha sido robado. Debe parecer que simplemente se ha perdido. Quiero que los dueños y las agencias internacionales estén tan confundidos acerca de la desaparición del material que oculten el hecho. Luego, cuando descubran que fue robado, se sentirán comprometidos por su propia ocultación.

—En algún momento se llegará a saber.

—No antes de que tengamos nuestra propia bomba.

Habían llegado a la carretera de la costa que iba de Haifa a Tel Aviv, y mientras el automóvil continuaba su marcha a través de la noche Dickstein podía ver, hacia la derecha, retazos del Mediterráneo, brillante, destellando como una joya bajo la luz de la luna. Cuando finalmente habló, se sorprendió al escuchar su propia voz, resignada y cansada.

—¿Cuánto uranio necesitan?

—Doce bombas de óxido de uranio, es decir las de mena de uranio. Lo cual supone unas cien toneladas.

—Entonces no me lo podré meter distraídamente en el bolsillo —dijo Dickstein frunciendo el entrecejo—. ¿Cuánto costaría eso si lo compráramos?

—Algo más de un millón de dólares.

—¿Y crees que quienes pierdan el material van a mantenerse en silencio?

—Si lo haces bien, sí.

—¿Cómo?

—Eso es asunto tuyo, Pirata.

—No estoy seguro de que esta misión pueda realizarse —afirmó Dickstein.

—Debe realizarse. Le dije al primer ministro que podríamos obtener la cantidad de uranio necesaria. Me juego mi carrera, Nat.

—No me hables de tu maldita carrera.

Borg encendió otro cigarrillo, una reacción nerviosa que Dickstein miró con desprecio mientras bajaba un poco el vidrio de su ventanilla para dejar que saliera el humo. Su súbita hostilidad nada tenía que ver con la torpe referencia de Borg a su carrera profesional, creerlo así era típico del hombre para comprender cómo se sentían los demás con respecto a él. Lo que enervaba a Dickstein era la visión repentina de las nubes con forma de hongo sobre Jerusalén y El Cairo, las plantaciones de algodón junto al Nilo y los viñedos sobre las costas del mar de Galilea destruidos por la radiación, Oriente Próximo arrasado por el fuego, sus niños deformados durante generaciones.

—Aún creo que la paz es una alternativa —dijo.

—No lo sé —contestó Borg encogiéndose de hombros—. No me meto en política.

—Mierda.

Borg suspiró.

—Si ellos tienen la bomba nosotros también debemos conseguirla. ¿No?

—Si eso fuera todo, bastaría con convocar una conferencia de prensa, anunciar que los egipcios están fabricando una bomba y dejar que el resto del mundo los detuviera. La verdad es que los nuestros quieren tener la bomba como sea, y han encontrado un buen motivo que justifica cualquier medio para conseguirla.

—¡Y quizá tengan razón! —dijo Borg—. No podemos continuar enfrentándonos contra los árabes en una guerra cada equis años... Es muy posible que perdamos frente a ellos en alguna ocasión.

—Podríamos lograr la paz.

—Eres tan estúpidamente ingenuo... —suspiró Borg.

—Si hiciéramos algunas concesiones... Retirarnos de los territorios ocupados, la ley del retorno, iguales derechos para los árabes en Israel...

—Los árabes ya gozan de iguales derechos.

Dickstein sonrió irónicamente.

—Eres tan estúpidamente ingenuo...

—¡Ya basta! —Borg hizo un esfuerzo para dominarse.

Dickstein comprendió el enojo de su jefe. Era una reacción que compartía con muchos israelíes que consideraban que si las ideas liberales llegaban a arraigar en el pueblo judío se iría de una concesión a otra y el país acabaría perteneciendo de nuevo a los árabes. Esta perspectiva hería en lo más hondo a muchos judíos.

—Mira —comenzó Borg—, quizá deberíamos vender nuestra primogenitura por un plato de lentejas, pero éste es el mundo en que vivimos, y la gente de este país no votará la paz-a-cualquier-precio. Y tú sabes muy bien que los árabes tampoco trabajan por la paz. De modo que en el mundo real en que vivimos tenemos que combatir contra los árabes; y si tenemos que luchar, es mejor que pensemos en la victoria, y para estar seguros de que ganaremos es necesario que robes el uranio.

—Lo que más me disgusta de ti es que por lo general tienes razón.

Borg bajó el vidrio de su ventanilla y arrojó la colilla, dejando una estela de chispas en la carretera, como un cohete de luces de bengala.

Se divisaron las luces de Tel Aviv; ya estaban cerca.

—¿Sabes? —dijo Borg—, eres uno de los pocos entre mis hombres con los que tengo que discutir de política cada vez que les asigno una misión. La mayoría acatan mis órdenes sin cuestionarlas.

—No te creo. Ésta es una nación de idealistas, o no es nada.

—Quizá.

—Una vez conocí a un hombre llamado Wolfgang que solía decir: «No hago más que cumplir órdenes», y entonces me rompía la pierna.

—Sí, ya me lo habías contado.

Cuando una compañía contrata a un contable para que lleve los libros, lo primero que éste hace es decir que tiene tanto trabajo en lo que respecta a la política financiera de la compañía que necesita un empleado que sepa de contabilidad para que le lleve los libros. Algo similar ocurre con los espías. Un país organiza un servicio de inteligencia para averiguar cuántos tanques tiene su vecino y dónde, y antes que se les pueda decir nada, el ML5 del servicio de inteligencia anuncia que es tan complicado espiar a elementos subversivos en el país que hace falta una organización distinta para tratar con el servicio de inteligencia del ejército.

Así sucedió en Egipto en 1955. El nuevo servicio de inteligencia del país estaba dividido en dos direcciones: la Inteligencia Militar tenía la misión de contar los tanques de Israel e Investigación General hacía todo el trabajo interesante.

El hombre a cargo de las dos direcciones ostentaba el cargo de director del Servicio General de Inteligencia (para confundir aún más) y, en teoría, se suponía que debía informar al ministro del Interior. Pero otra cosa que siempre sucede a los departamentos de espionaje es que el jefe de Estado trata de dirigirlos. Hay dos razones para ello: una es que los espías están elaborando constantemente los más extraños proyectos de asesinato, chantaje e invasiones que pueden ser muy embarazosos si alguna vez llegan a saberse, de modo que los presidentes y primeros ministros prefieren ejercer una supervisión personal de esos departamentos. La otra razón es que los servicios de inteligencia son una fuente de poder, especialmente en países inestables, y el jefe del Estado quiere asumir la totalidad del poder.

En consecuencia, el director del Servicio General de Inteligencia en El Cairo informaba, ya fuera al presidente o al ministro de Estado, en la Presidencia.

Kawash, el árabe alto que interrogó y mató a Towfik y luego dio el dosímetro personal a Pierre Borg, trabajaba en la Dirección de Investigaciones Generales. Era un hombre inteligente, serio, íntegro y profundamente religioso. Hacía gala de un misticismo sólido y arraigado, por el que podía sostener las creencias más extrañas —por no decir inverosímiles— sobre el mundo real. Creía y defendía que el retorno de los judíos a la tierra prometida estaba ordenado en la Biblia y era un presagio del fin del mundo. Por lo tanto, impedir que los judíos regresaran a Israel era un pecado; trabajar en favor de ello, una tarea santa. Por eso, Kawash era un agente doble. Todo lo que tenía era su trabajo. Su fe lo había conducido a esa vida y poco a poco había ido cortando toda vinculación con amigos, vecinos y con casi toda su familia. No tenía ambiciones personales, excepto ir al cielo. Vivía ascéticamente, su único placer terrenal era anotarse puntos en el juego del espionaje. Se parecía bastante a Pierre Borg, excepto en una cosa: Kawash era feliz.

En ese momento, sin embargo, estaba preocupado. No había avanzado en el asunto que había comenzado con el profesor Schulz, y eso le deprimía. El problema era que el proyecto de Qattara no estaba en manos de la Dirección de Investigación General sino de la otra mitad, cuyo esfuerzo era realizado por la Inteligencia Militar. Sin embargo, Kawash había ayunado y meditado, y en las largas vigilias nocturnas había urdido una trama para penetrar en el proyecto secreto.

Tenía un primo segundo, Assam, que trabajaba en la oficina del director del Servicio General de Inteligencia, el organismo que coordinaba la Inteligencia Militar y la Investigación General. Assam era mayor que Kawash, pero éste era más inteligente.

Los dos primos estaban sentados en la parte de atrás de un pequeño y mugriento café próximo a Sherif Jasha, en pleno calor, y bebiendo licor de lima tibio mientras echaban el humo del tabaco a las moscas. Los dos vestían trajes livianos y ostentaban bigote, lo que acentuaba su parecido físico. Kawash quería usar a Assam para saber acerca de Qattara. Había pensado en una forma plausible de enfoque que tentara a Assam, pero sabía que tendría que plantear el asunto con delicadeza para ganárselo a su causa. Su aspecto era tan imperturbable como siempre, pese a que tenía una gran ansiedad interior.

Comenzó con una pregunta muy directa:

—Primo mío, ¿sabes lo que está sucediendo en Qattara?

Una expresión furtiva cubrió el hermoso rostro de Assam.

—Si tú no lo sabes, yo no puedo decírtelo.

Kawash sacudió la cabeza, como si Assam lo hubiera comprendido mal.

—No quiero que tú reveles secretos. Además yo me doy cuenta de cuál es el proyecto. —Esto era una mentira—. Lo que me molesta es que Maraji lo controle.

—¿Por qué?

—Por ti. Estoy pensando en tu carrera.

—A mí no me preocupa...

—Entonces debería preocuparte. Maraji quiere tu puesto; eso debes saberlo.

El propietario del café les trajo un plato de aceitunas y dos panecillos chatos de harina de pita. Kawash estuvo en silencio hasta que el hombre se fue, miró a Assam mientras la natural inseguridad del hombre digería la mentira sobre Maraji.

—Maraji —continuó Kawash— está informando directamente al ministro según parece.

—Sin embargo, yo veo todos los documentos —dijo Assam a la defensiva.

—Tú no sabes lo que Maraji le está diciendo en reuniones privadas al ministro. Está muy afirmado en su puesto.

Assam frunció el entrecejo.

—De todos modos, ¿cómo te enteraste del proyecto?

Kawash se echó hacia atrás contra la fresca pared de cemento.

—Uno de los hombres de Maraji trabajaba de guardaespaldas en El Cairo y advirtió que lo seguían. El segui-
dor era un agente israelí llamado Towfik. Maraji no tiene
hombres trabajando en la ciudad, de modo que me pidió
a mí que hiciera de guardaespaldas y yo apresé al hombre.

Assam resopló con disgusto.

—Ya era malo dejarse seguir, pero es mucho peor
llamar al departamento que no corresponde en busca
de ayuda.

—Quizá podamos hacer algo al respecto, primo.

Assam se rascó la nariz con una mano cargada de
anillos.

—Continúa.

—Cuéntale al director lo que sabes de Towfik. Dile
que Maraji, pese a su considerable talento, comete
errores al escoger a sus hombres, porque es joven e
inexperto en comparación con alguien como tú. Insís-
tele en que tú deberías estar a cargo del personal para el
proyecto de Qattara. Luego pon en el lugar a un hombre que nos sea fiel.

Assam asintió despacio.

El regusto del éxito se hacía sentir en la boca de Kawash. Se inclinó hacia Assam y añadió:

—El director te estará agradecido por haber descubierto este flanco descuidado en un asunto de suma seguridad. Y tú podrás seguir con el control de todo
cuanto haga Maraji.

—Éste es un muy buen plan —dijo Assam—. Hoy
hablaré con el director. Te estoy muy agradecido, primo mío.

Kawash aún tenía algo más que decir, lo más importante, y decidió que esperaría unos pocos minutos
más. Se puso de pie y dijo:

—¿Acaso no has sido mi protector?

Salieron del brazo al calor inclemente de la ciudad.
Assam dijo:

—Pronto hallaré un hombre adecuado.

—¡Ah, sí! —exclamó Kawash, como si recordara otro pequeño detalle—. Yo tengo un hombre que sería ideal. Es inteligente, ingenioso y muy discreto... Y es hijo del hermano de mi difunta esposa.

Los ojos de Assam se entrecerraron.

—Así te informaría también a ti.

Kawash simuló ofenderse.

—Si eso es demasiado pedir... —Abrió las manos en gesto de rechazo.

—No —lo tranquilizó Assam—. Siempre nos hemos ayudado el uno al otro.

Llegaron a la esquina donde se separaron. Kawash se esforzaba para disimular su entusiasmo por el triunfo que había conseguido.

—Te enviaré al hombre para que hable contigo. Verás que es de toda confianza.

—Que así sea —respondió Assam.

Pierre Borg conocía a Nat Dickstein desde hacía veinte años. Ya en 1948 Borg estuvo seguro de que el muchacho no sería un agente ideal, pese al golpe dado con el barco cargado de rifles. Era delgado, pálido, retraído, y con una actitud más bien condescendiente. Pero la decisión de que Dickstein trabajara como espía no la tomó él, y le dieron una oportunidad. Borg enseguida se dio cuenta de que el muchacho podría no ser fuerte, pero desde luego era inteligente y poseía un extraño encanto que a él siempre le sorprendió. Algunas de las mujeres del Mosad estaban locas por él, lo que resultaba inexplicable para muchos, entre ellos el propio Borg. Dickstein no demostraba interés hacia las mujeres, de hecho no parecía interesado por nadie, ni siquiera por él mismo. Sus antecedentes personales señalaban: «Vida sexual, ninguna.»

Con los años, Dickstein había aumentado su habilidad y confianza en sí mismo y ahora Borg confiaba en él más que en cualquier otro agente. En verdad, si Dickstein hubiera sido más ambicioso hubiera ocupado el puesto de Borg.

El resultado del debate sobre la política que se debía seguir con respecto a las armas nucleares había sido uno de esos obstinados compromisos políticos que perturban el trabajo de todos los funcionarios civiles: se llegó al acuerdo de robar el uranio sólo si se podía hacer de tal manera que nadie supiera, por lo menos en muchos años, que Israel había sido el ladrón. Borg no había estado de acuerdo con esa decisión. Consideraba que se debía realizar un golpe por sorpresa y al diablo con las consecuencias. En el gabinete había prevalecido un punto de vista más cauteloso; pero le tocaba a Borg y a su equipo implementar esa decisión.

Había otros hombres en el Mosad que podrían llevar a cabo la misión tan bien como Dickstein; Mike, el jefe de Operativos Especiales, era uno, y Borg mismo, otro. Pero no había nadie a quien Borg pudiera decirle como le había dicho a Dickstein: éste es el problema; hazte cargo y resuélvelo.

Los dos hombres pasaron un día en un refugio del Mosad, en la ciudad de Ramt Gan, situado justo en las afueras de Tel Aviv. Seguridad prohibía que los empleados del Mosad hicieran café, sirvieran comidas y anduvieran por el jardín con pistolas debajo de las chaquetas. Esa mañana Dickstein visitó a un joven profesor de física del Instituto Weizmann, en Rehovot.

El científico tenía el pelo largo y llevaba una corbata estampada y le explicó con claridad meridiana y paciencia infinita la composición química del uranio, la naturaleza de la radiactividad y el funcionamiento de una pila atómica. Después del almuerzo, Dickstein conversó con un administrador de Dimona sobre minas de uranio, plantas de enriquecimiento, puestos de fabricación de combustible, almacenamiento y transporte, medidas de seguridad y leyes internacionales; y también sobre la Agencia Internacional de Energía Atómica, la Comisión de Energía Atómica de Estados Unidos, la Dirección de Energía Atómica del Reino Unido y Euratom.

Por la noche Borg y Dickstein cenaron juntos. Aquél, como ya era costumbre en él, mantenía una semidieta: no comió pan con la brocheta de cordero y ensalada, pero se bebió casi toda la botella de vino tinto israelí. Su excusa era que tenía que calmarse los nervios para no revelar su ansiedad ante Dickstein.

Después de comer le dio tres llaves.

—Hay distintas identidades para ti en cajas de seguridad de Londres, Bruselas y Zúrich —dijo—. Pasaportes, permisos de conducir, dinero y armas. Irás cambiando de identidad y deberás dejar los documentos viejos en la caja donde encuentres los nuevos.

Dickstein asintió.

—¿Debo informarte a ti o a Mike?

No sé para qué preguntas si total nunca informas, pensó Borg.

—A mí, por favor. Siempre que te sea posible, llámame y emplea el código secreto. Si no das conmigo, telefonea a cualquier embajada y usa el código para fijar un encuentro. Yo trataré de localizarte dondequiera que estés. Como último recurso, envía cartas cifradas vía valija diplomática.

Dickstein asintió. Eran recomendaciones rutinarias, que escuchaba siempre, antes de iniciar una misión. Borg lo miró tratando de leerle los pensamientos. ¿Cómo se sentía? ¿Consideraba que podría hacerlo? ¿Tenía algunas ideas? ¿Pensaba tantear las diferentes posibilidades de llevar a cabo la misión y luego informar que era imposible realizarla? ¿Estaba verdaderamente convencido de que la bomba era lo que convenía a Israel?

Borg podría haberle hecho estas preguntas, pero sabía que no hubiera recibido contestación alguna.

—Presumiblemente habrá un plazo —dijo Dickstein.

—Sí, pero no sabemos cuál es. —Borg comenzó a pinchar las cebollas que quedaban en los restos de la ensalada—. Debemos tener nuestra bomba antes de que los egipcios tengan la suya. Eso significa que el uranio tiene que estar en el reactor antes de que el reactor egipcio comience a funcionar. El resto será trabajo de los químicos. Nada podemos hacer nosotros ni ellos para apresurar las partículas subatómicas. El primero que comience será el primero en terminar.

—Necesitamos un agente en Qattara —dijo Dickstein.

—Estoy trabajando en eso.

—Y un hombre eficaz en El Cairo —observó Dickstein.

Eso no era sobre lo que quería hablar Borg.

—¿Acaso estás intentando sonsacarme información? —dijo enojado.

—Estoy pensando en voz alta.

Se produjo un silencio. Borg masticó algunas cebollas.

—Ya te he dicho lo que quiero. Ahora confío en que tú tomes las decisiones adecuadas para conseguirlo.

—Bien. —Dickstein se puso de pie—. Creo que me voy a la cama.

—¿Sabes ya por dónde vas a empezar?

—Sí, desde luego. Hasta mañana, Borg.

3

Nat Dickstein nunca se acostumbró a ser un agente secreto. Lo que más le molestaba era el engaño continuo. Siempre estaba mintiendo, escondiéndose, aparentando ser alguien que en realidad no era, siguiendo a personas subrepticiamente y mostrando documentos falsos a los funcionarios de los aeropuertos. Siempre temía que lo descubrieran. Tenía una pesadilla en la cual de pronto se veía rodeado por policías que le gritaban: «¡Usted es un espía, un espía!», y luego lo llevaban a la cárcel donde le rompían la pierna.

En ese momento estaba nervioso. Se encontraba en el edificio del Jean-Monnet, en Luxemburgo, sobre el Kirchberg Plateau, en la entrada de las oficinas de la Dirección de Seguridad de Euratom, memorizando las caras de los empleados a medida que iban llegando al trabajo. Aguardaba a un funcionario de prensa llamado Pfaffer, pero intencionadamente había llegado demasiado temprano. Estaba tratando de averiguar cuáles eran los fallos de la Dirección de Seguridad de Euratom, de los cuales él pudiera sacar provecho. La desventaja de esto era que todo el personal le vería la cara también a él; pero no tenía tiempo para considerar ese tipo de precauciones.

Resultó que Pfaffer era un presuntuoso joven, que

apareció ante él con una vieja carpeta bajo el brazo. Dickstein lo siguió hasta una oficina desordenada y con necesidad de reformas y aceptó el café que Pfaffer le ofreció. Hablaron en francés. Dickstein pertenecía a la sucursal en París de un oscuro periódico llamado *Science International*. Le dijo a Pfaffer que su verdadera ambición era encontrar trabajo en *Scientific American*.

—¿Exactamente sobre qué está escribiendo en este momento? —le preguntó Pfaffer.

—El artículo se titula «MD» —explicó Dickstein—, la sigla de «material desaparecido». En Estados Unidos se pierde constantemente combustible radiactivo, mientras que aquí, en Europa, según me han informado, hay un sistema internacional para seguir las huellas a dicho material.

—Así es —dijo Pfaffer—. Los países miembros encargan a Euratom el control de las sustancias fisibles. En primer lugar tenemos una lista completa de todos los establecimientos civiles donde se guardan las existencias, desde minas hasta las plantas de fabricación y preparación, almacenes, reactores y plantas de procesamiento.

—¿Dice que son establecimientos civiles?

—Sí, los militares están fuera de nuestra esfera.

—Continúe. —Dickstein estaba aliviado al ver que Pfaffer le hablaba del asunto antes de poder darse cuenta de qué limitados eran sus conocimientos en estos temas.

—Como ejemplo tomemos una fábrica que produzca material combustible a partir del óxido de uranio común. El material en bruto que llega al establecimiento se pesa y es analizado por inspectores de Euratom. Sus datos son programados y analizados por los ordenadores y confrontados con la información de los inspectores de la sección de despacho. En este caso, probablemente sea una mina de uranio. Si hay discrepancia entre la cantidad que salió de la instalación que suministró el material y la cantidad que llegó a la fábrica, el ordenador lo indicará.

»Mediciones semejantes se hacen con el material que sale de la fábrica: cantidad y calidad. Dichas cifras a su vez son confrontadas con la información proporcionada por los inspectores en las instalaciones donde se usa el combustible, probablemente una usina de energía nuclear. Además, todos los desechos de la planta son pesados y analizados. Este proceso de inspección y de doble control se realiza con desechos radiactivos, incluyendo sus últimos restos. Finalmente, se controla el *stock* por lo menos dos veces al año en la planta.

—Comprendo.

Dickstein parecía impresionado y se sentía desalentado. Desde luego Pfaffer estaba exagerando la eficacia del sistema, pero aunque hicieran la mitad de los controles que se suponía que debían hacer, ¿cómo sería posible que alguien robara cien toneladas de material sin que los ordenadores lo registraran?

—¿De manera que en cualquier momento su ordenador puede localizar cada trocito de uranio en Europa?

—En los países asociados: Francia, Alemania, Italia, Bélgica, Países Bajos y Luxemburgo. Y no solamente el uranio, cualquier material radiactivo.

—¿Algún detalle sobre el transporte?

—Siempre debe estar aprobado por nosotros.

Dickstein cerró su cuaderno de anotaciones.

—Parece un buen sistema. ¿Podría ver cómo funciona?

—Eso no depende de nosotros. Tendrá que ponerse en contacto con las autoridades de Euratom en cada país asociado y pedir permiso para visitar las instalaciones. Hay visitas guiadas.

—¿Podría facilitarme la lista de números de teléfono?

—Por supuesto.

Pfaffer se puso de pie y abrió el cajón de un archivo.

Dickstein había resuelto un problema sólo para encontrar otro. Había querido saber adónde podía ir para localizar los cúmulos de material radiactivo y ahora tenía la respuesta. El ordenador de Euratom. Pero todo el uranio del que el ordenador tenía conocimiento estaba sujeto a un riguroso sistema de control, y por lo tanto era extremadamente difícil robarlo. Sentado en la pequeña oficina desordenada, observando al atildado Pfaffer revolver entre sus viejos comunicados de prensa, Dickstein pensó: Si pudieras sospechar lo que tengo en la cabeza, pequeño burócrata, te daría un soponcio; y refrenando una sonrisa se sintió algo más animado.

Pfaffer le entregó una hojita impresa. Dickstein la dobló y se la puso en el bolsillo.

—Gracias por su ayuda.

—¿Dónde se aloja? —le preguntó Pfaffer.

—En el Alfa, frente a la estación de ferrocarril.

Pfaffer lo acompañó hasta la puerta.

—Que lo pase bien en Luxemburgo.

—Eso espero —dijo Dickstein dándole la mano.

Memorizar era una prueba de ingenio. Dickstein había aprendido a hacerlo de pequeño, sentado con su abuelo en su cuarto maloliente de una casa de comidas en la Mile End Road, luchando por reconocer los caracteres del alfabeto hebreo. El truco era aislar el único rasgo de la forma que debía ser recordado e ignorar todo lo demás. Dickstein había empleado esta técnica para recordar las caras de los empleados de Euratom.

Aguardó en el exterior del Jean-Monnet al atardecer, mirando a la gente que se iba a sus casas. Algunos le resultaban más interesantes que otros. Secretarias, cadetes y mozos no le servían, tampoco los administrativos mayores. Necesitaba a programadores informáticos, jefes de departamento, colaboradores personales y ayudantes. A los que le parecían posibles contactos que podían darle información interesante les había puesto sobrenombres que le recordaban un rasgo prominente de esa persona: Diamante, Cuelloduro, Tony Curtis, Ñato, Cabeza de Nieve, Zapata, Gordovago.

Diamante era una mujer regordeta, próxima a los cuarenta años, sin anillo de casada. La había bautizado con el nombre de Diamante por el brillo cristalino del arco de sus gafas. Dickstein la siguió hasta el párking, donde vio cómo la mujer tuvo ciertas dificultades para sentarse al volante de un Fiat 500 blanco. El Peugeot alquilado de Dickstein estaba cerca.

La mujer atravesó el Pont-Adolphe, conduciendo mal pero despacio, y enfiló unos quince kilómetros hacia el sudeste, hasta un pueblecito llamado Mondorf-les-Bains. Aparcó en una zona empedrada perteneciente a una casa cuadrada, de estilo luxemburgués, con una puerta de pernos y tachas. Entró con una llave.

El pueblo, que tenía unas fuentes termales, era muy visitado por los turistas y Dickstein se colgó una cámara al cuello y echó a andar, pasando ante la casa de Diamante en varias ocasiones. Una de las veces vio, a través de la ventana, que la mujer le servía la comida a una anciana.

El pequeño Fiat permaneció fuera de la casa hasta pasada la medianoche, hora en que Dickstein se fue del pueblo.

No había sido una elección muy afortunada. Era una solterona que vivía con su anciana madre, ni rica, ni pobre —la casa probablemente pertenecía a la madre—. Si Dickstein hubiera sido un tipo diferente de hombre podía haberla seducido, pero al no ser así no había modo de acceder a ella, puesto que parecía una mujer sin ningún tipo de adicción (como podía ser el juego o la bebida) y desde luego sin ninguna debilidad por el lujo.

Volvió desilusionado y frustrado a su hotel. Había creído que había elegido a la mejor candidata según la información que poseía, pero se había equivocado y tenía la sensación de haber pasado un día soslayando el problema. Estaba impaciente por enfrentarse a él de lleno, tenía ganas de dejar de preocuparse por vaguedades y comenzar a tener preocupaciones específicas.

Pasaron otros tres días en los que no sacó nada en claro. Zapata, el Gordovago y Tony Curtis no le aportaron nada.

Finalmente, encontró al hombre perfecto: Cuelloduro.

Tenía más o menos la edad de Dickstein, era delgado, elegante, llevaba un traje azul oscuro, una corbata azul sencilla y camisa blanca con cuello almidonado. Era moreno y llevaba el pelo algo más largo de lo normal para un hombre de su edad. Le habían salido algunas canas en las sienes y usaba zapatos hechos a mano.

Cuelloduro salió de la oficina, atravesó el Alzette River y luego caminó montaña arriba hasta la parte vieja de la ciudad. Continuó por una angosta calle empedrada y entró en una vieja casa con balcones. Dos minutos más tarde se encendió la luz tras la ventana de la buhardilla.

Dickstein dio vueltas por el lugar durante dos horas.

Cuando Cuelloduro salió, llevaba unos pantalones claros ajustados y una bufanda anaranjada en el cuello. Se había peinado el pelo hacia delante para parecer más joven, y caminaba ligero, con paso garboso.

Dickstein lo siguió hasta la rue Dicks donde se metió en un corredor oscuro y desapareció. Dickstein se quedó afuera. La puerta se encontraba abierta, pero no había nada que indicara qué podía haber dentro, sólo podía ver un desnudo tramo de escaleras. No había transcurrido mucho tiempo cuando Dickstein escuchó una música suave.

Dos jóvenes con pantalones vaqueros de color amarillo pasaron junto a él y entraron. Uno le sonrió antes de entrar y dijo:

—Sí, es aquí.

Dickstein los siguió escaleras abajo.

Era un club nocturno, con sillas y mesas en el centro y reservados en los laterales. Había una pequeña pista de baile y un trío de jazz tocando en un ricón. Dickstein pagó la entrada y se sentó en un reservado, a la vista de Cuelloduro. Pidió una cerveza.

Ya se había dado cuenta de por qué el lugar tenía un aire tan discreto, y ahora, mientras miraba alrededor, su teoría quedaba confirmada: era un club de homosexuales. Era la primera vez que estaba en un lugar de ese tipo y se quedó ligeramente asombrado de hallarlo tan poco excepcional. Algunos de los hombres usaban un poco de maquillaje, había un par de maricones en la barra y vio a una muchacha muy bonita cogida de la mano de una mujer corpulenta que llevaba pantalones. No obstante, la mayor parte de los concurrentes vestía según la moda y no había ningún travestí.

Cuelloduro estaba sentado cerca de un rubio que llevaba una chaqueta cruzada. Dickstein no tenía nada contra los homosexuales; de hecho, no se ofendía cuando la gente suponía erróneamente que él debía de serlo puesto que estaba soltero y ya pasaba de los cuarenta años. Para él, Cuelloduro era simplemente un hombre que trabajaba en Euratom y tenía algo que ocultar.

Escuchó la música y bebió cerveza. Un joven se acercó hasta él y le preguntó:

—¿Está solo?

Dickstein sacudió la cabeza.

—Estoy esperando a mi amigo.

Un guitarrista reemplazó al trío y comenzó a cantar vulgares cantos folclóricos en alemán. Dickstein no entendió la mayoría de los chistes que contó, pero el resto de los presentes reía a rabiar. Luego, algunas parejas comenzaron a bailar.

Dickstein vio que Cuelloduro ponía su mano sobre la rodilla de su compañero. Se levantó y fue hasta el reservado donde estaban.

—Hola —dijo animadamente—. ¿No te vi en la oficina de Euratom el otro día?

Cuelloduro palideció

—No sé...

Dickstein estiró la mano.

—Ed Rogers —dijo dándole el nombre que había usado con Pfaffer—. Soy periodista.

—Mucho gusto —murmuró Cuelloduro. Estaba desconcertado pero consiguió dar su nombre a aquel desconocido.

—Ahora tengo que irme —dijo Dickstein—. Me alegro de haberte visto.

—Bueno, adiós.

Dickstein se volvió y salió del club. Había hecho todo lo que era necesario por el momento: Cuelloduro sabía que su secreto había sido descubierto, y tenía miedo.

Dickstein se encaminó a su hotel, sintiéndose sucio y avergonzado.

Lo siguieron desde la rue Dicks.

No era un profesional, puesto que en ningún momento intentó ocultarse; además, los zapatos de cuero que llevaba producían el sonido regular —*slap-slap*— sobre el pavimento. Dickstein pretendió no advertirlo.

Al cruzar una calle distinguió a un joven corpulento, de pelo largo y piel oscura que llevaba una chaqueta de cuero. Poco después, otro joven salió de las sombras y se cuadró ante Dickstein, cerrándole el paso. Dickstein se quedó parado y aguardó. ¿Qué diablos es esto?, pensó. No podía imaginar quién podía estar siguiéndolo ya, ni tampoco por qué alguien que quisiera seguirlo empleaba aficionados tan torpes.

La hoja de un cuchillo relumbró a la luz del alumbrado. El joven que le seguía se acercó a ellos, mientras que el que le había cerrado el paso dijo:

—Bueno, nenita, danos tu billetera.

Dickstein sintió un gran alivio. Eran unos simples carteristas que daban por descontado que alguien que salía de ese club era una presa fácil.

—No me hagas daño —dijo Dickstein—. Te daré todo el dinero. —Sacó su billetera.

—Dámela —exigió el joven.

Dickstein no quería pelear. Le sería fácil conseguir más dinero, pero como perder los documentos y tarjetas de crédito le supondría muchas complicaciones, los sacó de la billetera y entonces se la dio al joven.

—Necesito mis papeles. Llevaos sólo el dinero, y no haré la denuncia.

El muchacho que tenía enfrente le arrebató los papeles.

—Sácale las tarjetas de crédito —dijo por detrás el que le había estado siguiendo.

El que le cerraba el paso parecía el más débil. Dickstein lo miró y le dijo:

—¿Por qué no te haces a un lado, chico?

Luego se adelantó, pasando al joven por el lado de la calzada.

El que lo había estado siguiendo se abalanzó sobre él para detenerlo y el otro también se le echó encima. Dickstein pensó entonces que sólo había una manera de terminar el enfrentamiento. Se volvió hacia ellos, tomó el pie de uno de los muchachos en el momento en que se disponía a patearlo, tiró de él y lo retorció hasta romperle el tobillo. El joven dio un grito de dolor y cayó al suelo.

Cuando el que tenía el cuchillo intentó atacarle, Dickstein saltó hacia atrás, le dio una patada en la canilla, volvió a saltar hacia atrás e inmediatamente atacó de nuevo. El muchacho arremetió con el cuchillo y Dickstein lo esquivó y le golpeó por tercera vez exactamente en el mismo lugar. Oyó el ruido seco del hueso roto y el muchacho se desplomó.

Dickstein se quedó un momento mirando a los dos asaltantes. Se sintió como un padre a quien sus hijos traviesos no le han dejado otra alternativa, y ha tenido que pegarles. Pensó: ¿Por qué me han obligado a hacerlo? Eran tan sólo unos niños; tendrían unos diecisiete años, calculó, pero ya estaban corrompidos, se dedicaban a acechar a los homosexuales; pero eso era exactamente lo que Dickstein había estado haciendo esa misma noche, ¿no?

Se alejó. Quería olvidar lo ocurrido. Decidió abandonar la ciudad por la mañana.

Cuando Dickstein estaba trabajando permanecía en la habitación de su hotel todo el tiempo posible para evitar que le vieran. Podría haberse dedicado a beber, pero no era sensato beber cuando estaba realizando una misión —el alcohol entorpecía la agudeza de su vigilancia— y, además, no sentía la necesidad de hacerlo. Pasaba bastante tiempo mirando por la ventana o sentado ante la titilante pantalla de un televisor. No andaba por las calles, no se sentaba en el bar de los hoteles, ni siquiera comía en restaurantes; siempre pedía que le sirvieran en la habitación. Pero había límites a las precauciones que un hombre puede tomar: no podía volverse invisible. En el salón de entrada del Alfa Hotel, en Luxemburgo, se encontró con alguien que lo conocía.

Estaba ante el mostrador pagando la cuenta con una tarjeta de crédito a nombre de Ed Rogers, y mientras esperaba para firmar el recibo de la American Express una voz detrás de él dijo en inglés:

—¡Vaya casualidad! Si es Nat Dickstein, ¿no?

Era el momento temido. Como todo agente que usaba identidades falsas, vivía en el constante temor de dar casualmente con alguien que lo hubiera conocido en el pasado y que pudiera desenmascararlo. Era la pesadilla del policía que le gritaba: «¡Usted es espía!», la del acreedor que le decía: «Pero tu madre está, acabo de verla por la ventana, escondiéndose bajo la mesa de la cocina.»

Como todo agente había sido entrenado para ese momento. La regla era simple: Sea quien sea, usted no lo conoce. En la escuela le habían hecho practicar. Por ejemplo, decían: «Hoy usted es Chaim Meyerson, estudiante de ingeniería», y daban al futuro agente los demás datos necesarios. El tipo debía andar por ahí trabajando como Chaim Meyerson. Luego, al atardecer, la escuela hacía lo necesario para que de pronto el futuro agente se encontrara con un primo, un antiguo profesor o un rabino que conocía a toda la familia. La inexperiencia hacía que muchos sonrieran, dijeran «hola» y se detuvieran a recordar viejos tiempos; luego, por la noche, el preceptor les comunicaba que estaban muertos. Con el tiempo se aprendía a mirar a un viejo amigo de frente y decirle: «¿Quién diablos es usted?»

Ahora debía llevar a la práctica lo que se había aprendido: Dickstein miró primero al empleado que en ese momento estaba preparándole la cuenta a nombre de Ed

Rogers y no pareció extrañarse por el saludo que aquel desconocido había dirigido a su cliente. Presumiblemente no entendió, no oyó o no le importó lo que dijo.

Una mano palmeó el hombro de Dickstein. Éste esbozó una sonrisa de disculpa y se volvió para decir en francés: «Creo que debe estar usted en un error...»

La falda de su vestido estaba en torno de su cintura, tenía el rostro arrebatado por el placer y besaba apasionadamente a Yasif Hassan.

—¡Es usted! —insistió Yasif Hassan.

Y luego, a causa del terrible impacto del recuerdo de aquella mañana en Oxford, veinte años atrás, Dickstein perdió por un instante el control y olvidó su entrenamiento como agente secreto.

—¡Hassan! —exclamó, anonadado.

Éste sonrió, le quitó la mano del hombro y dijo:

—¿Cuánto tiempo debe de hacer...? ¡Más de veinte años!

Dickstein le estrechó la mano tendida, consciente de que estaba cometiendo un error, y trató de recuperar su aplomo:

—Sí, más o menos —murmuró—. ¿Qué está haciendo usted aquí?

—Vivo aquí. ¿Y usted?

—En este momento me iba. —Dickstein decidió que lo único que podía hacer era salir rápido, antes de empeorar su situación. El empleado le entregó el recibo y él garabateó «Ed Rogers». Echó una mirada a su reloj de pulsera.

—Diablos. Tengo que tomar mi avión.

—Mi coche está afuera —dijo Hassan—. Lo llevaré al aeropuerto. Tenemos que hablar.

—He pedido un taxi...

Hassan le ordenó al empleado:

—Cancele ese taxi... Déle esto al conductor por la molestia. —Y le entregó algunas monedas.

—Realmente, estoy muy apurado —repitió Dickstein.

—¡Vamos, entonces! —Hassan tomó la maleta de Dickstein y salió.

Sintiéndose inerme, estúpido e incompetente, Dickstein lo siguió. Se subieron a un destartalado coche deportivo inglés, de dos asientos. Dickstein observó a Hassan mientras sacaba el coche del aparcamiento y se incorporaba al tránsito. El árabe había cambiado, y no era solamente por la edad. El encanecimiento de su bigote, los kilos de más, el timbre más bajo de la voz eran naturales. Pero había algo más que era diferente. Hassan le había parecido a Dickstein el arquetipo del aristócrata, recordaba su forma pausada y tranquila de moverse, cuando todos los demás eran jóvenes y entusiastas. Ahora su altivez parecía haber desaparecido. Era como su coche, antaño lujoso, hoy viejo y pasado de moda. Dickstein se había preguntado en su día hasta qué punto la apariencia aristocrática de Hassan no era ficticia.

Resignándose a las consecuencias del error cometido, trató de averiguar la dimensión del daño.

—¿Vive aquí ahora?

—Mi banco tiene su central europea aquí.

De modo que quizá aún sea rico, pensó Dickstein.

—¿Qué banco es?

—El Cedar Bank del Líbano.

—¿Por qué en Luxemburgo?

—Es un considerable centro financiero —respondió Hassan—. El European Investment Bank está aquí, y la bolsa es internacional. ¿Que hace usted?

—Vivo en Israel. Me dedico al cultivo de viñas en el *kibbutz* donde vivo... He venido aquí para ver si existen posibilidades de distribución en Europa.

—Es como llevar carbón a Newcastle.

—Me estoy dando cuenta de que así es.

—Quizá yo pueda ayudarlo. Conozco a mucha

gente; la próxima vez que venga por aquí podría presentarle a personas interesadas.

—Gracias. Le tomo la palabra.

Si las cosas salieran mal siempre podría aceptar esos contactos y vender algo de vino, pensó.

—De modo que ahora su casa está en Palestina y la mía en Europa —dijo Hassan con una sonrisa que a Dickstein le pareció forzada.

—¿Y qué tal anda el banco? —preguntó Dickstein, sin saber si «mi banco» quería decir el banco de mi propiedad, el banco del cual soy gerente o el banco para el cual trabajo.

—Oh, estupendamente.

Parecían no tener mucho más que decirse. A Dickstein le hubiera gustado preguntarle qué había pasado con su familia en Palestina, cómo había concluido su asunto con Eila Ashford, y por qué estaba conduciendo un coche deportivo; pero temía que las respuestas pudieran ser dolorosas, ya fuera para Hassan o para él mismo.

—¿Se casó? —le preguntó Hassan.

—No. ¿Y usted?

—No.

Hassan sonrió.

—Usted y yo no pertenecemos a esa clase de tipos que aceptan responsabilidades.

—Bueno, eso no es del todo cierto en mi caso, yo tengo ciertas responsabilidades —dijo Dickstein, pensando en Mottie, que aún no habría concluido la lectura de *La isla del tesoro*.

—Presiento que tiene una gran debilidad por las mujeres, ¿eh? —dijo Hassan guiñándole un ojo.

—Por lo que recuerdo, usted tenía mucho éxito con las damas.

—Ah, ¡qué buenos tiempos!

Dickstein trató de no pensar en Eila. Habían llegado al aeropuerto, y Hassan detuvo el coche.

—Gracias por traerme —dijo Dickstein.

Hassan se volvió hacia él.

—Todavía no puedo creerlo. En realidad usted parece más joven que en 1947.

Dickstein le estrechó la mano.

—Lamento tener tan poco tiempo. —Se bajó del coche.

—No se olvide de llamarme la próxima vez que venga —dijo Hassan.

—Adiós. —Dickstein cerró la puerta del automóvil y se dirigió a la entrada del aeropuerto.

Entonces, por fin, se permitió recordar.

Las cuatro personas en el jardín invernal quedaron inmovilizadas por un largo instante. Después las manos de Hassan se movieron sobre el cuerpo de Eila, y él y Cortone cruzaron el claro y se alejaron. Los amantes nunca los vieron.

Se encaminaron hacia la casa. Cuando estuvieron a cierta distancia y no podían ser oídos, Cortone dijo:

—Diablos, los hemos pillado con las manos en la masa.

—No hablemos del asunto —pidió Dickstein. Se sentía como un hombre que al darse la vuelta para mirar hacia atrás se da contra una farola: sentía dolor y rabia, y nadie a quien echarle la culpa como no fuera a sí mismo.

Afortunadamente, podía decirse que la reunión ya había concluido y los dos amigos se fueron sin hablar con el cornudo profesor Ashford, que estaba en un rincón conversando con un estudiante graduado. Fueron a la casa de George para almorzar. Dickstein comió muy poco, pero bebió algo de cerveza.

—Oye, Nat —dijo Cortone—, no sé por qué te lo tomas tan a pecho. Después de todo, lo que hemos visto prueba que está dispuesta a tener aventuras, que no es una esposa fiel.

—Sí —respondió Dickstein sin convencimiento.

La cuenta pasaba de los diez chelines. Cortone pagó y él le acompañó hasta la estación del ferrocarril. Se dieron la mano y después su amigo subió al tren.

Dickstein paseó por el parque durante varias horas, casi sin notar el frío, tratando de ordenar sus sentimientos. No lo logró. Sabía que no envidiaba a Hassan, ni estaba desilusionado, ni se sentía decepcionado por Eila... Estaba deshecho y no sabía explicarse por qué. Hubiera deseado tener a alguien con quien hablar de ello.

Poco después se fue a Palestina, pero Eila no fue la causa de su marcha.

Yasif Hassan se alejó furioso del aeropuerto de Luxemburgo. Recordaba perfectamente cómo era el joven Dickstein: un judío pálido con un traje barato, delgado como una muchachita, encorvado como si temiera que vinieran a azortalo de un momento a otro. Recordaba cómo miraba con secreto deseo adolescente el cuerpo maduro de Eila Ashford, mientras decía que su gente tendría Palestina lo consintieran o no los árabes. Hassan lo había considerado ridículo, un joven estúpido. Ahora Dickstein vivía en Israel y se dedicaba al cultivo de viñedos: él había encontrado un hogar, y Hassan lo había perdido.

Hassan ya no era rico. Nunca había sido dueño de una fortuna fabulosa, pero siempre comió bien, usó ropa cara y recibió la mejor educación, adoptando conscientemente los modales de la aristocracia árabe. Su abuelo había sido un famoso médico que hizo que su hijo mayor estudiara medicina mientras que el menor se dedicaba a los negocios. Este último, padre de Hassan, compraba y vendía textiles en Palestina, Líbano y Transjordania. Los negocios de la familia prosperaron bajo el gobierno de los británicos y con la inmigración sionista se expandió el mercado. En 1947 la familia poseía establecimientos comerciales por todo el Levante hasta su aldea natal, cerca de Nazaret.

En 1948 la guerra los arruinó.

Cuando se formó el estado de Israel y los ejércitos árabes atacaron, la familia de Hassan cometió el error fatal de hacer sus maletas y huir a Siria. Nunca volvieron. El depósito de mercaderías de Jerusalén fue quemado, sus establecimientos destruidos o tomados por los judíos y las tierras de la familia pasaron a ser administradas por el gobierno israelí. Hassan había oído decir que todo lo que había sido de ellos se había convertido en un *kibbutz*.

Desde entonces el padre de Hassan había vivido en un campo de refugiados de las Naciones Unidas. Una de las últimas cosas que hizo fue escribir una carta para que Yasif, que tenía título universitario y hablaba un inglés excelente, la presentara a sus banqueros libaneses: el banco le dio un empleo.

Acogiéndose a la Land Acquisition Act de 1955, Hassan apeló al gobierno israelí y solicitó una compensación, pero su solicitud no prosperó.

Sólo una vez visitó a su familia en el campo de refugiados, pero lo que vio allí se le grabó en la memoria para el resto de sus días. Vivían en una cabaña de madera y compartían un baño con la comunidad. No recibían ningún trato especial: eran una más de las miles de familias sin hogar, ni proyectos, ni esperanzas. Ver a su padre, un hombre inteligente y activo que había dirigido una gran empresa con mano firme, haciendo cola para que le dieran de comer y malgastando su vida jugando al backgammon, hacía que Yasif sintiera deseos de arrojar bombas a los autobuses escolares judíos.

Las mujeres traían agua y limpiaban la casa como lo habían hecho siempre, pero los hombres andaban por ahí desaliñados, sin esperar nada, engordando, mientras la inactividad hacía que sus mentes fueran cada vez más opacas. Los adolescentes carecían de ilusiones y se dedicaban a pelearse con cuchillos, sin otra perspectiva que una vida inútil bajo el sol abrasador.

El campo olía a aguas residuales y a desesperación. Hassan nunca volvió a visitarlos, aunque continuaba escribiendo a su madre. Él había escapado de la trampa, y si estaba abandonando a su padre, bien, éste lo había ayudado a hacerlo, de modo que debía de ser lo que él quería.

Como empleado de banco había tenido un aceptable éxito; era inteligente y trabajador, pero no estaba hecho para el trabajo rutinario de un administrativo. Además, su corazón estaba en otra parte.

Nunca dejó de considerar con amargura lo que le había sido arrebatado. El odio se había convertido en su carga más querida.

No importaba lo que intelectualmente pudiera razonar, su corazón le decía que había abandonado a su padre en tiempos de necesidad, y la culpa alimentaba su odio a Israel. Esperaba que los ejércitos árabes destrozaran a los invasores sionistas y cada vez que salían derrotados de una guerra se sentía más desgraciado y más furioso.

En 1957 comenzó a trabajar para el servicio de inteligencia egipcio.

No era un agente muy importante, pero a medida que el banco se expandía en el comercio europeo, comenzó a recoger información ocasional en la oficina y también proveniente de lo que se murmuraba en las oficinas bancarias. A veces El Cairo le pedía datos específicos sobre algún fabricante de armamento, un judío filántropo o un árabe millonario; y si Hassan no encontraba tal información en los archivos de su banco, la conseguía a través de sus amigos y sus vinculaciones comerciales. Su principal función como agente consistía, no obstante, en no perder de vista a los hombres de negocios israelíes en Europa, sobre todo si éstos trabajaban para el servicio de inteligencia judío; por eso se aproximó a Nat Dickstein y se comportó tan amigablemente.

Hassan pensó que probablemente lo que le había dicho Dickstein fuera verdad. Con su viejo traje, las mismas gafas redondas de hace veinte años y el mismo aire insignificante, tenía exactamente el aspecto de un empleado con sueldo de hambre que ofrece un producto que no ha podido introducir en el mercado de su país. Sin embargo, estaba ese asunto de la rue Dicks la noche anterior: dos jóvenes conocidos por la policía como rateros habían sido hallados heridos en la calle. Hassan obtuvo todos los detalles de un contacto en la policía de la ciudad. Evidentemente, los chicos habían elegido mal a su víctima. Habían sido atacados por un profesional. El hombre que les había herido debía de ser un soldado, un policía, un guardaespaldas... o un agente secreto. Tras un incidente como ése, cualquier israelí que partiera apresuradamente por la mañana debía ser vigilado.

Hassan regresó al Alfa Hotel y se dirigió al conserje.

—Estuve aquí hace una hora cuando un cliente dejaba el hotel —dijo—. ¿Lo recuerda?

—Creo que sí, señor.

Hassan le dio doscientos francos luxemburgueses.

—¿Tendría la amabilidad de decirme con qué nombre estaba registrado?

—Cómo no, señor. —El empleado consultó el registro—. Ed Rogers, del *Science International*.

—¿No era Nathaniel Dickstein?

El conserje negó pacientemente con la cabeza.

—¿Sería tan amable de comprobar si en su registro figura alguien llamado Nathaniel Dickstein, de Israel?

—Con mucho gusto.

El hombre se tomó varios minutos para hacer la consulta, mientras la excitación de Hassan iba en aumento. Si Dickstein se había registrado bajo un nombre falso, desde luego no era un vulgar comerciante en vinos. No podía ser otra cosa que un agente israelí. Finalmente, el empleado cerró su archivo y levantó la vista hacía él.

—No, señor, no se ha alojado nadie en nuestro hotel con el nombre de Nathaniel Dickstein.

—Gracias.

Se sintió satisfecho de sí mismo mientras conducía de vuelta a su oficina; había actuado inteligentemente y descubierto algo importante. En cuanto llegó a su despacho escribió el siguiente mensaje.

> Sospechado agente israelí visto aquí. Nat Dickstein alias Ed Rogers. Un metro sesenta, delgado, moreno, ojos castaños, edad: unos 40.

Codificó el mensaje, arriba agregó una palabra que daba el subcódigo y lo envió por télex a la central egipcia del banco. Nunca llegaría: la palabra que daba el subcódigo indicó al correo de El Cairo que debía reenviar el télex a la Dirección de Investigación General.

El envió del mensaje fue por cierto un anticlímax. No hubo reacción ni agradecimiento del otro lado. Hassan no tuvo más remedio que seguir con su trabajo y tratar de no soñar despierto.

Después lo llamaron por teléfono.

Nunca había sucedido eso antes. A veces le mandaban cables, télex, e incluso cartas codificadas. Alguna vez personal de las embajadas árabes le habían dado instrucciones verbales. Pero nunca le habían llamado por teléfono. Su informe había causado más inquietud de la que él había imaginado.

El que llamaba quería saber más sobre Dickstein.

—Quiero confirmar la identidad del cliente mencionado en su mensaje —dijo la voz—. ¿Usaba gafas redondas?

—Sí.

—¿Hablaba inglés con acento *cockney*? ¿Puede usted reconocer ese acento?

—Sí y sí.

—¿Tenía un número tatuado en el antebrazo?

—No se lo vi en este encuentro, pero sé que lo tiene... Estuve en la Universidad de Oxford con él, hace años. Estoy completamente seguro de que es él.

—¿Usted lo conoce? —Había sorpresa en la voz procedente de El Cairo—. ¿Esta información está en su archivo?

—No, nunca...

—Pues debería figurar. ¿Cuánto hace que está trabajando para nosotros?

—Desde 1957.

—Ésa es la explicación... Eran los viejos tiempos. Bueno, ahora preste atención. Ese hombre es un importante... cliente. Queremos que permanezca con él las veinticuatro horas del día, ¿comprendido?

—No puedo —dijo Hassan, apesadumbrado—. Se fue de la ciudad.

—¿Adónde?

—Lo dejé en el aeropuerto. No sé adónde se dirigía...

—Pues averígüelo. Llame a las líneas aéreas, pregunte en qué vuelo iba y telefonéeme en un cuarto de hora.

—Haré lo que pueda...

—No, eso no es suficiente —le interrumpió la voz de El Cairo—. Quiero saber su destino, y quiero saberlo antes de que llegue. Repito, llámeme dentro de quince minutos y déme noticias. Ahora que lo hemos localizado no podemos volver a perderlo.

—Me pongo inmediatamente en acción —dijo Hassan, pero la comunicación se había cortado antes de que pudiera acabar la frase.

Agitó el auricular. Era verdad, no había recibido las gracias de El Cairo; mejor así. De pronto él era importante, su trabajo era urgente, ellos dependían de él. Tenía una oportunidad de hacer algo por la causa árabe. Finalmente podría llevar a cabo su venganza.

Levantó de nuevo el auricular y comenzó a llamar a las compañías aéreas.

4

Nat Dickstein decidió visitar una planta de energía nuclear en Francia, y el motivo para tomar tal decisión no fue otro que el hecho de que el francés era la única lengua europea que hablaba bien, exceptuando el inglés, pero Inglaterra no era miembro de Euratom. Viajó a la planta en un ómnibus con un elegido contingente de estudiantes y turistas. La campiña que se veía por la ventanilla le recordaba más a Galilea que a Essex, que en su niñez había constituido «el país». Había pasado mucho tiempo desde entonces, y ahora, por su condición de agente secreto, podía decir que había viajado por todo el mundo. No obstante, a menudo pensaba en la época en que sus horizontes eran Park Lane en el oeste y Southend-on-Sea en el este, y en cómo esos horizontes se habían ensanchado súbitamente cuando comenzó a pensar en sí mismo como un hombre después de la muerte de su padre. Otros chicos de su edad habían encontrado trabajo en los muelles o en imprentas, se habían casado con muchachas del lugar y vivían a poca distancia de la casa de sus padres. «Habían sentado la cabeza», como les gustaba decir a los mayores, y sus únicas ambiciones eran criar un mastín de raza que llegara a ganar la copa del West Ham y comprar un coche. El joven Nat pensó que podía ir a California, a

Rodesia o a Hong Kong y llegar a ser neurocirujano o arqueólogo o millonario. Sí, desde luego, él era más inteligente que la mayoría de sus amigos; además, a él, al contrario que a sus compañeros de estudios, los idiomas no le resultaban extraños y misteriosos, una materia escolar parecida al álgebra. Sin embargo, lo que fundamentalmente lo diferenciaba de los demás era su orígen judío. El compañero de ajedrez de su infancia, Harry Chieseman, era sesudo, voluntarioso y rápido, pero se imaginaba a sí mismo como un londinense de la clase trabajadora y consideraba que lo sería siempre. Dickstein sabía, aunque no podía recordar que nadie se lo hubiera dicho, que, sin importar donde nacieran, los judíos eran capaces de hallar su camino en las mejores universidades, impulsar nuevas industrias como el cine o convertirse en los más prósperos banqueros y célebres abogados y empresarios; y si no podían salir adelante en el país donde habían nacido, se trasladaban a otra parte e intentaban empezar de nuevo y realizar sus sueños. Era curioso, pensó Dickstein, recordando su infancia, que los judíos, que habían sido perseguidos durante siglos, estuvieran tan convencidos de su capacidad para llevar a cabo todo lo que se proponían. Así, si necesitaban bombas nucleares, hacían todo lo posible para coseguirlas...

La tradición era reconfortante, pero no le brindaba ayuda en cuanto a las formas y los medios.

La planta atómica se levantaba a lo lejos. A medida que el autobús se acercaba, Dickstein advirtió que el reactor era más grande de lo que se había imaginado: ocupaba un edificio de diez pisos. No sabía por qué había imaginado que toda la actividad de un reactor se desarrollaría en un cuarto pequeño.

Las medidas de seguridad exterior no habían sido llevadas a cabo por militares, sino por civiles. Las instalaciones estaban rodeadas por una alto cerco no electrificado. Observó el puesto de guardia mientras la guía cumplía con todas las formalidades: los guardias sólo tenían dos pantallas de televisión de circuito cerrado. Dickstein pensó: Yo podría meter cincuenta hombres dentro de este complejo a plena luz del día sin que estos tipos advirtieran que está sucediendo algo. Mala señal —concluyó—, esto significa que tenían otras razones para estar confiados.

Bajó del autobús con el resto del pasaje y atravesó la zona de aparcamiento asfaltada, luego se encaminó con los demás al edificio de recepción. El lugar había sido diseñado teniendo muy en cuenta la imagen negativa que la gente tiene de la energía nuclear y con la intención de impresionar positivamente a los visitantes. Así, había un parque bien cuidado, con jardineras llenas de flores y una gran variedad de árboles recién plantados. Todo estaba limpio, pintado de blanco y sin una partícula de humo. Dickstein se volvió para mirar hacia el puesto de guardia y vio un Opel gris que acababa de llegar. Uno de los dos hombres que iban en él bajó y habló con los guardias de seguridad, que parecieron dar instrucciones. Dentro del automóvil algo destelló por un instante al sol.

Dickstein siguió al grupo de turistas hasta el vestíbulo, donde en una vitrina había un trofeo de rugby ganado por el equipo del reactor y una fotografía aérea del establecimiento colgaba de una pared. Dickstein se detuvo ante ella tratando de memorizar los detalles e imaginando cómo podría entrar en el edificio. Sin embargo, lo que en el fondo más le preocupaba en ese momento era el Opel gris.

Cuatro guías con elegantes uniformes los condujeron a visitar la planta. Dickstein no estaba interesado en las enormes turbinas, ni en las consolas, ni en el cuarto de control que parecía de la era espacial, con el sistema de toma del agua para salvar a los peces y devolverlos al río. Se preguntaba si el Opel lo habría seguido, y de ser así, por qué.

Estaba muy interesado por el sistema de descarga.

—¿Cómo llega el combustible? —preguntó a la guía.

—En camiones —respondió. Algunos de los turistas rieron por lo bajo con nerviosismo ante la idea de que el uranio recorriera la campiña en camiones—. No es peligroso —continuó la guía tras las risas esperadas—. El uranio no es radiactivo hasta que se coloca en la pila atómica. Se saca del camión y se conduce directamente al montacargas que lo lleva al depósito de combustible, en el séptimo piso. Desde ahí todo es automático.

—¿Y el control de la cantidad y calidad de la carga? —preguntó Dickstein.

—Se hace en la planta de fabricación de combustible. Allí se sella la carga, y aquí sólo se controlan los sellos.

—Gracias.

El sistema no era tan riguroso como suponía el señor Pfaffer, de Euratom, y en la mente de Dickstein comenzó a tomar forma un plan para llevar a cabo su misión.

Vieron cómo trabajaba la maquinaria que cargaba el reactor. Dirigida por control remoto, trasladaba el combustible del depósito al reactor, levantaba la tapa de cemento de un canal de combustible, sacaba el material ya gastado, insertaba el nuevo, cerraba la tapa y descargaba el utilizado en un dispositivo lleno de agua que lo llevaba a las fuentes de enfriamiento.

La guía, con un perfecto francés parisiense y voz seductora, dijo:

—El reactor tiene tres mil canales de combustible, cada uno con ocho varillas de combustible que duran de cuatro a siete años. Las máquinas cargadoras renuevan cinco canales en cada operación.

Fueron a ver los tanques de enfriamiento. A seis metros de profundidad en el agua, los residuos del combustible utilizado eran cargados en recipientes, luego —una vez fríos, pero aún altamente radiactivos— eran metidos en contenedores de plomo de cincuenta toneladas, a razón de doscientos elementos por contenedor, para ser transportados por carretera y ferrocarril a una planta reprocesadora.

Mientras la guía les servía café y pasteles en el vestíbulo, Dickstein reflexionó sobre toda la información que había obtenido hasta ese momento. Pensó que, dado que el plutonio era lo que en definitiva querían conseguir, aparentemente lo más fácil sería robar el combustible usado. De hecho, él sólo podría asaltar el camión, pero —y ahora entendía por qué nadie había sugerido esta solución— ¿cómo iba a sacar del país contenedores de cincuenta toneladas y llevarlos a Israel sin que nadie lo notara?

Robar el uranio del interior del reactor tampoco era la idea más sensata. Era verdad que las medidas de seguridad no eran muy buenas; el hecho de que se le hubiera permitido hacer este reconocimiento e incluso realizar una visita guiada lo probaba. Pero el combustible dentro de la planta estaba encerrado en un dispositivo automático, con un sistema de control remoto. La única forma de obtener el combustible usado era manipulando el recorrido del procesamiento nuclear y robarlo una vez se sacara de los tanques de enfriamiento; sin embargo, de hacerlo así, volvía a encontrarse con el mismo problema: cómo sacar del reactor sin que nadie lo advirtiera un enorme contenedor de material radiactivo a través de algún puerto europeo.

Tenía que haber un modo de entrar al depósito de combustible, se decía Dickstein. Una vez dentro, podría colocar el material en el montacargas, bajarlo, ponerlo en un camión y salir. Pero eso implicaría mantener amenazado a punta de pistola a todo el personal de la planta mientras se realizaba la operación, y ésta, según le habían ordenado, debía llevarse a cabo de manera subrepticia.

Una guía se ofreció para volver a llenarle la taza, y él aceptó. Hay que confiar en los franceses para tomar un buen café. Un joven ingeniero comenzó a hablar sobre la seguridad del sistema. Llevaba unos pantalones sin planchar y un suéter muy holgado, un atuendo típico de los hombres de ciencia, según había observado Dickstein. Los intelectuales, los científicos solían vestir con ropas viejas, no parecía importarles la moda sino la comodidad, y si muchos usaban barba, no era como signo de vanidad sino de prescindencia. Pensó que era porque tenían un tipo de trabajo en el que lo que contaba era la capacidad intelectual, de modo que no valía la pena tratar de causar una buena impresión a los demás. Pero quizá ésa fuera una idea romántica de la ciencia y los científicos.

No prestó atención a la charla. El físico del Instituto Weizmann había dicho: «No hay nada que pueda considerarse un nivel inocuo de radiación.» Este tipo de comentario hace pensar en la radiación como en el agua de una piscina: si tiene un metro veinte de profundidad no hay peligro, si tiene más de dos metros, usted se ahoga. Pero en realidad los niveles de radiación son mucho más comparables con la velocidad en las carreteras, ir a cincuenta kilómetros por hora es más seguro que ir a ciento treinta, pero no tanto como ir a treinta, y la única forma de estar completamente a salvo es no subir a un coche.

Dickstein volvió a pensar en el problema de robar el uranio. Era la exigencia de «secreto total» lo que desbarataba todos los planes que se le ocurrían. Quizá la empresa estaba destinada al fracaso. Después de todo, lo imposible es imposible, pensó. No, era demasiado pronto para decirlo. Volvió a meditar sobre los principios.

Tendría que tomar un cargamento en tránsito; eso se le aparecía más factible, teniendo en cuenta lo que acababa de ver. Ahora bien, los elementos del combustible atómico no eran controlados aquí, se introducían directamente en el sistema. Podría asaltar un camión, robar el uranio, volver a cerrar, sellar el cargamento y sobornar o amedrentar al conductor para que entregara los contenedores vacíos. Los elementos inútiles entrarían poco a poco en el reactor, de cinco en cinco, en un período de meses. En un momento dado la producción del reactor iría decayendo, se produciría una investigación, se harían pruebas. Posiblemente, no se llegaría a ninguna conclusión antes que los elementos inútiles se acabaran y nuevo material, de combustible genuino, entrara, haciendo que el rendimiento subiera una vez más. Quizá nadie entendiera lo que había sucedido hasta que los elementos inútiles fueran reprocesados y el plutonio que se recuperara fuera demasiado poco. Para entonces —entre cuatro y siete años más tarde— el rastro que llevaba a Tel Aviv habría desaparecido.

Pero podrían descubrirlo antes. Y estaba el problema de sacar el material fuera del país.

Tenía en mente otro posible plan, y se sintió algo más animado.

Una vez concluida la charla y contestadas las preguntas de algunos visitantes, éstos fueron llevados de vuelta al autobús. Dickstein se sentó atrás. Una mujer de mediana edad le dijo: «Ése era mi asiento», y él la miró con cara de palo hasta que ella se fue.

Mientras se alejaban de la planta de energía nuclear, Dickstein miró hacia atrás por la ventanilla. No habían recorrido un kilómetro cuando el Opel gris salió de una curva y siguió al autobús. El buen ánimo de Dickstein se desvaneció.

Lo habían descubierto. ¿Dónde había sido, aquí o en Luxemburgo? Probablemente en Luxemburgo. El que lo había descubierto podía haber sido Yasif Hassan, que muy bien podía ser un agente. Debían de estar siguiéndolo con el objetivo de averiguar qué se traía entre manos, pues era imposible que supieran algo acerca de su misión, ¿o sí lo sabían? Todo lo que debía hacer era despistarlos.

Se pasó un día por la ciudad cercana a la planta nuclear, viajando en autobús y taxi, conduciendo un coche alquilado y caminando. Al finalizar el día había identificado los tres vehículos —el Opel gris, un mugriento camión y un Ford alemán— y a cinco de los hombres que le seguían. Los tipos parecían árabes, pero en esa parte de Francia había muchos norteafricanos, así que alguien podía haber pagado a hombres del lugar. El que fueran tantos los que participaban en su seguimiento explicaba por qué no había advertido antes que lo seguían: podían turnarse constantemente haciendo más difícil que él los identificara, pero el viaje hasta el reactor, en una carretera poco transitada, finalmente los había puesto al descubierto.

Al día siguiente condujo fuera de la ciudad y salió a una carretera. El Ford lo siguió unos cuantos kilómetros, luego lo relevó el Opel gris. En cada coche viajaban dos hombres y había otros dos que iban en el camión, más otro que solía estar en su hotel.

El Opel aún lo seguía cuando llegó a un puente peatonal por encima de la carretera, en un lugar donde no había curvas ni desvíos durante cinco o seis kilómetros, en ninguna de las dos direcciones. Dickstein se echó hacia atrás, frenó el coche, se bajó, levantó el capó y miró el motor. El Opel gris pasó y se perdió de vista, y el Ford lo siguió un minuto después. Este último se quedaría esperándolo en la primera curva, y el Opel daría la vuelta al cabo de un rato para ver qué estaba haciendo. Éstas eran las indicaciones del manual de un agente en situaciones semejantes, y Dickstein esperaba que sus perseguidores las tuvieran en cuenta, de no ser así su plan no funcionaría.

Sacó un triángulo de señal de peligro del maletero del coche y lo colocó en la parte de atrás a cierta distancia de la rueda izquierda.

El Opel pasó por el lado opuesto de la carretera.

Estaban siguiendo el manual.

Dickstein comenzó a caminar.

Cuando salió de la carretera, tomó el primer autobús que vio y llegó a la ciudad. Durante el trayecto vio a los tres vehículos en distintos puntos. Se permitió felicitarse por un triunfo algo prematuro...

Tomó un taxi desde la ciudad y se bajó cerca de su coche, pero del otro lado de la carretera. Pasó el Opel y luego el Ford se apartó de la ruta a pocos metros de él.

Dickstein comenzó a correr.

Estaba en buenas condiciones después de sus meses de trabajo al aire libre en el *kibbutz*. Saltó el puente peatonal y lo atravesó corriendo hasta el otro lado de la carretera y llegó a su coche en menos de tres minutos.

Uno de los hombres del Ford se bajó y comenzó a perseguirlo. Cuando el tipo se dio cuenta de que estaba al descubierto, el Ford arrancó y él corrió de nuevo hacia el vehículo y subió mientras su compañero aceleraba y se incorporaba a la carretera.

Dickstein se metió en su coche. Los vehículos que le seguían estaban ahora al otro lado de la carretera, y no tenían más alternativa que ir hasta la siguiente salida para cambiar de dirección y poder seguirlo. A cien kilómetros por hora, el recorrido completo les tomaría diez minutos, lo cual significaba que tenía por lo menos cinco minutos de ventaja sobre ellos. No podrían alcanzarlo.

Aceleró hacia París, tarareando una canción de los seguidores del club de fútbol del West Ham: «Tranquilo, tranquilo, traaanquiiilo.»

En Moscú hubo una gran conmoción cuando oyeron hablar de la bomba atómica de los árabes. En el Ministerio de Asuntos Exteriores cundió el pánico porque nadie les había informado con anterioridad; en el KGB la noticia fue motivo de alarma por no haber sido el primero en enterarse; en la oficina del Secretariado del Partido trataron de calmar los ánimos de unos y otros, porque lo último que querían era que se produjera una nueva discusión sobre quién tenía la culpa, si el Ministerio de Asuntos Exteriores o el KGB, pues el último enfrentamiento entre estas dos instituciones había convertido en un infierno la vida del Kremlin durante once meses.

Afortunadamente, la forma en que los egipcios hicieron su revelación permitió que en cierta forma no hubiera que determinar culpabilidades, ya que hicieron hincapié en que no estaban diplomáticamente obligados a comunicar ese proyecto secreto a sus aliados y que la ayuda técnica que estaban pidiendo no era crucial para su éxito. En definitiva, venían a decir algo así: «Bueno, estamos construyendo este reactor nuclear para obtener cierta cantidad de plutonio y hacer bombas atómicas que nos permitan borrar a Israel de la superficie de la Tierra, y nos gustaría saber si quieren echarnos una mano, o no.» El mensaje, adornado con cortesías de embajada, se dio a conocer al final de una reunión de rutina entre el embajador egipcio en Moscú y el asistente del jefe del Departamento de Oriente Próximo del Ministerio de Asuntos Exteriores.

El funcionario que recibió el mensaje consideró

muy cuidadosamente lo que debía hacer con tal información. Su primer deber, naturalmente, era dar noticia a su jefe, quien, a su vez, informaría al secretario. Sin embargo, el mérito se le atribuiría a su jefe, quien tampoco perdería la oportunidad de anotarse puntos en detrimento del KGB. ¿Había una forma de que sacara alguna ventaja para sí mismo del asunto?

Sabía que la mejor manera de medrar en el Kremlin era haciendo que el KGB tuviera algo que agradecerte. Ahora estaba en situación de hacerles un gran favor. Si le ponía sobre aviso con respecto al mensaje del embajador egipcio, el KGB tendría un poco de tiempo para reaccionar y hacer creer que sabía todo acerca de la bomba atómica árabe y estaba a punto de dar a conocer dicha información.

Se puso la chaqueta pensando en salir y telefonear desde una cabina, por si acaso su teléfono estaba intervenido, al tipo que conocía en el KGB, pero se dio cuenta de la tontería que estaba a punto de hacer: si iba a llamar al KGB, y éste era el que intervenía los teléfonos de la gente, daba lo mismo que hiciera esa llamada desde el aparato de su oficina. Así pues, se quitó la chaqueta y telefoneó.

El empleado del KGB con quién habló era también un experto en hacer funcionar el sistema y provocó un gran alboroto en el nuevo edificio del KGB, situado en la avenida circular de Moscú. Primero llamó a la secretaria de su jefe y le pidió que se convocara una reunión urgente en quince minutos. Cuidadosamente evitó hablar personalmente con su jefe. Hizo otra media docena de llamadas y envió secretarias y mensajeros con memorándums y ficheros. Pero su golpe maestro fue lo que hizo con el orden del día para la siguiente reunión de la comisión de política de Oriente Próximo que había sido mecanografiado el día anterior y en ese momento estaba en la fotocopiadora: antes de que fuera repartido añadió un nuevo tema: «Recientes desarrollos en los armamentos egipcios. Informe especial» y escribió al lado su nombre entre paréntesis. Luego ordenó que el nuevo orden del día fuese fotocopiado de nuevo, manteniendo aún la fecha del día anterior, y entregado en mano esa misma tarde a los responsables de los departamentos interesados.

Luego, cuando no le cupo la menor duda de que medio Moscú asociaría su nombre, y únicamente el suyo, con esa importante información fue a ver a su jefe.

Ese mismo día se dio a conocer una noticia mucho menos relevante: en una reunión rutinaria entre representantes del servicio de inteligencia de El Cairo y el KGB, los egipcios hicieron saber a los rusos que un agente israelí llamado Nat Dickstein había sido descubierto en Luxemburgo y se hallaba ahora vigilado. A causa de las circunstancias, esta información no obtuvo la atención que se merecía. Sólo hubo un hombre del KGB que sospechó que los dos ítems podrían estar vinculados.

Su nombre era David Rostov.

El padre de David Rostov había sido un diplomático de menor jerarquía, su carrera quedó truncada por falta de vinculaciones, particularmente de vinculaciones con el servicio secreto. Sabiendo eso, el hijo, con la lógica imperturbable que habría de caracterizar las decisiones de toda su vida, se unió a lo que entonces se llamaba NKVD, que más tarde se convertiría en el KGB.

Cuando fue a Oxford ya había sido agente. En esos tiempos idealistas en que Rusia acababa de ganar la guerra, las purgas estalinianas no eran conocidas y las grandes universidades inglesas eran campos aptos de reclutamiento para la gente del servicio de inteligencia soviético, Rostov había elegido una pareja de candidatos, uno de ellos aún mandaba información secreta desde Londres en 1968. Nat Dickstein constituía uno de sus fracasos.

El joven Dickstein había sido una suerte de socialista, según recordaba Rostov, y su personalidad era apta para el espionaje: era reservado, introvertido y desconfiado, además de inteligente. Rostov recordaba haber discutido sobre el Oriente Próximo con él, con el profesor Ashford y Yasif Hassan, en una casa verde y blanca, cerca del río. Y la partida de ajedrez Rostov-Dickstein había sido un asunto muy reñido.

Pero Dickstein no tenía la luz del idealismo en sus ojos. No poseía espíritu evangélico. Estaba muy seguro de aquello en lo que creía, pero no tenía deseos de convertir al resto del mundo. La mayoría de los veteranos de guerra habían sido así. Rostov lanzaba el anzuelo: «Naturalmente, si realmente usted quiere unirse a la lucha por el socialismo en el mundo tiene que trabajar por la Unión Soviética.» Y los veteranos respondían: «Mierda.»

Después de Oxford, Rostov había trabajado para las embajadas rusas de capitales: Roma, Amsterdam y París. Nunca salió del KGB y del servicio diplomático. Con el paso de los años se dio cuenta de que no tenía suficiente visión política para convertirse en el gran estadista que su padre había querido hacer de él. La exigencia rigurosa de su juventud desapareció. Aún creía que quizá el socialismo era el sistema político del futuro, pero el credo ya no bullía dentro de él con la misma pasión que cuando era joven. Creía en el comunismo de la misma forma que muchos creen en Dios: no se hubiera sorprendido ni se hubiera sentido defraudado si de pronto hubiera descubierto que se había equivocado.

En su madurez persiguió ambiciones más concretas,

y lo hizo aplicando una mayor cantidad de energía. Se convirtió en un estupendo técnico, en un maestro de las desviadas y crueles artes de los servicios secretos e —igualmente importante tanto en la Unión Soviética como en Occidente— aprendió a manipular la burocracia de modo tal que pudiera anotarse tantos a su favor.

La primera dirección del KGB era una especie de oficina principal, responsable de recoger y analizar la información. La mayor parte de los agentes dependían de la segunda dirección, el departamento más grande del KGB, que se ocupaba de los asuntos de subversión, sabotaje, traición, espionaje económico y todo trabajo policial interno considerado políticamente importante. La tercera dirección, que se había llamado Smersh, hasta que ese nombre adquirió notable publicidad en Occidente, llevaba a cabo el contraespionaje y operaciones especiales, y empleaba a algunos de los más valientes, astutos y despiadados agentes del mundo.

Rostov trabajaba en la tercera dirección, y se había convertido en uno de los hombres más importantes.

Tenía el rango de coronel, había ganado una batalla por haber liberado de una cárcel inglesa a un agente convicto llamado Wormwood Scrubs, se había casado y ahora tenía dos hijos y una amante. Ésta se llamaba Olga, era veinte años más joven que él y una diosa vikinga, rubia, de Murmansk; era la mujer más interesante que había conocido. Sabía que Olga nunca se hubiera convertido en su amante de no ser por los privilegios que tenía por pertenecer al KGB; de todas maneras ella decía que lo amaba. Se parecían mucho, ambos se sabían seres fríos y ambiciosos, y de algún modo eso había alimentado su pasión, algo que hacía tiempo que había desaparecido en su matrimonio, donde ahora quedaba afecto, camaradería, estabilidad y risas; Mariya era la única persona en el mundo que podía hacerle reír hasta quedar exhausto. También estaban los chicos: Yuri

Davidovitch, que estudiaba en la Universidad del Estado de Moscú y escuchaba los discos de los Beatles conseguidos de contrabando, y Vladimir Davidovitch, el joven genio considerado ya como un campeón potencial de ajedrez. Vladimir había presentado una solicitud para conseguir una beca en un prestigioso colegio de física y matemática, y Rostov estaba seguro de que tendría éxito. Merecía ganar esa beca por sus propios méritos; además, él, como coronel del KGB, no tenía gran influencia.

Rostov había llegado alto en su vida profesional, pero creía que podía ascender un poco más. Su esposa ya no tenía que hacer cola en el mercado, iba a los *Beryozka*, los establecimientos de la elite, y tenían un apartamento grande en Moscú y una pequeña dacha en el Báltico. Pero Rostov quería una limusina Volga con chófer, otra dacha en el mar Negro donde pudiera llevar a Olga, invitaciones para ver en privado películas occidentales decadentes, y derecho a ser internado en la Clínica del Kremlin cuando comenzaran los achaques de la vejez.

Su carrera estaba en un momento crucial. Este año cumplía los cincuenta. Pasaba la mitad de su tiempo tras un escritorio en Moscú y la otra mitad en el campo de operaciones con su pequeño equipo de hombres. Era el agente de más edad de todos los que trabajaban en el extranjero. Tenía ante sí dos caminos: si no hacía nada y permitía que se olvidaran sus viejas victorias, concluiría su carrera dando charlas a los aspirantes a agentes del KGB en la escuela n.º 311 de Novosibirsk, en Siberia, pero si continuaba apuntándose tantos espectaculares como agente del servicio de inteligencia, le ascenderían, ocuparía un puesto administrativo, entraría a formar parte de alguna comisión y comenzaría una carrera exigente —pero segura— en la organización de la inteligencia de la Unión Soviética. Y luego podría comprar una limusina Volga y la dacha en el mar Negro.

En algún momento de los próximos dos o tres años, tendría que producirse otro hecho importante. Cuando llegaron noticias de Dickstein, pensó que quizá ya había llegado el momento esperado.

Había seguido la carrera de Dickstein con la nostálgica fascinación de un profesor de matemáticas cuyo alumno predilecto ha decidido inscribirse en la escuela de bellas artes. Cuando aún estaba en Oxford se había enterado de lo del barco cargado de armas que Dickstein llevó a Israel, y en consecuencia él mismo le había abierto una ficha en el archivo del KGB. A medida que fueron pasando los años, se fueron agregando datos sobre Dickstein en el archivo, algunos los puso él y otros procedían de contactos ocasionales, rumores, intuiciones y la labor de espionaje. El archivo evidenciaba que Dickstein era uno de los mejores agentes del Mosad. Si Rostov pudiera traer al país su cabeza en una bandeja, tendría asegurado el futuro. Pero Rostov era un tipo que se movía con cuidado. Cuando estaba en condiciones de ir a cobrar la pieza, no dudaba un instante y conseguía su objetivo. No era un hombre de «con gloria morir o triunfar», al contrario. Una de sus mejores cualidades, y la más valiosa para él, era su habilidad para hacerse invisible cuando se distribuían tareas peligrosas. Una lucha entre él y Dickstein podría resultar poco agradable.

Leería con interés cualquier información que llegara desde El Cairo sobre lo que Nat Dickstein estaba haciendo en Luxemburgo, pero trataría por todos los medios de no estar implicado en ese asunto.

No había llegado donde estaba para cometer imprudencias.

El fórum para la discusión sobre la bomba árabe fue la comisión política de Oriente Próximo, aunque podría haber sido cualquiera de las once o doce comisiones del Kremlin, pues las mismas facciones estaban representadas en todas ellas y hubieran dicho las mismas cosas y obtenido el mismo resultado, porque este acontecimiento era lo suficientemente importante como para superar las diferencias de las diversas facciones.

La comisión tenía diecinueve miembros, pero dos estaban en el extranjero, uno se encontraba enfermo y otro había sido atropellado por un camión el mismo día de la reunión. De todos modos, solamente tres personas contaban: una del Ministerio de Asuntos Exteriores, otra del KGB y una tercera que representaba el Secretariado del Partido. Entre los supernumerarios se encontraban el jefe de David Rostov, que reunía a todos los miembros posibles de la comisión, sólo por mantener los principios generales, y Rostov mismo que actuaba como su ayudante. (Por signos como éste Rostov sabía que estaba siendo considerado para la próxima promoción.)

El KGB estaba en contra de la bomba árabe, pues su poder era clandestino y la bomba haría que las decisiones pasaran a la esfera de las acciones abiertas y que quedaran fuera del alcance de su actividad. Por esa misma razón el Ministerio de Asuntos Exteriores estaba a favor; la bomba les daría más trabajo y más influencia. El secretario del partido estaba en contra, porque si los árabes debían ganar decisivamente en Oriente Próximo, ¿cómo haría la Unión Soviética para seguir manteniendo su influencia en esa región?

La reunión comenzó con la lectura del informe del KGB: «Recientes desarrollos en el armamento egipcio». Rostov podía imaginar exactamente cómo el hecho fundamental en el informe había sido adobado con algunos antecedentes obtenidos de una llamada telefónica a El Cairo, buena cantidad de presunciones y mucha palabrería, hasta conseguir ese discurso que llevaba veinte minutos de lectura. Él también había hecho cosas así más de una vez.

Un funcionario del Ministerio de Asuntos Exteriores explicó entonces, bastante detalladamente, su interpretación de la política soviética en Oriente Próximo. Cualesquiera que fuesen los motivos de los colonizadores sionistas, dijo, estaba claro que Israel había sobrevivido gracias a la ayuda del capitalismo occidental, cuyo propósito había sido levantar un baluarte en Oriente Próximo desde donde vigilar sus intereses en el petróleo. Cualquier duda sobre este análisis quedaba descartada por el ataque francoisraelí a Egipto en 1956. La política soviética era respaldar a los árabes en su hostilidad natural a esta arremetida del colonialismo. Ahora, continuó, aunque podría haber sido imprudente —en términos de política global— para la Unión Soviética iniciar el armamento nuclear árabe, una vez que ese armamento estuviese iniciado, era una natural derivación de la política soviética respaldarlo. El hombre continuó hablando sin que aparentemente su discurso fuera a tener un fin.

Todos estaban tan aburridos por esa incansable verborrea que las intervenciones posteriores adoptaron un tono muy «informal». Así, el jefe de Rostov dijo:

—Sí, pero qué mierda, no podemos dar bombas atómicas a esos locos fanáticos.

—Estoy de acuerdo —dijo el hombre del Secretariado del Partido que también presidía la comisión—. Si tienen la bomba, la usarán. Eso forzará a los estadounidenses a atacar a los árabes, con o sin motivos (yo diría con). En ese caso la Unión Soviética tendría sólo dos opciones: abandonar a sus aliados o iniciar la Tercera Guerra Mundial.

—Otra Cuba —murmuró alguien.

—La respuesta a eso podría ser un tratado con los estadounidenses —dijo el representante del Ministerio de Asuntos Exteriores— por el cual los dos lados se comprometieran a que bajo ninguna circunstancia usarían armas nucleares en Oriente Próximo. Si se pudiera participar en un proyecto como ése, entonces su puesto estaría a salvo por veinticinco años.

–¿Y si los árabes dejaran caer la bomba? —preguntó el funcionario del KGB—. ¿Se consideraría que hemos roto el pacto?

Entró una mujer con delantal blanco empujando un carrito con té y la reunión se interrumpió. En el intervalo el hombre del Secretariado del Partido se mantuvo junto al carrito con una taza en la mano y la boca llena de torta de frutas y contó un chiste. «Un capitán del KGB tenía un hijo estúpido al que le costaba entender los conceptos de partido, patria, sindicatos y pueblo, así que un día le dijo que pensara que él, su padre, era el partido; su madre, la patria; su abuela los sindicatos; y él mismo, el pueblo. Aun así el muchacho seguía sin entender. Furioso, el padre lo encerró en el armario de su dormitorio. Esa noche, cuando el padre empezó a hacer el amor con su mujer, el chico que estaba todavía dentro del armario y que lo veía todo por la cerradura, exclamó: "¡Ahora entiendo! ¡El partido viola a la patria mientras los sindicatos duermen y el pueblo tiene que soportarlo y sufrir!"»

Todos estallaron en carcajadas. La mujer del carrito sacudió la cabeza aparentando disgusto. Rostov ya había oído el chiste con anterioridad.

Cuando los miembros de la comisión volvieron con desgana al trabajo, fue el representante del Secretariado del Partido el que hizo la pregunta crucial.

—Si nos negamos a dar a los egipcios la ayuda técnica que nos están pidiendo, ¿podrán fabricar igualmente la bomba?

—No hay información suficiente para dar una respuesta definitiva, señor —dijo el hombre del KGB que había presentado el informe—. Sin embargo, he hablado con uno de nuestros científicos y le he consultado al respecto. Según él, actualmente no es más difícil fabricar una bomba nuclear simple, desde el punto de vista técnico, que hacer una bomba común.

El representante del Ministerio de Asuntos Exteriores intervino:

–Creo que debemos entender que podrán fabricarla sin nuestra ayuda, aunque ello les lleve más tiempo.

—¿Puedo dar mi opinión? —dijo el hombre que presidía la comisión.

—Por supuesto —respondió el representante del Ministerio de Asuntos Exteriores.

El hombre del KGB continuó:

—Su único problema serio sería cómo tener un abastecimiento de plutonio, y en estos momentos no sabemos si lo tienen o no lo tienen.

David Rostov seguía la reunión con gran interés. A su juicio sólo cabía una decisión por parte de la comisión. El presidente ahora confirmaba su opinión.

—Mi interpretación de la situación es la siguiente —comenzó—: si ayudamos a los egipcios a fabricar esa bomba, continuaremos y reforzaremos nuestra actual política en Oriente Próximo, mejoraremos nuestra influencia en El Cairo y podremos ejercer cierto control sobre la bomba. Si nos negamos a ayudarlos, nos apartaremos de los árabes y en tal situación ellos llegarán a tener la bomba, pero nosotros no podremos controlarla.

—En otras palabras, si de todos modos van a fabricar la bomba, será mejor que haya un dedo ruso en el disparador —dijo el representante del Ministerio de Asuntos Exteriores.

El presidente lo miró evidentemente molesto por la interrupción y luego continuó:

—En ese caso podríamos recomendar al Secretariado lo siguiente: los egipcios deberían recibir nuestra ayuda técnica en lo concerniente a su proyecto del reactor nuclear, con el fin de que el personal soviético obtenga finalmente el control de las armas.

Rostov se permitió el esbozo de una sonrisa de satisfacción: ésa era la conclusión que había esperado.

—Bueno, procedamos —dijo el representante del Ministerio de Asuntos Exteriores.

—¿Todos de acuerdo? —preguntó el hombre del KGB.

Todos votaron a favor y se pasó al segundo tema del orden del día.

Cuando terminó la reunión, Rostov pensó que quizá los egipcios en realidad no podían fabricar sin ayuda su propia bomba atómica —por falta de uranio, por ejemplo—. De ser así, habían sido muy hábiles induciendo a los rusos a darles la ayuda que necesitaban mediante el engaño.

A Rostov le gustaba su familia en pequeñas dosis. La ventaja de su trabajo era que cuando se saturaba y se aburría de ella —y era aburrido estar con los chicos— salía a hacer otro viaje al extranjero, y cuando volvía, tenía tantas ganas de estar con ellos que disfrutaba y mucho de su compañía durante algunos meses. Quería mucho a su hijo mayor, Yuri, pese a sus gustos musicales y a sus puntos de vista en favor de los poetas disidentes; pero Vladimir, el más pequeño, era su preferido. De niño, era tan guapo que la gente siempre lo confundía con una niña. Desde que tenía pocos años, Rostov le había enseñado juegos de lógica, le había hablado como si fuera un adulto de la geografía de países distantes, los mecanismos de las maquinarias y de la radio, la vida de las flores, el funcionamiento de los partidos políticos. Había alcanzado la máxima nota en todo cuanto se había propuesto, y en esos momentos, pensó Rostov, debía demostrar su valía entre otros muchachos tan inteligentes como él en el colegio Fis-Mat N.º 2.

Rostov sabía que estaba tratando de insuflar en su hijo algunas de las ambiciones que él no había podido satisfacer. Afortunadamente ello concordaba con las propias inclinaciones del muchacho, el cual se sabía inteligente y no sólo le gustaba serlo, sino que quería llegar a ser un hombre importante. Por lo único que refunfuñaba era por el trabajo que tenía que realizar para la Liga Juvenil Comunista, esto le parecía una pérdida de tiempo. Rostov a menudo le decía: «Quizá sea una pérdida de tiempo, pero nunca llegarás a ninguna parte en nada de lo que te propongas si no progresas en el partido. Si quieres cambiar el sistema, tendrás que llegar arriba y cambiarlo desde dentro.» Vladimir aceptó y fue a las reuniones de la Liga Juvenil Comunista. Había heredado la lógica imperturbable de su padre.

Rostov conducía por la ciudad en plena hora punta ansioso por llegar a casa y pasar una agradable velada con su familia. Cenarían los cuatro juntos, luego verían la serie de televisión sobre unos heroicos espías rusos que conseguían engañar a la CIA, y antes de irse a la cama tomaría un vaso de vodka.

Aparcó frente a su casa. Su edificio estaba habitado por burócratas de jerarquía, de los cuales más o menos la mitad tenía pequeños coches rusos como el suyo, pero no había garajes. Los apartamentos eran espaciosos en comparación con los pisos donde vivían los moscovitas comunes. Yuri y Vladimir tenían su propio dormitorio, y nadie tenía que dormir en el recibidor.

Cuando entró en la casa había un gran alboroto. Mariya estaba gritando enojada, luego oyó el ruido de algo que se rompe y un grito, y después a Yuri insultando a su madre. Rostov abrió de golpe la puerta de la cocina y contempló por un momento la escena, con una carpeta aún en la mano y el rostro descompuesto.

Mariya y Yuri, de pie y separados por la mesa de la cocina discutían. Ella estaba muy furiosa —nunca la había visto así— y a punto de llorar; él le hablaba con ese cruel resentimiento propio de los adolescentes. Entre los dos se encontraba la guitarra de Yuri con el mango roto. Rostov imaginó que había sido Mariya quien lo había hecho, pero se dio cuenta de que no estaban discutiendo por ello.

Inmediatamente los dos apelaron a él.

—Ella me rompió la guitarra —dijo Yuri.

—Ha traído la desgracia sobre esta casa con su música decadente —dijo Mariya.

Después Yuri volvió a insultar a su madre.

Rostov dejó la carpeta, dio un paso hacia su hijo y le abofeteó en la cara. Yuri se balanceó hacia atrás por la fuerza del golpe y notó que las mejillas se le enrojecían por el dolor y la humillación. El hijo era tan alto como su padre y mucho más corpulento. Rostov no le había pegado así desde que el muchacho se había convertido en un hombre. Yuri le devolvió inmediatamente el golpe con el puño cerrado. Si hubiera dado en el blanco hubiera derribado a Rostov, pero éste se hizo a un lado rápidamente con el instinto de muchos años de entrenamiento y, con tanta suavidad como le fue posible, tiró a Yuri al suelo.

—Vete de esta casa ahora —le dijo quedamente—, y vuelve cuando estés en condiciones de disculparte ante tu madre.

Yuri se puso de pie con dificultad.

—¡Nunca! —gritó, y salió dando un portazo.

Rostov se quitó el sombrero y la chaqueta y se sentó ante la mesa de la cocina. Cogió la guitarra rota y la puso suavemente en el suelo. Mariya hizo té y le sirvió; cuando él levantó la taza le temblaba la mano.

—¿Y por qué todo este alboroto? —preguntó finalmente.

—A Vladimir lo suspendieron en el examen.

—¿Vladimir? ¿Qué tiene que ver con la guitarra de Yuri? ¿En qué examen lo suspendieron?

—En la prueba de acceso al Fis-Mat. Ha sido rechazado.

Rostov la miró en silencio, sorprendido.

—Yo estaba muy disgustada —dijo Mariya—. Yuri, sin embargo, se echó a reír (está un poco celoso de su hermano) y luego se puso a tocar esa música occidental. Pensé que no podía ser que Vladimir no fuera lo suficientemente inteligente, que quizá había sido rechazado porque nosotros no tenemos bastante influencia, porque quizá creen que no somos de fiar a causa de la música y las opiniones de Yuri. Sé que hice una tontería, pero le rompí la guitarra presa de la rabia.

Rostov ya no la escuchaba. ¿Vladimir suspendido? Imposible. El muchacho sabía más que sus maestros, era demasiado inteligente para ir a una escuela normal, donde los profesores no le podían dar la formación adecuada. La escuela para los muchachos superdotados era la Fis-Mat. Además el muchacho había dicho que el examen no era difícil, estaba seguro de que obtendría la máxima puntuación, y él siempre sabía cómo le había ido en los exámenes.

—¿Dónde está Vladimir? —preguntó Rostov.

—En su habitación.

Recorrió el pasillo y golpeó la puerta del dormitorio. No hubo respuesta. Entró. Vladimir estaba sentado en la cama, con la mirada fija en la pared, la cara roja y surcada por las lágrimas.

—¿Qué puntuación obtuviste en el examen? —preguntó Rostov.

Vladimir levantó la mirada hacia su padre; su cara era la máscara de la incomprensión infantil.

—Cien puntos —respondió, entregándole un manojo de hojas—. Recuerdo las preguntas. Recuerdo mis respuestas, las revisé dos veces: no hay errores. Y salí del aula cinco minutos antes de que acabara el tiempo.

Rostov se volvió para salir de la habitación.

—¿No me crees?

—Sí, claro que te creo —dijo, y fue al recibidor, donde estaba el teléfono.

Llamó a la escuela. El director aún estaba trabajando.

—Vladimir tuvo la máxima puntuación en esa prueba —dijo Rostov.

El director se expresó con tono apaciguador:

—Lo lamento, camarada coronel. Muchos jóvenes con aptitudes solicitan entrar en nuestra escuela...

—¿Y todos sacan la máxima puntuación en el examen?

—Me temo que no puedo contestarle...

—Usted sabe quién soy yo —dijo Rostov sin ambages—. Sabe que puedo averiguar...

—Camarada coronel, yo le tengo simpatía y quiero que su hijo entre en mi escuela. Por favor, no se haga daño a sí mismo haciendo de esto un espisodio trascendental. Si su hijo se presenta el año que viene, tendrá una excelente oportunidad de estudiar con nosotros.

La gente común no advertía a los funcionarios del KGB que no se hicieran daño a sí mismos, Rostov comenzó a comprender.

—Pero él sacó la máxima puntuación.

—Varios aspirantes obtuvieron la máxima puntuación...

—Gracias —dijo Rostov, y colgó.

El recibidor estaba a oscuras, pero no encendió las

luces; se sentó en un sillón y se puso a pensar. El director podría haberle dicho tranquilamente que todos los aspirantes habían obtenido la máxima puntuación, pero las mentiras no afloran con facilidad en medio de la ansiedad del momento, las evasiones son más fáciles. Sin embargo, el cuestionar los resultados traería inconvenientes a Rostov.

Debía intentar pensar con calma. Jóvenes menos inteligentes obtuvieron una plaza en el colegio porque sus padres habían usado mayor influencia. Rostov intentó no enojarse, no debía indignarse con el sistema, sino usarlo. Cogió el auricular y llamó a su jefe, Félix Vorontsov, a su casa. Félix pareció algo extrañado, pero Rostov lo ignoró.

—Escúcheme, Félix, mi hijo ha sido rechazado en el Fis-Mat.

—Lo lamento mucho, pero ya sabe que no pueden entrar todos los chicos que lo solicitan.

No era la respuesta esperada. Rostov prestó atención al tono de voz que empleaba Vorontsov.

—¿Por qué dice usted eso?

—Mi hijo sí entró.

Rostov guardó silencio por un momento. No sabía siquiera que el hijo de Félix se hubiera presentado al examen de acceso del Fis-Mat. El chico era inteligente, pero Vladimir lo era mucho más. Rostov se recompuso.

—Entonces permítame que sea el primero en felicitarlo.

—Gracias —dijo Félix algo incómodo—. Pero ¿cuál ha sido el motivo de su llamada?

—Oh... bueno, no quiero interrumpirles, supongo que estarán celebrando el éxito del muchacho. Aguardaré hasta mañana.

—Está bien. Adiós.

Rostov colgó. Si el hijo de un burócrata o político

había entrado en la escuela porque había usado sus influencias, Rostov podía haberlo impedido: en las fichas personales de todo el mundo se podía encontrar algo inconveniente. La única clase de persona contra la que no podía luchar era contra un superior del KGB. No había forma de alterar ahora el otorgamiento de las becas para ese año. Vladimir volvería a presentarse el curso siguiente, pero podía sucederle de nuevo lo mismo si para entonces él, su padre, no había logrado ascender lo suficiente para neutralizar la influencia de todos los Vorontsov del mundo. El año siguiente haría las cosas de una manera totalmente distinta. Para comenzar llamaría al jefe del archivo del KGB, pediría una lista completa de los aspirantes y se dedicaría a investigar sobre cualquiera que pudiera significar una amenaza para su hijo. Haría intervenir los teléfonos, violar la correspondencia, lo que fuera necesario para descubrir quién estaba usando influencias. Pero primero tenía que ocupar un cargo que le reportara más poder. Se daba cuenta de que la trayectoria de su carrera hasta el momento había sido un error. Si podían hacerle algo así, era porque su estrella debía de estar apagándose rápidamente.

El golpe que tenía planeado para dentro de dos o tres años debía llevarlo a cabo ya, sin más espera.

Permaneció sentado en el oscuro recibidor, planeando sus primeras acciones.

Mariya apareció y se sentó a su lado, sin hablar. Le trajo comida en una bandeja y le preguntó si quería ver la televisión. Él negó con la cabeza y dejó la bandeja a un lado. Poco después ella se fue a la cama sin hacer ruido.

Yuri volvió a medianoche algo bebido. Entró en el recibidor y encendió la luz. Asustado al ver a su padre ahí sentado, dio un paso atrás. Rostov se levantó y miró a su hijo mayor recordando lo dolorosos que habían sido sus propios años de adolescencia, las iras mal canalizadas, la visión clara y limitada del bien y del mal, las súbitas humillaciones y la lenta adquisición del conocimiento.

—Yuri —dijo—, quiero pedirte disculpas por haberte pegado.

Yuri se echó a llorar.

Rostov rodeó los amplios hombros del muchacho con un brazo y lo acompañó hasta su habitación.

—Los dos estuvimos mal, tú y yo —continuó—; también tu madre. Pronto saldré de viaje; te traeré una guitarra nueva.

Quería besar a su hijo, pero se habían vuelto como los occidentales, temerosos de besar. Amablemente lo introdujo en el dormitorio y le cerró la puerta.

De vuelta al recibidor se dio cuenta de que en los últimos minutos sus planes habían logrado adquirir consistencia y tomar forma en su mente. Volvió a sentarse en el sillón, esta vez con lápiz y papel y comenzó a redactar un memorándum.

Para: Presidente de la Comisión de Seguridad del Estado.
De: Jefe suplente del Departamento Europeo.
Copia: Jefe del Departamento Europeo.
Fecha: 24 de mayo de 1968.

Camarada Andrópov:
El jefe de mi departamento, Félix Vorontsov, está ausente hoy y siento que el siguiente asunto es demasiado urgente para aguardar su retorno.

Un agente en Luxemburgo ha informado que fue visto en esa ciudad un agente israelí, Nathaniel (Nat) David Jonathan Dickstein, alias Edward (Ed) Rogers, conocido como el Pirata.

Dickstein nació en Stepney, al este de Londres, en 1925, hijo de un comerciante. El padre murió en 1938, la madre en 1951, Dickstein ingresó en el ejército británico en 1943, luchó en Italia, fue ascendido a sargento y hecho prisionero en La Molina. Después de la guerra, fue a la Universidad de Oxford para graduarse en lenguas semíticas. En 1948 abandonó Oxford sin graduarse y emigró a Palestina para trabajar para el Mosad.

Al comienzo estuvo implicado en el robo y compra secreta de armamento para el estado sionista. En el cincuenta montó un operativo contra un grupo respaldado por los egipcios que luchaban por la liberación de Palestina desde Gaza, y fue responsable de la colocación de la bomba que mató al comandante Ali. Hacia fines de la década de los cincuenta y comienzos de la de los sesenta, era un destacado integrante del equipo perseguidor de los nazis escapados. Dirigió el esfuerzo terrorista contra los científicos alemanes especializados en cohetes que trabajaban para Egipto entre 1963-1964.

En su carpeta, bajo el subtítulo «Debilidades», se lee: «Ninguna conocida.» Al parecer no tiene familia en Palestina ni en ningún otro lugar. No tiene afición por el alcohol, las drogas ni el juego. No tiene vinculaciones amorosas, y se presume que quizá sea sexualmente impotente a causa de haber sido sometido a experimentos médicos dirigidos por los científicos nazis.

Personalmente conocí a Dickstein en su época de estudiante durante 1947-1948, cuando los dos estábamos en la Universidad de Oxford. Yo jugaba al ajedrez con él, y entonces abrí su ficha en el archivo. He seguido su carrera con especial interés. Ahora parece estar operando en el territorio que ha constituido mi especialidad durante veinte años. Dudo de que haya alguien más, entre los ciento diez mil empleados de su comisión, que reúna tantas cualidades como yo para combatir a este formidable operativo sionista. Por lo tanto, recomiendo mi asignación para descubrir cuál es la misión de Dickstein, e impedirle que la cumpla de ser necesario.

DAVID ROSTOV.

Para: Jefe suplente del Departamento Europeo.
De: Presidente de la Comisión de Seguridad del Estado.
Copia: Jefe del Departamento Europeo.
Fecha: 24 de mayo de 1968.

Camarada Rostov:
Su recomendación queda aprobada.

YURI ANDRÓPOV.

Para: Presidente de la Comisión de Seguridad del Estado.
De: Jefe del Departamento Europeo.
Copia: Jefe suplente del Departamento Europeo.
Fecha: 26 de mayo de 1968.

Camarada Andrópov:
Con referencia al intercambio de memorándums entre usted y mi subalterno, David Rostov, durante mi reciente ausencia por asuntos de Estado en Novosibirsk, quiero comunicarle que estoy totalmente de acuerdo con la preocupación del camarada Rostov y la consecuente aprobación por su parte para que investigue a Dickstein, aunque creo que la premura con que se han sucedido estos hechos no estaba justificada.

Como combatiente, Rostov no ve las cosas con la amplia perspectiva de sus superiores; además, hay un aspecto de la cuestión que olvidó mencionarle. La investigación en curso sobre Dickstein fue iniciada por nuestros aliados egipcios, y en este momento es de su exclusividad. Por razones políticas no recomendaría que los hiciéramos a un lado sin recapacitar, como parece considerar Rostov. A lo sumo podríamos ofrecerles nuestra cooperación.

Resulta innecesario decir que el tema, que implicaría indudablemente relaciones internacionales entre los servicios de inteligencia, debería estar manejado por los jefes de departamento y no por sus subordinados inmediatos.

FÉLIX VORONTSOV.

Para: Jefe del Departamento Europeo
De: Oficina del presidente de la Comisión de Seguridad del Estado.
Copia: Jefe suplente del Departamento Europeo.
Fecha: 28 de mayo de 1968.

Camarada Vorontsov:
El camarada Andrópov me ha encomendado su memorándum del 26 de mayo.

Está de acuerdo en que las implicaciones políticas del plan de Rostov deben ser tomadas en cuenta, pero no ve con buenos ojos dejar la iniciativa en manos de egipcios y conformarnos con «cooperar». He hablado con nuestros aliados en El Cairo, y están de acuerdo en que Rostov dirija al equipo que investiga a Dickstein siempre que uno de sus agentes trabaje como miembro integral del grupo.

MAKSIM BYKOV,
asistente personal del presidente.

(Agregado a lápiz.)
Félix: No me molestes de nuevo con este tema hasta que hayas obtenido algún resultado. Y no pierdas de vista a Rostov; quiere tu puesto, y si tú no haces los méritos necesarios, se lo daré. Yuri.

Para: Jefe suplente del Departamento Europeo.
De: Oficina del presidente de la Comisión de Seguridad del Estado.
Copia: Jefe del Departamento Europeo.
Fecha: 29 de mayo de 1968.

Camarada Rostov:
El Cairo ha designado ya al agente que trabajará con su equipo en la investigación sobre Dickstein. Es, en efecto, el hombre que detectó a Dickstein en Luxemburgo. Su nombre es Yasif Hassan.

MAKSIM BYKOV,
asistente personal del presidente.

Cuando daba charlas en la escuela de entrenamiento, Pierre Borg solía decir: «Vengan por aquí de vez en cuando. No sólo si necesitan algo, sino todos los días a ser posible. Necesitamos saber qué están haciendo, y además podemos tener información vital para ustedes.» Entonces los que recibían entrenamiento fueron al bar y oyeron decir que el lema de Nat Dickstein era: «No aparecer nunca por la escuela por menos de cien mil dólares.»

Borg estaba indignado con Dickstein. Se indignaba con facilidad, sobre todo cuando no se le mantenía informado, aunque afortunadamente su enfado rara vez interfería en su capacidad de raciocinio. También estaba molesto con Kawash. Podía comprender por qué había determinado que el encuentro tendría lugar en Roma, ya que los egipcios tenían un gran equipo allí, y a Kawash le sería más fácil encontrar una excusa para justificar su viaje a la capital italiana, pero no entendía por qué tenían que verse en una maldita casa de baños.

A Borg le enfurecía estar sentado en su oficina de Tel Aviv, preguntándose y preocupándose por Dickstein, Kawash y los demás, aguardando sus mensajes. Pensó que no llamaban porque le tenían antipatía, y entonces se puso más furioso, rompió los lápices que había sobre su mesa y despidió a su secretaria.

Una casa de baños en Roma, ¡por Dios...! El lugar tenía que estar lleno de maricas. Además a Borg no le gustaba verse desnudo y menos que lo vieran. Dormía con pijama, nunca iba a nadar, nunca se probaba ropa en las tiendas, sólo se desnudaba cuando se duchaba por la mañana.

Borg estaba en la sauna, con la toalla más grande que pudo encontrar atada a la cintura, consciente de la palidez de su piel, sólo las manos y la cara tenían cierto color. Borg era gordo y un vello canoso cubría como musgo sus hombros.

Vio a Kawash. El cuerpo del árabe era magro y su piel, oscura y brillante, apenas estaba cubierta de vello. Sus miradas se encontraron, a pesar de la cortina de vapor, y como amantes secretos se dirigieron sin mirarse a un cuarto privado, con una cama.

Borg se sintió aliviado de no estar exhibiéndose, e impaciente por oír las novedades de Kawash. El árabe presionó el botón que hacía vibrar la cama: su zumbido interferiría cualquier aparato grabador, en el caso de que existiera alguno. Los dos hombres se mantuvieron muy cerca y hablaron en voz baja. Confundido, Borg le dio la espalda a Kawash, de modo que éste tenía que hablarle por encima del hombro.

—Tengo un hombre en Qattara —dijo el árabe.

—*Formidable* —replicó Borg, pronunciando a la francesa—. Su departamento no figura para nada en el proyecto.

—Tengo un primo en el Servicio de Inteligencia Militar.

—Bien. ¿Quién es el hombre en Qattara?

—Saman Hussein, uno de los suyos.

—Espléndido, espléndido, espléndido. ¿Qué ha descubierto?

—El trabajo de construcción está terminado: un edificio para el reactor y otro para los administrativos y directivos. También han construido una pista de aterrizaje. Están mucho más adelantados de lo que imaginábamos.

—¿Y qué hay del rector como tal? Eso es lo que importa.

—Ahora están trabajando en él. Es difícil decir cuánto tiempo les llevará. Aún les queda realizar bastante trabajo de precisión.

—¿Podrán hacerlo? —se preguntó Borg—. Son necesarios complejos sistemas de control...

—Los controles no necesitan mucha dedicación, según tengo entendido. Se disminuye la velocidad de la reacción nuclear simplemente introduciendo unas varillas de metal en la pila atómica. De todos modos, hay otra novedad. Saman me ha informado de que el lugar está lleno de rusos.

—¡Qué! —exclamó Borg.

—Cabe suponer que por ello los árabes deben tener todos los dispositivos electrónicos necesarios.

Borg se sentó en la silla, olvidándose de la casa de baños, de la cama vibrante y de su blanco cuerpo rollizo.

—Es un mala noticia.

—Hay algo peor. Dickstein puede darse por muerto.

Borg se quedó mirando a Kawash, estupefacto.

—¿Muerto? —dijo como si no entendiera el significado de la palabra—. ¿Muerto?

—Sí.

Borg había pasado de la furia a la desesperación. Un momento después atinó a decir:

—¿Cómo puede ser...? ¿Lo torturaron?

—Fue reconocido por un agente nuestro en Luxemburgo.

—¿Qué estaba haciendo allí?

—Si no lo sabes tú...

—Al grano.

—Parece que fue un encuentro casual. El agente se llama Yasif Hassan, un novato que trabaja en un banco libanés y debe vigilar a los visitantes israelíes. Naturalmente, nuestra gente reconoció el nombre Dickstein...

—¿Usa su verdadero nombre? —dijo Borg que no podía creer lo que estaba escuchando.

—No creo. Pero Hassan sabía cómo se llamaba, porque se habían conocido años atrás.

—Parece difícil creer que somos el pueblo elegido, con semejante suerte —dijo Borg, sacudiendo lentamente la cabeza.

—Hicimos vigilar a Dickstein e informamos a Moscú —continuó Kawash—. Despistó a los hombres que le seguían, pero los rusos están haciendo un gran esfuerzo por volver a encontrarlo.

Borg se llevó las manos a las mejillas y se quedó mirando sin ver el friso erótico sobre la pared de azulejos. Era como si hubiera una conspiración mundial para frustrar la política israelí en general, y sus planes en particular. Hubiera querido abandonarlo todo y volver a Quebec; hubiera querido cortarle la cabeza a Dickstein con un arma sin filo y borrar la expresión inmutable de la hermosa cara de Kawash.

Hizo un gesto como de tirar algo.

—Magnífico —dijo—. Los egipcios está muy adelantados con su reactor, lo rusos los están ayudando, Dickstein ha sido descubierto y el KGB va tras él. Podríamos perder esta carrera, ¿te das cuenta? De ser así, los árabes tendrían la bomba nuclear y nosotros no. ¿Crees que la usarán? —Había cogido a Kawash por los hombros ahora y lo sacudía—. Ellos son tu gente, dímelo, ¿tirarán la bomba sobre Israel? ¿Te juegas algo a que sí lo harán?

—Deja de gritar —dijo el árabe, apartando las manos de Borg de sus hombros—. Hay un largo camino por recorrer antes que uno de los dos pueblos haya ganado.

—Así es. —Borg se dio la vuelta y se alejó.

—Tendrás que ponerte en contacto con Dickstein y advertirle. ¿Dónde está ahora?

—Al diablo si lo sé —dijo Pierre Borg.

5

La única persona completamente inocente, cuya vida fue arruinada por los espías durante el asunto del óxido de uranio, fue el funcionario de Euratom a quien Dickstein bautizó con el nombre de Cuelloduro.

Después de despistar a los hombres que le seguían en Francia, Dickstein volvió a Luxemburgo por la carretera, ya que suponía que sus perseguidores se apostarían durante las veinticuatro horas del día en el aeropuerto de Luxemburgo. Y, puesto que tenían la matrícula del coche que había alquilado, se detuvo en París para devolverlo y alquilar otro en una compañía diferente.

Durante su primera noche en Luxemburgo, fue al discreto club nocturno de la rue Dicks y se sentó solo, tomando una cerveza, esperando a que apareciera Cuelloduro. Pero fue el amigo rubio el que apareció primero. Era un hombre joven, quizá de veinticinco o treinta años, ancho de hombros y de buena planta, que llevaba una chaqueta marrón cruzada. Se encaminó al reservado que habían ocupado la última vez él y Cuelloduro. Era ágil como un bailarín; Dickstein pensó que podía muy bien jugar de portero en un partido de fútbol. El reservado estaba vacío. Si la pareja se encontraba allí todas las noches, probablemente los camareros les reservaran aquel sitio. El rubio pidió una bebida y miró el reloj. No advirtió que Dickstein lo estaba observando. Cuelloduro llegó un poco más tarde. Llevaba un suéter rojo con cuello de pico y una camisa blanca. Lo mismo que la vez anterior fue directamente a la mesa donde estaba su amigo esperándolo y se saludaron cogiéndose de las manos y aparentemente felices. Dickstein se preparó para destrozar su mundo.

Llamó al camarero.

—Por favor, lleve una botella de champán a la mesa donde está el hombre del suéter rojo y tráigame otra cerveza.

El camarero le trajo primero la cerveza y luego llevó el champán dentro de una cubitera llena de hielo a la mesa de Cuelloduro. Dickstein vio que el camarero les indicaba con el dedo que él era el que les invitaba. Cuando ellos lo miraron, Dickstein levantó su vaso en señal de brindis y sonrió. Cuelloduro lo reconoció y de inmediato se le borró la sonrisa de la cara y pareció apesadumbrado.

Dickstein dejó su mesa y fue al servicio donde se lavó la cara para hacer tiempo. Pasados unos minutos, el amigo de Cuelloduro apareció. El joven se peinó, esperando que un tercer hombre saliera del lugar, y después se dirigió a Dickstein.

—Mi amigo quiere que lo deje tranquilo.

Dickstein le respondió primero con una desagradable sonrisa.

—Que él mismo venga a decírmelo.

—Usted es periodista, ¿verdad? ¿Qué le parece si su director se entera de que usted viene a lugares como éste?

—No estoy en plantilla.

El joven se acercó más a él. Era unos diez centímetros más alto que Dickstein y pesaba por lo menos diez kilos más.

—Déjenos tranquilos.

—No.

—¿Por qué hace esto? ¿Qué quiere?

—No estoy interesado en usted, querido. Con quien quiero hablar es con su amigo.

—Maldito sea —dijo el joven, y cogió a Dickstein por las solapas de su chaqueta con una sola de sus grandes manos, mientras llevaba el otro brazo hacia atrás y cerraba el puño. Nunca llegó a descargar el golpe. Dickstein le hundió los dedos en los ojos. El joven echó la cabeza hacia atrás y hacia un lado y Dickstein aprovechó para darle un fuerte puñetazo en la barriga. El otro resopló y se dobló sobre sí mismo y Dickstein volvió a pegarle, esta vez en la nariz, que comenzó a sangrarle profusamente. Finalmente, el joven se desplomó sobre el suelo embaldosado.

Era suficiente.

Dickstein salió apresuradamente, arreglándose la corbata y alisándose el pelo mientras caminaba. En el club habían dado comienzo las actuaciones y el guitarrista alemán estaba cantando una canción sobre un policía homosexual. Dickstein pagó su cuenta y se fue. Al salir vio que Cuelloduro, con expresión preocupada, se dirigía al servicio.

Era una noche tibia de verano, pero Dickstein estaba temblando. Caminó un poco, luego entró a un bar y pidió un coñac. Se trataba de un lugar ruidoso, cargado de humo, con un aparato de televisión encendido sobre el mostrador. Dickstein llevó su bebida hasta la mesa de un rincón y se sentó de cara a la pared.

La pelea en el servicio no sería denunciada a la policía. Todo parecería una riña por cuestiones amorosas, y ni Cuelloduro ni el encargado del club estarían interesados en llamar la atención a un nivel oficial. Cuelloduro llevaría a su amigo a un médico y le contaría que había tropezado con una puerta.

Dickstein tomó el coñac y dejó de tiritar. Su trabajo como espía implicaba hacer cosas tan desagradables como esa... Y para defender una nación en este mundo eran necesarios los espías. Porque sin una nación, ni Nat Dickstein ni nadie podía sentirse seguro.

No parecía posible vivir de forma honesta y tranquila. Aunque él abandonara su profesión, habría otros que se convertirían en espías y harían daño a desconocidos. Había que ser malo para vivir. Dickstein recordó a un médico del campo de concentración nazi que decía más o menos lo mismo.

Hacía mucho tiempo que había decidido que la vida no tenía nada que ver con lo bueno y lo malo, sino con los ganadores y los perdedores. Sin embargo, había veces en que esa filosofía no le aportaba ningún consuelo.

Dejó el bar y salió a la calle. Se dirigió a la casa de Cuelloduro. Tenía que aprovechar su ventaja mientras el hombre estaba desmoralizado. En pocos minutos llegó a la calle empedrada y aguardó en la vereda de enfrente. No había luz en la ventana de la buhardilla.

A medida que avanzaba la noche refrescaba más. Empezó a caminar de un extremo al otro. El clima europeo era espantoso. A esas alturas del año, Israel era glorioso: largos días soleados y noches cálidas, duro trabajo físico durante el día y camaradería y risas durante la noche. Dickstein hubiera querido poder estar allí en esos momentos.

Al final Cuelloduro y su amigo volvieron. Este último llevaba la cabeza vendada y evidentemente le resultaba difícil ver: caminaba con una mano apoyada sobre el brazo de Cuelloduro, como si fuera un ciego. Se detuvieron ante la casa mientras Cuelloduro se palpaba los bolsillos en busca de la llave. Dickstein atravesó la calle y se acercó a ellos por la espalda, sin hacer ruido.

Cuelloduro abrió la puerta, y cuando se volvió para ayudar a su amigo vio a Dickstein.

—¡Oh, Dios! —exclamó sobresaltado.

—¿Qué pasa? —preguntó el amigo—. ¿Qué sucede?

—Es él.

—Tengo que hablar con usted —dijo Dickstein.

—Llama a la policía.

Cuelloduro tomó a su amigo del brazo y lo acompañó hacia el interior. Dickstein estiró el brazo y los detuvo.

—Tendrán que dejarme pasar si no quieren que les monte un escándalo en la calle.

—Nos arruinará la vida hasta que consiga lo que quiere —dijo Cuelloduro.

—Pero, ¿qué es lo que quiere?

—Se lo diré de inmediato —dijo Dickstein. Entró a la casa delante de ellos y comenzó a subir las escaleras. Pasado un momento de vacilación lo siguieron.

Los tres hombres subieron hasta el final. Cuelloduro abrió con la llave la puerta del apartamento de la buhardilla y entraron. Dickstein echó un vistazo. Era más grande de lo que había imaginado y estaba decorado con bastante buen gusto, con muebles caros, papel con rayas en las paredes y muchas plantas y cuadros. Cuelloduro ayudó a su amigo a sentarse en una silla, luego sacó un cigarrillo de una caja, lo encendió con un encendedor de mesa y se lo puso al joven herido entre los labios. Se sentaron muy juntos, esperando que Dickstein hablara.

—Soy periodista —comenzó.

Cuelloduro lo interrumpió.

—Los periodistas entrevistan a la gente, no le dan una paliza.

—No le di una paliza. Sólo le pegué dos veces.

—¿Por qué?

—Él me atacó. ¿No se lo contó?

—No le creo —dijo Cuelloduro.

—¿Quiere que nos dediquemos a discutir el altercado entre su amigo y yo?

—No.

—Bien. Necesito publicar un artículo sobre Euratom. Un buen artículo. Es muy importante para mi carrera, y uno de los temas en los que había pensado es la presencia de homosexuales en puestos de responsabilidad dentro de la organización...

—Usted es un mierda —exclamó el amigo de Cuelloduro.

—Desde luego, no hablaré de ello en mi artículo si consigo algo mejor.

Cuelloduro se pasó la mano por el cabello entrecano y Dickstein advirtió que tenía las uñas pintadas con esmalte claro.

—Creo que entiendo lo que pasa —dijo.

—¿Qué? ¿Qué es lo que entiendes? —preguntó su amigo.

—Quiere información.

—Exactamente —asintió Dickstein.

Cuelloduro parecía sentirse aliviado. Ahora era el momento de suavizar un poco la situación y aliviar la tensión, pensó Dickstein. Se puso de pie, se acercó a una mesita en la que había una botella de whisky, y sirvió un poco en tres vasos.

—Veran, ustedes dos se encuentran en una situación bastante delicada, de la que yo intento aprovecharme, por lo que es lógico que me odien; pero quiero que sepan que seré muy claro con ustedes.

Les entregó los vasos y volvió a sentarse.

Se produjo una pausa, luego Cuelloduro preguntó:

—¿Qué es lo que desea saber?

—Bueno veamos. —Dickstein bebió un sorbo de whisky, bebida que nunca le gustó—. Euratom lleva el registro de todos los movimientos de los materiales fisionables que llegan, salen y tienen los países miembros, ¿no es así?

—Sí.

—Es decir, antes de que nadie pueda trasladar un miligramo de uranio de A a B tiene que pedir permiso a Euratom.

—Sí.

—Se lleva el registro completo de todos los permisos otorgados.

—Los registros se encuentran en un ordenador.

—Lo sé, e imagino que ese ordenador puede proporcionar una lista de todos los embarcos futuros cuyos permisos han sido ya otorgados.

—Lo hace regularmente. Todos los meses circula una lista dentro de la oficina.

—Espléndido —dijo Dickstein—. Esa lista es todo lo que quiero.

Se produjo un largo silencio. Cuelloduro tomó un poco de whisky. Dickstein dejó el suyo. Las dos cervezas y un coñac doble que ya había bebido esa noche era más de lo que normalmente bebía en quince días.

—¿Para qué quiere la lista? —preguntó el amigo.

—Voy a controlar los cargamentos que se realizan en un mes. Quiero probar que lo que la gente hace en realidad poco tiene que ver, o nada, con lo que informa a Euratom.

—No le creo —dijo Cuelloduro.

El hombre no era ningún estúpido, pensó Dickstein encogiéndose de hombros.

—¿Para qué cree que la quiero?

—No lo sé. Usted no es un periodista. Nada de lo que ha dicho es verdad.

—Piense lo que quiera. No tiene más alternativa que darme la lista.

—Se equivoca —dijo Cuelloduro—. Puedo renunciar a mi puesto.

—Si lo hace, le daré tal paliza a su amigo que le será difícil reconocerlo —dijo en tono amenazador.

—Acudiremos a la policía —intervino el otro.

—Si lo hiciera, quizá yo desaparecería durante un año —señaló Dickstein—, pero puede estar seguro de que volvería, lo encontraría y usted podría darse por muerto.

Cuelloduro se quedó mirando a Dickstein.

—¿Quién es usted?

—Eso no tiene importancia, ¿no cree? Creo que sabe que puedo cumplir mi amenaza.

—Sí —dijo Cuelloduro hundiendo la cara entre las manos.

Dickstein dejó que el silencio creciera. Cuelloduro estaba acorralado. Sólo podía hacer una cosa, y ahora se estaba dando cuenta. Dickstein le dio tiempo para pensar y finalmente dijo:

—La lista será muy abultada.

Cuelloduro asintió sin levantar la cabeza.

—¿Le revisan la cartera cuando sale de la oficina? Negó con la cabeza.

—¿Se supone que las listas se mantienen rigurosamente bajo llave?

—No. —Cuelloduro trataba de dominar sus nervios—. Esa información no se clasifica. Es tan sólo confidencial. No está destinada al público.

—Bien, ahora necesitará el día de mañana para pensar acerca de los detalles: qué copia cogerá, qué le dirá exactamente a su secretaria, etcétera. Quiero que traiga la lista a su casa pasado mañana. Se encontrará con un mensaje mío en el que le indicaré cómo deberá entregarme el documento. Es muy probable que después no me vuelvan a ver nunca más.

—Espero que así sea —respondió Cuelloduro.

—Es preferible que no les molesten las llamadas telefónicas durante un rato —dijo. Cogió el teléfono y tiró del cable hasta que lo arrancó de la pared. Fue hasta la puerta y la abrió.

El amigo miró el cable arrancado y dijo:

—¿Tiene miedo de que él cambie de opinión?

—Usted es el que debería tener miedo de que hiciera tal cosa —le dijo Dickstein, y salió cerrando suavemente la puerta tras él.

David Rostov se había convertido en el KGB en un personaje poco querido por su jefe y los cercanos a éste. Félix Vorontsov estaba indignado por la jugada de Rostov y había decidido que haría todo lo que pudiera para destruirlo.

Rostov lo había previsto, y no lamentaba su decisión de haberse adelantado a su jefe en el asunto Dickstein, al contrario, estaba más bien contento. Ya estaba planeando el traje inglés, azul marino, que se iba a comprar cuando consiguiera el pase para la sección 100 en el tercer piso del GUM, departamento de confección en Moscú.

Lo que lamentaba era haberle dado margen a Vorontsov. Tendría que haber pensado en los egipcios y en su reacción. Ése era el inconveniente con los árabes, eran tan cortos de entendimiento y tan inútiles que se tendía a ignorarlos como fuerza dentro del sistema de inteligencia en el mundo. Afortunadamente Yuri Andrópov, jefe del KGB y confidente de Leonid Bréznev, había visto lo que Félix Vorontsov estaba tratando de hacer, a saber, recuperar el control del proyecto Dickstein; y no lo había permitido.

De modo que la única consecuencia del error de Rostov era que se vería forzado a trabajar con esos cretinos de los árabes, lo que ya era bastante desgracia. Rostov tenía su propio equipo: Nik Bunin y Pyotr Tyrin, y trabajaban bien juntos. Además, El Cairo era el lugar menos apto para un secreto: la mitad de lo que pasaba allí se sabía de forma inmediata en Tel Aviv.

El hecho de que el árabe en cuestión fuera Yasif

Hassan no le aclaraba demasiado las cosas. Rostov lo recordaba muy claramente: Hassan era un muchacho rico, indolente y altivo, inteligente pero sin iniciativa, poco experto en política y con demasiada ropa. El dinero de su padre, más que sus propios medios, lo había llevado a Oxford, algo que a Rostov le molestaba más ahora que antes. Sin embargo, al conocerlo podría controlarlo más fácilmente. Había pensado dejar claro desde el principio que Hassan no era un elemento clave en la misión, y que estaba en el equipo exclusivamente por razones políticas. Tendría que ser muy cauto con lo que le dijera a Hassan y con lo que mantuviera secreto. Si le decía demasiado poco, El Cairo se quejaría a Moscú; si le decía demasiado, Tel Aviv estaría en condiciones de frustrar todos sus movimientos. Era una situación delicada, y sólo podría echarse a sí mismo las culpas de lo que sucediera.

Rostov era presa de los nervios cuando llegó a Luxemburgo. Venía en avión desde Atenas y había cambiado dos veces de identidad y tres veces de avión desde que había salido de Moscú. Tomó esa pequeña precaución porque si se llegaba directamente desde Rusia el servicio de inteligencia local a veces tomaba nota de la entrada y no perdían de vista al individuo en cuestión, lo que podía ser bastante molesto.

Nadie vino a su encuentro en el aeropuerto, de modo que tomó un taxi hasta el hotel.

Avisó a El Cairo de que usaría el nombre de David Roberts. Cuando se registró en el hotel con ese nombre, el recepcionista le dio un mensaje. Abrió el sobre mientras subía en el ascensor con el botones. Leyó: «Habitación 179.»

Le dio una propina al muchacho, levantó el auricular del teléfono de la habitación y marcó el número 179. Una voz dijo:

—¿Hola?

—Estoy en la 142. Déme diez minutos, luego venga para una reunión.

—Espléndido. Escúcheme, habla...

—Silencio —lo interrumpió Rostov—. No dé nombres. Diez minutos.

—Naturalmente, por cierto... yo...

¿Con qué clase de estúpidos trabajaba ahora el servicio de inteligencia de El Cairo? ¿Tipos dispuestos a dar nombres por el teléfono de un hotel? Increíble. Iba a ser peor de lo que había supuesto...

Hubo una época en que hubiera apagado las luces y se hubiera sentado con una pistola apuntando a la puerta hasta que el otro hombre llegara. Ahora consideraba que ese tipo de conducta era obsesiva y la dejaba para los actores de televisión. No era su estilo actuar así, ni siquiera llevaba pistola para que no pudieran detenerlo por posesión de armas si revisaban su equipaje en las aduanas de los aeropuertos. Pero había precauciones y precauciones, armas y armas: tenía un par de dispositivos del KGB sutilmente ocultos, incluyendo un cepillo de dientes eléctrico calculado para producir un zumbido que perturbara los micrófonos ocultos, una cámara Polaroid miniatura y un abotonador.

Abrió la maleta y sacó lo que había dentro, era muy poco: una máquina de afeitar, el cepillo de dientes, dos camisas *made in USA* y una muda de ropa interior. Se preparó una bebida del bar del dormitorio. El whisky escocés era una de las maravillas de las que podía disfrutar cuando viajaba. Pasados exactamente diez minutos se oyó un golpe en la puerta. Rostov la abrió y entró Yasif Hassan.

—¿Cómo te va? —preguntó el árabe con una sonrisa.

—¿Qué tal? —dijo Rostov y le estrechó la mano.

—Han pasado veinte años. ¿Qué tal te ha ido?

—Ocupado.

—¡Que volvamos a encontrarnos después de tanto tiempo y a causa de Dickstein!

—Así es. Siéntate. Hablemos sobre él. —Rostov se sentó y Hassan hizo lo mismo—. Infórmame. Tú reconociste a Dickstein, luego tu gente lo volvió a ver en el aeropuerto de Niza y después ¿qué sucedió?

—Visitó una central de energía nuclear haciéndose pasar por un simple turista y luego se sacó de encima a quienes lo seguían —dijo Hassan—. De modo que lo perdimos de nuevo.

—Tendremos que organizarnos mejor —gruñó Rostov.

Hassan sonrió. Una sonrisa de comerciante, pensó Rostov, y dijo:

—Si no fuese porque es un agente capaz de descubrir a sus perseguidores y despistarlos, no nos importaría tanto, ¿verdad?

Rostov ignoró la observación.

—¿Usaba coche?

—Sí. Alquiló un Peugeot.

—Bien. ¿Y qué sabes de sus movimientos con anterioridad, mientras estuvo aquí en Luxemburgo?

Hassan habló más entrecortadamente, tratando de imitar a Rostov.

—Estuvo alojado en el Alfa Hotel durante una semana con el nombre de Ed Rogers. Dio como dirección la oficina de París de una revista llamada *Science International.* La revista existe; tienen una oficina en París, pero es sólo un remitente para el correo, emplean a un periodista *freelance* llamado Ed Rogers, pero lo han perdido de vista desde hace más de un año.

Rostov asintió.

—Como sabrás, es una de las típicas historias sensacionales del Mosad. Agradables y sintéticas. ¿Algo más?

—Sí. La noche antes de que se fuera hubo un incidente en la rue Dicks, donde se encontraron a dos hombres a los que evidentemente les habían dado una paliza, y por el tipo de fracturas que presentaban, se puede afirmar que quien se la dio era todo un profesional. La policía no está haciendo nada al respecto; los hombres eran delincuentes conocidos que, al parecer, habían estado aguardando junto a un club de homosexuales.

—¿Asaltaban a los maricas cuando salían del club?

—Eso parece. De todos modos no hay nada que vincule a Dickstein con el incidente, excepto que él es capaz de dar una paliza semejante, y que estaba en la ciudad cuando ocurrió el incidente.

—Entiendo —dijo Rostov—. ¿Crees que Dickstein es homosexual?

—Es posible, pero El Cairo dice que no hay nada al respecto en sus antecedentes, de modo que si lo es ha actuado con mucha discreción durante todos estos años.

—Por lo que difícilmente, de ser homosexual, hubiera ido a ese club estando cumpliendo una misión. Tu argumento se contradice, ¿no es así?

La cara de Hassan mostraba signos de enojo.

—¿Y tú qué piensas entonces? —preguntó a la defensiva.

—Sospecho que tiene un informante homosexual. —Se puso de pie y comenzó a recorrer la habitación. Pensó que ya había marcado las distancias necesarias entre Hassan y él y que no había razón alguna para enfurecerlo. Decidió aflojar un poco—. Pensemos un poco. ¿Por qué habría de querer visitar una central de energía nuclear?

—Los israelíes y los franceses no mantienen buenas relaciones desde la guerra de los Seis Días. De Gaulle les cortó el abastecimiento de armas, así que puede que el Mosad esté planeando alguna venganza, como por ejemplo, hacer volar el reactor.

—Ni siquiera los israelíes son tan irresponsables —dijo Rostov sacudiendo la cabeza—. Además, ¿por qué habría de estar Dickstein en Luxemburgo?

—¡Sabe Dios...!

Rostov volvió a sentarse.

—¿Qué hay aquí en Luxemburgo? ¿Qué es lo que hace importante este lugar? ¿Por qué está tu banco aquí, por ejemplo?

—Es una importante capital europea. Mi banco está aquí porque el Banco de Inversiones Europeas está aquí. Pero hay también varias instituciones del Mercado Común y está el Centro Europeo en Kitchberg.

—¿Qué instituciones?

—El Secretariado del Parlamento Europeo, el Consejo de Ministros y la Corte de Justicia, y Euratom.

Rostov se quedó mirando a Hassan:

—¿Euratom?

—La Comunidad Europea para la Energía Atómica, pero todo el mundo...

—Sé lo que es —dijo Rostov—. ¿No ves la conexión? Viene a Luxemburgo, donde Euratom tiene sus oficinas centrales, y luego visita un reactor nuclear.

Hassan se encogió de hombros.

—Es una hipótesis interesante. ¿Qué estás bebiendo?

—Whisky; sírvete. Por lo que recuerdo, los franceses ayudaron a los israelíes a construir su reactor nuclear. Ahora probablemente les hayan cortado la ayuda. Dickstein puede estar tratando de obtener secretos científicos.

Hassan se sirvió whisky y volvió a sentarse.

—¿Cómo trabajaremos tú y yo? Me han ordenado que coopere contigo.

—Mi equipo llega esta noche —dijo Rostov, mientras pensaba: Qué cooperar ni qué diablos, estarás bajo mis órdenes. Continuó—: Siempre trabajo con los mismos dos hombres, Nik Bunin y Pyotr Tyrin; nos entendemos. Saben cómo me gusta que se hagan las cosas. Quiero que tú trabajes con ellos y hagas lo que ellos te digan. Aprenderás mucho, son muy buenos agentes.

—Y mi gente...

—No la vamos a necesitar durante mucho tiempo —dijo Rostov intempestivamente—; un equipo pequeño es mejor. Lo primero que debemos hacer es asegurarnos de que si Dickstein vuelve a Luxemburgo lo sabremos en cuanto llegue.

—Tengo apostado un hombre en el aeropuerto las veinticuatro horas del día.

—Eso él ya lo sabe, de modo que no vendrá en avión. Debemos cubrir otros puntos. Podría ir a Euratom...

—El edificio Jean-Monnet, sí.

—Podemos vigilar el Alfa Hotel dándole una propina al recepcionista, aunque seguramente no volverá a alojarse ahí. También hay que mantener vigilado el club de la rue Dicks. Has dicho que alquiló un coche, ¿no es así?

—Sí, en Francia.

—A estas altura ya lo habrá cambiado... Sabe que tú conoces la matrícula. Llama a la compañía que se lo alquiló y averigua cuándo lo devolvió... Eso puede indicarnos en qué dirección está viajando.

—Muy bien.

—Moscú ha distribuido su fotografía, de modo que nuestra gente lo buscará en las principales ciudades del mundo. —Rostov concluyó su bebida—. De un modo u otro lo atraparemos.

—¿Realmente lo crees? —preguntó Hassan.

—He jugado al ajedrez con él, sé cómo trabaja su

mente. Sus primeros movimientos son predecibles; es después cuando se atreve a hacer algo completamente inesperado, muy arriesgado. Sólo hay que esperar a que asome la cabeza y entonces... cortársela de un hachazo.

—Creo recordar que tú perdiste aquella partida.

—Sí, pero ésta es la vida real —dijo Rostov.

Hay dos clases de detectives: los artistas de la calle y los bulldogs. Los primeros consideran que para seguir a alguien se necesita una habilidad comparable a la de un actor de teatro. Son perfeccionistas, capaces de hacerse invisibles. Se disfrazan, ensayan ante el espejo cuando adoptan una nueva personalidad, son capaces de abrir cualquier tipo de puerta y pasar inadvertidos en cualquier lugar. Desprecian a los bulldogs, que creen que vigilar a alguien es lo mismo que seguirlo, que es cuestión de pegarse como un perro que sigue al amo.

Nik Bunin era un bulldog, un asesino en potencia, uno de esos hombres que acaban siendo criminales o policías, según la suerte que tengan en la vida. La suerte de Nik le había llevado al KGB. Su hermano, que había regresado a Georgia, se había convertido en un traficante de drogas y distribuía hachís desde Tbilisi a la Universidad de Moscú (donde lo adquirían algunos estudiantes, entre ellos el hijo de Rostov, Yuri). Nik era oficialmente un chófer, no un guardaespaldas, ni mucho menos un rufián profesional.

Fue Nik el que localizó al Pirata.

Este hombre medía algo menos del metro ochenta, era ancho de hombros y usaba una chaqueta de cuero. Tenía el pelo corto y rubio y los ojos verdes, y se sentía algo confundido porque a sus veinticinco años cumplidos aún no tenía que afeitarse todos los días. En el club nocturno de la rue Dicks lo encontraban fascinante.

Llegó a las siete y media, recién abierto el club, y se sentó en el mismo rincón toda la noche, bebiendo vodka helada y mirando de forma provocativa al resto de los clientes. Alguien lo invitó a bailar, y él lo mandó al diablo en mal francés. Cuando apareció la segunda noche, se preguntaron si sería un amante abandonado que estaba esperando a que su ex apareciera. Por su corpulencia, la chaqueta de cuero y la expresión hosca parecía lo que los homosexuales llaman un tipo duro.

Nik no sabía nada de todo eso. A él le habían enseñado una fotografía de un tipo y le habían dicho que fuera a ese club y lo buscara, entonces fue al club y lo buscó. Le importaba poco que el lugar fuera un prostíbulo o una catedral. Había memorizado la cara, y eso era todo. Ocasionalmente le gustaba competir, pero por lo general lo único que pedía era una paga regular y dos días libres por semana para dedicarse a sus aficiones, que eran beber vodka y leer cómics.

Cuando Nat Dickstein llegó al club, Nik no pareció inmutarse. Cuando las cosas le salían bien, Rostov daba por descontado que era porque había obedecido escrupulosamente las órdenes y por lo general tenía razón. Nik observó que el tipo se sentaba solo, pedía una bebida, se la servían, sorbía su cerveza y parecía aguardar a alguien.

Nik fue hasta el teléfono del pasillo y llamó al hotel. Rostov le respondió:

—Aquí Nik. Acaba de llegar.

—Bien —dijo Rostov—. ¿Qué está haciendo?

—Esperando.

—Bien. ¿Solo?

—Sí.

—Quédate con él y llámame cuando haga algo.

—De acuerdo.

—Envío a Pyotr. Se quedará esperando afuera. Si se va del club lo sigues, junto con Pyotr. El árabe estará con vosotros en un auto, se quedará atrás... Es un... espera un momento... es un Volkswagen verde.

—Muy bien.

—Vuelve a lo tuyo ahora.

Nik colgó y volvió a su mesa, sin mirar a Dickstein mientras atravesaba el salón.

Pocos minutos después un hombre bien vestido, de unos cuarenta años, entró en el club, echó una mirada en torno, pasó junto a la mesa de Dickstein y se dirigió al bar. Nik vio que Dickstein levantaba una hoja de papel de la mesa y se la metía en el bolsillo. Todo había sido muy discreto; sólo Nik que observaba atentamente a Dickstein pudo darse cuenta de que algo había sucedido.

Nik volvió a dirigirse al teléfono.

—Un marica vino y le dio algo. Parecía un ticket —le dijo a Rostov.

—¿Quizá era una entrada de teatro?

—No lo sé.

—¿Hablaron?

—No, el marica simplemente dejó caer el papel sobre la mesa mientras pasaba de largo. Ni siquiera se miraron.

—Está bien. Quédate ahí. Pyotr ya debe de estar afuera.

—Espera —dijo Nik—. Acaba de aparecer en el vestíbulo. No cuelgues... Va hasta el mostrador... Ha entregado el papel. Eso era, un ticket del guardarropa.

—Bien, dime lo que sucede.

—El tipo del mostrador le entrega una cartera. Él le da una propina...

—Es una entrega. Bien.

—Sale del club.

—Síguelo.

—¿Le quito a cartera?

—No, no quiero que nos pongamos en evidencia

hasta que sepamos lo que él está haciendo, sólo fíjate adónde va, y no te apresures. ¡Lárgate!

Nik colgó. Le dio unos billetes al tipo del guardarropa diciéndole:

—Tengo prisa. Esto alcanzará. —Luego subió por las escaleras tras Dickstein.

Era una hermosa noche de verano y había mucha gente que salía a restaurantes y cines o simplemente a pasear. Nik miró a izquierda y derecha, luego vio a su hombre en la acera opuesta, a unos cuarenta metros de distancia. Cruzó y lo siguió.

Dickstein caminaba ligero, con la cartera debajo del brazo. Nik continuó detrás de él durante un par de manzanas. Si Dickstein hubiera mirado hacia atrás, hubiera visto a cierta distancia detrás de él a un hombre que también había estado en el club y hubiera adivinado que lo estaban siguiendo. Pyotr se puso a la altura de Nik, le tocó el brazo y se le adelantó. Nik quedó atrás, en una posición desde la cual podía ver a Pyotr pero no a Dickstein. Si éste hubiera vuelto a mirar, no hubiera visto a Nik y no habría reconocido a Pyotr. Es difícil advertir este tipo de seguimiento; pero, naturalmente, en estos casos cuanto mayor sea la distancia recorrida por el perseguido, más hombres se necesitan para irse turnando en tramos regulares.

Tras haber pasado otras cuatro o cinco manzanas, el Volkswagen verde dobló una esquina y se acercó a Nik. Yasif Hassan se asomó por la ventanilla y luego abrió la puerta de su lado.

—Hay nuevas órdenes, sube —dijo.

Nik obedeció y Hassan dio la vuelta y se dirigió hacia el club de la rue Dicks.

—Lo ha hecho muy bien —dijo Hassan.

Nik ignoró su aprobación.

—Queremos que vaya de vuelta al club, detecte

al hombre que hizo la entrega y lo siga hasta su casa
—dijo Hassan.

—¿El coronel Rostov lo ordena?

—Sí.

—Perfecto.

Hassan detuvo el coche cerca del club. Nik entró, se
quedó en la puerta observando cuidadosamente todo el
interior.

El hombre que hizo la entrega se había ido.

Las respuestas del ordenador ocupaban más de cien páginas, pero Dickstein quedó desolado cuando después
del trabajo que le había costado obtener ese material
parecía que no le iba a servir de nada.

Volvió de nuevo a la primera página. Había una cantidad de cifras y letras. ¿Acaso estuviera en código? No.
Este tipo de página con caracteres de máquina era manejado todos los días por los empleados de Euratom, de
modo que tenía que ser fácilmente comprensible.

Dickstein se concentró «U234». Sabía que eso era un
isótopo de uranio. Otro grupo de letras y números era
«180KG» —ciento ochenta kilogramos—. «17 F68» era
una fecha, el diecisiete de febrero de ese año. Gradual-
mente las líneas fueron adquiriendo un significado para
él: halló nombres de lugares de varios países europeos,
palabras como «tren» y «camión» con las distancias junto a ellas y nombres con sufijos «SA» o «INC», indi-
cando compañías. En un momento dado la disposición
de las entradas se volvió clara: la primera línea daba la
cantidad y el tipo de material; la segunda, el nombre y
la dirección del que la enviaba, y así sucesivamente.

Se sintió más animado. Continuó leyendo con creciente comprensión y conciencia de sus logros. En la
lista figuraban unas sesenta consignaciones. Parecía haber tres tipos principales: grandes cantidades de mena

de uranio natural proveniente de las minas de Sudáfrica, Canadá y Francia que iban a las refinerías europeas; envíos de elementos combustibles, óxidos, metal de uranio o mezclas enriquecidas, que iban de las plantas de fabricación a los reactores; y consignaciones de combustible ya usado proveniente de los reactores para su reprocesamiento y ulterior utilización. Había algunos embarcos no ordinarios, en su mayoría de plutonio y elementos de transuranio extraídos de combustible usado y enviado a laboratorios de universidades y de institutos de investigación.

Cuando llegó a lo que estaba buscando, ya le dolía la cabeza y tenía la vista cansada. En la última página había un cargamento y en el encabezamiento se leía: «No nuclear.»

El físico de Rehovot, con la corbata floreada, le había explicado brevemente los usos no nucleares del uranio y sus compuestos en fotografía, tinturas, como agentes colorantes para el vidrio y la cerámica y como catalizadores industriales. No obstante, la sustancia conservaba su potencial para la fisión por pacífico e inocente que fuera su uso, de modo que aún eran válidas las normas de Euratom. Sin embargo, Dickstein pensó que era posible que en la química industrial ordinaria las medidas de seguridad fueran menos estrictas.

La entrada en la última página se refería a doscientas toneladas de óxido de uranio natural. Era en Bélgica, en una refinería de las afueras cerca de la frontera con Holanda, un lugar con licencia para el almacenamiento de material fisionable. La refinería pertenecía a la Société Générale de la Chimie (SGC), un conglomerado minero con las oficinas centrales en Bruselas. SGC había vendido el óxido de uranio a una firma alemana llamada F.A. Pedler, de Wiesbaden. Pedler tenía planeado usarlo para la «manufactura de compuestos de uranio, especialmente carburo de uranio, en cantidades comerciales». Dickstein recordó que el carburo era un catalizador para la producción de amoníaco sintético.

Sin embargo, parecía que Pedler no trabajaría el uranio, por lo menos inicialmente. El interés de Dickstein se agudizó al leer que la firma no había solicitado licencia para sus propios trabajos en Wiesbaden y había pedido permiso para enviar el óxido de uranio por barco a Génova. Ahí debía experimentar un «procesamiento no nuclear» en una compañía llamada Angeluzzi e Bianco.

¡Por barco! Las implicaciones le llamaron inmediatamente la atención. La carga sería pasada a través de un puerto europeo por alguien más.

Continuó leyendo. El transporte se realizaría por ferrocarril desde la refinería de la SGC a los muelles de Amberes. Ahí, el óxido de uranio sería cargado en el barco *Coparelli*, con destino a Génova. El corto viaje desde el puerto italiano al establecimiento de Angeluzzi e Bianco se haría por tierra.

El óxido de uranio —que parece arena pero es más amarillo— iría en quinientos sesenta tambores de aceite de doscientos litros con tapas bien selladas. El cargamento requeriría once vehículos, el barco llevaría esa carga con exclusividad durante ese viaje y los italianos emplearían seis camiones para el último tramo del viaje.

El viaje por mar era lo que más interesaba a Dickstein: a través del paso de Calais y el golfo de Vizcaya, bajaría por la costa atlántica de España, atravesaría el estrecho de Gibraltar y mil millas del Mediterráneo.

Muchas cosas podían fallar en semejante trayecto.

Los viajes por tierra eran directos, controlados: un tren salía a mediodía y llegaba a las ocho y treinta de la mañana siguiente; un camión viajaba por carreteras por las que siempre circulaban otros vehículos, entre ellos los policiales; un avión estaba constantemente en contacto con alguien en tierra. Pero el mar era imprevisible, con sus propias leyes. Un viaje podía durar diez días o veinte, podía haber tormenta o choques, o máquinas que se rompen, paradas en puertos no previstos y súbitos cambios de dirección. Si se secuestra un avión, todo el mundo lo ve por televisión una hora más tarde; pero si se secuestra un barco, nadie se entera durante días, semanas, acaso nunca.

El mar era la elección inevitable del Pirata.

Dickstein siguió pensando en ello con creciente entusiasmo y con la sensación de que la solución del problema estaba a su alcance. Abordar el *Coparelli...* Y ¿luego qué? Pasar el cargamento al barco pirata. El *Coparelli* probablemente tendría sus propias grúas, pero transbordar un cargamento en el mar era arriesgado. Dickstein miró la hoja para ver cuál era la fecha propuesta para el viaje: noviembre. Fatal. Podía haber tormentas, incluso en el Mediterráneo solían levantarse vientos en noviembre. ¿Qué hacer entonces? ¿Tomar el *Coparelli* y dirigirlo a Haifa? Sería difícil hacer entrar secretamente a puerto un barco robado, incluso contando con la máxima seguridad de Israel.

Dickstein echó una mirada a su reloj de pulsera. Ya era más de medianoche. Comenzó a desvestirse para irse a dormir. Necesitaba saber más sobre el *Coparelli*; su tonelaje, cuánta tripulación tenía, quién era el dueño, y, de ser posible, su diseño. Mañana saldría para Londres; allí, en el Lloyd, se podía saber cualquier cosa sobre barcos.

Había algo más que necesitaba saber: ¿quién lo venía siguiendo por toda Europa? En Francia lo habían seguido varios hombres. Esa noche, cuando salió del club de la rue Dicks vio el rostro de un matón detrás de él. Sospechó que lo seguían, pero cuando miró el hombre había desaparecido... ¿Coincidencia o es que también había más de uno persiguiéndolo? Dependía de hasta qué punto Hassan estaba en el juego. En Londres también trataría de hacer averiguaciones al respecto.

Se preguntó cómo viajaría. Tendría que tomar algunas precauciones por si alguien lo había reconocido esa noche o lo hacían al día siguiente. Aun cuando se hubiera equivocado respecto a que lo seguían, Dickstein tenía que asegurarse de que no le reconocieran en el aeropuerto de Luxemburgo.

Llamó a recepción:

—Despiérteme a las seis y media por favor —pidió al conserje.

—Muy bien, señor.

Colgó y se metió en la cama. Por fin tenía un objetivo concreto: el *Coparelli*. Aún no tenía un plan, pero sabía en líneas generales lo que debía hacer: la combinación de una consignación no-nuclear y un viaje por mar era irresistible.

Apagó la luz y cerró los ojos. Ha sido un buen día, pensó.

David Rostov siempre había sido un cabrón, y no había mejorado con la edad, pensó Yasif Hassan. «No te das cuenta... —le decía con un tono paternalista— de que no necesitaremos a tu gente durante mucho tiempo más, es mejor trabajar con un equipo pequeño»; y «tú puedes seguirlos en el coche y mantenerte a distancia»; y ahora, «encárgate del teléfono mientras voy a la embajada».

Hassan se había preparado para trabajar a las órdenes de Rostov, como integrante de su equipo, pero era evidente que el ruso no lo tenía muy en cuenta. A Hassan le parecía insultante ser considerado inferior a un hombre como Nik Bunin.

El inconveniente era que Rostov tenía una razón de fuerza para actuar así: el KGB era indudablemente más grande, rico y poderoso que el servicio de inteligencia egipcio. A Hassan, pues, no le quedaba más remedio que aguantar a Rostov, justificadamente o no. El Cairo estaba encantado de tener al KGB persiguiendo a uno de los más grandes enemigos de los árabes. Si Hassan se quejaba, sería él, y no Rostov, el que quedaría fuera de la partida.

Rostov podría recordar, pensó Hassan, que fueron los árabes los que primero detectaron a Dickstein; no habría ninguna investigación a no mediar mi descubrimiento original.

De todos modos, quería ganarse el respeto del ruso; quería que confiara en él, le comentara la marcha de los acontecimientos y le pidiera su opinión. Tendría que probarle que él era un agente tan competente y profesional como lo eran Nik Bunin o Pyotr Tyrin.

Sonó el teléfono. Hassan levantó el auricular de inmediato.

—Hola.

—¿Está el otro ahí? —Era la voz de Tyrin.

—Salió. ¿Qué sucede?

—¿Cuándo volverá?

—No lo sé —mintió Hassan—. Déme su informe.

—Bueno. El cliente salió en el tren hacia Zúrich.

—¿Zúrich? Prosiga.

—Tomó un taxi hasta un banco, entró y bajó a la caja de seguridad. Ese banco tiene cajas privadas. Cuando salió, llevaba un maletín.

—¿Y luego?

—Fue a un concesionario de coches a las afueras de la ciudad y compró un Jaguar modelo E usado, pagándolo al contado con el dinero que tenía en la caja.

—Ya veo. —Hassan pensó que ya sabía lo que seguía.

—Salió de Zúrich en el coche, por la E17 y aumentó la velocidad a doscientos veinte kilómetros por hora.

—Y lo perdieron —dijo Hassan sintiendo gratificación y ansiedad en partes iguales.

—Nosotros teníamos un taxi y un Mercedes de la embajada.

Hassan visualizaba el mapa con las rutas de Europa.

—Podía dirigirse a cualquier lugar de Francia, España, Alemania, Escandinavia... Aunque también puede dar la vuelta, y dirigirse a Italia, Austria... Bueno, de momento se ha evaporado... vuelvan a la base.

Colgó antes de que Tyrin pudiera cuestionarle su autoridad.

Entonces, pensó, el gran KGB después de todo no es invencible. Por mucho que le gustara verlos con la cara larga, su placer maligno quedaba ensombrecido por el temor de haber perdido del todo a Dickstein.

Aún estaba pensando en lo que debían hacer ahora cuando Rostov volvió.

—¿Alguna novedad? —preguntó el ruso.

—Tu gente perdió a Dickstein —dijo Hassan, refrenando una sonrisa.

El rostro de Rostov se ensombreció.

–¿Cómo?

Hassan le contó lo que sabía.

—¿Y ahora qué hacen? —preguntó Rostov.

—Les sugerí que volvieran aquí. Supongo que estarán en camino.

Rostov resopló.

—He estado pensando en lo que deberíamos hacer ahora —dijo Hassan.

—Tenemos que volver a encontrar a Dickstein. —Rostov estaba palpando algo en su maleta, y sus respuestas eran distraídas.

—Sí, pero aparte de eso.

—Bueno, ve al grano de una vez —le espetó Rostov.

—Creo que deberíamos coger al hombre que le hizo la entrega y preguntarle qué fue lo que le dio a Dickstein.

—Sí —dijo Rostov pensativamente.

Hassan estaba encantado.

—Tenemos que encontrarlo...

—Lo cual no será difícil —dijo el ruso—. Si mantenemos la guardia sobre el club, el aeropuerto, el Alfa Hotel y el edificio de Jean-Monnet durante algunos días...

Hassan observó a Rostov, era alto y delgado, de rostro impasible e impenetrable, y el pelo canoso cortado a cepillo.

Tengo razón, pensó Hassan, y él no tiene más remedio que admitirlo.

—Tienes razón —dijo el ruso—. Tendría que haber pensado en eso.

Hassan se sintió satisfecho. Después de todo, pensó, quizá no sea tan cabrón.

La ciudad de Oxford no había cambiado tanto como su gente: había crecido, ahora había más coches y negocios y las calles estaban más pobladas. No obstante, lo que sigue llamando la atención de sus visitantes es la piedra color crema de los edificios del *college*, con el atisbo ocasional a través de un arco, del césped verde de un patio desierto. La pálida luz inglesa era tan diferente al destellante sol de Israel; desde luego, siempre había sido así, pero Dickstein se daba cuenta ahora, nunca fue consciente mientras vivió allí.

Los estudiantes eran tan diferentes a como fueron ellos. En Oriente Próximo y en toda Europa, Dickstein había visto hombres con el pelo largo, pañuelos de colores en el cuello, vaqueros llenos de tachuelas y botas de tacones altos; desde luego no esperaba que la gente vistiera como en 1948, con chaquetas de tweed, pantalones de pana, camisas Oxford y corbatas Paisley compradas en el Hall, pero tampoco estaba preparado para esto. Muchos iban descalzos por las calles o llevaban sandalias. Los hombres y las mujeres usaban pantalones que a él le parecían demasiado vulgares por lo ajustados, muchas jóvenes iban sin sujetadores y la mayoría llevaba camisas, chaquetas, faldas e incluso abrigos tejanos. ¡Y el pelo! Era lo que más le sorprendía. Había hombres con una melena que les llegaba a mitad de la espalda. Además, vio a dos tipos que lo llevaban recogido en una trenza, y a hombres y mujeres que se lo habían rizado a lo afro. Había más aún: muchos chicos lucían largas barbas descuidadas, enormes bigotes o grandes patillas.

Anduvo por el centro de la ciudad, observándolo todo, asombrado. Habían pasado veinte años, pero recordaba muy bien las calles de Oxford. La memoria le trajo a la mente retazos de sus días de estudiante: el descubrimiento de Louis Armstrong; la forma en que secretamente tenía conciencia de su acento *cockney*; su extrañeza de que a todo el mundo, excepto a él, le gustara tanto emborracharse; el pedir prestado libros antes de poder leerlos, de tal modo que la pila sobre la mesa de la habitación crecía y crecía.

Pensó que no había cambiado mucho con los años. Entonces era un hombre amedrentado en busca de una protección. Ahora Israel era su refugio, pero en lugar de esconderse en él tenía que salir a defenderlo. Entonces como ahora había sido un socialista que sabía que la sociedad era injusta, pero no estaba seguro de cómo podría cambiarse para mejor. Con el paso de los años había ganado en destreza pero no en sabiduría.

Ahora era un poco más feliz, pensó. Sabía quién era y lo que tenía que hacer, se había hecho una composición de lugar sobre la vida y se daba cuenta de que podía tomar las riendas. Aunque sus ideas eran muy parecidas a lo que habían sido en 1948, ahora estaba mucho más seguro de ellas. Sin embargo, el joven Dickstein había tenido la ilusión de otro tipo de felicidad, que no se había producido. Oxford le recordaba aquellos sentimientos, especialmente esa casa.

Se detuvo para contemplarla. No había cambiado nada: la fachada verde y blanca, el boscoso jardín. Abrió el portón y caminó por el sendero hasta la puerta. Llamó.

Ashford podía haberse mudado, o muerto, o simplemente haberse ido de vacaciones. Pensó que debía haber llamado antes a la universidad para informarse. Sin embargo, si la averiguación debía ser hecha con discreción era necesario arriesgarse a perder un poco de tiempo. Además le había gustado la idea de volver a ver el viejo lugar después de tantos años.

La puerta se abrió y apareció una mujer.

—¿Sí? —dijo.

Dickstein se quedó sin habla y no pudo disimular su sorpresa.

Era ella, y aún tenía veinticinco años.

—¿Eila...? —preguntó con un hilo de voz Dickstein.

La mujer miró extrañada al hombre que tenía ante ella en el umbral. Parecía un rector de la universidad, con aquellas gafas redondas, la vieja chaqueta gris y el pelo hirsuto y corto. Al verla se había puesto pálido. Recordaba que le había pasado algo parecido yendo por High Street. Un encantador anciano la miró, se quitó el sombrero y dijo: «Ya sé que no hemos sido presentados, pero...»

—No soy Eila, soy Suza —explicó. Evidentemente ese hombre también la había confundido.

—¡Suza!

—Dicen que soy idéntica a mi madre cuando ella tenía mi edad. Usted evidentemente la conoció. ¿Quiere pasar?

Él no se movió. Parecía estar recuperándose de la sorpresa y aún estaba pálido.

—Soy Nat Dickstein —dijo con una pequeña sonrisa.

—Mucho gusto. No quiere... —se interrumpió. Ahora era ella la sorprendida—. ¡Dickstein! –exclamó y le echó los brazos al cuello y lo besó.

—¿Te acuerdas de mí? —dijo Dickstein cuando ella se apartó. Él parecía encantado y confundido.

—¡Por supuesto! Solías acariciar a *Ezequiel*. Eras el único que entendía lo que decía.

Él sonrió de nuevo.

—*Ezequiel*, el gato... Me había olvidado.

—Bueno, ¡pasa!

Dickstein entró y Suza cerró la puerta. Luego lo cogió del brazo y juntos cruzaron el vestíbulo.

—Es maravilloso —dijo la joven—. Vamos a la cocina, estaba tratando de preparar un pastel cuando has llamado.

Le dio un banquito y él se sentó mientras miraba alrededor sacudiendo la cabeza en señal de reconocimiento. Recordaba muy bien la antigua mesa de la cocina, el horno y aquella vista a través de la ventana.

—Tomemos un poco de café —dijo Suza—. ¿O prefieres té?

—Café, gracias.

—Supongo que quieres ver a papá. Está dando clase esta mañana, pero pronto regresará para almorzar. —Suza echó los granos de café en un molinillo de mano.

—¿Y tu madre?

—Murió hace catorce años. Cáncer. —Suza lo miró. Dickstein no dijo nada, pero en su rostro pudo ver cuánto le había entristecido la noticia. De algún modo le resultó aún más agradable. Se puso a moler el café. El ruido rompió el silencio.

Una vez que concluyó, Dickstein dijo:

—El profesor Ashford aún sigue enseñando... Estaba tratando de calcular su edad.

—Sesenta y cinco —dijo Suza—. No es demasiado.

Sesenta y cinco parece mucha edad, pero papá no los aparenta, pensó la joven con ternura. Su mente es todavía muy aguda. Se preguntó en qué se ganaba la vida Dickstein.

—¿Tú te fuiste a Palestina? —le preguntó.

—A Israel. Vivo en un *kibbutz*, donde me dedico a cultivar viñedos y a hacer vino.

Israel en esa casa siempre era llamada Palestina. ¿Cómo reaccionaría su padre ante ese viejo amigo que representaba todo cuanto él rechazaba? Sabía cuál era la respuesta: no pasaría nada, para su padre la política era una cuestión teórica, no práctica. Se preguntó también por qué había venido Dickstein.

—¿Estás de vacaciones?

—Negocios. Hemos pensado que nuestro vino ya es lo bastante bueno como para exportarlo a Europa.

—Me alegro. ¿Y estás aquí para promocionarlo?

—Sí. Cuéntame algo de ti. Apuesto a que no eres profesora de universidad.

La observación la molestó un poco; no quería que Dickstein pensara que no era lo suficientemente inteligente como para ser profesora.

—¿Qué te hace pensar eso?

—Eres tan... cálida. —Dickstein inmediatamente desvió la mirada como arrepentido por la elección de la palabra—. De cualquier modo eres demasiado joven.

Suza lo había malinterpretado. Dickstein no había querido menospreciarla.

—Tengo la facilidad de mi padre para los idiomas, pero no soy profesora, sino azafata —dijo. En realidad muchas veces se había preguntado si sería lo suficientemente inteligente como para dar clases en la universidad. Echó agua hirviendo en un filtro, y el olor del café se extendió por la habitación. No sabía qué más decir. Levantó la vista y se encontró con la mirada de Dickstein; sus ojos eran grandes y castaños. Súbitamente se ruborizó. Dickstein se dio cuenta y trató de disculparse.

—Lo siento —dijo—. Te estoy mirando como si fueras un cuadro o algo así. Es que estaba tratando de hacerme a la idea de que no eres Eila, que eres la pequeña del viejo gato gris.

—*Ezequiel* murió; creo que fue poco después de irte tú.

—Cuántas cosas han cambiado.

—¿Eras muy amigo de mis padres?

—Yo era uno de los discípulos de tu padre y un admirador de tu madre. Eila... —Una vez más desvió la mirada, tratando de hablar como si fuera otro—. Era más que hermosa.

Suza lo miró. La amaba, pensó. Inmediatamente se dijo que podía estar equivocada. Sin embargo, sólo el que la amara podía explicar la intensidad de su reacción cuando la vio en el umbral.

—Mi madre era una hippie auténtica. ¿Lo sabías?

—No sé qué quieres decir.

—Quería ser libre. Se rebelaba contra las restricciones que se imponen a las mujeres árabes, aunque provenía de un hogar liberal. Se casó con mi padre para salir de su país y se encontró con que la sociedad occidental tiene sus propios medios para reprimir a las mujeres... En consecuencia se dedicó a no respetar la mayoría de las normas. —Mientras hablaba, Suza recordó cómo al crecer había descubierto la naturaleza apasionada de su madre y su vida promiscua.

—¿Así que según tú, tu madre era una hippie?

—Los hippies creen en el amor libre.

—Comprendo.

Por la reacción de Dickstein, Suza supo que su madre no lo había amado. Sin que hubiera razón alguna le dio pena.

—Háblame de tus padres —pidió la joven, hablándole como si fueran de la misma edad.

—Sólo si antes me das café.

Suza se echó a reír.

—Me había olvidado.

—Mi padre era zapatero. Hacía muy bien su trabajo, pero no era hábil en los negocios. Sin embargo, los años treinta fueron buenos para los zapateros en el East End de Londres. La gente no se podía comprar zapatos, de modo que llevaban a arreglar los que tenían. Nunca fuimos ricos, pero teníamos más dinero que la mayoría de nuestros vecinos. Pronto convencimos entre todos a mi padre de que ampliara el negocio, abriera otro local y cogiera empleados.

Suza le ofreció la taza de café.

—¿Leche, azúcar? —dijo.

—Azúcar, leche no; gracias.

—Por favor, continúa. —Era un mundo diferente, del que ella no sabía nada: nunca se le había ocurrido que un zapatero podía prosperar en tiempos de carestía.

—Los comerciantes de cueros pensaban que mi padre era un tipo opulento, y sólo le ofrecían género de la mejor calidad. Si alguna partida no era muy buena, decían: «No se la manden a Dickstein que la va a enviar de vuelta.» Por lo menos así me lo contaron —concluyó sonriendo.

—¿Aún vive? —preguntó Suza.

—Murió antes de la guerra.

—¿Qué sucedió?

—Bueno, en los años treinta los fascistas actuaban en Londres. Se reunían al aire libre todas las noches y sus oradores pregonaban que los judíos del mundo entero estaban chupando la sangre de los trabajadores. Los organizadores eran gente respetable de la clase media, pero las multitudes eran rufianes sin trabajo y después de escuchar a los líderes se iban a romper ventanas y a agredir a los peatones. Nuestra casa era un blanco perfecto para ellos. Éramos judíos; mi padre tenía un comercio y por lo tanto consideraban que estaba chupándoles la sangre.

Dejó de hablar y se quedó mirando el vacío. Suza aguardaba a que continuara. A medida que hablaba, Dickstein había ido encogiéndose, encorvando la espalda. Sentado en el banco de la cocina, con aquel traje viejo de color gris, parecía un saco de huesos.

—Vivíamos pendientes del negocio. Todas las malditas noches yo solía quedarme despierto esperando a que pasaran. Estaba aterrorizado y sabía que mi padre también tenía miedo. A veces no hacían nada, simplemente pasaban gritando. Otras veces rompían los vidrios de las ventanas, y en un par de ocasiones entraron en la tienda y lo destrozaron todo. Yo creí que subirían. Escondí la cabeza debajo de la almohada y lloré y maldije a Dios por haberme hecho judío.

—¿La policía no hacía nada?

—Lo que podían. Intentaban detenerlos, pero en esos días tenían mucho que hacer. Los comunistas eran los únicos que nos ayudaban a defendernos, y mi padre no quería su ayuda. Todos los partidos políticos estaban en contra de los fascistas, pero eran los comunistas los que repartían piquetas y barras de hierro y levantaban barricadas. Traté de unirme al partido, pero no me admitieron, era demasiado joven.

—¿Y tu padre?

—Fue apagándose poco a poco. Cuando le destrozaron la tienda por segunda vez, no tenía dinero para volver a empezar ni tampoco le quedaba energía para ir a otra parte. Empezó a vivir del seguro de desempleo y comenzó a decaer. Murió en 1938.

—¿Y tú?

—Crecí rápido, me uní al ejército en cuanto tuve la edad suficiente. Me hicieron prisionero enseguida. Después de la guerra vine a Oxford, y cuando dejé de estudiar, me fui a Israel.

—¿Tienes familia allí?

—Todo el *kibbutz* es mi familia... Pero no, no me he casado.

—¿Por mi madre?

—Quizá, en parte. Eres muy directa.

Una vez más sintió que se ruborizaba. Había sido una pregunta demasiado íntima para hacer a alguien que era prácticamente un extraño. Sin embargo, le había surgido espontáneamente.

—Lo siento —dijo.

—No te disculpes —respondió Dickstein—. La verdad es que yo no suelo ser tan charlatán, pero este viaje está..., no sé, colmado de pasado. Hay una palabra para definirlo: con olor.

—¿Olor de muerte?

Dickstein se encogió de hombros. Hubo un silencio.

Me gustas mucho Dickstein, pensó Suza. Me gusta tu conversación y tu silencio, tus ojos grandes, tu traje viejo y tus recuerdos. Me gustaría que te quedaras un poco más.

Juntó las tazas del café y las colocó en el fregadero. Una cucharita se cayó y fue a parar debajo del viejo frigorífico. Dickstein se puso de rodillas y miró debajo.

—Ahí se quedará para siempre —dijo Suza—. Ese aparato es demasiado pesado para moverlo.

Dickstein levantó un extremo con su mano derecha y estiró la izquierda por debajo; el aparato quedó levantado por delante, y él le dio la cucharita a Suza.

—¿Acaso eres el Capitán América? ¿Cómo lo has hecho?

—Trabajo en el campo. ¿Cómo es que conoces al Capitán América? Hacía furor en mi infancia.

—También ahora; es fantástico.

—Bueno, nosotros teníamos que leerlo a escondidas porque se consideraba deleznable.

—¿Realmente trabajas en el campo? —dijo ella sonriendo. Dickstein tenía aspecto de empleado de oficina, no de hombre de campo.

—Por supuesto.

—No es muy común que un comerciante de vinos se ensucie las manos trabajando la tierra.

—En Israel sí. Somos un poco... obsesivos sobre las posibilidades del suelo. —Suza miró el reloj y se sorprendió de lo tarde que era.

—Papá debería llegar de un momento a otro. ¿Supongo que comerás con nosotros? Puedo prepararte un delicioso sándwich.

—Estupendo.

Cortó un pan francés en rodajas y comenzó a preparar ensalada. Dickstein se ofreció a lavar la lechuga y Suza le dio un delantal. Pasado un momento lo sorprendió mirándola de nuevo, sonriente.

—¿Qué estás pensando?

—Estaba recordando algo que te resultaría embarazoso —dijo Dickstein.

—Dímelo igual.

—Una noche yo estaba aquí, alrededor de las seis porque había venido a pedirle prestado un libro a tu padre. Tu madre había salido y tú estabas en el baño. Alguien llamó a tu padre desde Francia, no recuerdo por qué, y mientras él hablaba, tú comenzaste a llorar. Yo fui arriba, te saqué del baño, te sequé y te puse el camisón. Tendrías cuatro o cinco años.

Suza se echó a reír. De pronto imaginó a Dickstein en un baño lleno de vapor, levantándola sin esfuerzo y sacándola de la bañera llena de burbujas de jabón. En esa imagen, ella no era una niña, sino una mujer, con los senos mojados y espuma entre los muslos, y las manos de Dickstein eran fuertes y seguras cuando la atraían hacia él. Luego se abrió la puerta de la cocina y su padre entró, y el sueño se desvaneció dejando tras él ansiedad y un leve sentimiento de culpabilidad.

El profesor Ashford había envejecido bien. Estaba calvo y había engordado. Sus movimientos eran más lentos, pero aún tenía el destello de la curiosidad intelectual en sus ojos.

—Tenemos una visita inesperada, papá —anunció Suza.

Ashford lo miró un momento y exclamó:

—¡Dickstein! ¡Qué sorpresa!

Dickstein le estrechó la mano con firmeza.

—¿Cómo está, profesor?

—Hecho un pimpollo, querido muchacho; especialmente teniendo aquí a mi hija que me cuida tan bien. ¿Se acuerda de Suza?

—Hemos pasado la mañana recordando —dijo Dickstein.

—Veo que ya le ha puesto un delantal. Es demasiado rápida. Ya le he dicho que de esa forma nunca va a pescar marido. Quíteselo, muchacho, y venga a tomar un trago.

Dickstein sonrió a Suza, y tras quitarse el delantal, siguió a Ashford al cuarto de estar.

—¿Jerez? —preguntó el profesor.

—Gracias. —Dickstein de pronto recordó que había ido a aquella casa con un propósito. Tenía que obtener información de Ashford sin que el viejo lo advirtiera. Había desconectado de su misión durante un par de horas, pero ahora debía volver a pensar en el trabajo.

Ashford le ofreció un pequeño vaso de jerez.

—Ahora bien, cuénteme ¿qué ha hecho durante todos estos años?

Dickstein tomó un sorbo de jerez. Era muy seco, como gusta en Oxford. Le contó al profesor lo mismo que les había dicho a Hassan y a Suza. Ashford se interesó por la vida en Israel, le preguntó si la gente joven estaba dejando los *kibbutzim* por las ciudades, si los judíos europeos se casaban con judíos africanos y levantinos, etc. Dickstein contestó de forma lacónica y Ashford supo evitar las preguntas que evidenciaban sus opuestos puntos de vista respecto a la política de Israel. No obstante, Dickstein detectó la poca simpatía del profesor hacia la causa israelí.

Suza los llamó a la cocina para el almuerzo antes de que Dickstein hubiera podido plantear al profesor las preguntas a las que había ido a buscar una respuesta. Los sándwiches eran grandes y estaban deliciosos, Suza había abierto una botella de vino tinto para acompañarlos. Dickstein entendió por qué Ashford había aumentado de peso.

Cuando llegaron al café, dijo:

—Hace un par de semanas me encontré con un compañero de estudios, nada menos que en Luxemburgo.

—¿Yasif Hassan? —dijo Ashford.

—¿Cómo lo sabe?

—Nos hemos mantenido en contacto. Sé que vive en Luxemburgo.

—¿Lo ha visto con frecuencia? —preguntó Dickstein, pensando: Despacio, despacio.

—Algunas veces en estos años. —Ashford hizo una pausa—. En la guerra, su familia perdió todo su dinero y tuvo que irse a un campo de refugiados. Hassan está comprensiblemente resentido con Israel.

Dickstein asintió. Ahora estaba casi seguro de que Hassan se hallaba en el juego.

—Estuve muy poco tiempo con él, porque yo debía coger un avión. ¿Cómo le va la vida?

Ashford frunció el entrecejo.

—Lo encuentro un tanto... *distrait* —concluyó ante la imposibilidad de hallar la palabra justa en inglés—. De pronto tiene que hacer gestiones, cancela reuniones, hace extrañas llamadas todo el tiempo, se ausenta misteriosamente. Quizá ésa sea la conducta de un aristócrata que lo ha perdido todo.

—Quizá —dijo Dickstein.

En realidad ésa era la típica conducta de un agente, y ya estaba completamente seguro de que su encuentro con Hassan lo había puesto al descubierto.

—¿Ve a alguien más de los que estábamos juntos por aquella época?

—Solamente a Toby. Está en las primeras filas de los conservadores.

—Siempre había hablado como un orador de la oposición, pomposo y a la defensiva al mismo tiempo. Me alegro de que haya encontrado su lugar.

—¿Más café, Nat? —preguntó Suza.

—No, gracias —dijo poniéndose de pie—. Te ayudaré a recoger esto y luego me iré. Debo volver a Londres.

—Papá se encargará de todo; tenemos un trato —dijo Suza con una sonrisa.

—Así es, desgraciadamente —admitió Ashford—. Ella se niega a ser criada de nadie, y menos de mí.

La observación sorprendió a Dickstein porque era evidente que Suza se desvivía por él y lo cuidaba como haría una buena esposa.—Iré contigo a la estación —dijo Suza—. Espera que traigo mi chaqueta.

Ashford estrechó la mano de Dickstein.

—Me ha alegrado mucho verle de nuevo, muchacho.

Suza volvió con una chaqueta de terciopelo. Ashford los acompañó hasta la puerta y los despidió con una sonrisa.

Mientras caminaban por la calle, Dickstein hablaba con el único pretexto de poder seguir mirándola. La chaqueta le hacía juego con los pantalones negros de terciopelo, y llevaba una camisa holgada beige, que parecía de seda. Al igual que su madre, no sólo tenía gusto para vestirse, sino que también tenía una preciosa melena negra y una deliciosa piel tostada. Dickstein le ofreció su brazo, aunque sabía que era un gesto algo anticuado, para poder sentirla cerca. No cabía la menor duda de que Suza tenía el mismo magnetismo físico que su madre, había heredado ese no se qué que despertaba en los hombres el deseo de poseerla, la necesidad de ser dueño absoluto de ella, para que nadie nunca se la arrebatara. Ahora sabía que sus sentimientos hacia Eila estaban condenados, sabía que Eila Ashford no lo hubiera hecho feliz. Pero Suza parecía tener algo que a la madre le faltaba: calidez. Dickstein lamentaba el no poder volver a ver a la muchacha nunca más. Aunque, con el tiempo, quizá, él podría...

No, no podría.

Cuando llegaron a la estación, Dickstein le preguntó:

—¿Vas alguna vez a Londres?

—Por supuesto —dijo—. Iré mañana.

—¿Para qué?

—Para comer contigo —respondió ella.

Tras la muerte de la madre de Suza, Ashford se convirtió en el padre más maravilloso del mundo.

Suza tenía entonces once años: era lo suficientemente grande como para entender la muerte, pero demasiado pequeña para poder asimilarla. Ashford había sabido reconfortarla. Sabía cuándo dejarla para que llorara a solas y cuándo hacer que se vistiera y bajara a almorzar. Sin ninguna clase de inhibiciones le había hablado sobre la menstruación y la había acompañado a comprar sujetadores. Le dio además un nuevo papel en la vida: Suza se convirtió en la mujer de la casa, debía dar las instrucciones a la empleada, escribir la lista de la lavandería y servir el jerez los domingos por la mañana. A la edad de catorce años se había hecho cargo de las finanzas de la casa. Se ocupaba y cuidaba de su padre mucho mejor de lo que jamás lo había hecho Eila. Suza le tiraba las camisas que estaban viejas y le compraba otras nuevas, idénticas sin que él nunca lo supiera. Aprendió que era posible vivir y sentirse segura y amada aunque no se tuviera madre.

Él le había dado un papel, tal como había hecho con su madre, y lo mismo que ésta, Suza se había rebelado contra él mientras continuaba desempeñando las funciones que le habían asignado.

Ashford quería que Suza se quedara en Oxford para ser primero estudiante no graduada, luego estudiante graduada, después profesora, así siempre estaría allí para ocuparse de él. La joven dijo que no era lo bastante inteligente para eso y aceptó un trabajo que la obligaba a permanecer fuera de su casa y le hacía imposible cuidar a su padre a veces durante semanas. Arriba, en el aire y a miles de kilómetros de Oxford, servía bebidas y comidas a hombres de mediana edad, mientras se preguntaba si realmente había cambiado algo.

Mientras caminaba de regreso a su casa desde la estación, pensó en cómo era su vida. Se encontraba al final de una relación amorosa, en la que su papel era parecido al que desempeñaba con su padre. Julián tenía casi cuarenta años, daba clases de filosofía —su especialidad eran los presocráticos— y era brillante, estudioso y desprotegido. Tomaba pastillas para todo: hachís para hacer el amor, anfetaminas para trabajar, Mogadon para dormir. Estaba divorciado y no tenía hijos. Al comienzo lo había encontrado interesante e incluso atractivo. La llevaba a los teatros de vanguardia y a fiestas excéntricas de estudiantes. Pero las cosas habían cambiado: Suza se dio cuenta de que realmente él no estaba muy interesado en el sexo, que la llevaba con él porque quedaba bien, y disfrutaba de su compañía justamente porque estaba muy impresionado por su capacidad intelectual. Un día que ella se sorprendió planchándole la ropa mientras él estaba en clase se dio cuenta de que todo había terminado.

A veces Suza se acostaba con hombres de su edad o aun más jóvenes, fundamentalmente porque la consumía el deseo de sus cuerpos. Generalmente la defraudaban y la aburrían.

En esos momentos lamentó el haber sido tan impulsiva y haberse citado con Nat Dickstein, que era como todos los tipos con los que se topaba: de más edad que ella y con evidentes signos de necesitar cuidado y afecto. Lo peor de todo que había estado enamorado de su madre. Desde luego la figura paterna pesaba en sus relaciones con los hombres.

Nat, sin embargo, parecía algo diferente en algunos aspectos, se dijo a sí misma. Era granjero, no académico. Probablemente sería la persona menos culta que ella había conocido. Se había ido a Palestina, en lugar de sentarse en los cafés de Oxford y dedicarse a hablar de cómo arreglar el mundo. Podía levantar un frigorífico con una sola mano. En el tiempo que habían estado juntos la había sorprendido más de una vez por no responder a las expectativas.

Quizá Nat Dickstein sea diferente, pensó. Y quizá me estoy confundiendo de nuevo.

Nat Dickstein llamó a la embajada israelí desde una cabina telefónica en la estación de Paddington. Cuando lo atendieron, pidió que le comunicaran con la Commercial Credit Office. No existía ese departamento: era un código para el Centro de Mensajes del Mosad. Le contestó un joven con acento hebreo. Eso agradó a Dickstein, pues era bueno saber que había gente para quien el hebreo era una lengua madre y no una lengua muerta. Sabía que la conversación sería automáticamente grabada, de modo que sin más preámbulos dio el mensaje. «Corro a Bill. Venta obstaculizada por presencia de la oposición. Henry.» Colgó sin aguardar ninguna contestación.

Caminó hasta su hotel desde la estación pensando en Suza Ashford. Debía encontrarse con ella en Paddington para ir a cenar al día siguiente. Ella pasaría la noche en el apartamento de una amiga. Dickstein realmente no sabía por dónde empezar. No recordaba haber llevado nunca a una mujer a cenar: de joven, era demasiado pobre; después de la guerra había pasado mucho tiempo recuperándose de la dura experiencia; y ahora se había acostumbrado a vivir sin disfrutar de los pequeños placeres. Salía a comer con sus colegas, por supuesto, y con la gente del *kibbutz* cuando iban de compras a Nazaret; pero llevar a una mujer a cenar, salir los dos solos, nada más que por el placer de disfrutar de la mutua compañía...

¿Qué harás? Se supone que tendrías que ir a buscarla en tu coche, vestido con esmoquin, y regalarle una caja de bombones. Sin embargo, irás a buscarla a la estación de ferrocarril, sin coche ni esmoquin. ¿Adónde la llevarás? No conocía restaurantes de lujo en Israel, y mucho menos en Londres.

Mientras atravesaba Hyde Park, se reía solo. Era una situación cómica para un hombre de cuarenta y tres años. Suza sabía que él no era un tipo sofisticado, y era evidente que no le importaba, puesto que había sido ella quien había propuesto la cita; conocería también los restaurantes y sabría qué pedir. No era cuestión de vida o muerte. Pasara lo que pasara, pensaba pasárselo bien.

En ese momento su trabajo estaba interrumpido. Había descubierto que lo seguían y no podía hacer nada hasta que hablara con Pierre Borg, quien decidiría si debía abandonar o no. Esa tarde fue a ver una película francesa titulada *Un hombre y una mujer*. Era una simple historia de amor, hermosamente contada, con una inquietante melodía americana en la banda sonora. Salió en la mitad de la película, porque la historia lo impulsaba al llanto; pero la música resonó en sus oídos toda la noche.

Por la mañana fue a una cabina telefónica en la calle cerca de su hotel y llamó una vez más a la embajada. Cuando lo atendieron en el Centro de Mensajes, dijo:

—Aquí Henry. ¿Alguna respuesta?

—Vaya a noventa y tres mil y se le entregará mañana —dijo la voz.

—Respuesta: agenda de conferencia información al aeropuerto.

Pierre Borg llegaría por avión al día siguiente a las nueve y media.

Los cuatro hombres estaban sentados en el automóvil esperando, silenciosos y atentos, mientras caía el día.

Pyotr Tyrin iba al volante. Era un hombre fornido, de mediana edad y llevaba un impermeable. Tamborileaba con los dedos en el tablero de instrumentos, produciendo un ruido como de palomas que caminan sobre un techo. Yasif Hassan estaba sentado a su lado. David Rostov y Nik Bunin iban en la parte de atrás.

Nik había dado con el hombre de la entrega después de estar tres días vigilando el edificio Jean-Monnet desde el Kirchberg. «Con el traje que usa para ir a la oficina no parece tan afeminado, pero estoy completamente seguro de que es él. Yo diría que trabaja aquí», habría dicho.

—Tendría que haberlo pensado —dijo Rostov—. Dados los datos tras los que anda detrás Dickstein era evidente que sus informantes no podían ser localizados en el aeropuerto o en el Alfa Hotel. Tendría que haber mandado a Nik a Euratom desde el primer momento.

—No puedes pensar en todo —dijo Hassan.

—Sí puedo —le respondió Rostov.

Le había dado instrucciones a Hassan de que consiguiera un coche grande y oscuro. El Buick estadounidense en el que ahora iban era un tanto espectacular, pero de color negro y espacioso. Nik había seguido al hombre de Euratom hasta su casa, y ahora los cuatro espías aguardaban en la calle empedrada, junto a la vieja casa con balcones.

Rostov odiaba estos procedimientos de folletín. Eran tan antiguos... Pertenecían a los años veinte y treinta, a lugares como Viena, Estambul y Beirut, no a la Europa occidental de 1968. Era simplemente peligroso secuestrar a un civil en la calle, meterlo en un coche y zurrarle hasta que soltara la información. Podía ocurrir que en ese momento pasara alguien que no temiera ir a la policía y decir lo que había visto. A Rostov le gustaba que las cosas se hicieran bien y sin riesgos, y prefería usar la cabeza antes que los puños. Pero este hombre de la entrega había ido aumentando en importancia a medida que los días pasaban y Dickstein no aparecía. Rostov tenía que saber qué era lo que le había dado a Dickstein y tenía que saberlo ya.

—Si al menos saliera —dijo Pyotr Tyrin.

—No tenemos ninguna prisa —señaló Rostov.

No era verdad, pero no quería que sus hombres comenzaran a impacientarse y a cometer errores. Para aliviar la tensión continuó hablando.

—Dickstein debió de hacer lo mismo que nosotros. Montó guardia ante el edificio Jean-Monnet, siguió a ese hombre a su casa y aguardó aquí fuera, en la calle. El hombre salió y se dirigió al club de homosexuales, y entonces Dickstein supo cuál era el punto débil de su víctima y lo usó para convertirlo en informante.

—Pero no ha vuelto al club estas últimas dos noches —intervino Nik.

—Ha descubierto que todo tiene su precio, especialmente el amor —dijo Rostov.

—¿El amor? —preguntó Nik con tono despectivo.

Rostov no replicó.

La oscuridad se intensificó y se encendieron las luces de la calle. El aire que entraba por las ventanillas del automóvil era ligeramente húmedo. Rostov observó cierta acumulación de niebla en torno a las luces, procedente del río.

—¿Y ése quién es? —exclamó Tyrin.

Un hombre rubio con un traje cruzado caminaba con paso ágil por la acera y se dirigía hacia donde ellos estaban.

—Tranquilos —dijo Rostov.

El tipo se detuvo ante la casa que ellos estaban vigilando y tocó el timbre.

Hassan puso la mano sobre la maneta de la puerta.

—Aún no —susurró Rostov.

En la ventana de la buhardilla se corrió una cortina.

El hombre rubio aguardó, golpeando el suelo con la punta del zapato.

—Quizá sea el amante —aventuro Hassan.

—Por el amor de Dios, cállate —ordenó Rostov.

Pasado un minuto la puerta de la calle se abrió y el hombre rubio entró. Rostov alcanzó a tener un atisbo de la persona que había franqueado la entrada: era el hombre de la entrega. La puerta se cerró y con ella su oportunidad.

—Demasiado rápido —dijo Rostov—. Maldición.

Tyrin comenzó a tamborilear nuevamente con sus dedos, y Nik a rascarse. Hassan hizo un gesto exasperado, como si hubiera sabido todo el tiempo que era tonto esperar. Rostov decidió que era el momento de bajarle un poco los humos.

Durante una hora no sucedió nada.

—Están pasando la noche adentro —dijo Tyrin.

—Si han tenido algún encuentro con Dickstein probablemente tengan miedo de salir de noche —dijo Rostov.

—¿Por qué no entramos? —sugirió Nik.

—Hay un inconveniente —respondió Rostov—. Desde la ventana pueden ver quién está ante la puerta. Pienso que no van a abrir a desconocidos.

—El amante podría quedarse a pasar la noche —dijo Tyrin.

—De acuerdo.

—Tendremos que meternos de golpe —afirmó Nik.

Rostov ignoró la propuesta. Nik siempre estaba dispuesto a repartir puñetazos, pero no haría nada hasta que no se le diera la orden. Rostov pensó que ahora tendrían que coger a dos personas, lo cual era aún más complicado y peligroso.

—¿Tenemos armas de fuego? —preguntó.

Tyrin abrió la guantera y sacó una pistola.

—Bien —dijo Rostov—. Pero no dispares...

—No está cargada —replicó Tyrin, y se metió la pistola en el bolsillo.

—Si el amante se queda a pasar la noche, ¿los detendremos por la mañana? —preguntó Hassan.

—Posiblemente no —respondió Rostov—. No podemos hacer ese tipo de cosas a plena luz del día.

—¿Y entonces...?

—Aún no lo he decidido.

Era más o menos medianoche y Rostov seguía tratando de encontrar una solución, pero de pronto el problema se resolvió solo.

Rostov estaba mirando la puerta de entrada con los ojos semicerrados y vio que se abría.

—Ahora.

Nik fue el primero en salir del coche. Tyrin lo siguió. Hassan se tomó un momento para saber qué pasaba y luego se fue tras ellos. Los dos hombres se estaban despidiendo, el más joven en la acera, el otro justo en el umbral, con una bata. El de más edad, el hombre de la entrega, dio a su amante un abrazo de despedida. Entonces los dos levantaron la mirada, alarmados, al ver a Nik bajarse del coche y caer sobre ellos.

—No se muevan —dijo Tyrin suavemente en francés y apuntándoles con el arma.

Rostov advirtió que Nik se había colocado un paso por detrás del hombre más joven.

—¡Oh, Dios mío! —dijo el que llevaba la bata—. ¡No, por favor, basta ya!

—Suba al coche —ordenó Tyrin.

—¿Por qué no nos dejan tranquilos?

Observando y escuchando desde la parte de atrás del coche, Rostov pensó: Éste es el momento en que deciden venir tranquilamente o armar un escándalo. Miró a un lado y otro de la calle. Estaba vacía y oscura.

Nik se dio cuenta de que el hombre joven estaba decidido a resistirse y lo agarró por los brazos.

—No le hagan daño, iré —dijo el otro saliendo de la casa.

—¡No vayas! —exclamó su amigo.

Maldito, pensó Rostov.

El hombre más joven se debatía tratando de librarse de Nik. Trató de pisarle el pie y Nik dio un paso atrás y luego golpeó al joven en los riñones con el puño derecho.

—¡No, Pierre! —gritó Cuelloduro.

Tyrin se abalanzó sobre él y le tapó la boca. El hombre luchó por librarse de él y cuando lo consiguió gritó pidiendo ayuda antes de que Tyrin volviera a apresarlo.

Pierre estaba en el suelo y gemía.

Rostov exclamó por la ventanilla abierta:

—Vámonos.

Tyrin levantó en vilo a Cuelloduro y lo arrastró hasta el automóvil. Mientras tanto, Pierre se había recuperado del puñetazo de Nik y trató de escapar. Hassan le hizo una zancadilla y el muchacho cayó al suelo.

Rostov vio que se encendía la luz en la ventana de una casa vecina. Si continuaban allí, acabarían en la comisaría.

Tyrin arrojó a Cuelloduro en el asiento trasero del coche.

—Ya lo tengo —le dijo Rostov—. Pon en marcha el coche. Rápido.

Nik había levantado a Pierre y lo llevaba al coche. Tyrin se acomodó en el asiento del conductor y Hassan abrió la otra puerta.

—Hassan cierra la puerta de la casa, ¡idiota! —gritó Rostov.

Nik empujó al joven dentro del coche, junto a su amigo, luego se situó en el asiento trasero, de tal modo que los dos hombres estaban entre Rostov y él. Hassan cerró la puerta de la casa y saltó dentro del coche en el asiento de atrás. Tyrin salió aceleradamente de la curva.

—¡Dios mío, es increíble! —dijo Rostov en inglés.

Pierre aún se quejaba.

—No hemos hecho nada que les pueda molestar —se quejó Cuelloduro.

—¿No? —replicó Rostov—. Hace tres noches, en el club de la rue Dicks le dio un maletín a un inglés.

—¿Ed Rogers?

—Ése no es su nombre —dijo Rostov.

—¿Ustedes son de la policía?

—No exactamente. —Rostov dejaría que el hombre creyera lo que quisiera—. No estoy interesado en conseguir pruebas, convertir el asunto en un caso y llevarlo al tribunal. Sólo quiero saber qué había en ese maletín.

Se produjo un silencio. Tyrin preguntó, volviéndose por encima de su hombro:

—¿Salimos de la ciudad en busca de un lugar tranquilo?

—Aguarda —ordenó Rostov.

—Hablaré —dijo Cuelloduro.

—Da una vuelta —dijo Rostov a Tyrin. Luego miró al hombre de Euratom—. A ver, dígame.

—Eran datos del ordenador de Euratom.

—¿Sobré qué?

—Detalles de cargamentos con licencia de materiales fisionables.

—¿Fisionables? ¿Quiere decir materiales nucleares?

—Óxido de uranio, metal de uranio, residuos nucleares, plutonio...

Rostov se reclinó en el asiento y miró por la ventanilla las luces de la ciudad. Notó que el pulso se le aceleraba. Empezaba a entender cuál era la misión de Dickstein... Cargamentos con licencia de material fisionable... Los israelíes querían combustible nuclear y Dickstein estaba tratando de conseguirlo.

Pero ¿qué harían con el material una vez lo hubieran obtenido?

El hombre de Euratom interrumpió el hilo de sus pensamientos.

—¿Ahora nos dejará marchar?

—Tendré que conseguir una copia de esa lista —dijo Rostov.

—¡No puedo sacar otra, la desaparición de la primera ya fue bastante sospechosa!

—Pues me temo que tendrá que hacerlo —insistió Rostov—. No obstante puedo devolvérsela una vez que la haya fotocopiado.

—Oh, Dios —gimió el hombre.

—No tiene alternativa.

—Está bien.

—Vuelve a la casa —ordenó Rostov a Tyrin. Y dirigiéndose al hombre de Euratom agregó—: Lleve la copia a su casa mañana por la noche. Alguien irá allí para fotografiarla.

El coche se desplazaba por las calles de la ciudad. Rostov pensó que el secuestro no había sido un desastre después de todo.

—Deje de mirarme —le espetó Nik a Pierre.

Llegaron a la calle empedrada. Tyrin detuvo el coche.

—Muy bien —dijo Rostov—. Ahora baje, su amigo se queda con nosotros.

—¿Por qué? —exclamó Cuelloduro, asustado.

—En caso de que usted se sienta tentado de quebrar nuestro trato y confesar todo a sus jefes mañana, el joven Pierre será nuestro invitado. Salga.

Nik abrió la puerta y dejó salir al hombre. Éste permaneció en la calzada por un momento. Nik volvió a entrar al coche y Tyrin arrancó.

—¿Servirá? ¿Lo hará?

—Trabajará para nosotros hasta recuperar a su amigo —dijo Rostov.

—¿Y después?

Rostov no respondió. Estaba pensando en que probablemente fuera prudente liquidar a los dos hombres.

Ésta es la pesadilla de Suza.

Es de noche en la casa verde y blanca junto al río. Está sola. Se da un baño, quedándose largo tiempo en el agua caliente y perfumada. Después va al dormitorio principal, se sienta ante un espejo de tres hojas y se perfuma. Abre el armario, esperando hallar las ropas de su madre comidas por la polilla, hechas jirones descoloridos y transparentes; pero no es así. La ropa está limpia, nueva, perfecta, sólo detecta un leve olor a naftalina.

Elige un camisón, blanco como una mortaja, y se lo pone. Se mete en la cama.

Se queda quieta durante un largo rato, espera que Nat Dickstein venga a ver a su Eila. Anochece. El río murmura. La puerta se abre. El hombre se detiene a los pies de la cama y se desnuda. Se acuesta sobre ella, y el pánico comienza como la pequeña chispa de un incendio a medida que se da cuenta de que no es Nat Dickstein sino su padre; y que ella está muerta desde hace mucho tiempo. Y a medida que el camisón se deshace convertido en polvo y su pelo se desmenuza y su carne se seca y la piel de su cara se consume dejando al descubierto los dientes y el cráneo, ella se convierte, mientras el hombre la posee, en un esqueleto. Entonces grita y grita y grita y se despierta, y está sudorosa y temblando de miedo, preguntándose por qué nadie acude para ver qué le pasa, hasta que se da cuenta con alivio de que incluso los gritos eran soñados; y entonces se pregunta por el significado del sueño mientras vuelve a dormirse.

Por la mañana está de nuevo animada y alegre, aunque hay algo impreciso que la perturba. No se acuerda del sueño, sólo sabe que en algún momento de la noche hubo algo que la perturbó. Pero no le da más importancia; prefiere soñar a preocuparse.

7

—Nat Dickstein va a robar uranio —dijo Yasif Hassan.

David Rostov asintió con la cabeza. Su pensamiento estaba en otra parte, pensando en cómo sacarse de encima a Yasif Hassan. Iban caminando a través del valle al pie del peñasco que era la vieja ciudad de Luxemburgo. Ahí, sobre las orillas del río Petrusse, había un parque cubierto de césped, con enormes árboles y senderos serpenteados.

—Tienen un reactor nuclear en un lugar llamado Dimona en el desierto de Néguev —continuó Hassan—. Los franceses los ayudaron a levantarlo, y presumiblemente los abastecieron de combustible necesario para el mismo. Desde la guerra de los Seis Días, De Gaulle interrumpió el envío de armamento, de modo que es posible que también haya interrumpido el envío de uranio.

Hasta aquí todo parecía obvio, pensó Rostov, de modo que era mejor adherirse a las sospechas de Hassan concordando con él de forma vehemente.

—Es muy propio del Mosad salir en busca de lo que necesitan y robarlo si hace falta; en este caso quieren conseguir uranio —dijo—. Así es cómo piensa esa gente. Tienen esa mentalidad del hecho consumado que les permite ignorar las delicadezas de la diplomacia internacional.

Rostov podía llegar un poco más lejos que Hassan, y por esta razón estaba tan empecinado y ansioso por sacar al árabe de en medio por un momento. Conocía el proyecto nuclear egipcio de Qattara, mientras que estaba casi seguro de que Hassan no sabía nada al respecto. ¿Por qué habría de confiar esos secretos a un agente de Luxemburgo?

Sin embargo, dado que El Cairo guardaba tal mal sus secretos era posible que los israelíes también supieran algo de la bomba egipcia, ¿Y qué podían hacer en ese caso? Fabricar una ellos. Para ello necesitaban, en las palabras del hombre de Euratom, «material fisionable». Rostov pensó que Dickstein trataba de conseguir algo de uranio para fabricar la bomba atómica israelí. Pero Hassan no podía llegar a esa conclusión, no todavía; y Rostov no iba a ser quien lo ayudara, pues no quería que Tel Aviv descubriera qué próximo estaba a encontrar la verdad.

Esa noche cuando le llegara la copia del informe daría un paso más, pues ésa era la lista de la cual Dickstein probablemente elegiría su objetivo. Rostov tampoco quería que Hassan tuviera esa información.

Sentía el mismo nerviosismo que cuando en una partida de ajedrez comenzaba a vislumbrar cuál era el plan de ataque de su oponente y cómo tenía que aprovecharlo en su favor. No había olvidado las razones por las cuales había entrado en esa lucha contra Dickstein: el conflicto dentro del KGB entre él y Félix Vorontsov, con Yuri Andrópov como árbitro y una vacante en la escuela de Fis-Mat como premio. Pero ese aspecto pasaba ahora a segundo plano. Lo que le alentaba, lo que le mantenía tenso y alerta y agudizaba su ingenio, era la emoción de la caza y el olor de la presa en sus narices.

Hassan se interponía en su camino. Ansioso, novato, susceptible, ese árabe que informaba a El Cairo, era en ese momento un enemigo más peligroso que el propio Dickstein. Pese a todas sus fallas no era estúpido. En verdad, Rostov pensaba que tenía una inteligencia astuta que era típicamente levantina, heredada seguramente de su padre capitalista. Se daría cuenta de que Rostov quería sacárselo de encima. Por lo tanto tendría que encontrarle un verdadero trabajo.

Pasaron por debajo del puente Adolphe, y Rostov se detuvo para mirar hacia atrás, admirando la vista a través del arco del puente. Le recordaba a Oxford. Luego, súbitamente, supo qué tenía que hacer con Hassan.

—Dickstein sabe que alguien lo ha estado siguiendo —dijo—, y presumiblemente ha vinculado el hecho con el encuentro que tuvisteis.

—¿Tú crees?

—Está llevando a cabo una misión, se encuentra con un árabe que conoce su verdadero nombre y de pronto se da cuenta de que le están siguiendo...

—Seguramente lo baraja como posibilidad pero no lo sabe.

—Tienes razón. —Sabía que a Hassan le encantaba que él dijera «tienes razón». Rostov pensó: Me tiene antipatía, pero necesita mi aprobación. Es un hombre orgulloso, puedo aprovecharme de ello—. Dickstein tendrá que hacer averiguaciones sobre ti. ¿Tú figuras en el archivo de Tel Aviv?

Hassan se encogió de hombros con un resto de su antigua ascendencia aristocrática.

—¿Has tenido algún otro encuentro cara a cara con otros agentes, estadounidenses, británicos o israelíes?

—Nunca —dijo Hassan—. Soy demasiado cuidadoso.

Rostov casi se echa a reír. La verdad era que Hassan era demasiado insignificante como agente para haber sido tomado en cuenta por gente importante del servicio de inteligencia, y nunca había hecho nada serio como para haber tenido que encontrarse con otros espías.

—Como no estás fichado, Dickstein tendrá que hablar con tus amigos para saber algo de ti. ¿Tenéis amigos comunes?

—No. No le veía desde mi época en la universidad. De cualquier modo no podría saber nada por mis amigos. Ellos no saben nada de mi vida secreta. No ando por ahí diciéndole a la gente...

—No, no —dijo Rostov, conteniendo su impaciencia—. Pero todo lo que Dickstein tendría que hacer es preguntas generales sobre tu vida para ver si coincide con el modelo de un trabajo clandestino. Por ejemplo si haces llamadas misteriosas, si te ausentas súbitamente... Ahora bien, ¿hay alguien de Oxford a quien aún ves?

—A ninguno de los estudiantes. —El tono de Hassan se había vuelto defensivo, y Rostov se dio cuenta de que estaba por llegar a lo que quería—. He seguido manteniendo contacto con alguien de la facultad, el profesor Ashford en particular. Una o dos veces me ha puesto en contacto con gente preparada para dar dinero por nuestra causa.

—Si no recuerdo mal, Dickstein conocía a Ashford.

—Sí. Ashford daba la clase de lenguas semíticas a la que íbamos Dickstein y yo...

—Ahí está. Entonces todo lo que él tiene que hacer es visitar a Ashford y mencionar tu nombre de pasada. Ashford le dirá lo que estás haciendo y cómo te mueves. Entoces Dickstein sabrá que eres un agente.

—Bueno, es sólo una suposición —dijo Hassan.

—En absoluto —dijo Rostov animadamente, aunque Hassan tenía razón—. Se trata de una técnica de rutina. Yo mismo la he empleado. Da resultado.

—Y si se ha puesto en contacto con Ashford...

—Entonces tenemos la oportunidad de recuperar su rastro. De modo que quiero que vayas a Oxford.

—¡Oh! —Hassan no había advertido adónde conducía la conversación y ahora se sentía atrapado—. Dickstein podría haber hablado por teléfono nada más.

—Podría. Pero esa clase de averiguaciones suelen realizarse personalmente. Podrías decir que estabas en la ciudad y que pasaste para recordar viejos tiempos... Es difícil hablar de bueyes perdidos por teléfono. Por esa misma razón es preferible que tú también vayas.

—Supongo que tienes razón —dijo Hassan con resistencia—. Tenía planeado hacer un informe para El Cairo en cuanto leyéramos las listas...

Eso era precisamente lo que Rostov estaba tratando de evitar.

—Buena idea —observó Rostov—; pero en estos momentos lo que es más urgente es volver a encontrar el rastro de Dickstein.

Hassan se quedó mirando el paisaje, con la vista perdida en la distancia, como si estuviera tratando de ver Oxford.

—Bueno, volvamos —dijo de pronto—. Ya he caminado bastante.

Era el momento de hacerse amigable. Rostov rodeó con su brazo los hombros de Hassan.

—Los europeos lo pasáis bien.

—No me vayas a decir que los hombres del KGB tienen una vida dura en Moscú...

—¿Quieres escuchar un cuento ruso? —dijo Rostov mientras ascendían por el valle hacia la carretera—. Bréznev estaba diciéndole a su anciana madre lo bien que le había ido. Le mostró su apartamento, enorme, con muebles occidentales, lavavajillas, frigorífico, servidumbre; de todo. Ella no decía una palabra. La llevó a su dacha en el mar Negro: una gran villa con piscina, playa privada, más servidumbre. Ella parecía no estar impresionada. La llevó a su coto de caza en su limusina Zil, le mostró los hermosos predios, las armas, los perros, y finalmente dijo: «Madre, ¿por qué no me dices algo? ¿No estás orgullosa?» Ella contestó: «Es magnífico, Leonid. ¿Pero qué harás si llegan a venir de nuevo los comunistas?»

Rostov reía a carcajadas de su propio cuento, pero Hassan sólo sonreía.

—¿No crees que es gracioso? —dijo el ruso.

—No mucho —le respondió Hassan—. Es la culpa lo que te hace reír. Yo no me siento culpable, en consecuencia no me parece gracioso.

Rostov se encogió de hombros pensando: Gracias, Yasif Hassan, la respuesta islámica a Sigmund Freud. Llegaron a la carretera y por un momento se quedaron mirando los coches que pasaban veloces mientras Hassan recuperaba el aliento. Rostov dijo:

—Oye, hay algo que siempre he querido preguntarte. ¿Te acostaste con la mujer de Ashford?

—Sólo cuatro o cinco veces por semana —contestó Hassan y se echó a reír.

—¿Quién se siente culpable ahora? —dijo Rostov.

Llegó pronto a la estación y el tren venía con retraso, de modo que tuvo que esperar una hora. Fue la única vez en su vida que leyó el *Newsweek* de cabo a rabo. Suza estaba pasando la taquilla, apurada, sonriendo. Lo mismo que el día anterior le echó los brazos al cuello y lo besó; pero esta vez el beso fue más largo. Vagamente él había imaginado que aparecería con un traje largo y capa de visón, como la esposa de un banquero a la salida del Club 61 de Tel Aviv, pero Suza pertenecía a otro país y a otra generación, y usaba botas que desaparecían debajo del ruedo de su falda que le llegaba por debajo de la rodilla, con una camisa de seda y un chaleco bordado, del estilo que usan los toreros. No iba maquillada y no llevaba ni abrigo, ni bolso. Se quedaron sonriéndose durante un momento. Dickstein no estaba seguro de qué debía hacer, le ofreció su brazo como el día anterior, y a ella pareció agradarle. Fueron hasta la parada de taxis.

Cuando subieron al coche Dickstein dijo:

—¿Adónde quieres ir?

—¿No has reservado nada?

Tendría que haber reservado una mesa, pensó Dickstein.

—No conozco los restaurantes de Londres.

—Kings Road —dijo Suza al taxista.

Mientras el coche tomaba la dirección indicada Suza miró a Dickstein.

—Hola, Nathaniel —dijo.

Nunca nadie lo llamaba Nathaniel. Le gustó.

El restaurante de Chelsea que eligió era pequeño y con poca luz. Mientras se dirigían a su mesa, a Dickstein le pareció distinguir una o dos caras familiares, y sintió un nudo en el estómago mientras trataba de localizarlas. Después se dio cuenta de que eran cantantes populares cuyas caras había visto en las revistas, y se relajó de nuevo. Se alegró al ver que aún le funcionaban los reflejos pese a la noche atípica que estaba pasando. También le agradó ver que los demás comensales eran gente de todas las edades, pues temía ser el más viejo del lugar.

Se sentaron.

—¿Traes aquí a todos tus pretendientes? —preguntó.

—Es la primera vulgaridad que dices —respondió Suza con una sonrisa fría.

—Acepto que se me corrija. —Sintió rabia de sí mismo.

—¿Qué quieres comer? —preguntó ella, y el momento pasó.

—Me gusta la comida sencilla y sana que preparamos en el *kibbutz*. Cuando estoy fuera y vivo en hoteles, como cualquier cosa. Por eso me apetece una buena pata de cordero al horno o pastel de carne y de riñones.

—Lo que me gusta de ti es que no tienes la más mínima idea de modas, y además no te importa en absoluto.

Él se señaló la chaqueta.

—¿No te gusta este traje?

—Me encanta. Debía de estar pasado de moda cuando lo compraste.

Eligió carne al horno del carrito, y Suza hígado salteado. Dickstein pidió una botella de Borgoña: un vino más delicado no hubiera ido bien con el hígado —su conocimiento de vinos era el único rasgo de sofisticación que poseía—, y dejó que ella bebiera más que él.

Suza le habló de la época en que tomaba LSD.

—Era increíble. Podía sentir todo mi cuerpo por dentro y por fuera. Podía escuchar mi corazón. La piel me parecía maravillosa al tocármela. Y los colores de todas las cosas... Sin embargo, queda por saber si la droga me reveló cosas asombrosas, o si sólo me asombró. ¿Es una forma distinta de ver el mundo o simplemente sintetiza las sensaciones que se tendrían si realmente se viera el mundo de un modo nuevo?

—¿Después no necesitaste seguir tomando? —preguntó Dickstein.

La joven negó con la cabeza.

—No me gusta perder el control de mí misma. Pero no me arrepiento de haberlo probado. Odio emborracharme por lo mismo, porque llega un momento en que dejas de ser tú mismo. Aunque estoy segura de que no es lo mismo que la droga. De todos modos las dos veces que me he emborrachado no he sentido que tuviera acceso a la clave del universo.

Suza hizo un gesto de rechazo con la mano. Era una mano larga y delgada, igual que la de Eila, y de pronto Dickstein recordó a esta última haciendo exactamente el mismo gesto gracioso.

—No creo en las drogas como la solución a los problemas del mundo —afirmó Suza.

—¿En qué crees, Suza?

La joven vaciló, mirándolo y sonriendo apenas.

—Creo en el amor.

—Esa filosofía es más propia de un plácido londinense que de un israelí batallador.

—Supongo que sería inútil tratar de convertirte.

—Sería una gran suerte.

—Nunca sabes cuál es tu suerte —dijo ella mirándolo a los ojos.

Él bajó la vista al menú y dijo:

—Tiene que ser fresas.

—Dime a quién amas, Nathaniel —preguntó ella.

—A una vieja, a un niño y a un fantasma —respondió él, que se había estado haciendo la misma pregunta—. La vieja se llama Esther, y recuerda los programas de la Rusia zarista; el niño se llama Mottie, le gusta *La isla del tesoro*, y su padre murió en la guerra de los Seis Días.

—¿Y el fantasma?

—¿Vas a comer fresas?

—Sí, por favor.

—¿Con nata?

—No, gracias. No me dirás nada acerca del fantasma, ¿verdad?

—En cuanto lo sepa te lo diré.

Era el mes de junio y las fresas estaban riquísimas.

—Ahora dime a quién amas tú —preguntó Dickstein.

—Bueno. Bueno... —dejó la cuchara—. Nathaniel, creo que te amo a ti.

Su primer pensamiento fue: ¿Qué diablos me ha pasado? ¿Por qué he dicho eso? Y luego: No me importa, es la verdad. Y finalmente: Pero por qué le amo.

No sabía por qué, pero sabía desde cuándo. En dos ocasiones tuvo la posibilidad de mirar dentro de él y ver al verdadero Dickstein: una vez cuando habló sobre los fascistas de Londres en los años treinta, y otra cuando mencionó al niño cuyo padre había muerto en la guerra de los Seis Días. En las dos ocasiones se había desprendido de su máscara. Suza había esperado ver a un pequeño hombre amedrentado, encogido en un rincón. En cambio Dickstein parecía fuerte, confiado y decidido. En esos momentos pudo intuir su fuerza como si se tratara de un perfume fuerte, y esto la hacía sentir un poco mareada.

Nathaniel era extraño, atrayente, y enérgico. Suza quería acercarse más a él, comprenderlo, conocer sus pensamientos secretos. Quería tocar su cuerpo y sentir que sus manos seguras la tomaban. Quería mirar en sus tristes ojos castaños cuando gimiera de pasión. Quería su amor.

Nunca antes había sentido algo así.

Nat Dickstein sabía que todo estaba mal.

Suza le había tomado cariño cuanto tenía cinco años y él era un adulto que sabía cómo hablar con los niños y los gatos. Ahora estaba explotando ese afecto de la infancia. Había amado a Eila, que estaba muerta... No parecía muy sano iniciar una relación con su hija, tan parecida a ella.

Nat no era sólo judío, sino israelí; no sólo israelí, sino agente del Mosad. Nadie menos indicado para amar a una muchacha que era medio árabe.

Siempre que una mujer hermosa se enamora de un espía, éste está obligado a preguntarse para qué servicio de inteligencia enemigo podría estar trabajando ella.

Cada vez que le había llegado a gustar una mujer, había encontrado razones como éstas para comportarse fríamente con ella, y tarde o temprano la mujer había comprendido y se había apartado defraudada; y el hecho de que Suza hubiera actuado tan rápidamente para neutralizar sus defensas era justamente otra razón para considerarla sospechosa.

Todo estaba mal.

Pero a Dickstein no le importaba.

Fueron en taxi hasta el apartamento donde Suza había pensado pasar la noche. Lo invitó —sus amigos, los dueños del apartamento estaban fuera de vacaciones—, hicieron el amor, y fue entonces cuando comenzaron los problemas.

Al principio Suza pensó que él se mostraba demasiado ansioso y apasionado porque nada más entrar en el apartamento la abrazó y la besó sin preámbulos. Luego cuando lo sintió temblar al tomarle las manos y colocárselas sobre sus senos, pensó: Desea poseerme cuanto antes para apagar su pasión, y luego, al cabo de cinco minutos, se quedará dormido. Entonces Suza se apartó un poco y le miró a los ojos. Pase lo que pase, pensó, creo que hay algo más profundo que nos atrae.

Lo condujo a una habitación con una cama pequeña, al final del apartamento, que daba al patio de atrás. Se quedaba con tanta frecuencia que la consideraba su habitación; de hecho, tenía ropa suya en el armario y en los cajones. Se sentó en el borde de la cama y se quitó los zapatos mientras él permanecía en el umbral de la puerta, mirándola. Suza sonrió y le dijo:

—Desnúdate.

Él apagó la luz.

La joven estaba intrigada: tenía la sensación de haber tomado hachís. ¿Cómo era él verdaderamente? *Cockney* pero israelí; un escolar de edad madura; un hombre delgado pero fuerte; un poco insociable y tímido, pero seguro de sí mismo. ¿Cómo se comportaba un hombre así en la cama?

Se metió debajo de la sábana, algo desconcertada ante el hecho de que quisiera hacer el amor en la oscuridad. Él se acostó a su lado y la besó, tiernamente esta vez. Suza le recorrió el cuerpo con sus manos y abrió la boca para recibir sus besos. Tras un momento de vacilación, él respondió y la muchacha se dio cuenta de que no había besado así antes, o por lo menos desde hacía mucho tiempo.

Dickstein la acarició con dulzura, explorándola con la punta de los dedos, asombrado de tenerla. Sus caricias eran torpes, temerosas, muy diferentes a las de sus otros amantes. Él parecía... no haber hecho el amor nunca. El pensamiento la hizo sonreír en la oscuridad.

—Tus pechos son hermosos —dijo él.

—Eres tan fuerte —dijo Suza, acariciándolo.

Comenzó a obrarse la magia.

Ella quiso impregnarse de él: disfrutar de la tersura de esa piel, rozar el vello de sus piernas, sentir el leve olor masculino. Pero, de pronto, lo sintió tenso. Continuaba acariciándola, pero sin pasión, como si estuviera pensando en otra cosa. Lo había perdido. Iba a decírselo cuando él se apartó de ella y dijo:

—No funciona. No puedo hacerlo.

Suza sintió pánico. Tenía miedo, no por ella misma, sino por él, por su reacción en caso de que se sintiera frustrado o avergonzado...

Lo abrazó con todas sus fuerzas.

—Hagas lo que hagas, por favor, no te vayas —le dijo.

—No, no lo haré.

Quiso encender la luz, mirar la cara de Dickstein pero le pareció inoportuno. Apoyó la mejilla en su pecho.

—¿Hay alguien en tu vida?

—No.

Ella probó el gusto de su piel.

—¿Te sientes culpable de algo? ¿Quizá porque soy árabe en parte?

—No lo creo.

—¿O porque soy la hija de Eila Ashford? Tú la amabas, ¿no es así?

—¿Cómo lo sabías?

—Por la forma en que hablaste de ella.

—Oh, bien, no creo que me sienta culpable por ello, pero podría estar equivocado, doctor.

—Mmm. —Estaba saliendo de su caparazón. Le besó el pecho—. ¿Me dirás una cosa?

—Supongo que sí.

—¿Cuándo tuviste relaciones por última vez?

—En 1944.

—Estás bromeando —dijo Suza, sorprendida.

—Es la primera tontería que dices.

—Yo... Tienes razón, lo lamento —vaciló—. Pero ¿por qué?

—No puedo... —suspiró—, no puedo hablar acerca de ello.

—Pero debes hacerlo. —Suza estiró el brazo hasta la lámpara sobre la mesita de noche y encendió la luz. Dickstein cerró los ojos para protegerlos del resplandor. La joven se incorporó y se apoyó en un codo—. No hay reglas. Somos adultos, estamos desnudos en la cama, en el año 1968. Nada está mal. Todo depende de lo que te suceda.

—No me pasa nada. —Sus ojos aún estaban cerrados.

—Y no hay secretos. Si estás atemorizado o disgustado o irritado, puedes decirlo, y debes hacerlo. Nunca he dicho «te amo» antes de esta noche. Nat, por favor, háblame, por favor.

Hubo un largo silencio. Él se quedó quieto, impasible, con los ojos cerrados. Al final comenzó a hablar.

—No sabía dónde estaba... todavía no lo sé. Me llevaron en un camión para transportar ganado, pero no sabía adónde. Por entonces no podía diferenciar como ahora un país de otro por el paisaje. Mi destino fue un campo de concentración especial, un centro de investigación médica. Seleccionaban prisioneros jovenes, saludables, y judíos de otros campos.

»Las condiciones de vida eran mejores que en el primer campo que estuve. Nos daban comida, frazadas, cigarrillos, y no había robos, ni peleas. Al principio creí que había tenido suerte. Nos hicieron muchos análisis de sangre y de orina y soplar en un montón de tubos, nos revisaron la vista, los reflejos... Era como estar internado en un hospital. Después comenzaron los experimentos. Aún no sé si realmente había curiosidad científica detrás de aquella pesadilla.

Se detuvo y tragó saliva. Se le iba haciendo cada vez más difícil hablar con calma. Suza murmuró:

—Debes decirme qué pasó... todo.

Estaba pálido. Continuó hablando casi en susurros y con los ojos cerrados.

—Me llevaron a un laboratorio. Los guardias que me escoltaban se intercambiaban guiños y codazos y me decían que yo era *Glücklich*, afortunado. Era una habitación grande, de techo bajo y muy bien iluminada. Había seis o siete tipos con cámaras y una cama baja con un colchón sin sábanas en medio de la habitación. Sobre el colchón había una mujer. Me dijeron que la poseyera. Ella estaba desnuda, temblando, también era una prisionera. Me murmuró al oído: «Tú salvas mi vida y yo salvaré la tuya.» Y entonces lo hicimos. Pero eso fue sólo el comienzo.

Suza le acarició el pene. Ahora comprendía. Imprimió un ritmo suave a sus caricias, y aguardó a que él siguiera, a que acabara de contar lo ocurrido.

—Después hicieron variaciones sobre el experimento. Todos los días, durante meses. A veces, drogas. Una vieja. Una vez, un hombre. El acto sexual en diferentes posiciones. Sexo oral, anal, masturbación, en grupo. Si te negabas te daban latigazos o te mataban. Por eso nunca se publicó la historia después de la guerra, ¿te das cuenta? Porque todos los supervivientes se sentían culpables.

Suza siguió masturbándolo, segura, sin saber por qué, de que era lo que debía hacer.

—Dímelo. Todo.

La respiración de Dickstein se volvió más agitada. Sus ojos se abrieron y se quedó mirando el techo blanco, recordando otro lugar y otro tiempo.

—Al final... lo más vergonzoso de todo... me obligaron a acostarme con una monja. Al principio creí que me estaban mintiendo, que la habían disfrazado, pero luego ella comenzó a rezar, en francés. No tenía piernas... se las habían amputado para ver cómo reaccionaba yo... Fue horrible, y yo... y yo... —Dickstein se abandonó al placer.

Todo había terminado y lloró.

Suza le besó las lágrimas, y le repitió una y otra vez que todo estaba bien. Lentamente él se calmó y se quedó dormido un momento. Ella permaneció allí, observando cómo la tensión se borraba de su cara poco a poco. Luego, él abrió los ojos.

—¿Por qué lo has hecho? —preguntó.

—Bueno. Podía haberte dado una conferencia, haberte dicho que no hay nada de qué avergonzarse; que todo el mundo tiene fantasías tenebrosas, que las mujeres sueñan con ser azotadas y los hombres imaginan que las azotan; que puedes comprar en Londres libros pornográficos sobre el sexo con amputados, incluyendo fotografías a todo color. Podría haberte dicho que hay muchos hombres por la calle que esconden una brutalidad semejante a la de los nazis que te torturaron en aquel laboratorio. Podría haber discutido contigo, pero no hubiera conseguido nada. Tenía que demostrártelo. Además —sonrió tristemente—, además, yo también tengo mi lado tenebroso.

Dickstein le tocó la mejilla, luego se inclinó y le besó los labios.

—¿De dónde has sacado esa sabiduría, criatura?

—No es sabiduría, es amor.

Luego él la abrazó muy fuerte y la besó y la llamó querida y después hicieron el amor, casi sin hablar, sin confesiones ni tenebrosas fantasías, sin lujurias extrañas, dando y tomando placer con la familiaridad de una vieja pareja que se conoce muy bien el uno al otro. Y después se durmieron, inundados por una sensación de paz y alegría.

David Rostov estaba amargamente defraudado con la copia de Euratom. Después que él y Pyotr Tyrin se pasaron horas tratando de descifrar la lista, quedó clara una cosa: eran muchas las opciones posibles, por las que podría haberse decantado Dickstein y no podían abarcar todos los blancos. La única forma de descubrir qué pensaba hacer era volver a encontrarlo.

La misión de Yasif Hassan en Oxford, en consecuencia, asumía una importancia mayor de la que tenía al principio.

Esperaron a que el árabe llamara por teléfono. A las

diez de la noche, Nik Bunin, que disfrutaba del sueño como otra gente disfruta de los baños de sol, se fue a la cama. Tyrin se quedó levantado hasta la medianoche, luego, él también se retiró. Finalmente el teléfono de Rostov sonó a la una de la madrugada. Saltó sobresaltado y cogió el auricular. Luego esperó un momento, hasta recuperarse y habló.

—¿Sí?

La voz de Hassan llegó a través de quinientos kilómetros de cables telefónicos.

—Lo logré. Estuvo aquí hace dos días.

Rostov apretó un puño con refrenada excitación.

—Bien.

—¿Qué hago ahora?

—Él sabe que nosotros sabemos —reflexionó David Rostov.

—Sí. ¿Debo volver a la base?

—Me parece que no. ¿El profesor dijo cuánto tiempo piensa estar en Inglaterra nuestro hombre?

—No. Le hice directamente la pregunta. Y no lo sabía, porque no le dijo nada al respecto.

—Naturalmente, cómo iba a decírselo. —Rostov trató de pensar—. Lo primero que hará nuestro hombre es informar de que ha sido descubierto. Eso significa que se pondrá en contacto con su oficina en Londres.

—Quizá ya lo haya hecho.

—Sí, pero quizá quiera tener una reunión. Este tipo toma muchas precauciones, y trabajar así lleva su tiempo. Está bien, déjalo de mi cuenta. Estaré en Londres a última hora de hoy. ¿Tú donde estás?

—Aún estoy en Oxford. Vine directamente aquí desde el aeropuerto. No puedo volver a Londres hasta mañana por la mañana.

—Está bien. Hospédate en el Hilton y te veré allí alrededor del mediodía.

—De acuerdo. *À bientôt.*

—Espera.

—¿Sí?

—No hagas nada por propia iniciativa. Quiero que esperes hasta que llegue yo. Lo has hecho muy bien, no lo estropees.

Hassan colgó.

Rostov tenía dudas sobre si Hassan estaba planeando alguna estupidez, aunque quizá le había colgado porque le había molestado que se le dijera que se portara bien. Decidió que debía de ser esto último. De cualquier modo, no podía hacer daño alguno durante las próximas veinticuatro horas.

Volvió a pensar en Dickstein. No les daría una segunda oportunidad de ir tras él. Rostov tenía que hacer un movimiento rápido, debía hacerlo ya. Se puso la chaqueta, dejó el hotel y cogió un taxi para ir a la embajada rusa.

Tuvo que esperar un poco e identificarse ante cuatro personas distintas para que le permitieran entrar en plena noche. El operador de guardia se puso en posición de firmes cuando Rostov entró en el cuarto de comunicaciones:

—Siéntese; hay trabajo por hacer. Primero póngame con la oficina de Londres —ordenó Rostov.

El operador tomó el criptógrafo y llamó a la embajada rusa en Londres. Rostov se sacó la chaqueta y se arremangó la camisa.

—El camarada coronel David Rostov hablará con el funcionario de mayor jerarquía de su oficina —dijo el operador. Le hizo señas a Rostov para que hablara por la extensión.

—Coronel Petrov. —Era la voz de un soldado maduro.

—Petrov, necesito cierta ayuda —dijo Rostov sin preámbulos—. Un agente israelí, Nat Dickstein, parece haber estado en Inglaterra.

—Sí, recibimos su fotografía por valija diplomática, pero no se nos ha notificado que estuviera aquí.

—Escuche. Creo que es posible que se ponga en contacto con su embajada. Deseo que ponga bajo vigilancia a todos los funcionarios israelíes conocidos de Londres desde las primeras horas de hoy.

—Un momento, Rostov —dijo Petrov casi riendo—. Eso requiere a muchos hombres.

—No sea idiota. Ustedes tienen cientos de hombres, los israelíes sólo son veinte personas en ese país.

—Lo lamento, Rostov, pero no puedo montar un operativo semejante sólo porque usted lo diga.

Rostov hubiera querido ahorcarlo.

—¡Esto es urgente!

—Permítame disponer de la documentación adecuada, y estaré a su disposición.

—¡Para entonces Dickstein ya estará en otro lugar!

—Lo siento, camarada.

Rostov colgó con furia.

—Malditos rusos, nunca hacen nada sin tener una autorización por sextuplicado. Póngame con Moscú, dígales que busquen a Félix Vorontsov, quiero hablar con él dondequiera que esté.

El operador obedeció. Rostov tamborileaba con impaciencia sobre el escritorio. Petrov era probablemente un viejo soldado a punto de jubilarse, sin ninguna otra ambición que su pensión. Había demasiada cantidad de hombres así en el KGB.

Poco después escuchó la voz somnolienta de Félix al otro lado de la línea.

—Sí. ¿Quién habla?

—David Rostov. Estoy en Luxemburgo. Necesito refuerzos. Creo que el Pirata está a punto de ponerse en contacto con la embajada israelí en Londres y necesito que sus funcionarios sean vigilados.

—Comuníquese con Londres.

—Ya lo hice. Quieren una autorización.

—Entonces solicítela.

—¡Por Dios, Félix, es lo que estoy haciendo!

—No puedo hacer nada a esta hora de la noche. Llámeme por la mañana.

—Pero ¿qué dice? Claro que puede... —Rostov se interrumpió y haciendo un gran esfuerzo trató de dominarse—. Está bien, Félix, por la mañana.

—Adiós.

—Félix...

—¿Sí?

—Recordaré esto.

Ya se había cortado la comunicación.

—¿Qué hacemos ahora? —preguntó el operador.

Rostov frunció el entrecejo.

—Mantenga abierta la línea con Moscú. Déme un minuto para pensar.

Era de esperar que no conseguiría ayuda de Félix. El viejo idiota quería que fracasara en su misión para probar que él, Félix, tendría que haber estado al frente de esa misión. Incluso, era posible que se hubiera puesto en contacto con Petrov y que le hubiera recomendado de forma no oficial que no cooperara con él desde su oficina en Londres.

Sólo le quedaba una cosa por hacer a Rostov. Era algo peligroso que podía suponerle que le retiraran de esa misión. Posiblemente Félix estaba esperando que lo hiciera. Pero no podía quejarse, las cosas con su jefe habían llegado a ese extremo porque él así lo había querido.

Pensó muy bien cómo debía actuar y luego dijo:

—Diga en Moscú que me pongan en contacto con Yuri Andrópov, en el apartamento veintiséis del Kutuzov Prospekt. —El operador alzó las cejas... era probablemente la primera y última vez que recibiría la orden de comunicar con el jefe supremo del KGB. Pero no dijo nada. Rostov aguardó, inquieto—. Apuesto a que esto no es como trabajar para la CIA —murmuró.

El operador le dio la señal, y él levantó el teléfono. Una voz sonó al otro lado.

—¿Sí?

Rostov levantó la voz y espetó:

—¡Su nombre y su jerarquía!

—Mayor Pyotr Eduardovitch Scherbitski.

—Habla el coronel Rostov. Quiero hablar con Andrópov. Es una emergencia. Si él no está al teléfono en dos minutos, se pasará usted el resto de su vida levantando diques en Bratsk, ¿está claro?

—Sí, coronel. Por favor, no cuelgue.

Un poco más tarde, Rostov oía la voz profunda y pausada de Yuri Andrópov, uno de los hombres más poderosos del mundo.

—Evidentemente se las ingenió para aterrorizar al joven Eduardovitch, David.

—No tenía otra alternativa, señor.

—Perfecto, veamos. Será mejor que su llamada esté justificada.

—El Mosad está tratando de conseguir uranio.

—Bien, bien.

—Creo que el Pirata está en Inglaterra y que pretende ponerse en contacto con su embajada. Quiero vigilancia sobre los funcionarios israelíes que se hallan en Londres, pero un viejo estúpido llamado Petrov se ha negado a cooperar.

—Hablaré con él ahora mismo, antes de acostarme.

—Gracias, señor.

—Ah, ¿David?

—¿Sí?

—Estaba justificado que me despertaran... pero poco.

Se oyó un CLIC indicador de que Andrópov había cortado. Rostov rió a medida que aflojaba la tensión, y pensó: Hagan lo que hagan Dickstein, Hassan o Félix, puedo con todos ellos.

—¿Tuvo éxito? —preguntó el operador con una sonrisa.

—Sí —dijo Rostov—. Nuestro sistema es ineficaz, pesado y corrupto, pero al final nos salimos con la nuestra.

8

Dickstein tuvo que hacer un gran esfuerzo para dejar a Suza por la mañana y volver al trabajo.

Todavía estaba... bueno, algo mareado... a las once de la mañana, sentado ante la ventana de un restaurante de la Fulham Road esperando que Pierre Borg apareciera. Había dejado un mensaje para él en la oficina de informaciones de Heathrow para que fuera al café situado frente al que él estaba sentado ahora. Pensaba que era posible que estuviera un poco aturdido durante tiempo, quizá para siempre.

Se había despertado a las seis de la mañana, y había pasado por un momento de pánico no sabiendo dónde estaba. Luego vio la larga mano tostada de Suza sobre la almohada junto a su cabeza, la vio a ella acurrucada como un pequeño animal, dormida, y rescató los recuerdos de la noche; casi le parecía increíble tenerla a su lado. Pensó que no debía despertarla, pero no pudo resistirse a acariciarla. Al sentir la mano de Dickstein, la joven abrió los ojos, e hicieron el amor sonriéndose, riendo a veces, mirándose a los ojos en el momento del clímax. Luego anduvieron dando vueltas por la cocina, a medio vestir, preparando café y quemando las tostadas.

Dickstein hubiera querido quedarse allí, con ella, para siempre.

Suza había descubierto con horror su camiseta.

—¿Qué es esto? —gritó.

—Mi camiseta.

—¿Camiseta? Te prohíbo que uses camisetas. Son anticuadas y antihigiénicas. Además, no son nada *sexies*.

La expresión de su cara era tan lasciva que él se echó a reír.

—Está bien, no volveré a usarlas.

—¡Bien! —Ella abrió la ventana y tiró la camiseta a la calle. Él volvió a reírse.

—Pero tú no debes usar pantalones —dijo él.

—¿Por qué no? Todos mis pantalones llevan cremallera.

—No sirve —dijo él—. Me impiden maniobrar con facilidad.

Así siguieron. Actuaban como si acabaran de inventar el sexo.

Las risas se interrumpieron cuando ella le miró las cicatrices y le preguntó cómo se las había hecho.

—Hemos tenido tres guerras desde que fui a Israel —dijo él. Era la verdad, pero no toda la verdad.

—¿Qué te hizo ir a Israel?

—La seguridad.

—Pero estando allí no estás seguro.

—Es un tipo diferente de seguridad —dijo, tratando de zanjar el tema en un principio. Pero luego pensó que ella debía saberlo todo sobre él—. Tenía que haber un lugar donde nadie pudiera decir: «Tú eres diferente; no eres un ser humano, eres un judío», donde nadie pudiera romper las ventanas de mi casa o experimentar con mi cuerpo sólo porque soy judío. ¿Entiendes? —Suza lo escuchaba con atención y cariño. Sabía que a él le era difícil decirle toda la verdad sin disfrazarla—. No me importaba que eligiéramos Palestina o Uganda o la isla de Manhattan, quería un lugar que fuera mío, un lugar por el que lucharía con uñas y dientes para conservarlo. Por eso nunca discuto los derechos morales del establecimiento de Israel. La justicia y el juego limpio no estaban en cuestión. Después de la guerra... bien, la sugerencia de que el concepto de juego limpio tenía algún papel en la política internacional me parecía una broma estúpida. No pretendo que ésta sea una actitud admirable, sólo te estoy diciendo cómo lo veo yo. En cualquier otro lugar que vivan los judíos, Nueva York, París, Toronto, por bueno que sea, por integrados que estén nunca saben cuánto tiempo seguirán allí, cuánto tardará en estallar una nueva crisis de la que oportunamente los culparán. En Israel yo sé que, pase lo que pase, no seré una víctima por *eso*. De modo que concluido ese problema, podemos seguir adelante y encarar las realidades que son parte de la vida de todo el mundo: plantar y cosechar, comprar y vender, luchar y morir. Creo que por eso me fui, creo... Quizá no lo vi todo con tanta claridad entonces. En efecto nunca lo expuse con estas palabras; pero de todos modos sentí de esa manera.

Pasado un momento, Suza dijo:

—Mi padre opina que Israel es hoy una sociedad racista.

—Eso es lo que dicen los jóvenes de hoy. Y lo repiten. Si...

Ella lo miraba a la espera de que continuara.

—...Si tú y yo tuviéramos un niño, se negarían a considerarlo judío y sería un ciudadano de segunda clase. Pero no creo que esa actitud dure siempre. En este momento los fanáticos religiosos son poderosos en el gobierno; es inevitable. El sionismo fue un movimiento religioso. A medida que la nación madure eso desaparecerá. Las leyes de la raza siempre son polémicas. Luchamos contra ellas y al final ganaremos.

Suza lo abrazó y apoyó la cabeza en su hombro. Se

quedaron en silencio. Dickstein sabía que a ella no le interesaba la política israelí; fue la mención de un hijo lo que la conmovió.

Sentado ante la ventana del restaurante, recordando, supo que querría a Suza toda su vida, y se preguntó qué haría si ella se negaba a ir a Israel con él. ¿Qué sacrificaría entonces: a Israel o a Suza? No lo sabía.

Miraba la calle. Era un junio lluvioso y bastante frío. Los familiares autobuses rojos y los taxis negros pasaban de un lado a otro, salpicando a los transeúntes al pasar por los charcos. Un país propio, una mujer propia; acaso podía llegar a tener ambas cosas.

Sería tener mucha suerte.

Un taxi paró en la puerta del café de enfrente, y Dickstein se puso tenso, se acercó más a la ventana y escrutó a través de la lluvia. Reconoció la corpulenta figura de Pierre Borg, con un corto impermeable oscuro y un sombrero para protegerse de la lluvia. No reconoció al segundo hombre, que bajó y pagó al conductor. Los dos entraron en el café. Dickstein miró a un lado y otro de la calle.

Un Mark II Jaguar gris había parado en una línea amarilla a pocos metros del café. Luego dobló, se metió en una calle lateral y aparcó en una esquina desde donde se veía el café. El pasajero se bajó y caminó hacia el establecimiento.

Dickstein dejó su mesa y fue a la cabina telefónica que había a la entrada del restaurante. Aún podía ver el café. Marcó el número sin perder de vista la acera de enfrente.

—¿Sí?

—Por favor, quisiera hablar con Bill.

—¿Bill? No lo conozco.

—¿Podría preguntar, por favor?

—Seguro. ¿Alguien se llama Bill aquí? —Hubo una pausa—. Sí, ahí viene.

Pasado un momento, Dickstein oyó la voz de Borg.

—¿Sí?

—¿Quién está contigo?

—El jefe de la central de Londres. ¿Crees que podemos confiar en él?

Dickstein pasó por alto el sarcasmo.

—Dos hombres en un Jaguar gris os están siguiendo.

—Ya los hemos visto.

—Piérdelos.

—Bien. Tú conoces esta ciudad, ¿qué nos recomiendas que hagamos?

—Dile al jefe de la central que vuelva a la embajada en un taxi. Eso despistará a los del Jaguar. Espera diez minutos, luego coge un taxi y ve a... —vaciló, tratando de pensar en una calle tranquila que no estuviera demasiado lejos— a Redcliffe Street. Te encontraré allí.

—Perfecto.

Dickstein miró hacia el café de enfrente.

—El del Jaguar está entrando en el bar. —Y colgó.

Volvió a la ventana, se sentó y observó. El jefe de la central de Londres salió del café, abrió un paraguas y se quedó en la acera aguardando un taxi. El que los seguía había reconocido a Borg en el aeropuerto o estaba vigilando al jefe de la central por alguna otra razón. No tenía mucha importancia. Llegó un taxi. Cuando se fue, el Jaguar gris salió de la calle lateral y lo siguió. Dickstein dejó el restaurante y llamó a un taxi. Los taxistas hacen negocio con los espías, pensó.

Le dijo al chófer que lo llevara a Redcliffe Street y esperara. Pasados once minutos llegó otro taxi del que vio salir a Borg.

—Apague y encienda las luces —dijo Dickstein—. Ése es el hombre con quien debo encontrarme.

Borg vio las luces y agitó la mano en señal de reconocimiento. Mientras él pagaba, entró un tercer taxi y se detuvo. Borg lo advirtió. El hombre que llegó en el tercer taxi aguardó para ver qué sucedía. Borg se dio cuenta y se alejó de su taxi. Dickstein le dijo a su taxista que no hiciera más señas con las luces. Borg pasó de largo frente a ellos y el hombre que lo seguía bajó del taxi, pagó y fue detrás de Borg. Cuando el taxi en el que había llegado el perseguidor se hubo marchado, Borg dio media vuelta, se dirigió al taxi de Dickstein y se metió dentro. Éste dijo:

—Perfecto, sigamos.

Y partieron dejando al tipo allí. Era una calle tranquila, de modo que tardaría al menos cinco o diez minutos en encontrar otro taxi.

—Acelere —ordenó Borg al taxista.

—Tranquilo —dijo Dickstein.

—¿Qué es todo este lío? —quiso saber el conductor.

—No se preocupe —respondió Dickstein—, somos agentes secretos.

El conductor se echó a reír.

—¿Adónde vamos ahora, MI5?

—Al Museo de la Ciencia.

Dickstein se sentó cómodamente en su asiento.

—Bueno, Bill, viejo loco. ¿Cómo diablos te va? —preguntó a Borg con una sonrisa.

Éste le miró frunciendo el entrecejo.

—No entiendo por qué estás tan contento.

No dijeron nada más durante el resto del trayecto. Dickstein se dio cuenta de que no se había preparado lo suficiente para este encuentro. Tendría que haber pensando más detenidamente qué era lo que necesitaba de Borg y cómo iba a obtenerlo. Pensó: ¿Qué es lo que necesito? La respuesta le llegó del trasfondo de la mente y lo golpeó como un revés en el rostro. Quiero darle la bomba a Israel y luego irme a mi casa, se dijo.

Miró por la ventanilla. La lluvia resbalaba por los vidrios del coche. Se alegró de no poder hablar a causa de la presencia del chófer, de disfrutar del silencio. En la calle había tres hippies sin abrigo, empapados, con los brazos alzados y mirando al cielo, riendo bajo la lluvia. Si yo pudiera hacer eso, si yo pudiera concluir esta misión, podría descansar.

Este pensamiento le hizo sentirse increíblemente feliz. Miró a Borg y le sonrió. Su jefe se volvió hacia la ventanilla.

Llegaron al museo. Una vez dentro, se quedaron ante un dinosaurio reconstruido.

—Estoy pensando en retirarte de esta misión —dijo Borg.

Dickstein asintió. Intentó no alarmarse y pensar con rapidez. Hassan debía haber informado a El Cairo, y el hombre de Borg en la capital egipcia habría interceptado la información y hablado con Tel Aviv.

—Sé que me han descubierto —le dijo a Borg.

—Yo también lo sé; desde hace semanas. Si te mantuvieras en contacto con nosotros, todo sería más fácil.

—Si me mantuviera en contacto, me descubrirían antes.

Borg gruñó y siguió andando. Sacó un cigarro y Dickstein le dijo que no se podía fumar en el museo. Borg volvió a guardar el cigarro.

—No me preocupa que me hayan identificado, ha sucedido un montón de veces —dijo—. Lo que quiero saber es cuánto han averiguado sobre mi misión.

—Hassan, que te conoce desde hace años, fue quien informó sobre ti. Ahora está trabajando para los rusos.

—Pero ¿qué es lo que saben?

—Que has estado en Luxemburgo y en Francia.

—No es mucho.

—Efectivamente, porque yo también sé que has estado en Luxemburgo y en Francia, pero no tengo idea de qué hiciste allí.

—De modo que me dejarás seguir.

—Depende. ¿Qué has estado haciendo?

—Bueno.

Dickstein miró a Borg. Se había vuelto muy susceptible con los años. Ahora estaba nervioso, sin saber qué hacer con sus manos porque no podía fumar. Las luces brillantes de los tableros iluminaban su rostro preocupado. Dickstein necesitaba pensar muy cuidadosamente cuánto podía decirle a Borg, tenía que darle la impresión de que ya había avanzado mucho, pero no lo suficiente como para que Borg pensara que otro hombre podía ejecutar el plan de Dickstein...

—He localizado una partida de uranio que podemos robar —comenzó—; irá en barco desde Amberes a Génova en noviembre. Voy a secuestrar ese barco.

—¡Mierda! —Borg parecía encantado y temeroso a la vez de la audacia de la idea—. ¿Cómo diablos vas a impedir que algo así no se sepa inmediatamente en todo el mundo?

—Estoy trabajando en eso. —Dickstein decidió contar a Borg sólo un poquito más para que se entusiasmara—. Tengo que hacer una visita a Lloyd, aquí en Londres. Con un poco de suerte, nuestro barco será uno más de los muchos fabricados en serie. Si pudiera comprar un barco idéntico, podría hacer el cambio en algún lugar del Mediterráneo.

Borg se pasó la mano por el pelo cortado a cepillo.

—No lo veo muy claro...

—Todavía no he pensado bien en los detalles, pero estoy seguro de que ésta es la única manera de hacerlo.

—Entonces continúa en ello y redondea los detalles.

—Entonces ¿sigo adelante?

—Sí... —Borg movió la cabeza, dubitativo—. Si pongo a otro hombre experimentado en tu lugar, también puede ser descubierto.

—Y si pones un desconocido no tendrá la suficiente experiencia.

—Además, no estoy seguro de que haya otro agente que pueda llevar a cabo algo semejante, aparte de ti. Y algo más que tú no sabes.

—¿Qué? —dijo Dickstein.

—Recibimos información de Qattara. Ahora los rusos los están ayudando. Debemos darnos prisa, Dickstein. No puedo permitirme una demora, y el cambio de planes ocasiona demoras.

—¿Para noviembre estará bien?

Borg lo consideró «justo», dijo. Parecía llegar a una decisión:

—Está bien, te dejo en la función. Tendrás que realizar una acción evasiva.

Dickstein sonrió y palmeó la espalda de Borg.

—Eres un amigo, Pierre, no te preocupes. Trazaré círculos mágicos en torno a ellos.

Borg frunció el entrecejo.

—¿Se puede saber qué te pasa? Nunca te había visto sonreír tanto.

—Es el efecto que me produce verte. Tu rostro es como un tónico para mí, me contagias con tu alegría. Cuando tú sonríes, Pierre, el mundo entero sonríe contigo.

—Estás loco, bribón —dijo Borg.

Pierre Borg era vulgar, insensible, malicioso y aburrido, pero no era estúpido. Solían decir de él: «Posiblemente es un hijo de puta, pero es inteligente.» Borg supo que algo importante había cambiado en la vida de Dickstein. Pensó acerca de ello mientras caminaba de vuelta a la embajada israelí, que estaba en el número 2, de Palace Green, en Kensington. En los veinte años que habían pasado desde que se conocieron, Dickstein casi no había cambiado. Siempre había sido tranquilo y ensimismado; continuaba pareciendo un empleado de banco fuera de la oficina, y excepto por ocasionales destellos de un ingenio bastante cínico, era más bien hosco.

Hasta ese día.

Al principio se había mostrado como siempre: lacónico e incluso torpe. Pero después pareció sufrir una especie de metamorfosis y le había recordado al típico *cockney* parlanchín de una película de Hollywood.

Borg tenía que saber por qué.

Estaba dispuesto a tolerar ciertas cosas de sus agentes. Siempre que fueran eficientes, podían ser neuróticos, agresivos, sádicos o insubordinados. Podía ser permisivo para las faltas; pero no podía permitir que hubiera factores desconocidos. No tendría seguridad de su relación con Dickstein hasta que supiera cuál era la causa de un cambio tan significativo en su carácter. Eso era todo. No había objeción alguna en cuanto a que sus agentes tuvieran una alegre disposición de ánimo, pero quería saber qué la motivaba.

Ya estaba a pocos pasos de la embajada. Pondría a Dickstein bajo vigilancia. Lo había decidido. Para ello necesitaría dos coches y tres equipos de hombres trabajando en turnos de ocho horas. El jefe de la central de Londres se quejaría... Al diablo con él.

La necesidad de conocer el porqué del cambio en la disposición de ánimo de Dickstein era sólo una de las razones por las que Borg había decidido no separarlo de la misión. La otra razón era más importante: Dickstein ya tenía pensada gran parte del plan; posiblemente otro hombre no sería capaz de completarlo. Una vez que Dickstein redondeara el plan, entonces podría ser reemplazado por otro. Borg había decidido retirarlo del operativo en la primera oportunidad. Sabía que Dickstein se pondría furioso y se consideraría desplazado, pero... al diablo con él también.

Al mayor Tyrin no le gustaba Rostov. No le gustaba ninguno de sus superiores; desde su punto de vista había que ser una rata para lograr una promoción por encima del grado de mayor en el KGB. Pese a todo, tenía una suerte de afecto supersticioso por su inteligente y voluntarioso jefe. Tyrin era particularmente hábil, sobre todo en el campo de la electrónica, pero no sabía tratar a la gente. Había alcanzado el grado de mayor sólo porque estaba en el equipo de Rostov, que siempre había concluido con éxito sus misiones.

«Abba Allon. Salida Night Street. ¿Cincuenta y dos? ¿Nueve? ¿Dónde se encuentra usted Cincuenta y dos?»

«Cincuenta y dos. Estamos cerca. Lo cogeremos. ¿Qué aspecto tiene?»

«Impermeable y sombrero verde. Lleva bigote.»

A Rostov era mejor tenerlo como amigo que como enemigo. El coronel Petrov de Londres acababa de descubrirlo. No había colaborado con Rostov, y había sido sorprendido por una llamada en mitad de la noche proveniente del director del KGB, el propio Yuri Andrópov. La gente en la embajada de Londres dijo que Petrov parecía un fantasma cuando colgó. Desde entonces Rostov podía conseguir lo que quisiera; si estornudaba cinco agentes se precipitaban a comprarle pañuelos.

«Perfecto, aquí Ruth Davisson, y se dirige al... norte... Diecinueve, podemos cogerla...»

«Descanse, Diecinueve. Falsa alarma. Es una secretaria que se le parece.»

Rostov contaba ahora con los mejores hombres de Petrov y la mayoría de sus coches. El área en torno a la embajada israelí en Londres estaba plagada de agentes. Alguien había dicho: «Hay más rojos aquí que en la clínica del Kremlin.» Pero era difícil distinguirlos. Estaban en automóviles, camiones, coches pequeños y en un vehículo muy parecido a un autocar de la policía.

Había otros en los edificios públicos y otros caminando por las calles o por los senderos del parque. Incluso, había uno dentro de la embajada, preguntando en un inglés espantoso qué trámites debía seguir para emigrar a Israel.

La embajada era ideal para este tipo de ejercicio. Estaba en un pequeño gueto diplomático al borde del Kensington Garden. Había tantas casas hermosas pertenecientes a legaciones extranjeras que el lugar era conocido como la Embassy Row (el paseo de las embajadas). La embajada soviética también estaba cerca del Kensington Palace Garden. Esas calles formaban un circuito privado y había que decirle a un policía qué se iba a hacer antes de poder entrar ahí.

«Diecinueve, esta vez es Ruth Davisson... Diecinueve, ¿me escucha?»

«Diecinueve, sí le he escuchado.»

«¿Se encuentra usted todavía en el lado norte?»

«Sí. Y sabemos cómo es.»

Ninguno de los agentes estaba a la vista de la embajada israelí. Sólo un miembro del equipo podía ver la puerta: Rostov, que estaba a ochocientos metros de distancia, en el piso veinte de un hotel, mirando a través de un poderoso telescopio Zeiss montado sobre un trípode. Varios edificios altos en el West End de Londres tenían buenas vistas sobre el parque y la Embassy Row. Por supuesto, las suites de algunos hoteles tenían precios desorbitados a causa de los rumores de que desde ellas se podían ver los fondos, en el palacio vecino de la princesa Margarita, por los cuales el lugar se llamaba Palace Green y Kensington Palace Garden.

Rostov estaba en una de esas suites, y tenía un radiotransmisor y un telescopio. Cada uno de los integrantes del equipo que andaba por las calles tenía un *walkie-talkie*. Petrov hablaba a sus hombres en ruso, usando palabras codificadas destinadas a confundir, y la frecuencia de onda en la que transmitía y en la que sus hombres le respondían cambiaba automáticamente cada cinco minutos, conforme un ordenador programado en todos los equipos. El sistema estaba funcionando muy bien, pensó Tyrin —él lo había inventado—. Sólo había un problema: cada equis tiempo perdían la comunicación y todos los hombres del equipo tenían que escuchar durante cinco minutos la BBC.

«Ocho, cámbiese al lado norte.»

«Comprendido.»

Si los israelíes hubieran estado en Belgravia, el emplazamiento de las embajadas mayores, el trabajo de Rostov hubiera sido más difícil. Casi no había negocios, cafés ni oficinas públicas en Belgravia. Ningún lugar donde los agentes pudieran esconderse, y dado que todo el distrito era tranquilo, opulento y estaba atestado de embajadores, era fácil para la policía mantenerse alerta con respecto a las actividades sospechosas. Cualquiera de las habituales tácticas de vigilancia —camioneta de la compañía de teléfonos, cuadrilla callejera con carpa a rayas— hubiera atraído la atención de las autoridades de inmediato. Afortunadamente, el área en torno al pequeño oasis de la Embassy Row era Kensington, un sector lleno de comercios importantes, donde también había varios *colleges* y cuatro museos.

Tyrin se encontraba en un pub de Kensington Church Street. Los hombres del KGB que trabajaban en Londres le habían dicho que el pub era frecuentado por detectives de la Rama Especial, que era el eufemismo para policía política del Scotland Yard. Los cuatro jóvenes, con trajes oscuros, que bebían whisky en el bar debían de ser detectives. No conocían a Tyrin y de haberlo conocido no se hubieran interesado mucho por él. Si Tyrin se hubiera acercado a ellos y les hubiera dicho «El KGB está vigilando a todos los funcionarios israelíes de Londres en este momento», probablemente le hubieran contestado: «¿Y qué?», y hubieran pedido otra ronda.

No obstante, Tyrin sabía que era un hombre que pasaba inadvertido. Era bajo y bastante tosco, tenía una nariz enorme y la cara surcada de vasos sanguíneos, propia de un bebedor. Llevaba un impermeable gris encima de un suéter verde y la lluvia había desdibujado la última señal de raya en su pantalón de franela negra. Estaba sentado en un rincón con un vaso de cerveza inglesa y una bolsa de patatas fritas. La radio que llevaba en el bolsillo de la camisa estaba conectada por un fino clable al audífono que llevaba en el oído izquierdo, pero nadie podía verlo, porque justo a la izquierda había una pared y él podía hablar con Rostov aparentando que buscaba algo en el bolsillo interior del impermeable si volvía la cara hacia la pared y hablaba por el micrófono que tenía la radio en la parte superior.

Mientras observaba a los detectives que bebían whisky, pensó que la Rama Especial debía de tener mejores viáticos que su equivalente ruso; él podía tomar un vaso de cerveza por hora, pero tenía que costearse las patatas fritas.

«Trece, dos hombres han subido a un Volvo verde, High Street.»

«Comprendido.»

«Uno va a pie... Creo que es Yigael Meier... ¿Veinte?»

Tyrin era Veinte. Movió su cabeza hacia su hombro y dijo:

—Sí. Descríbamelo.

«Alto, pelo canoso, paraguas, chaqueta con cinturón, puerta de High Street.»

—Estoy en camino. —Vació su vaso y salió del pub.

Estaba lloviendo. Tyrin sacó un paraguas plegable del bolsillo de su impermeable y lo abrió. Las calles mojadas estaban llenas de gente comprando. Ante las luces del semáforo distinguió el Volvo verde y, tres coches más atrás, vio al agente Trece en un Austin.

«Otro coche. Cinco, éste es suyo. Volkswagen azul.»

«Comprendido.»

Tyrin llegó al Palace Gate, miró por Palace Avenue. Un hombre que respondía a la descripción pasó junto a él. Cuando Tyrin calculó que el hombre había tenido tiempo de llegar a la calle, se quedó parado en el bordillo de la acera como si fuera a cruzar y miró a un lado y a otro de la calle. El hombre salió por Palace Avenue y dobló hacia el oeste, alejándose de Tyrin. Éste lo siguió.

Por High Street la persecución se hacía más fácil pues lo arropaba la multitud. Luego se dirigió hacia el sur por una red de calles laterales, y Tyrin se puso algo nervioso. No obstante, el israelí no parecía haberse dado cuenta de que lo seguían y continuaba caminando bajo la lluvia. Era alto e iba algo encorvado bajo el paraguas.

No fue lejos. Entró en un pequeño hotel moderno, cerca de Cromwell Road. Tyrin pasó ante la entrada y miró hacia la puerta de vidrio. Vio que el hombre había entrado en la cabina telefónica de la recepción. Algo más adelante Tyrin pasó ante el Volvo verde, y pensó que el israelí y sus colegas del Volvo verde estaban vigilando el hotel.

Cruzó la calle y volvió por la otra acera, por si acaso el hombre volvía a salir. Buscó el Volkswagen azul y no lo vio, pero estaba seguro de que se encontraba cerca.

Habló por el micro de la radio:

—Aquí Veinte. Meier y el Volvo verde han marcado el Jacobean Hotel.

«Confirmado, Veinte. Cinco y Trece cubren los coches israelíes.»

«¿Dónde está Meier?»

—En la recepción. —Tyrin miró a un lado y otro de la calle y vio el Austin que venía siguiendo al Volvo verde.

«No lo abandone.»

—Comprendido.

Ahora tenía que tomar una decisión difícil. Si entraba en el hotel por la puerta principal, Meier podía descubrirlo, y si trataba de encontrar la entrada posterior, el tipo podía irse mientras tanto.

No obstante decidió buscar la puerta de atrás. Estaba respaldado por dos coches que podían controlar a Meier. Junto al hotel había un angosto callejón para la descarga de camiones. Tyrin se encaminó hacia allí y llegó a la salida de emergencia que había a un lado del edificio. Entró por ella y se encontró ante una escalera de cemento, evidentemente construida para ser usada sólo en caso de incendio. Mientras subía por las escaleras cerró el paraguas, lo guardó en el bolsillo del impermeable y luego se lo quitó. Lo dobló y lo dejó en un rincón del primer tramo, donde podría recogerlo si necesitaba huir. Fue al segundo piso, entró en el ascensor y bajó a la recepción como si fuera un cliente más del hotel.

El israelí aún estaba en la cabina telefónica.

Tyrin fue hasta la puerta de vidrio de la entrada, miró hacia fuera, consultó su reloj de pulsera y volvió a la recepción donde se sentó como si estuviera esperando a alguien. No parecía estar en su día de suerte. El objetivo de todo el operativo era hallar a Nat Dickstein. Se sabía que él estaba en Inglaterra, y se esperaba que tuviera una reunión con uno de los funcionarios. Los rusos estaban siguiendo a todos los hombres acreditados en la embajada con el fin de averiguar si se realizaba la reunión y seguirle la pista a Dickstein. El equipo israelí que vigilaba ese hotel evidentemente no tenía nada que ver con esa reunión. Probablemente estaban siguiendo a alguien, y ese alguien seguramente no sería Dickstein, claro. Tyrin sólo esperaba sacar algo provechoso de la persecución de ese tipo para su misión.

Observó que el hombre salía de la cabina telefónica y se dirigía al bar. Se preguntó si desde el bar podría verse la recepción. Aparentemente no, porque el hombre volvió pocos minutos después con un vaso de bebida en la mano. Luego se sentó en el lado opuesto de Tyrin y cogió un diario.

El hombre no tuvo tiempo de concluir su bebida.

Zumbaron las puertas del ascensor al abrirse y salió Nat Dickstein.

Tyrin se quedó tan sorprendido que cometió el error de mirarle abiertamente durante unos segundos. Dickstein lo advirtió y le hizo una cortés inclinación de cabeza. Tyrin esbozó una sonrisa y miró su reloj. Se le ocurrió que mirarle había sido un error tan grave que Dickstein podría pensar que Tyrin no era un agente; sin embargo, no creyó mucho en esta hipótesis.

No hubo tiempo para la reflexión. Dickstein se dirigió con paso ligero al mostrador y dejó la llave de la habitación, luego salió a la calle. El israelí le siguió. Cuando la puerta de vidrio se cerró detrás de Meier, Tyrin se levantó pensando: Soy un agente siguiendo a un agente que sigue a un agente. Bueno, por lo menos nos mantenemos recíprocamente empleados.

Entró en el ascensor y apretó el botón del primer piso.

—Aquí Veinte. Tengo al Pirata.

No hubo respuesta. Las paredes del edificio estaban bloqueando su transmisión. Salió del ascensor en el primer piso y corrió escaleras abajo por la salida de incendios, sin olvidarse de coger el impermeable. Tan pronto como estuvo fuera, intentó una vez más comunicarse por radio.

—Aquí Veinte. Tengo al Pirata

«Perfecto, Veinte. Trece también lo tiene.»

Tyrin vio al agente israelí atravesando la Cromwell Road.

—Estoy siguiendo a Meier.

«Cinco y Veinte, escúchenme. No continúen. ¿Captaron? ¿Cinco?»

«Sí.»

«¿Veinte?»

—Comprendido.

Tyrin dejó de caminar y se quedó en la esquina observando a Meier y Dickstein desaparecer en dirección a Chelsea.

«Veinte, vuelva al hotel. Averigüe el número de su habitación. Tome un cuarto próximo al de él. Llámeme por teléfono en cuanto lo haya hecho.»

—Comprendido.

Tyrin obedeció, y mientras se dirigía al hotel fue pensando en lo que diría: «Perdóneme, el que acaba de salir, un hombre bajo con gafas, creo que lo conozco pero se metió en un taxi antes de que pudiera alcanzarlo... Su nombre es John, pero todos solíamos llamarlo Jack, ¿qué habitación...?» Pero no hizo falta decir nada parecido. La llave de Dickstein aún estaba sobre el mostrador y a Tyrin le bastó con memorizar el número.

—¿Qué desea? —preguntó el conserje.

—Una habitación, por favor.

Él la besó. Era como un hombre que hubiera estado sediento todo el día. Saboreó el olor de su piel y el suave movimiento de sus labios. Le tocó la cara y dijo:

—Esto es lo que necesito.

Se miraron a los ojos, y la verdad entre ellos apareció desnuda. Él pensó: Puedo hacer todo lo que quiera. Esta idea le fascinó. Tocó ansiosamente su cuerpo. La mantuvo frente a sí en la pequeña cocina azul y amarilla, mirándola a los ojos mientras descubría los secretos lugares de su cuerpo. Le acarició la cara, los hombros y los pechos, mientras con la otra mano recorría su espalda, sus nalgas... Luego, de pronto, deseó verle la cara, la tomó por los hombros y dijo:

—Quiero mirarte.

Los ojos de ella se llenaron de lágrimas, y él supo que no era señal de tristeza sino de un intenso placer. Al mirarse esta vez ambos se sintieron estrechamente unidos.

Dejaron el lugar donde se habían besado y entraron en la habitación. Hicieron el amor de pie. Él la miraba. Ella tenía una expresión plácida y mantenía los ojos semicerrados. Él se movió lentamente durante un largo rato, hasta que sintió que no podía demorar más el momento del clímax. Entonces la levantó un poco en vilo y la apoyó de espaldas contra la pared. Él sentía que estaba propulsado como la maquinaria de un reloj, y todo lo que ella hacía, cada gesto de su cara, perfeccionaba el mecanismo. En los ojos de ella distinguió algo muy parecido al miedo que se siente cuando se está próximo a experimentar algo desconocido, peligroso, y lo animó a que continuara, de manera que él supiera que el final se aproximaba. Le hundió las uñas en la espalda y él sintió la conmoción del cuerpo de ella al mismo tiempo que él alcanzaba la cima del placer.

—Nosotros seguimos a los israelíes y los israelíes siguen a Dickstein. Ahora sólo falta que Dickstein comience a seguirnos a nosotros —dijo Rostov dando grandes zancadas por el pasillo del hotel. Tyrin se apresuró a seguirlo; sus piernas cortas y regordetas casi tenían que correr para mantenerse a su altura.

—No he entendido por qué se nos ordenó abandonar la persecución justo cuando acabábamos de dar con él.

—Es obvio —dijo Rostov irritado. Luego se dijo

que la lealtad de Tyrin era valiosa, y decidió darle las explicaciones oportunas.

—Dickstein ha estado bajo vigilancia durante bastante tiempo en estas últimas semanas. Cada vez que nos ha descubierto nos ha despistado. Ahora bien, un cierto grado de vigilancia es inevitable para alguien que ha participado en este juego durante tanto tiempo como él. Pero en una operación como ésta, si se siente muy vigilado, es probable que abandone lo que está haciendo y pasen la misión a otro, y podríamos no saber a quién. A menudo la información que obtenemos vigilando a alguien es cancelada porque descubren que lo estamos siguiendo y por lo tanto saben que hemos obtenido la información en cuestión. Abandonando la vigilancia como hemos hecho hoy, sabemos dónde está, pero él no sabe que nosotros lo sabemos.

—Comprendo —dijo Tyrin.

—Pronto descubrirá a esos israelíes.

—¿Por qué cree que están siguiéndolo?

—No lo sé. —Rostov frunció el entrecejo—. Puede que Dickstein se encontrara con Borg esta mañana, lo cual explicaría que éste se deshiciera del agente que lo seguía con la maniobra del taxi. Es posible que Borg haya retirado a Dickstein de esta misión y que ahora simplemente esté comprobando que no trata de moverse de forma no oficial. —Sacudió la cabeza con un gesto de frustración—. No estoy muy seguro. Pero parece que Borg no confía en Dickstein, algo que me resulta increíble. Bueno, atención, cuidado ahora.

Estaban ante la puerta de la habitación del hotel de Dickstein. Tyrin sacó una pequeña linterna y con el haz de luz recorrió los bordes de la puerta.

—Ningún dispositivo —dijo.

Rostov asintió y esperó mientras Tyrin trabajaba. Era el mejor técnico general del KGB. Rostov lo observó mientras Tyrin sacaba del bolsillo una llave maestra. Antes había probado en la puerta de su propia habitación qué llave servía para abrir las cerraduras del Jacobean Hotel. Abrió despacio la puerta del cuarto de Dickstein.

—No hay trampas cazabobos —dijo pasado un minuto.

Entró y Rostov le siguió, cerrando la puerta tras él. Esta parte del juego no le gustaba mucho a Rostov, él prefería observar, especular, urdir: la ratería no era su estilo. Se sentía expuesto y vulnerable. Si en ese momento llegara una empleada, o el gerente del hotel, o incluso Dickstein tras haber despistado al agente de recepción, se sentiría tan humillado.

—Apresurémonos —dijo.

El cuarto tenía la distribución acostumbrada. La puerta se abría a un pequeño corredor, con el baño a un lado y un armario empotrado en el lado opuesto. El dormitorio era cuadrado, con una cama individual y un aparato de televisión. Había una gran ventana en la pared opuesta a la de la puerta.

Tyrin cogió el teléfono y comenzó a desatornillar la pieza del micrófono. Rostov permanecía a los pies de la cama, mirando alrededor, tratando de hacerse una idea sobre el hombre que estaba viviendo en esa habitación. No había muchos objetos personales. Habían limpiado la habitación y hecho la cama. Sobre la mesita de noche vio un libro con problemas de ajedrez y un diario de la tarde. No había señales de tabaco ni de bebida alcohólica. La papelera estaba vacía. Vio una pequeña maleta sobre una banqueta, en el interior sólo encontró una muda de ropa interior y una camisa limpia. Rostov murmuró:

—Viaja prácticamente con lo puesto.

Los cajones de la cómoda estaban vacíos. Miró en el baño. Había un cepillo de dientes, una máquina de afeitar recargable con diferentes botones para las distintas

237

potencias, y —el único toque personal— una caja de pastillas para la digestión.

Rostov volvió al dormitorio; Tyrin estaba recomponiendo el teléfono.

—Ya está.

—Coloca un micrófono detrás de la cabecera de la cama —dijo Rostov.

Tyrin estaba clavando un micrófono a la pared, detrás de la puerta, cuando sonó el teléfono. La consigna con el agente que se hallaba en la recepción era que si Dickstein regresaba debía de llamar desde el teléfono del hotel a la habitación, dejarlo sonar dos veces y luego colgar.

Sonó por segunda vez. Rostov y Tyrin permanecieron inmóviles, en silencio, aguardando.

Volvió a sonar.

Se relajaron.

Dejó de sonar después del séptimo timbrazo.

—Si Dickstein tuviera un coche podríamos colocarle algunos micrófonos. Es una lástima.

—Tengo uno de botón de camisa.

—¿Qué?

—Sí, un grabador que tiene la forma de un botón.

—No sabía que existieran esas cosas.

—Es nuevo.

—¿Tienes aguja e hilo?

—Por supuesto.

Tyrin fue a la maleta de Dickstein y sin sacar la camisa le arracó el segundo botón, quitándole cuidadosamente los restos de hilo. Con unas rápidas puntadas le cosió el nuevo botón. Sus manos regordetas eran sorprendentemente diestras.

Rostov lo observaba, pero sus pensamientos estaban en otra parte. ¿Qué más podía hacer para asegurarse de que escucharía todo lo que Dickstein dijera? El israelí podría hallar los micrófonos en el teléfono y detrás de la cabecera de la cama, y no iba a usar la misma camisa siempre. A Rostov le gustaba estar seguro de las cosas y Dickstein era muy escurridizo. No había prácticamente lugar donde se le pudiera acorralar. Rostov había tenido la vaga esperanza de que en algún lugar de la habitación hubiera una fotografía de alguien a quien Dickstein amara.

—Ya está. —Tyrin mostró su labor. La camisa era de nailon blanco con los botones más comunes. El nuevo era igual a los demás.

—Bien, cierra el maletín.

Tyrin obedeció.

—¿Algo más?

—Echa otra mirada en busca de dispositivos. No puedo creer que Dickstein saliera sin tomar absolutamente ninguna precaución. —Volvieron a revisar, rápida y silenciosamente, con movimientos diestros.

Había cientos de modelos de micrófonos y muchos tipos de dispositivos que podían detectar visitas no deseadas. Un pelo colocado en la abertura de la puerta era lo más simple; un trozo de papel apelotonado contra la parte de atrás de un cajón que se caía de ser abierto; un terrón de azúcar debajo de la alfrombra que se rompería en cuanto alguien pisara; una moneda colocada en el forro de una maleta que se deslizaría en cuanto se la abriera...

No hallaron nada.

—Todos los israelíes son paranoicos —dijo Rostov—. ¿Por qué él habría de ser diferente?

—Quizá lo hayan llamado apresuradamente.

—¿Por qué otra causa podría volverse descuidado de repente?

—Podría haberse enamorado —sugirió Tyrin.

Rostov se echó a reír.

—Seguro, y Stalin podría haber sido canonizado por el Vaticano. Salgamos de aquí.

Salió y Tyrin lo siguió, cerrando suavemente la puerta al salir.

De modo que era una mujer.

Pierre Borg estaba sorprendido, azorado, intrigado y profundamente preocupado.

Dickstein nunca había ido con mujeres.

Se sentó en un banco del parque, debajo de una sombrilla. En la embajada no había podido pensar tranquilo, los teléfonos sonaban y la gente le hacía preguntas, por eso había ido al parque pese al mal tiempo. Caía una cortina de lluvia y el lugar estaba vacío. La lluvia apagaba su cigarro cada dos por tres y tenía que volver a encenderlo.

Era la tensión lo que hacía que Dickstein fuera su mejor agente. Lo último que Borg hubiera deseado para él era que aprendiera a relajarse.

Los detectives de a pie habían seguido a Dickstein hasta un pequeño apartamento en Chelsea, donde se había encontrado con una mujer. «Es una relación sexual, había dicho uno de ellos, yo oí el orgasmo.» Habían entrevistado al portero del edificio, pero no sabía nada sobre la muchacha, excepto que se trataba de una íntima amiga de los dueños del apartamento.

La conclusión obvia era que Dickstein era el dueño del apartamento y había sobornado al portero para que mintiera. Se encontraban en aquel lugar, ella debía trabajar para los árabes y habría seducido a Dickstein y hecho el amor con él para sonsacarle información.

Borg podría haber creído que así era de haber conocido a la mujer. Por otro lado, si Dickstein se hubiera convertido en un traidor, no hubiera permitido que Borg sospechara, era demasiado inteligente. Habría tapado las huellas, no habría conducido a los sabuesos directamente al apartamento sin mirar una vez por encima del hombro. Su conducta tenía la marca de la inocencia. Se había encontrado con Borg como un gato que acaba de comerse el pescado, sin saber o sin importarle que su satisfacción se reflejará en su rostro. Cuando Borg le preguntó qué le pasaba, Dickstein bromeó. Borg tenía que mantenerlo bajo vigilancia. Horas más tarde, Dickstein estaba haciendo el amor con una muchacha. Todo el asunto era tan ingenuo que no tenía más remedio que ser verdad.

Perfecto, entonces. Una mujer había conseguido desarmar a Dickstein y seducirlo. Él se estaba comportando como un adolescente, porque nunca lo había sido. La pregunta importante era: ¿quién era esa mujer?

Los rusos también tenían archivos y debían de haber dado por sentado que Dickstein era invulnerable a las mujeres, pero quizá habían considerado que valía la pena probarlo. Y quizá habían acertado.

Una vez más su intuición le decía que debía retirar inmediatamente a Dickstein. Y una vez más vacilaba. Si se hubiera tratado de otro proyecto cualquier otro agente hubiera podido llevarlo a cabo, pero Dickstein era el único hombre que podía realizar esa misión. Borg no tenía más opción que esperar a que Dickstein llegara a redondear totalmente su plan, sólo entonces podría retirarlo.

Haría que la central de Londres investigara a la mujer y descubriera todo lo que pudiera acerca de ella. Mientras tanto no tenía más remedio que confiar en que, si era una agente, Dickstein habría tenido el buen tino de no revelarle nada. Estaba pasando un momento difícil, pero Borg no podía hacer nada al respecto.

Se le terminó el cigarro, sin que se diera cuenta. El parque estaba completamente desierto ahora. Borg permaneció sentado en el banco, con el paraguas abierto sobre la cabeza, inmóvil como una estatua y realmente preocupado.

El juego había terminado, se dijo Dickstein. Debía volver al trabajo.

Al entrar en el hotel a las diez de la mañana se dio cuenta de que no había dejado marcas que indicaran si alguien había entrado en su habitación. Por primera vez en veinte años de su vida de agente se había olvidado de tomar las precauciones más elementales. Permaneció en el vano de la puerta mirando alrededor, pensando en el tremendo efecto que Suza producía en él. Dejarla para volver al trabajo le costaba un gran esfuerzo. Tenía que dejar que los viejos hábitos, los viejos instintos, la vieja paranoia se apoderaran de él poco a poco, pues estando con Suza se olvidaba por completo de todo.

Fue al baño y dejó correr el agua. Ahora podría concentrarse de nuevo en la misión, porque Suza debía volver a su trabajo. Volaba en la BOAC y le tocaba dar la vuelta al mundo. Esperaba estar en Londres dentro de veintiún días, pero podía ser más. Él no tenía idea de dónde podía estar dentro de tres semanas; lo cual significaba que no sabía cuándo volvería a verla. Pero si estaba vivo la volvería a ver.

En ese momento, todo le parecía diferente, el pasado y el futuro. Los últimos veinte años de su vida le parecían vacíos: había matado a gente, habían tratado de matarlo a él en los lugares más recónditos del mundo; se había escondido, había engañado a gente y había salido ileso de lugares realmente peligrosos... Todo eso le parecía trivial.

Sentado en la bañera se preguntaba qué haría con el resto de su vida. Había decidido que dejaría de ser espía, pero ¿qué sería? Parecía que todas las posibilidades estaban abiertas ante él. Podía intentar ser elegido en el Knesset, o hacerse un hombre de negocios, o simplemente permanecer en el *kibbutz* y hacer el mejor vino de Israel. ¿Se casaría con Suza? Y si lo hacía, ¿vivirían en Israel?

Esta incertidumbre le parecía que era tan deliciosa como pensar en qué regalos recibiría para su cumpleaños.

Si vivo, pensó. De pronto había algo más en juego. Tenía miedo de morir. Hasta ese momento la muerte había sido algo que se debía evitar sólo por razones de trabajo, porque su muerte podía significar un duro golpe para la seguridad de su país. Ahora quería vivir: volver a dormir con Suza, construir una casa con ella, conocer todo de ella, su carácter, sus costumbres y sus secretos, los libros que le gustaban y lo que pensaba sobre Beethoven y saber si roncaba. Sería terrible perder su vida tan pronto, después de haberla ganado.

Salió de la bañera, se secó con una toalla y se vistió. La forma de seguir viviendo era ganar esta batalla.

Su siguiente movimiento fue una llamada telefónica. Pensó hacerla desde el teléfono de la habitación, pero decidió volver a ser extremadamente cuidadoso y salió a buscar una cabina.

El tiempo había cambiado. El día anterior había llovido a cántaros pero ahora brillaba el sol y el ambiente era cálido. Pasó ante la cabina telefónica más próxima al hotel y siguió hasta la siguiente: estaba siendo más que cuidadoso. Buscó en la guía el número del Lloyd's de Londres y marcó.

—Lloyd's, buenos días.

—Necesito información sobre un barco.

—Tiene que hablar con Lloyd's of London Press. Le paso.

Mientras aguardaba observó el tránsito de Londres, y se preguntó si Lloyd's podría darle todos los datos que necesitaba. Esperaba que así fuera, pues no se le ocurría a qué otro lugar acudir para obtener esa información sobre el barco.

—Lloyd's of London Press.

—Buenos días, quisiera cierta información sobre un barco.

—¿De qué se trata? —Dickstein detectó un dejo de suspicacia en la voz.

—Quisiera saber si fue construido en serie; y de ser así, los nombres de los barcos que se construyeron al mismo tiempo, a quiénes pertenecen y dónde se encuentran actualmente. Además, si es posible, me interesaría ver los planos.

—Me temo que no puedo ayudarle.

A Dickstein se le encogió el corazón.

—¿Por qué no?

—Nosotros no guardamos los planos, eso corresponde a Lloyd's Register, y sólo los dan a los dueños.

—¿Y la otra información que le he pedido?

—En eso tampoco puedo ayudarle.

Dickstein hubiera querido ahorcar a ese tipo.

—¿Entonces quién puede?

—Somos los únicos que tenemos esa información.

—¿Y la mantienen en secreto?

—No damos esos datos por teléfono.

—Espere un momento, ¿quiere decir que no puede darme lo que le pido por teléfono?

—Exactamente.

—¿Pero puede hacerlo si le escribo o voy personalmente?

—Mmm... Sí, la investigación no toma demasiado tiempo, de modo que podría hacerlo personalmente.

—Déme la dirección. —La escribió—. ¿Y usted podría buscar esos datos mientras yo espero?

—Sí, creo que sí.

—Perfecto, el nombre del barco es *Coparelli*, ¿sería tan amable de buscar esa información mientras yo voy hacia allí?

—¿Y su nombre?

—Ed Rogers.

—¿La compañía?

—*Science International*.

—¿Quiere usted que carguemos los gastos a nombre de la compañía?

—No, lo pagaré con un cheque personal.

—Siempre y cuando tenga alguna forma de identificación.

—Por supuesto. En una hora estaré allí. Adiós.

Dickstein colgó pensando: Gracias a Dios. Cruzó la calle y fue hasta un bar, donde pidió un café y un sándwich.

Había mentido a Borg; sabía exactamente cómo debía abordar el *Coparelli*. Compraría un barco de su misma serie y llevaría a su equipo al encuentro del *Coparelli*. Después de abordarlo, en lugar del azaroso trabajo de transferir el cargamento de un barco al otro lejos de la costa, hundiría su propio barco después de pintar en el casco el nombre de *Coparelli* y llevaría sus papeles al auténtico *Coparelli*. Luego zarparía en lo que parecería ser su propio barco hasta Haifa.

Era un buen plan, pero aún había mucho por hacer y decidir. ¿Qué haría con la tripulación del *Coparelli*? ¿Cómo sería explicada la aparente pérdida del barco? ¿Qué haría para evitar una investigación internacional acerca de la pérdida en el mar de toneladas de mena de uranio?

Cuanto más pensaba en ello, más complicado lo veía. Comenzaría una intensa búsqueda de todo barco de gran tamaño presumiblemente hundido. Con el uranio a bordo la investigación atraería a los medios de comunicación y en consecuencia se trataría de llegar hasta el fondo. ¿Y qué pasaría si determinaban que el barco hudido no era el *Coparelli*, sino el que supuestamente pertenecía a Dickstein?

Siguió dándole vueltas al asunto sin encontrar respuesta alguna. Aún había demasiadas incógnitas en la ecuación. El sándwich le sentó mal y tuvo que tomar una pastilla para la digestión.

Comenzó a pensar en cómo despistar a los que le

seguían. En esos momentos sólo Borg conocía sus planes, aunque la habitación estuviera llena de trampas —aunque la cabina telefónica más próxima al hotel estuviera intervenida—, nadie podía saber de sus intereses por el *Coparelli*. Había sido muy cuidadoso en ese punto.

Mientras sorbía el café, alguien pasó por su lado y se tropezó con él haciéndole derramar el líquido sobre la pechera de su camisa limpia.

—*Coparelli* —dijo David Rostov con inquietud—. ¿Dónde he escuchado ese nombre?

—A mí también me resulta familiar —dijo Yasif Hassan.

Estaban en la parte de atrás de un camión de equipo transmisor estacionado cerca del Jacobean Hotel. El camión, que pertenecía al KGB, era azul oscuro y estaba muy sucio. Tenía un equipo de radio poderoso que ocupaba la mayor parte del espacio interior, pero había un pequeño compartimiento detrás de los asientos delanteros donde Rostov y Hassan podían deslizarse y conversar. Tyrin estaba al volante. Los altavoces por encima de sus cabezas daban un sonido de fondo de conversaciones distantes y uno ocasional como de cacharros. Hacía un momento se había producido un intercambio incomprensible, con alguien que se disculpaba por algo y Dickstein le respondía que estaba bien, que era accidental. Nada claro se había dicho a partir de ahí.

El placer de Rostov por poder escuchar la conversación de Dickstein quedaba arruinado sólo por el hecho de que Hassan también estaba presente. El árabe estaba mucho más seguro de sí mismo desde que había descubierto que Dickstein estaba en Inglaterra; ahora se consideraba un espía profesional como todos los demás. Insistió en participar en todos los detalles de la operación londinense y amenazó con quejarse a El Cairo si se sentía excluido. Rostov había considerado la posibilidad de denunciarlo como un *bluff*, pero eso hubiera significado otra nueva embestida contra Félix Vorontsov, y no quería pasar por encima de él yendo directamente a Andrópov tan poco tiempo después de la última llamada. De modo que prefirió permitir a Hassan que participara, pero le advirtió de que no debía informar a El Cairo.

Hassan, que había estado leyendo las listas impresas, se las pasó a Rostov. Mientras el ruso recorría las páginas, el sonido de los altavoces cambió y transmitió ruido de tránsito callejero durante uno o dos minutos, seguido por más diálogo.

«¿Hacia dónde, señor?» —dijo alguien.

«Lime Street» —contestó Dickstein.

Rostov levantó la cabeza y le dijo a Tyrin.

—Eso es seguramente la dirección de Lloyd's. Vayamos hacia allí.

Tyrin puso en marcha el camión y se dirigieron hacia el centro de la ciudad. Rostov volvió a las listas.

—Probablemente le den los datos por escrito —dijo Hassan con tono pesimista.

—Los micrófonos están dando resultado —observó Tyrin, que conducía con una mano mientras se comía las uñas de la otra.

Rostov halló lo que estaba buscando.

—Aquí está; el *Coparelli*. ¡Estupendo, estupendo, estupendo! —Y se palmeó la rodilla con entusiasmo.

—A ver —dijo Hassan.

Rostov vaciló un momento, pero se dio cuenta de que no había forma de esquivarlo, y sonrió a Hassan mientras le señalaba la última página, bajo el epígrafe «No nuclear». Doscientas toneladas de óxido de uranio debían ir de Amberes a Génova en un barco a motor, el *Coparelli*.

—Entonces es eso —dijo Hassan—. Ése es el blanco de Dickstein.

—Si informas de esto a El Cairo, Dickstein probablemente cambiará de objetivo. Hassan....

—Eso ya me lo has dicho una vez —dijo el árabe fríamente.

—Está bien —dijo Rostov, y pensó: Maldición, además hay que ser diplomático. Continuó—: Ahora sabemos qué es lo que piensa robar y a quién se lo va a robar. Eso es lo que se llama dar un paso.

—No sabemos cuándo, dónde o cómo —concluyó Hassan.

«Dos y seis peniques, por favor, señor...»

«Guárdese el cambio.»

—Busca un lugar donde aparcar, Tyrin —dijo Rostov.

—En esta zona no es tan fácil.

—Si no puedes encontrar un sitio, simplemente para. A nadie le importa si te ponen una multa —dijo Rostov con impaciencia.

«Buenos días, mi nombre es Ed Rogers.»

«Ah, sí, un momentito, por favor... Su informe acaba de ser pasado a máquina, señor Rogers. Y aquí tiene la cuenta.»

«Es usted muy eficiente.»

—Un informe escrito —dijo Hassan.

«Muchísimas gracias.»

«Adiós, señor Rogers.»

—No es muy conversador, ¿eh? —señaló Tyrin.

—Los buenos agentes nunca lo son —dijo Rostov—. Puedes grabártelo en la mente.

—Sí, señor.

—Maldición —dijo Hassan—, ahora nunca sabremos las respuestas a estas preguntas.

—No tiene ninguna importancia. Se me acaba de ocurrir algo. Conocemos las preguntas; todo lo que tenemos que hacer es repetir las mismas preguntas, y obtendremos las mismas respuestas que le han dado a él. Dickstein ya ha salido a la calle. Da la vuelta a la manzana, Tyrin, tratemos de localizarlo.

El camión se desplazó, pero antes de haber completado un circuito de una manzana, los ruidos de la calle desaparecieron otra vez.

«¿En qué puedo servirle, señor?»

—Ha entrado en una tienda —dijo Hassan.

Rostov le miró. Cuando el árabe olvidaba su natural orgullo, se entusiasmaba como un colegial. El camión, los dispositivos, el seguimiento. Quizá cerrara la boca aunque sólo fuera para que lo dejaran seguir jugando a los espías con los rusos.

«Necesito otra camisa.»

—¡Oh, no! —dijo Tyrin.

«Ya veo, señor. ¿Qué es?»

«Café.»

«Tendría que haberlo limpiado inmediatamente, señor. Ahora será muy difícil sacarle la mancha. ¿Querría una camisa igual?»

«Sí. Sencilla, de nailon blanco, puños abotonados, cuello, catorce y medio.»

«Aquí tiene. Ésta cuesta treinta y dos con seis peniques.»

«Magnífico.»

—Apuesto a que lo carga en los gastos —dijo Tyrin.

«Gracias. ¿Quiere llevársela puesta?»

«Sí, por favor.»

«El probador queda ahí, a la derecha.»

Pasos, luego un breve silencio.

«¿Quiere una bolsita para la vieja, señor?»

«¿Tendría la amabilidad de tirarla?»

—¡Ese botón cuesta dos mil rublos! —exclamó Tyrin.

«Con mucho gusto, señor.»

—Bueno, se acabó —dijo Hassan.

—¡Dos mil rublos! —exclamó nuevamente Tyrin.

—Creo que ya podemos estar satisfechos —dijo Rostov.

—¿Adónde vamos? —preguntó Tyrin.

—De vuelta a la embajada. Quiero estirar las piernas. No me puedo sentir la izquierda. Hemos hecho un buen trabajo esta mañana.

Tyrin se dirigió hacia el oeste.

—Tenemos que averiguar inmediatamente dónde está ahora el *Coparelli* —dijo Hassan.

—Las ardillas pueden hacer eso —dijo Rostov.

—¿Ardillas?

—Los oficinistas del Moscow Center. Se pasan el día sentados, el único riesgo que corren es el de cruzar la calle Granovski en la hora punta, y tienen mejores sueldos que los agentes que están jugándose la vida en cualquier lugar del mundo. —Rostov decidió aprovechar la oportunidad para aleccionar a Hassan—. Recuerda que un agente nunca debe emplear su tiempo buscando información que es del dominio público. Todo lo que pueda hallarse en libros, archivos, te lo pueden proprocionar las ardillas, y como una ardilla es más barata que un agente (no por lo que cobran, sino porque su trabajo resulta menos costoso), la comisión prefiere que sean los oficinistas quienes se ocupen de recabar ese tipo de información. Usa a las ardillas siempre. Nadie pensará por eso que no trabajas.

Hassan sonrió con cierto desapego.

—Dickstein no trabaja de ese modo.

—Los israelíes encaran el trabajo de manera totalmente distinta. Además, supongo que él no trabaja en equipo.

—¿Cuánto tiempo tardarán las ardillas en decirnos dónde está el *Coparelli*?

—Quizá un día. Llamaré en cuanto lleguemos a la embajada para que se pongan en ello de inmediato.

—¿Puedes hacer un pedido urgente? —preguntó Tyrin.

—¿Qué necesitas?

—Seis botones más de camisa.

—¿Seis?

—Si son como los últimos que nos mandaron, cinco no servirán.

Hassan se echó a reír:

—¿Ésa es la eficiencia comunista?

—No tiene nada que ver con la eficiencia comunista —le respondió Rostov—. Sufrimos de la eficiencia rusa.

El camión entró en el Embassy Row y fue saludado por el policía de guardia.

—¿Qué haremos una vez hayamos localizado el *Coparelli*? —quiso saber Hassan.

—Es obvio. Pondremos un hombre a bordo —le contestó Rostov.

9

Al Cortone había tenido un mal día.

La cosa había comenzado a la hora del desayuno, con la noticia de que parte de su gente había sido arrestada durante la noche. La policía había parado y registrado un camión con dos mil quinientos pares de chinelas con forro de piel y cinco kilos de heroína adulterada. La carga, en el camino desde Canadá a la ciudad de Nueva York, había sido interceptada en Albany. El contrabando fue confiscado y el conductor y el acompañante encarcelados.

El material no pertenecía a Cortone, sin embargo el equipo que hacía el recorrido le pagaba derechos y esperaba ser protegido como retribución. Ahora le pedirían que sacara a los hombres de la cárcel y recuperara la heroína. Eso era casi imposible. Él podría haberlo hecho si la cosa estuviera dentro de los límites de la policía del estado; pero si sólo ésta hubiera estado implicada, el episodio no habría ocurrido.

Y esto era sólo el comienzo. Su hijo mayor había enviado un telegrama desde Harvard pidiendo más dinero, había jugado y perdido todo el dinero que tenía para mantenerse durante los siguientes seis meses, y eso que aún faltaban algunas semanas para que comenzaran las clases. Se había pasado la mañana averiguando por qué su cadena de restaurantes estaba perdiendo dinero, y la tarde explicándole a su amante por qué no podía llevarla a Europa ese año. Finalmente, su médico le había dicho que tenía otra vez gonorrea.

Se miró en el espejo del lavabo y mientras se arreglaba la corbata pensó: Qué día de mierda.

Lo que había ocurrido era que la policía de la ciudad de Nueva York, que estaba tras el contrabando, pasó el dato a la policía del estado, para evitarse la complicación con la mafia de la ciudad. La policía de Nueva York podría haber ignorado el dato, pero el que no lo hubieran hecho era un indicio de que la denuncia provenía de alguien importante, quizá de la Agencia de Control de Drogas del Departamento del Tesoro. Cortone había asignado abogados para los conductores del camión, había enviado gente a visitar a sus familias e iniciado las negociaciones para que la policía les devolviera la heroína.

Se puso la chaqueta. Le gustaba cambiarse para la cena; siempre lo había hecho. No sabía qué hacer con su hijo Johnny. ¿Por qué no había ido a casa para pasar el verano? Los muchachos de los *colleges* supuestamente iban a ver a sus padres en verano. Cortone había pensado en mandar a alguien para que se entrevistara con Johnny; pero si lo hacía el chico pensaría que a su padre sólo le interesaba el dinero. Todo indicaba que iba a tener que ir personalmente.

Sonó el teléfono y Al Cortone levantó el auricular.

—¿Sí?

—Gate, señor. Aquí hay un inglés que pregunta por usted, no quiere dar su nombre.

—Despídelo de todos modos —contestó pensando aún en Johnny.

—Me dijo que le dijera que es un amigo de la Universidad de Oxford.

—No conozco a nadie... A ver, un minuto. ¿Qué aspecto tiene?

—Un tipo pequeño con gafas y aspecto de vago.

—¡No me digas! —En la cara de Al Cortone se dibujo una amplia sonrisa—. Hazlo pasar y pon la alfombra roja.

Había sido un año de encuentros con viejos amigos y de observar cómo habían cambiado todos, pero el aspecto de Al Cortone era el más llamativo. El aumento de peso que había comenzado cuando acababa de volver de Francfort parecía haber continuado ininterrumpidamente durante todos aquellos años, y ahora pesaba por lo menos ciento veinte kilos. En su cara fofa había una expresión de sensualidad que ya se intuía en 1947, aunque había desaparecido durante la guerra. Cortone se había quedado completamente calvo. Dickstein pensó que esto último era muy raro entre los italianos.

Podía recordar, tan claro como si hubiera pasado el día anterior, la ocasión en que salvó la vida a Cortone. En aquellos días había aprendido mucho sobre las reacciones de un animal acorralado. Cuando no queda posibilidad alguna de escapar, uno advierte con qué fiereza es capaz de pelear. Llegado a un país extraño, separado de sus raíces, avanzando sobre terreno desconocido, Dickstein había consumido reservas de paciencia, astucia y fiereza que desconocía poseer. Se había agazapado durante media hora en aquel matorral, observando el tanque abandonado que él sabía —sin comprender cómo— que era el señuelo de una trampa. Había descubierto a un tirador apostado y estaba buscando a otro cuando los estadounidenses aparecieron con gran algarabía. Eso facilitó a Dickstein disparar su fusil. De haber otro tirador, éste tiraría sobre el blanco indiscutible, los estadounidenses, antes que buscar el origen del disparo entre los matorrales.

Así, sin pensar más que en su propia supervivencia,

Dickstein había salvado la vida de Cortone. Éste había aprendido tan rápido como Dickstein a defenderse y sobrevivir en la guerra. Ambos eran como chicos de la calle que aplican viejos principios en un terreno nuevo. Durante un tiempo lucharon juntos y maldijeron y hablaron sobre mujeres. Cuando la isla fue tomada, huyeron y visitaron a los primos sicilianos de Cortone. Esos primos eran ahora el foco de los intereses de Dickstein.

Lo habían ayudado una vez en 1948. Se habían beneficiado en ese trato, de modo que Dickstein se había dirigido directamente a ellos con el plan. Este proyecto era diferente: él quería un favor y no podía ofrecer ningún porcentaje. Consecuentemente tenía que ir a Al y apelar a la deuda de veinticuatro años atrás.

No tenía la más mínima seguridad de si funcionaría. Cortone ahora era rico. La casa era inmensa —en Inglaterra la hubieran denominado una mansión—, con un hermoso jardín rodeado por un alto muro y guardias ante la puerta. Había tres coches en el sendero de grava y Dickstein había perdido la cuenta de los criados que había visto. Un estadounidense rico y de mediana edad podría no tener interés por verse implicado en una refriega política en el Mediterráneo, ni siquiera por el hombre que le había salvado la vida.

Cortone parecía encantado de verlo, lo cual era un buen comienzo. Se palmearon las espaldas tal como lo habían hecho aquel domingo de noviembre de 1947, y se dijeron: «Pero ¿cómo estás viejo zorro?»

Cortone lo miró de arriba abajo.

—Estás igual —dijo a Dickstein—. Yo he perdido todo el pelo y he aumentado cincuenta kilos, y tú ni siquiera tienes una cana. ¿Se puede saber dónde te has metido?

—Me fui a Israel. Soy una especie de granjero. ¿Y tú?

—Negocios... Ya sabes. Ven, charlemos.

La comida fue algo extraña. La señora de Cortone se sentó a una de las cabeceras y no pronunció una sola palabra, pero tampoco habló nadie. Dos chicos maleducados engulleron su comida y en cuanto terminaron se levantaron y se fueron. Cortone comió enormes cantidades de pesada comida italiana y bebió varios vasos de vino tinto de California. Pero el personaje más curioso era un hombre bien vestido, con cara de tiburón que se comportaba unas veces como amigo, otras como consejero y a veces como un criado. En una oportunidad, Cortone lo llamó asesor. Durante la comida no se habló de negocios. En cambio se contaron anécdotas de la guerra; Cortone contó la mayoría. También relató la historia de Dickstein contra los árabes, de 1948; se la habían contado sus primos y estaba tan encantado como ellos. No obstante, con el paso del tiempo la historia había sido muy adobada.

Dickstein decidió que Cortone estaba realmente encantado de verlo. Quizá estuviera aburrido. Así debía ser si todas las noches comía con una mujer silenciosa, dos niños malcriados y un asesor con cara de tiburón. Dickstein hizo todo lo que pudo para que el buen humor de su anfitrión no decayera, quería que estuviera con buena disposición cuando él le pidiera el favor.

Después de la cena, Cortone y Dickstein se sentaron en un rincón en cómodos sillones de cuero y un camarero les trajo coñac y cigarros. Dickstein rechazó las dos cosas.

—Era una maldita guerra —dijo.

El criado se fue de la habitación. Dickstein observó a Cortone tomar un sorbo de coñac y encender el cigarro, y pensó que ese hombre comía, bebía y fumaba sin placer, como si pensara que con el tiempo esas cosas llegarían a gustarle de verdad. Recordando lo bien que lo habían pasado con sus primos sicilianos, Dickstein se preguntó si Cortone podría contar todavía con una verdadera familia.

De pronto el italiano rió en voz alta.

—Recuerdo cada minuto de aquel día en Oxford. ¿Al final conseguiste alguna vez a la mujer de aquel profesor, la árabe?

—No. —Dickstein apenas sonrió—. Murió.

—Lo lamento.

—Sucedió algo extraño. Volví allí, a aquella casa junto al río, y me encontré con su hija... Es idéntica a Eila.

—No me digas. Y... —dijo con ojos maliciosos— lo hiciste con la hija. ¡No te puedo creer!

Dickstein asintió.

—Lo hicimos, y no sólo eso, sino que quiero casarme con ella. Voy a pedírselo la próxima vez que nos encontremos.

—¿Y ella te aceptará?

—No estoy seguro... Soy mayor que ella.

—La edad no importa. Aunque deberías engordar un poco, a una mujer le gusta tener donde agarrarse.

La conversación estaba fastidiando a Dickstein, y en ese momento se daba cuenta de la razón: Cortone se empeñaba en mantener el tono trivial. Quizá fuera el hábito de años de guardar secretos; podría suceder que la mayor parte de sus asuntos fuera trabajo criminal y que no quisiera que Dickstein lo supiera (pero él ya lo había intuido); o podría haber sido alguna otra cosa que temía revelar; alguna secreta frustración que no podía compartir. De todos modos el muchacho abierto, dicharachero y nervioso, que había sido Cortone hacía mucho que había desaparecido. Dickstein hubiera querido decirle: «Dime qué es lo que te produce placer, a quién amas, y cómo te trata la vida.»

—¿Recuerdas lo que me dijiste en Oxford? —dijo en cambio.

—Por supuesto. Te dije que tenía una deuda contigo, tú me habías salvado la vida. —Cortone inhaló su cigarro.

Por lo menos eso no había cambiado.

—Estoy aquí para pedirte ayuda.

—Bueno, adelante, pide.

—¿Te molesta que encienda la radio?

—Registramos la casa una vez por semana para localizar posibles micrófonos —dijo Cortone sonriendo.

—Bien —dijo Dickstein, pero encendió la radio—. Las cartas sobre la mesa. Al, trabajo para el servicio de inteligencia israelí.

Cortone lo miró sorprendido.

—Tendría que haberlo intuido.

—Tengo que realizar una misión en el Mediterráneo, en noviembre. Es... —Dickstein dudó de si debía decirle mucho o poco, y decidió darle el menor número de datos posible—. Es algo que podría significar el fin de la guerra en Oriente Próximo. —Hizo una pausa, recordando una frase que Cortone había usado habitualmente—. Y no te estoy jodiendo.

Cortone rió.

—Si quisieras joderme, no habrías dejado pasar veinte años.

—Lo importante es que no se pueda culpar a Israel. Necesito una base desde la cual trabajar, una casa grande en la costa, que tenga un embarcadero para barcos pequeños y un fondeadero no demasiado alejado de la costa para un barco grande. Mientras estoy ahí durante un par de semanas, quizá más, necesito estar protegido de la policía y de cualquier funcionario que intente husmear. Sólo se me ocurre un lugar donde podría lograr todo eso, y una sola persona que podría ayudarme a conseguirlo.

Cortone asintió.

—Conozco un lugar... Una casa abandonada en Sicilia. No es exactamente un palacio, muchacho... No tiene calefacción, ni teléfono, pero podría servirte.

—Estupendo. Eso es lo que quería.

—Estás bromeando —dijo Cortone—. ¿Eso es todo?

Para: Director del Mosad.
De: Director de la Central de Londres.
Fecha: 29 de julio de 1968.

Suza Ashford es casi con seguridad agente de un servicio de inteligencia árabe.

Nació en Oxford, Inglaterra, el 17 de junio de 1944. Es la hija única del señor (ahora profesor) Stephen Ashford (Guilford, Inglaterra, 1908) y de Eila Zuabi (Trípoli, Líbano, 1925). La madre, que murió en 1954, era árabe. El padre es lo que en Inglaterra se conoce como un «arabista»; pasó los primeros cuarenta años de su vida en Oriente Próximo, fue explorador, empresario y lingüista. Ahora enseña lenguas semíticas en la Universidad de Oxford, donde es muy conocido por su actitud moderadamente proárabe.

Por lo tanto, aunque Suza Ashford es estrictamente hablando de nacionalidad inglesa, se puede afirmar que su adhesión está con la causa árabe.

Trabaja de azafata en la BOAC y realiza vuelos intercontinentales, por lo que viaja con frecuencia a Teherán, Singapur y Zúrich, entre otros lugares. En consecuencia, tiene muchas oportunidades de hacer contactos clandestinos con el cuerpo diplomático árabe.

Es una muchacha notablemente hermosa (véase fotografía adjunta, que, según el agente encargado del caso, no le hace justicia). Practica el amor libre, pero no se puede considerar promiscua. Para ser concreto: para ella tener relaciones sexuales con un hombre a fin de obtener información podría ser una experiencia desagradable pero no traumática.

Finalmente, lo decisivo: Yasif Hassan, el agente que detectó a Dickstein en Luxemburgo, estudió con su padre, el profesor Ashford, por la misma época que Dickstein, y ha seguido teniendo contacto ocasional con Ashford en los años que siguieron. Quizá lo haya visitado —un hombre que responde a sus características físicas, ciertamente lo visitó— más o menos en la misma época en que comenzó el asunto de Dickstein con Suza Ashford.

Recomiendo que se continúe la vigilancia.

ROBERT JAKES.

Para: Director de la Central de Londres.
De: Director del Mosad.
Fecha: 30 de julio de 1968.

Con todo eso en contra de ella, no me explico por qué no recomienda que la eliminemos.

PIERRE BORG.

Para: Director del Mosad.
De: Director de la Central de Londres.
Fecha: 31 de julio de 1968.

No recomiendo eliminar a Suza Ashford por las siguientes razones:

1. Las evidencias en contra de ella son importantes, pero circunstanciales.

2. Por lo que conozco a Dickstein, dudo mucho de que le haya dado alguna información, aunque esté enamorado de ella.

3. Si la eliminamos, el enemigo tratará de encontrar otro camino para llegar a Dickstein. Mejor conocer sus planes.

4. Podemos utilizarla para proporcionar falsa información al enemigo.

5. No me gusta matar basándome en evidencias circunstanciales. No somos salvajes. Somos judíos.

6. Si matamos a la mujer que Dickstein ama, creo que él nos matará a ti y a mí, y a quienquiera que esté implicado en el asunto.

ROBERT JAKES.

Para: Director de la Central de Londres.
De: Director del Mosad.
Fecha: 1 de agosto de 1968.

Haz lo que quieras.

PIERRE BORG.

Posdata:
El punto 5 es muy noble y conmovedor, pero recuerda que no te ayudará a ascender en la jerarquía de esta organización.

P. B.

Era pequeño, viejo, horrible, sucio y repugnante.

La herrumbre le brotaba por todo el casco, en grandes parches anaranjados. Si alguna vez había tenido pintura en la parte superior, debía de hacer tanto tiempo que no le quedaban rastros, el viento y la lluvia en alta mar se la habían quitado completamente. La bomba de estribor estaba doblada hacia la proa a consecuencia de un antiguo choque, y nadie se había preocupado de enderezarla. La chimenea tenía una capa de mugre de diez años de espesor, la cubierta estaba astillada y manchada, y aunque se la había fregado a menudo, era evidente que nunca se había limpiado a fondo, de modo que se veían rastros de antiguos cargamentos —granos de maíz, pedazos de madera y trozos de verduras que se pudrían— y fragmentos de bolsas bajo los botes salvavidas, los rollos de soga y dentro de los resquicios y los agujeros, lo que hacía que en los días de calor el olor fuera insoportable.

Pesaba unas dos mil quinientas toneladas y medía sesenta metros de largo y algo más de diez metros de ancho. Tenía una antena de radio en el mascarón de proa. Sobre la cubierta, ocupada en su mayor parte por dos grandes escotillas que conducían a las bodegas principales, había tres grúas: una proyectada hacia las escotillas, otra hacia atrás y la tercera en el medio. La timonera, las cabinas de los oficiales, la cocina y las dependencias de la tripulación estaban en la popa, en torno a la chimenea. Tenía una sola hélice propulsada por un motor Diesel de seis cilindros teóricamente capaz de desarrollar 2.450 caballos de fuerza y una velocidad media de trece nudos.

Cuando estuviera cargado, se iba a desplazar con gran dificultad. Con lastre iba a guiñar como el diablo. En cualquier sentido podía agitarse con setenta grados de arco ante la más leve provocación. Las dependencias estaban escasamente ventiladas, la cocina se inundaba a menudo y el cuarto de máquinas parecía diseñado por Jerónimo Bosch. Contando a los oficiales, la tripulación estaba formada por treinta y un hombres, y ninguno de ellos decía algo bueno de su nave.

Los únicos pasajeros eran una colonia de cucarachas en la cocina, algunas ratas y varios cientos de ratones.

Nadie le tenía cariño a ese barco al que en su día bautizaron con el nombre de *Coparelli*.

10

Nat Dickstein fue a Nueva York para convertirse en un magnate naviero. Le llevó toda la mañana.

Miró en la guía de teléfonos de Manhattan y eligió un abogado con domicilio en el bajo East Side. En lugar de llamarlo, fue a visitarlo personalmente y quedó satisfecho cuando vio que la oficina del abogado estaba encima de un restaurante chino. El hombre se llamaba Chung.

Dickstein y Chung tomaron un taxi hasta las oficinas que la Liberian Corporation Services, Inc. tenía en Park Avenue. El objetivo de la empresa era atender a las personas que quisieran registrar una compañía liberiana, aunque no tenía intención de aproximarse a menos de cinco mil kilómetros de Liberia. A Dickstein no le pidieron referencias, no tuvo que demostrar que era honesto, solvente y que estaba en su sano juicio. Por una suma de quinientos dólares, que pagó al contado, registraron la Savile Shipping Corporation of Liberia. El hecho de que Dickstein no fuera dueño siquiera de un bote de remos no pareció interesar a nadie de la Liberian Corporation Services.

La sede de la compañía figuraba en el número 80 de Broad Street, Monrovia, Liberia; y sus directores eran P. Satia, E. K. Nugba y J. D. Boyd, todos residentes en

Liberia. Allí se encontraban también las sedes de la mayoría de las compañías liberianas, y la dirección de la Liberian Trust Company. Satia, Nugba y Boyd eran directores fundadores de muchas compañías semejantes; naturalmente ésa era la forma en que se ganaban la vida. También eran empleados de la Liberian Trust Company.

Chung le pidió cincuenta dólares y que le pagara el taxi de vuelta. Dickstein le pagó al contado y dijo que cogiera el autobús.

De modo que, sin dar siquiera un domicilio, Dickstein había creado una compañía marítima, que no podía atribuírsele a él ni al Mosad.

Satia, Nugba y Boyd renunciaron veinticuatro horas más tarde, tal como era la costumbre; y ese mismo día el escribano público de Montserrado County, Liberia, estampó una declaración jurada, según la cual el control total de la Savile Shipping Corporation quedaba en manos de un tal André Papagopoulos.

Por entonces Dickstein iba en el ómnibus desde el aeropuerto hacia el centro de la ciudad de Zúrich para almorzar con Papagopoulos.

Cuando tuvo tiempo para reflexionar sobre ello, incluso él se quedó sorprendido por la complejidad de su plan, el número de piezas que tenía que hacer encajar, la cantidad de gente que tenía que ser persuadida, sobornada u obligada a desempeñar sus papeles. Hasta ese momento había tenido éxito, primero con Cuelloduro y luego con Al Cortone, sin contar la Lloyd's de Londres y la Liberian Corporation Services, Inc. pero ¿cuánto tiempo le duraría la suerte?

Papagopoulos era de alguna forma el mayor desafío: un hombre escurridizo, poderoso y sin ningún punto débil conocido, como el propio Dickstein.

Había nacido en 1912 en un pueblo que durante su infancia había sido unas veces turco, otras veces búlgaro y otras griego. Su padre era pescador. En su adolescencia dejó la pesca para dedicarse a otras clases de tareas marítimas, especialmente el contrabando. Después de la Segunda Guerra Mundial, se fue a Etiopía y vio que allí, se vendían muy baratos montones de pertrechos de guerra. Compró rifles, pistolas y ametralladoras, implementos bélicos antitanques, y todo lo necesario para que funcionaran, luego se vinculó con una agencia judía de El Cairo y vendió las armas con enormes ganancias para el ejército israelí. Arregló los embarques —y en este plano sus antecedentes de contrabandista eran valiosísimos— y entregó todo a Palestina. Luego les preguntó si necesitaban más.

De este modo conoció a Nat Dickstein.

Pronto se trasladó a El Cairo de Farouk y luego a Suiza. Sus acuerdos con Israel habían marcado una transición de los negocios totalmente ilegales a manejos que eran en el peor de los casos turbios y en el mejor prístinos. Ahora se llamaba a sí mismo negociante naviero, y en eso consistía la mayor parte de su negocio.

No tenía domicilio. Podía responder a varios números telefónicos en todo el mundo, pero era difícil que alguien tuviera la suerte de localizarlo. Siempre alguien tomaba el mensaje y Papagopoulos decidía si llamaba o no. Mucha gente lo conocía y confiaba en él, especialmente en el negocio de embarques, pues nunca había fallado a nadie; pero esta confianza estaba basada en la reputación, no en los contactos personales. Vivía bien pero sin ostentación. Nat Dickstein era una de las pocas personas en el mundo que conocía su único vicio: practicar el sexo con muchas chicas a la vez: diez o doce. No tenía sentido del humor.

Dickstein se bajó del autobús en la estación de ferrocarril, donde Papagopoulos estaba esperándole en la calle. Era un hombre corpulento, con la piel olivácea, el pelo fino y negro peinado escrupulosamente para disimular una calvicie que iba en aumento. En un brillante día de verano en Zúrich usaba un traje azul marino, camisa celeste y corbata a rayas azul oscuro. Sus ojos eran pequeños y oscuros.

Se dieron la mano.

—¿Qué tal anda el negocio? —preguntó Dickstein.

—Con altibajos, pero no me puedo quejar.

Caminaron por calles limpias y bien cuidadas, como si fueran el director y su contable. Dickstein inhaló el aire frío.

—Me gusta Zúrich —dijo.

—Reservé una mesa en el Veltliner Keller, en la parte vieja de la ciudad. Sé que usted no es un sibarita, pero para mí comer es uno de los mejores placeres de la vida.

—¿Ha estado en la Pelikanstrasse?

—Sí.

—Bien —la oficina de Zúrich de la Liberian Corporation Services, Inc., estaba en la Pelikanstrasse. Dickstein le había pedido a Papagopoulos que fuera allí a registrarse como presidente y principal accionista de Savile Shipping. Por eso recibiría diez mil dólares que el Mosad transferiría desde un banco suizo a una cuenta de Papagopoulos en Zúrich: una transacción que era muy difícil de descubrir.

—Pero no prometí hacer nada más —dijo Papagopoulos—. Acaso hayan malgastado su dinero.

—Estoy seguro de que no ha sido así.

Llegaron al restaurante. Dickstein pensó que conocerían a Papagopoulos y serían recibidos de forma especial, pero no hubo ningún signo de reconocimiento por parte del *maître*, por lo que pensó que era normal que no lo conocieran en todas partes.

Mientras comían Dickstein, que muy a su pesar tuvo que reconocer que el vino blanco común de Suiza era mejor que el israelí, explicó a Papagopoulos sus deberes como presidente de Savile Shipping.

—Primero tiene que comprar un barco pequeño, rápido, de mil o mil quinientas toneladas, con poca tripulación y registrado en Liberia. —Esto implicaría otra visita a la Pelikanstrasse y una retribución de más o menos un dólar por tonelada—. En la compra tendría su porcentaje como intermediario. No me importa qué haga con el barco siempre que el 7 de octubre o antes esté en Haifa, donde deberá despedir a la tripulación. ¿Quiere usted tomar notas?

—Creo que no —sonrió Papagopoulos.

Dickstein no ignoró el sentido de esta negativa. Papagopoulos estaba escuchando, pero aún no había acordado que haría el trabajo. Dickstein continuó:

—Segundo: deberá comprar cualquiera de los barcos que figuran en esta lista. —Le entregó una sola hoja de papel con los nombres de los cuatro barcos que fueron construidos en serie con el *Coparelli*, el de sus dueños y sus últimas ubicaciones; la información que había obtenido de Lloyd's—. Ofrezca el precio que sea necesario: necesito uno de esos barcos. Saque su porcentaje como intermediario. Entréguelo en Haifa el 7 de octubre y despida a la tripulación.

Papagopoulos comía su *mousse* de chocolate, con rostro imperturbable. Dejó la cuchara y se puso unas gafas que tenían la montura de oro para poder leer la lista. Dobló la hoja de papel por la mitad y la colocó sobre la mesa sin hacer comentario alguno.

Dickstein le entregó otra hoja de papel.

—En tercer lugar, hay que comprar este barco, el *Coparelli*, que sale de Amberes el domingo 17 de noviembre. Y la compra debe hacerse *después* que parta de Amberes pero *antes* de que pase por el estrecho de Gibraltar.

Papagopoulos parecía algo confundido.

—Bueno...

—Espere, permítame que le explique el resto. A comienzos de 1969 usted debe vender el primer barco, el pequeño, y también el *Coparelli*. Entonces yo le facilitaré un certificado en el que conste que el segundo barco que compró, el idéntico al *Coparelli*, ha sido vendido como chatarra. Envía ese certificado a Lloyd's y sigue adelante con el Savile Shipping. —Dickstein sonrió y sorbió su café.

—Lo que usted quiere hacer es que un barco desaparezca sin dejar rastro.

Dickstein asintió. Papagopoulos era muy rápido.

—Como puede usted darse cuenta —continuó Papagopoulos—, todo parece factible, excepto la compra del *Coparelli* cuando está navegando. El procedimiento normal para la venta de un barco es el siguiente: hay unas negociaciones, se acuerda un precio y se redactan los documentos necesarios. Después el barco entra en dique seco para inspeccionarlo, y una vez realizada satisfactoriamente esta operación se firman los documentos, se paga, y el nuevo dueño saca la embarcación del dique. Comprar un barco mientras está navegando me parece difícil...

—Pero no imposible.

—No, no es imposible.

Dickstein observó. Papagopoulos se había quedado pensativo, con la mirada perdida, considerando el problema. Era un buen signo.

—Tendríamos que abrir las negociaciones —dijo finalmente—, ponernos de acuerdo en el precio y acordar la inspección para una fecha posterior al viaje de noviembre. Luego, una vez se haya hecho a la mar, decimos que el comprador necesita invertir el dinero inmediatamente, quizá por cuestiones de impuestos. El comprador entonces sacaría un seguro contra cualquier reparación importante que la inspección señalara como necesaria..., pero esto no concierne al vendedor. A él le importa su reputación como cargador. Querrá garantías de todo tipo para asegurarse de que su carga será entregada por el nuevo propietario del *Coparelli*.

—¿Aceptaría el vendedor una garantía basada en la reputación personal del comprador?

—Desde luego. Pero ¿por qué habría yo de dar tal garantía?

Dickstein lo miró a los ojos.

—Puedo asegurarle que el dueño del cargamento no tendrá motivo de queja.

Papagopoulos hizo un gesto con las manos abiertas.

—Es obvio que usted me necesita como fachada para un asunto de envergadura, y en eso no veo ningún problema. Puedo hacerlo. Pero también quiere que yo arriesgue mi reputación y que confíe en su palabra de que no seré perjudicado, y eso sí me hace dudar.

—Usted ya confió antes en los israelíes, ¿lo recuerda?

—Sí.

—¿Alguna vez lo lamentó?

Papagopoulos sonrió recordando los viejos tiempos.

—Fue la mejor decisión de mi vida.

—Entonces, ¿volverá a confiar en nosotros?

Dickstein contuvo el aliento.

—Tenía menos que perder en aquellos días. Tenía... treinta y cinco años. Solíamos divertirnos mucho. Ésta es la oferta más curiosa que he recibido en veinte años. Y bueno, qué diablos, lo haré.

Dickstein extendió su mano por encima de la mesa y Papagopoulos se la estrechó.

Una camarera trajo una bandeja con chocolates suizos para acompañar al café. Papagopoulos tomó uno, Dickstein los rechazó.

—Detalles —continuó—. Abra una cuenta a nombre de Savile Shipping en su banco de Zúrich. La embajada pondrá fondos a medida que sea necesario. Usted me informará dejándome mensajes escritos en el banco. La nota será retirada por alguien de la embajada. Si necesitamos encontrarnos para hablar utilizaremos los números de teléfono acostumbrados.

—De acuerdo.

—Me alegro de que hagamos negocios una vez más.

Papagopoulos estaba pensativo.

—El segundo barco, el idéntico al *Coparelli*... —murmuró—. Creo que puedo adivinar en qué anda usted. Hay algo que me gustaría saber, aunque estoy seguro de que no me lo dirá. ¿Qué cargamento lleva el *Coparelli*? ¿Uranio?

Tyrin miró sombríamente el *Coparelli* y dijo:

—Es un barco espantosamente viejo.

Rostov no respondió. Estaban sentados en un Ford alquilado en un embarcadero de los muelles de Cardiff. Las ardillas del Moscov Center les habían informado de que el *Coparelli* llegaría a puerto ese día y ellos estaban presenciando la operación de amarre. Debían descargar un cargamento de madera sueca y cargar maquinaria liviana y mercadería de algodón: les llevaría algunos días.

—Por lo menos las cubiertas no están destruidas —murmuró Tyrin.

—Tan viejo no es —dijo Rostov.

Tyrin lo miró sorprendido; ese hombre parecía tener conocimiento de cualquier campo.

Desde el asiento de atrás del coche Nik Bunin preguntó:

—¿Ésa cuál es, la parte de delante o la de atrás?

Rostov y Tyrin se miraron y sonrieron ante la ignorancia de Nik.

—La parte de atrás —dijo Tyrin—, se llama popa.

Estaba lloviendo, la lluvia de Gales era aún más persistente y monótona que la inglesa, y más fría. Tyrin, que había estado enrolado en la marina soviética dos años y era, además, un experto en radio y electrónica, obviamente había sido designado para ir a bordo del *Coparelli*. Y él no quería volver al mar. La principal razón por la que había entrado en el KGB había sido dejar la marina. Odiada la humedad y el frío y la disciplina. Además, tenía una cálida y agradable esposa en un apartamento de Moscú a la que añoraba.

Por supuesto estaba totalmente fuera de cuestión decirle tal cosa a Rostov.

Ahora estaban tratando de decidir cuál sería la mejor forma de que Tyrin pasara a formar parte de la tripulación sin levantar sospechas. Él hubiera ido a buscar al radiotelegrafista del barco, le hubiera dado un puñetazo en la cara y después de tirarlo al agua, hubiera subido al barco para decir: «He oído que necesitan un radiotelegrafista.» Estaba seguro de que Rostov sería capaz de imaginar algo más sutil; por algo era coronel.

La actividad sobre la cubierta había concluido, y las máquinas del *Coparelli* habían quedado en silencio. Cinco o seis marineros bajaron por la pasarela riendo y gritando y se encaminaron hacia la ciudad.

—Síguelos, quiero saber a qué *pub* se dirigen, Nik —dijo Rostov.

Nick se bajó del coche y se fue detrás de los marineros.

Tyrin lo vio partir. No le seducía nada su nueva misión. Las figuras que cruzaban el cemento mojado del muelle, con los cuellos de sus capotes de lluvia vueltos hacia arriba; los ruidos de los remolcadores haciendo sonar sus sirenas, los hombres gritándose instrucciones náuticas, las cadenas enrollándose y desenrollándose; las plataformas de carga; las grúas desnudas como centinelas; el olor a aceite de máquina y las sogas del barco y las salpicaduras de sal: todo eso le hacía pensar en el apartamento de Moscú, su silla delante de la estufa, la sal de pescado y el pan negro, cerveza y vodka en el frigorífico y una noche de televisión.

Era incapaz de compartir la irreprimible alegría de Rostov por cómo se estaban desarrollando las cosas. Una vez más no tenía idea de dónde estaba Dickstein, aunque en realidad no le habían perdido sino que le habían dejado ir deliberadamente. Había sido una decisión de Rostov; temía que Dickstein se sintiera acosado y abandonara la misión. «Seguiremos al *Coparelli*, y Dickstein vendrá a nosotros», había dicho el coronel. Yasif Hassan discutió con él, pero Rostov había ganado. Tyrin, que no podía discutir cuestiones de estrategia, consideró que Rostov estaba en lo cierto, pero también pensó que no tenía razones para mostrarse tan confiado.

—Tu primer objetivo será trabar amistad con la tripulación —dijo Rostov, interrumpiendo los pensamientos de Tyrin—. Eres un radiotelegrafista que sufriste un pequeño accidente a bordo de tu último barco, el *Christmas Rose*. Te rompiste un brazo y te dejaron en Cardiff para que te repusieras. Los dueños te dieron una excelente indemnización, pero se te está acabando el dinero debido a las muchas juergas y pronto tendrás que buscar otro trabajo. Debes descubrir dos cosas: la identidad del radiotelegrafista y la fecha y hora de la partida del barco.

—Muy bien —dijo Tyrin.

El asunto era cómo iba a entablar amistad con esa gente. No se consideraba un buen actor. ¿Tenía que desempeñar el papel de un tipo abierto y dicharachero? ¿Y si lo consideraban un pelmazo, un tipo solitario que trata de unirse a un grupo divertido, y no le hacían ni caso? Inconscientemente cuadró los hombros. Debía hacerlo, era su deber; así que todo lo que podía prometer era que haría cuanto estuviera en su mano.

Nik volvió. Rostov dijo:

—Ven atrás, deja que conduzca Nik.

Tyrin salió y le sostuvo la puerta a su compañero. La cara del joven estaba mojada por la lluvia. Se sentó tras el volante y puso el motor en marcha. Tyrin se sentó atrás.

—Aquí tienes cien libras —dijo Rostov volviéndose hacia Tyrin, y le extendió un fajo de billetes—. No las malgastes.

Nik detuvo el coche en la acera de enfrente de un pequeño *pub* del puerto, con un cartel que se balanceaba suavemente a causa del viento. «Brains Beers», se leía en él. Una difusa luz amarilla se transparentaba tras los vidrios esmerilados de las ventanas. Había lugares peores que ése para estar en un día como hoy, pensó Tyrin.

—¿De qué nacionalidad es la tripulación? —preguntó.

—Sueca —dijo Bunin

Según su nueva identidad, él era austriaco.

—¿Qué idioma debo emplear con ellos?

—Todos los suecos hablan inglés —le dijo Rostov. Hubo un momento de silencio—. ¿Más preguntas? Quiero volver donde está Hassan antes de que se le ocurra alguna tontería.

—No tengo más preguntas. —Tyrin abrió la puerta del vehículo.

—Llámame en cuanto vuelvas al hotel esta noche. No importa que sea tarde.

—De acuerdo.

—Buena suerte.

Tyrin cerró la puerta de golpe y fue hasta la entrada del *pub*. Alguien salía en ese momento y el cálido olor de cerveza y tabaco lo envolvió. Entró.

Era un lugar pequeño, con duros bancos de madera arrimados a las paredes y mesas de plástico atornilladas en el suelo. Cuatro de los marineros estaban jugando a dardos en un rincón y un quinto los animaba desde la barra.

El camarero le saludó con un gesto de la cabeza.

—Buenos días —dijo Tyrin—. Una cerveza, un whisky doble y un bocadillo de jamón.

El marinero de la barra se dio la vuelta y le hizo una inclinación de cabeza amistosa. Tyrin sonrió.

—¿Acaban de entrar a puerto?

—Sí. El *Coparelli* —replicó el marino.

—*Christmas Rose* —dijo Tyrin—. Me dejó en tierra.

—Tuviste suerte.

—Me rompí el brazo.

—¿Y qué? —dijo el sueco con una sonrisa—. Puedes beber con el otro.

—Tienes razón —asintió Tyrin— Te invitó, pide lo que quieras.

Dos días más tarde, aún seguían bebiendo. Había cambios en la composición del grupo, pues algunos marineros iban a hacer su turno mientras otros bajaban a tierra. Hubo un corto período entre las cuatro de la mañana y la hora de abrir los *pubs* en que no había un solo lugar en la ciudad donde se pudiera comprar un trago de bebida legal o ilegalmente; pero aparte de ese rato, durante esos dos días se dedicaron a ir de *pub* en *pub*. Tyrin había olvidado la forma en que los marineros eran capaces de beber, y temía las consecuencias. Se alegraba, sin embargo, de no haberse puesto en situación de sentirse obligado a tener que ir con prostitutas. Tyrin nunca hubiera podido convencer a su mujer de que había pescado una enfermedad venérea por servir a la patria. El otro vicio de los suecos era el juego.

Tyrin había perdido unas cincuenta libras del KGB al póquer. Había caído tan bien a los muchachos de la tripulación del *Coparelli* que la noche anterior había sido invitado a subir a bordo a las dos de la madrugada. Se había quedado dormido en la cubierta y lo habían dejado allí hasta que dieron las ocho.

Esta noche no sería así. El *Coparelli* debía zarpar con la marea de la mañana, y todos los oficiales y los marineros tenían que estar a bordo a medianoche. Ahora eran las once y diez. El dueño del *pub* iba y venía por el lugar recolectando los vasos y vaciando los ceniceros. Tyrin estaba jugando al dominó con Lars, el radiotelegrafista, que estaba muy borracho. A Tyrin, que aparentaba estarlo, le asustaba lo que tenía que hacer en pocos minutos.

El dueño del *pub* gritó:

—Señores, es la hora, ¡por favor! Muchas gracias.

Los demás miembros de la tripulación estaban saliendo y Tyrin y Lars se pusieron de pie. El ruso rodeo con su brazo los hombros del marinero y salieron juntos a la calle haciendo eses. El aire de la noche era fresco y húmedo. Tyrin estaba temblando. Debía mantenerse muy cerca de Lars. Espero que Nik tenga bien sincronizado su reloj, pensó, que el coche no se estropee y que Christ Lars no tenga un accidente mortal.

Comenzó a hablar y a hacer preguntas a Lars sobre su hogar y su familia, mientras iban quedándose unos metros por detrás del grupo de marineros. Pasaron junto a una rubia con minifalda.

—Qué tal muchachos, ¿un revolcón? —dijo ella acariciándose los pechos.

Esta noche no, chiquita, pensó Tyrin, y siguió caminando. No debía dejar que Lars se detuviera y se pusiera a charlar. Ya era la hora. Nik, ¿dónde estás?

Ahí estaba. Se aproximaron a un Ford azul oscuro, Capri 2000 estacionado a un lado de la calle con las luces apagadas. Cuando la luz del interior se encendió y se apagó, Tyrin atisbó la cara del hombre al volante: era Nik Bunin. Tyrin sacó una gorra blanca del bolsillo y se la puso, era la señal de que Bunin podía avanzar. Cuando los marineros pasaron, el coche se puso en marcha y arrancó en dirección opuesta.

Ya no falta mucho, pensó Tyrin.

—Tengo una novia —dijo Lars.

Oh, no, no empieces con ésas.

—Es tan... cariñosa... —dijo riendo el joven marinero.

—¿Te vas a casar con ella? —Tyrin hablaba solamente para mantener a Lars cerca de él.

—¿Para qué?

—¿Ella es fiel?

—Mejor que lo sea porque si no le retuerzo el pescuezo.

—Pero yo creía que los suecos practicabais el amor libre. —Tyrin decía cualquier cosa que le viniera a la cabeza.

—El amor libre, sí. Pero es mejor que ella sea fiel.

—Ya veo...

—Puedo explicártelo...

Vamos Nik. Acabemos con esto.

Uno de los marineros del grupo se detuvo para orinar y los demás lo rodearon y bromearon diciéndole cosas soeces. Tyrin maldijo su mala suerte, parecía que aquel tipo no iba a acabar nunca de orinar... La sincronización, la sincronización... Al final el grupo de marineros echó a andar. Tyrin oyó el coche y se puso tenso.

—¿Qué sucede? —preguntó Lars.

—Nada.

Tyrin vio los focos del coche que venía hacia ellos por el medio de la calle. Los marineros se hicieron a un lado para dejarle paso. No era así como lo habían planeado, ¡ahora ya no saldría bien! Se sintió confundido y le entró el pánico, pero entonces vio la silueta del coche con mayor nitidez cuando pasó por debajo de una farola y se dio cuenta de que no era Nik, se trataba de un coche patrulla de la policía que pasó tranquilamente junto a ellos.

El final de la calle se abrió en un amplio espacio vacío, donde no había tráfico. Los marineros se encaminaron hacia esa especie de plazoleta.

Ahora.

Vamos, adelante.

Estaban a mitad de camino.

¡Vamos!

Un coche venía a toda velocidad, dobló la esquina y entró a la pequeña plaza deslumbrándoles con las luces largas. Tyrin apretó el hombro de Lars. El coche dio la vuelta de golpe.

—Está borracho —dijo el joven.

Era un Ford Capri, iba a atropellar al grupo de marineros, que se hicieron a un lado gritándole maldiciones. El coche giró, enderezó y aceleró yendo directamente hacia Tyrin y Lars.

—¡Cuidado! —gritó el ruso.

Cuando el coche estuvo casi encima de ellos, empujó a Lars a un lado, haciéndole perder el equilibrio, mientras él se tiraba hacia el otro lado. Hubo un golpe, seguido por un grito y un estampido de vidrios rotos. El coche no paró.

Por fin, pensó Tyrin.

Se puso de pie y buscó a Lars.

El marinero estaba tirado en la calle a pocos metros de él. Se veía sangre bajo la luz de la farola.

Lars gemía.

Gracias a Dios está vivo, pensó Tyrin.

El coche aminoró la marcha. Tenía un faro roto, el que había golpeado a Lars, pensó Tyrin. Dio la vuelta con cierta dificultad, como si el conductor estuviera inseguro, y luego recuperó velocidad y con una sola luz se perdió en la noche.

Tyrin se inclinó sobre Lars. Los demás marineros le rodearon y le hablaban en sueco. Cuando el ruso le tocó la pierna, Lars lanzó un grito de dolor.

—Creo que la tiene rota —dijo Tyrin. Gracias a Dios no parece tener otra herida más grave, pensó.

Se estaban encendiendo las luces en algunos de los edificios que rodeaban la plazoleta. Uno de los oficiales dijo algo, y un marinero salió corriendo hacia una de las casas, presumiblemente a llamar a una ambulancia. Hubo más diálogos rápidos y otro salió corriendo en dirección al muelle.

Lars sangraba, pero no demasiado. El oficial se inclinó sobre él y no permitió que nadie le tocara la pierna.

La ambulancia llegó en pocos minutos, pero a Tyrin le pareció que había tardado una eternidad. Nunca había matado a un hombre y no quería hacerlo.

Pusieron a Lars en una camilla. El oficial subió a la ambulancia y se volvió hacia Tyrin.

—Es mejor que usted venga.

—Sí.

—Creo que usted le salvó la vida.

Subió a la ambulancia junto con el oficial.

Iban a toda velocidad por las calles mojadas, mientras la intermitente luz amarilla del techo del vehículo arrojaba un desagradable destello de color sobre los edificios. Tyrin iba sentado atrás, incapaz de mirar a Lars o al oficial, sin ganas de mirar por las ventanillas como si fuera un turista, sin saber adónde dirigir la mirada. Había hecho muchas cosas desagradables y crueles por su país y bajo las órdenes del coronel Rostov: había grabado la conversación de unos amantes para chantajearlos, había enseñado a terroristas a fabricar bombas, había ayudado a secuestrar a gente que luego debía ser torturada, pero nunca había sido obligado a viajar en la ambulacia con su víctima. Eso no le gustaba.

Llegaron al hospital. Los hombres de la ambulancia llevaron la camilla adentro. Tyrin y el oficial sueco aguardaron donde les dijeron. Ahora ya había acabado todo y lo único que podía hacer era lamentarse. Tyrin se sorprendió al mirar el sencillo reloj eléctrico de la pared del hospital y ver que aún no era medianoche. Le parecía que habían pasado muchas horas desde que salieron del *pub*.

Tras una larga espera el médico salió. Parecía cansado.

—Tiene una pierna rota y ha perdido bastante sangre. Ha ingerido mucho alcohol, lo cual no ayuda. Pero como es joven, fuerte y saludable, la pierna sanará y estará bien en unas cuantas semanas.

Aliviado, Tyrin se dio cuenta de que estaba temblando.

—Nuestro barco zarpa esta mañana —dijo el oficial.

—El muchacho no podrá ir con ustedes —afirmó el médico—. ¿Su capitán está en camino?

—Lo mandé a buscar.

—Bien. —El doctor dio media vuelta y se fue.

El capitán llegó con la policía. Habló con el oficial en sueco, mientras el joven sargento tomaba nota de la vaga descripción que hacía Tyrin del automóvil.

Luego el capitán se acercó a él y le dijo:

—Creo que usted salvó a Lars. De no ser por su intervención, el estaría ahora mucho peor.

Tyrin deseaba que dejaran de decirle tal cosa.

—Traté de sacarlo de en medio de la calzada, pero se cayó, estaba muy borracho.

—Horst me ha dicho que usted tiene licencia.

—Sí, señor.

—¿Es usted un radiotelegrafista eficaz?

—Sí, señor.

—Necesito un sustituto para Lars. ¿Quisiera salir con nosotros por la mañana?

—Quedas destituido —dijo Pierre Borg.

Dickstein palideció y miró fijamente a su jefe.

—Quiero que vuelvas a Tel Aviv y dirijas la operación desde la oficina —agregó Borg.

—¿Por qué me haces esto?

Estaban junto al lago de Zúrich, que se hallaba atestado de barcos de velas multicolores.

Borg continuó:

—No hay discusión posible, Nat.

—No pienso irme ahora, Pierre.

—Te estoy dando una orden.

—Eres un mierda.

Borg dio un gran suspiro.

—Tu plan es muy bueno, pero la oposición sabe que estás trabajando en algo y están tratando de encontrarte y deshacer todo cuanto vas haciendo. Puedes dirigir el proyecto. Todo lo que tienes que hacer es ocultar tu cara.

—No —dijo Dickstein—. Éste trabajo no puede dirigirse desde detrás de un escritorio, limitándose a apretar botones. Es demasiado complejo, hay demasiadas variables. Tengo que estar personalmente en el campo de operaciones para las decisiones oportunas. —Dickstein se interrumpió. ¿Por qué quiero hacerlo yo mismo?, pensó. ¿Acaso soy el único hombre en Israel que puede sacar esto a flote? ¿Quiero la gloria para mí?

—No intentes actuar como un héroe —dijo Borg como si hubiera leído sus pensamientos—. Eres demasiado inteligente para ello. Eres un profesional. Obedeces órdenes.

Dickstein sacudió la cabeza.

—Deberías evitar esa actitud conmigo. Sabes muy bien qué opinan los judíos de los que se limitan a seguir órdenes.

—Está bien, tú estuviste en un campo de concentración ¡pero eso no te da pie para hacer todo cuanto te dé la realísima gana por el resto de tus días!

Dickstein hizo un gesto de prescindencia.

—Puedes interrumpir mi trabajo, puedes retirarme el apoyo, pero si lo haces no conseguirás el uranio, porque no pienso revelar a nadie mis planes.

—Eres insufrible —dijo Borg mirándolo fijamente—. ¿Estás hablando en serio?

Dickstein observó la expresión de Borg. Una vez lo había visto discutiendo con su hijo adolescente, Dan. El muchacho se había mostrado firme mientras Borg trataba de explicarle que participar en las marchas por la paz era desleal para con él, su madre, la patria y Dios. Dan, como Dickstein, había aprendido a no dejarse acorralar, y Borg no supo muy bien cómo manejar la situación, le ocurría siempre con las personas que no se dejaban intimidar.

Dickstein esperaba que Borg se encolerizara y comenzara a gritar, pero quedó sorprendido al ver que su jefe mantenía la calma.

—Te estás acostando con una agente del otro lado —le dijo con una sonrisa.

Dickstein quedó sin habla. Fue como si le hubieran dado un mazazo. Esto era lo último que esperaba. Se sintió culpable, como un chico a quien sorprenden masturbándose. Suza pertenecía a su vida privada, y ahora Borg se atrevía a hablar sobre ella arruinando esa intimidad.

—No —dijo Dickstein sin matiz en la voz.

—Te daré los antecedentes. Es árabe, su padre es proárabe, viaja por todo el mundo como azafata, trabajo que le da la oportunidad de múltiples contactos, y el agente que te descubrió en Luxemburgo, Yasif Hassan, es amigo de la familia.

Dickstein miró enfurecido a su jefe.

—¿Eso es todo?

—¿Todo? ¿Qué mierda quieres decir con que si es todo? ¡Con semejantes pruebas se liquida a la gente!

—No a la gente que yo conozco.

—¿Ha obtenido alguna información de ti?

—¡No! —gritó Dickstein.

—Te estás enojando porque sabes que has cometido un error.

Dickstein miró hacia el lago, intentando recuperar la calma. La ira era prerrogativa de Borg, no de él. Tras una larga pausa dijo:

—Sí, sé que he cometido un error. Tendría que haberte hablado de ella, de haberlo hecho, esta conversación no hubiera tenido lugar. Comprendo que ella pueda parecerte...

—¿Parecerme? ¿Quieres decir que no crees que sea una agente?

—¿Has hablado con El Cairo?

—Hablas como si El Cairo fuera mi servicio de inteligencia. No puedo llamarlos y ordenarles que busquen a esa mujer en sus archivos mientras yo espero al otro lado de la línea.

—Pero tienes un doble agente muy bueno en la inteligencia egipcia.

—¿Cómo puede ser muy bueno si todo el mundo parece conocerlo?

—Déjate de juegos. Desde que finalizó la guerra de los Seis Días incluso los diarios dicen que tienes buenos agentes dobles en Egipto. El asunto es que no has hablado con ellos.

Borg levantó las palmas en un gesto de paz.

—Está bien, voy a hablar con El Cairo. Me llevará algún tiempo. Mientras tanto tú escribirás un informe dando todos los detalles de tu plan y yo voy a poner a otros en esto.

Dickstein pensó en Al Cortone y André Papagopoulos: ninguno de ellos haría lo que habían acordado si no trataban directamente con él.

—No funcionará, Pierre —dijo con tranquilidad—. Tú tienes que conseguir el uranio, y yo soy el único que puede ayudarte.

—¿Y si El Cairo confirma que ella es una agente?

—Confío en que la respuesta será negativa.

—¿Y si no lo es?

—Supongo que tú la matarás.

—Oh, no. —Borg señaló con el dedo a la nariz de Dickstein y cuando habló había una real y profunda malignidad en su voz—. Oh, no, yo no la mataré, Dickstein. Si es una agente, tú tendrás que matarla.

Con deliberada lentitud, Dickstein tomó la muñeca de Borg y quitó el dedo acusador de su cara. Sólo había un levísimo temor perceptible en su voz cuando dijo:

—Sí, Pierre. Yo la mataré.

11

En el bar del aeropuerto de Heathrow, David Rostov ordenó otra ronda de bebidas y decidió hacer una jugada peligrosa con Yasif Hassan. El problema aún era, cómo impedir que Hassan dijera todo lo que sabía a un doble agente israelí en El Cairo. Rostov y Hassan volvían a sus bases para rendir cuentas, de modo que ése era el momento de tomar una decisión. Rostov iba a dejar que Hassan supiera todo ahora, luego apelaría a su profesionalidad, tal como estaba planeado. La alternativa era provocarlo, y ahora lo necesitaba como aliado y no como un antagonista sospechoso.

—Mira esto —dijo Rostov mostrando a Hassan un mensaje descodificado.

Para: Coronel David Rostov, vía Londres.
De: Centro Moscú.
Fecha: 3 de septiembre de 1968.

Camarada coronel:
Por la presente damos respuesta a su comunicación g/35-21a, pidiendo más información sobre cada uno de los cuatro barcos nombrados en nuestra comunicación r/35-21.
El barco *Stromberg*, 2.500 toneladas, de propiedad y registro holandeses, recientemente ha cambiado de

dueños. Fue comprado por 1.500.000 marcos alemanes por André Papagopoulos, un negociante naviero, para la Savile Shipping Corporation de Liberia.

La Savile Shipping fue registrada el 6 de agosto de este año en la oficina de Nueva York de la Liberian Corporation Services, Inc., con una participación de capital de quinientos dólares. Los accionistas son los señores Lee Chung, un abogado de Nueva York, y Robert Roberts, cuyo domicilio remite a la oficina del señor Chung. Los tres directores fueron aportados por la Liberian Corporation Services y renunciaron el día siguiente de constituirse la compañía, una vez más de la manera acostumbrada. El ya mencionado Papagopoulos asumió la conducción de la empresa como presidente y ejecutivo principal.

La Savile Shipping también compró el *Gil Hamilton*, de 1.500 toneladas, por 80.000 libras.

Nuestra gente en Nueva York ha entrevistado a Chung, quien manifestó que el señor Roberts llegó a su oficina, sin dar domicilio y que pagó sus honorarios con dinero en efectivo. Parecía un inglés. La descripción detallada obra en nuestro archivo, pero no es de mucha ayuda.

Papagopoulos es conocido por nosotros. Es un famoso hombre de negocios de nacionalidad indeterminada que puede considerarse inmensamente rico. La marina mercante es su actividad principal. Se cree que opera en las zonas fronterizas de lo legal. No disponemos de su dirección. Hay considerable material acerca de él en el archivo, pero mucho basado en presunciones. Se cree que trabajó con la inteligencia israelí en 1948, sin embargo no tiene filiación política conocida.

Continuamos recabando información sobre todos los barcos de la lista.

Centro Moscú.

Hassan le devolvió la comunicación a Rostov.

—¿Cómo hacen para conseguir todo esto?

El ruso rompió el papel en pedazos.

—Todo está en los archivos de algún lugar. La venta del *Stromberg* debe de haber sido notificada por Lloyd's de Londres. Alguien de nuestro consulado en Liberia tiene que haber obtenido los detalles sobre la Savile Shipping de los registros públicos en Monrovia. Nuestra gente en Nueva York consiguió la dirección de Chung en la guía telefónica, y Papagopoulos estaba en el archivo de Moscú. Lo importante es saber adónde ir a buscar la información que se necesita y las ardillas se especializan en eso. Es todo lo que hacen.

Rostov puso todos los pedazos de papel en un cenicero y les prendió fuego.

—El Cairo debería pensar en trabajar con un grupo de eficientes ardillas.

—Espero que se lo estén planteando.

—De no ser así, tú puedes sugerirlo. Incluso podría ser de provecho para tu carrera.

—Quizá lo haga —dijo Hassan asintiendo con la cabeza.

Trajeron nuevas bebidas: vodka para Rostov, ginebra para Hassan. El ruso estaba encantado de que Hassan respondiera bien a sus gestos amigables. Examinó las cenizas en el cenicero para asegurarse de que el comunicado se hubiera quemado completamente.

—¿Crees que Dickstein está detrás de la Savile Shipping Corporation? —preguntó Hassan.

—Así es.

—Entonces ¿qué haremos con respecto al *Stromberg*?

—Bueno... —Rostov vació su vaso y lo puso sobre la mesa—. Intuyo que él quiere el *Stromberg* para saber con exactitud cómo es el *Coparelli*.

—Será un plan un tanto costoso.

—Luego puede vender el barco de nuevo. Sin embargo, también podría usar el *Stromberg* para asaltar el *Coparelli*. Aún no tengo muy claro qué es lo que trama.

—¿Piensas poner también un hombre a bordo del *Stromberg*?

—No conseguiríamos nada con eso. Seguramente Dickstein despedirá a la tripulación del *Stromberg* para llevar marineros israelíes. Tendré que pensar en alguna otra cosa.

—¿Sabemos dónde está el *Stromberg* en este momento?

—Les he preguntado a las ardillas. Me darán una respuesta en cuanto yo llegue a Moscú.

Por megafonía anunciaron el vuelo de Hassan y éste se puso de pie.

—¿Entonces nos encontramos en Luxemburgo?

—No estoy seguro. Te lo haré saber. Escucha, hay algo que quiero decirte. Siéntate un momento, por favor.

Hassan obedeció.

—Cuando comenzamos a trabajar juntos en este asunto, yo sentía gran hostilidad hacia ti. Ahora lo lamento y te pido disculpas; pero debo decirte que había una razón para ello. Tú sabes que hay agentes dobles en el servicio de inteligencia egipcio. Lo que me preocupaba, y aún sigue preocupándome, es que todo lo que tú dices a tus superiores llega a saberse en Tel Aviv, por vía de un agente doble. De esta forma Dickstein sabe hasta qué punto estamos cerca de él y puede hacer lo necesario para evadirnos.

—Te agradezco la franqueza.

Agradecerla, pensó Rostov, estás encantado.

—Sin embargo ahora que estás completamente al tanto de todo debemos discutir cómo evitar que la información que tú posees llegue a saberse en Tel Aviv.

Hassan asintió.

—¿Qué sugieres?

—Bueno, tendrás que decirles lo que hemos descubierto, naturalmente, pero quiero que seas lo más ambiguo posible acerca de los detalles. No des nombres, fechas, horas, lugares. Cuando te acorralen, quéjate de mí, di que yo me resisto a darte toda la información. No hables con nadie, excepto con la gente a quien estás obligado a informar. En particular, no le digas a nadie lo de Savile Shipping, el *Stromberg* o el *Coparelli*. Y olvida que Tyrin está a bordo del *Coparelli*.

—Y ¿qué esperas que les diga? —dijo Hassan con expresión apesadumbrada.

—Puedes hablarles de Dickstein, de Euratom, del uranio, del encuentro con Pierre Borg... Serás un héroe en El Cairo con sólo la mitad de la historia.

—Voy a ser tan sincero como tú —dijo Hassan que no estaba convencido—. Si hago lo que tú dices, mi informe no será tan bueno como el tuyo.

Rostov sonrió.

—¿Y eso es injusto?

—No —concedió Hassan—. Tú mereces los mayores honores.

—Además, nadie, aparte de nosotros dos, sabrá cuán diversos son los informes. Y al final se te reconocerán todos los méritos.

—Muy bien —dijo Hassan—. Seré ambiguo.

—Me alegro de que estemos de acuerdo. —Rostov hizo señas a un mozo para que se acercara—. Tienes poco tiempo, toma algo rápido antes de irte. —Volvió a acomodarse en la silla y cruzó las piernas. Estaba satisfecho: Hassan haría lo que se le había dicho—. Tengo muchas ganas de volver a casa.

—¿Tienes planes?

—Trataré de pasar algunos días en la costa con Mariya y los chicos. Tenemos una dacha en la bahía de Riga.

—Parece un buen plan.

—Es agradable, aunque no podré disfrutar de un clima tan bueno como el de tu país. ¿Adónde irás? ¿A Alejandría?

Se produjo la última llamada para el vuelo de Hassan, y el árabe se puso de pie.

—No tendré esa suerte —dijo—. Creo que deberé permanecer en El Cairo.

Y Rostov tuvo la sensación de que Yasif Hassan estaba mintiendo.

La vida de Franz Albrecht Pedler quedó arruinada cuando Alemania perdio la guerra. A la edad de cincuenta años, siendo oficial de carrera de la Wehrmacht, se encontró de pronto sin hogar, sin un centavo y sin trabajo. Y, como otros muchos alemanes, tuvo que empezar de nuevo.

Trabajó como vendedor a comisión de un fabricante francés de tinturas. En 1946 tenía pocos clientes, pero en 1951 la industria alemana empezó a despertar, y cuando por fin las cosas comenzaron a mejorar en el país, Pedler estaba en buenas condiciones para sacar partido de las nuevas oportunidades. Abrió una oficina en Wiesbaden, lugar al que podía accederse por ferrocarril y prometía convertirse en un importante centro industrial. La lista de sus productos creció y también su cartera de clientes. Además de tintes, vendía jabones y logró introducirse en las bases norteamericanas, que en ese momento administraban esa parte de la Alemania ocupada, con sus productos. Durante los años difíciles Pedler había aprendido a ser un oportunista. Si el oficial encargado de abastecimiento del ejército estadounidense quería comprar desinfectante en botellas pequeñas, Pedler compraba tambores de diez litros de desinfectante, lo fraccionaba en botellas compradas de segunda mano, les ponía una etiqueta que decía «F. A. Pedler, desinfectante especial» y lo revendía obteniendo importantes ganancias. De ahí a comprar ingredientes y ocuparse de la manufactura del producto no fue un paso demasiado grande. El primer barril de Limpiador Industrial Pedler —nunca llamado simplemente «jabón»— lo mezcló en el mismo cobertizo alquilado donde había hecho las anteriores operaciones, y lo vendió a las fuerzas aéreas estadounidenses para el mantenimiento de los aviones. La compañía nunca lo cuestionó.

Hacia fines de los cincuenta Pedler leyó un libro sobre el uso de la química en la guerra y se dispuso a obtener contrato para proporcionar una serie de productos destinados a neutralizar distintos tipos de armas químicas.

F. A. Pedler se había convertido en un abastecedor militar, su negocio era seguro y le aportaba grandes ganancias. El cobertizo alquilado había crecido y se había convertido en un pequeño complejo de edificaciones de un piso. Franz volvió a casarse —su primera mujer había muerto durante un bombardeo en 1944— y fue padre de un niño. Pero continuaba siendo fundamentalmente un oportunista, y cuando se enteró de que podía obtener a buen precio una cantidad apreciable de mena de uranio husmeó una ganancia.

El uranio pertenecía a una compañía belga llamada Société Générale de la Chimie, una de las sociedades mercantiles establecida en el Congo belga, rico en minerales. La Chimie decidió seguir en el país cuando éste dejo de ser colonia belga. No obstante, la compañía envió a Bélgica toda la materia prima que le fue posible antes de verse forzados a abandonar el estado africano. Entre 1960 y 1965 acumuló gran cantidad de óxido de uranio en una refinería situada cerca de la frontera holandesa. Por desgracia para la Chimie por aquel entonces se firmó un tratado que prohibía las pruebas nucleares, y cuando la empresa tuvo finalmente que irse del Congo no hubo muchos compradores interesados en el uranio. El óxido de uranio, que no representaba mucho capital, fue depositado en un silo.

Pedler en realidad no usaba mucho uranio en la manufactura de sus tintes, sin embargo, le gustaba hacer este tipo de especulaciones: el precio estaba bajo, podía hacer algo de dinero refinando el material, y si mejoraba el mercado del uranio, como era posible que tarde o temprano sucediera, lograría obtener grandes ganancias; de modo que compró uranio.

A Nat Dickstein le gustó Pedler de entrada. El alemán era un viejo astuto de setenta y tres años que aún tenía pelo y una mirada vivaz. Se dieron cita un sábado. Pedler llevaba una chaqueta chillona y pantalones claros, hablaba un buen inglés, con acento americano e invitó a Dickstein a un vaso de Sekt, el champán local.

Al principio los dos se trataron con cierta cautela. Después de todo habían luchado en bandos opuestos en una guerra que había resultado cruel para ambos. Pero Dickstein siempre había creído que el enemigo no era Alemania sino el fascismo.

Dickstein llamó desde su hotel en Wiesbaden para concertar una cita con Pedler, que esperaba su llamada con ansiedad, ya que el cónsul israelí le había hablado de Dickstein, un oficial superior de suministros del ejército, que venía dispuesto a hacer negocios y estaba de camino. Pedler le sugirió que podían verse en su fábrica el sábado por la mañana, cuando estuviera vacía y después almorzar en su casa.

Si Dickstein hubiera sido un auténtico oficial, pronto habría dado por finalizada la visita porque la fábrica no era ningún modelo de eficiencia germánica, sino un conjunto de viejas construciones y patios atestados con pronunciado mal olor.

Después de permanecer en vela la mitad de la noche con un libro de texto sobre química, Dickstein estaba preparado para hacer una cantidad de preguntas inteligentes sobre agitadores, manipulación de materiales y control de calidad y embalaje. Confiaba que sus dificultades con el idioma disimularían los posibles errores. La cosa parecía funcionar.

La situación era peculiar. Dickstein tenía que desempeñar el papel de un comprador y mostrar indecisión y reserva mientras el vendedor trataba de convencerlo, y a la vez debía seducir a Pedler para que éste se animara a iniciar una relación comercial que no pudiera ni quisiera romper. Dickstein quería el uranio de Pedler, pero no se lo iba a pedir, ni ahora ni nunca; lo que se proponía era llevar al alemán a una posición en que tuviera que depender exclusivamente de él para sobrevivir como comerciante.

Tras haber visitado la fábrica, Pedler lo llevó en un Mercedes nuevo a un amplio chalet al pie de la montaña. Se sentaron ante un gran ventanal y tomaron Sekt mientras la esposa de Pedler —una linda y vivaz mujer de unos cuarenta años— preparaba la comida. Llevar a un cliente potencial a almorzar a casa el fin de semana era un estilo de realizar negocios un tanto judío, pensó Dickstein, preguntándose si Pedler habría pensado en ello.

El ventanal daba al valle, y al fondo se veía un caudaloso río. Pequeñas casas grises con postigos blancos se agrupaban a lo largo de la ribera y estaban rodeadas de montañas en cuyas laderas se extendían los viñedos. Si tuviera que vivir en un país frío elegiría éste, pensó Dickstein.

—Bueno, ¿en qué piensa usted? —dijo Pedler—. ¿En el paisaje o en la fábrica?

Pedler sonrió encogiéndose de hombros.

—En ambas cosas. La vista es magnífica, la fábrica es más pequeña de lo que esperaba.

Pedler encendió un cigarrillo. Fumaba mucho. Tenía suerte de haber vivido tanto.

—¿Pequeña?

—Quizá debería explicarle lo que estoy buscando.

—Por favor.

—En este momento el ejército está comprando materiales de limpieza a varios proveedores: los detergentes se los proporciona uno, el jabón otro, etcétera. Estamos tratando de abaratar los costos y quizá podamos si conseguimos abastecernos con un solo fabricante.

Pedler abrió los ojos desmesuradamente.

—Es decir... —trató de encontrar la frase adecuada— me está hablando de un pedido muy grande.

—Me temo que sea demasiado grande para usted —dijo Dickstein.

—No necesariamente. La única razón por la que no producimos grandes cantidades es porque nunca hemos hecho negocios a gran escala. Poseemos ciertamente la capacidad técnica y empresarial necesaria y con un gran pedido de compra podríamos obtener financiación para expandirnos... todo depende realmente de las cifras.

Dickstein levantó su maletín del suelo y lo abrió.

—Aquí están especificados los productos —dijo entregando a Pedler una lista—, las cantidades que necesitamos y la periodicidad. Usted necesitará tiempo para consultar con sus directivos y llegar a una conclusión...

—Soy el dueño —dijo Pedler con una sonrisa—; no tengo que consultar a nadie. Déme el día de mañana para hacer números y el lunes para hablar con el banco. El martes lo llamaré y le daré precios.

—Veo que son ciertas las buenas referencias que me habían dado sobre usted. —dijo Dickstein.

—Ser una pequeña compañía tiene sus ventajas.

La señora Pedler apareció entonces, proveniente de la cocina.

—El almuerzo está listo —dijo.

Mi amada Suza:

Nunca hasta ahora había escrito una carta de amor, ni creo haber llamado nunca a nadie amada hasta este momento. Debo decirte que me hace sentir muy bien.

Estoy solo en una ciudad extranjera, en una fría tarde de domingo. La ciudad es preciosa. Tiene muchos parques y ahora estoy sentado en uno de ellos, escribiéndote con un bolígrafo que lo emborrona todo en un papel vulgar, el único que pude conseguir. Mi banco está debajo de una especie de pérgola, que tiene una cúpula circular y columnas griegas en círculo, muy parecida a las de las casas de campo inglesas diseñadas por algún excéntrico victoriano. Ante mí se extiende el césped interrumpido con grupos de álamos, y a la distancia puedo escuchar una banda que toca algo de Edward Elgar. El parque está lleno de gente con niños, pelotas de fútbol y perros.

No sé por qué te digo todo esto. Lo que realmente quiero decirte es que te amo y que quiero pasar el resto de mi vida contigo. Lo supe un par de días después de conocerte. No me atreví a decírtelo, no porque no estuviese seguro, sino... Bueno, si quieres saber la verdad, pensé que podría asustarte y te irías corriendo. Sé que me amas, pero también sé que tienes veinticinco años, que el amor te llega con facilidad (a mí me sucede lo contrario), y que el amor que viene con facilidad se va con facilidad. De modo que pensé: ve despacio, deja que te conozca antes de pedirle que diga «para siempre». Pero ahora que llevamos sin vernos tantas semanas, no puedo seguir callado. Necesito decirte lo que siento: quiero estar contigo el resto de mi vida.

Soy un hombre distinto. Sé que suena tonto cuando alguien te dice algo así, pero cuando te sucede a ti te das cuenta de que no es ninguna estupidez. La vida me parece diferente ahora en muchos aspectos: algunos tú los conoces, otros te los diré algún día. Incluso esto es diferente, esto de estar solo en un lugar extraño con nada que hacer hasta el lunes. No es que me aflija particularmente, pero antes ni siquiera hubiera pensado en ello como algo que podía gustarme o disgustarme, antes no había nada que hubiera preferido hacer. Pero ahora siempre hay algo que quiero hacer sobre todas las cosas, y es estar contigo.

Me iré de aquí en un par de días; no sé adónde ni sé cuándo volveré a verte. Pero cuando te vea, créeme, no pienso alejarme de ti durante diez o quince años.

Me cuesta encontrar las palabras adecuadas para que puedas entender lo que siento por ti. Quiero que sepas lo que es para mí imaginarme tu cara muchas veces todos los días, ver una muchacha delgada con pelo negro y esperar contra toda lógica, que de algún modo puedas ser tú, imaginar todo el tiempo lo que dirías de un paisaje, un artículo de un diario, un hombre pequeño con un perro grande, un lindo vestido: quiero que sepas que cuando me meto en la cama solo, siento dolor por la necesidad de tocarte.

Te quiero tanto.

N.

La secretaria de Franz Pedler llamó por teléfono a Nat Dickstein a su hotel el martes por la mañana y concertó una cita con él para que almorzara con su jefe.

Fueron a un restaurante modesto en la Wilhelmstrasse y pidieron cerveza en lugar de vino: éste era un encuentro de trabajo. Dickstein trató de dominar su impaciencia. Se suponía que era Pedler quien debía conquistarle a él y no viceversa.

—Bueno, creo que vamos a poder satisfacerles —dijo Pedler.

—Dickstein quiso gritar «¡Hurra!», pero mantuvo la cara impasible.

—Los precios que le voy a dar son negociables —continuó Pedler—. Necesitamos un contrato por cinco años. Una vez nos pongamos de acuerdo, garantizaremos los precios durante los primeros doce meses, después pueden variar según lo que se pague en el mercado internacional. En caso de que exista una cancelación por su parte, exigimos que se pague el diez por ciento del valor del abastecimiento de un año.

Dickstein hubiera querido decir «¡trato hecho!» y estrechar la mano del alemán, pero recordó que debía continuar desempeñando su papel.

—El diez por ciento es mucho.

—No lo creo así. La verdad es que ese diez por ciento no nos compensaría en caso de que ustedes decidieran dar por terminada nuestra relación comercial, pero nos asegura que ustedes sólo cancelarán su contrato con nosotros por causas muy severas.

—Ya veo. Pero podemos sugerir un porcentaje algo menor.

Pedler se encogió de hombros.

—Todo es negociable. Aquí tiene los precios. —Dickstein estudió la lista y luego dijo—: Esto se aproxima mucho a lo que habíamos pensado.

—¿Eso significa que cerramos el trato?

Dickstein pensó «¡Sí, sí!», pero dijo:

—No, significa que creo que podemos llegar a un acuerdo.

—En ese caso —dijo Pedler, iluminándosele la cara—, bebamos para celebrarlo. ¡Camarero!

Cuando llegaron las bebidas, Pedler levantó su vaso.

—Por muchos años de negocios juntos —dijo.

—Brindo por eso —dijo Dickstein.

Mientras levantaba su vaso pensó: Bien, volví a dar en el blanco.

La vida en el mar era incómoda, pero no tan mala como Tyrin había esperado. En la marina soviética, los barcos funcionaban bajo el principio de trabajo sin tregua, disciplina dura y mala comida. El *Coparelli* era muy distinto. El capitán Eriksen quería una navegación eficiente y segura, pero en absoluto era duro con sus hombres. Ocasionalmente se fregaba la cubierta, pero nunca se lustraba ni se pintaba nada. La comida era bastante buena; además, Tyrin tenía la ventaja de compartir el camarote con el cocinero. Teóricamente, podía ser llamado a cualquier hora del día o de la noche para transmitir algún mensaje, pero en la práctica todo el tráfico ocurría durante el horario normal de trabajo, de modo que incluso dormía sus buenas ocho horas. Era un régimen agradable, y a Tyrin le interesaba la comodidad.

Lamentablemente el barco no era demasiado confortable. Era un barco del diablo. En cuanto doblaron el cabo Wrath y dejaron The Minch y el mar del Norte, comenzó a zarandearse como si fuera de juguete. Tyrin se pasaba la mayor parte del tiempo mareado, pero debía ocultarlo puesto que se suponía que era un marinero. Afortunadamente, como el cocinero estaba siempre ocupado en la cocina y a Tyrin no solían necesitarlo en la cabina de transmisión, podía tirarse en su litera hasta que se sentía mejor.

Las dependencias estaban mal ventiladas y la calefacción era inadecuada, de modo que había mucha humedad y las cubiertas estaban llenas de ropa mojada.

El dispositivo de radio de Tyrin estaba en su bolsa marinera, bien protegido con polietileno y lienzo y algunos suéteres. Sin embargo, no podía montarlo y transmitir desde su camarote, donde en cualquier momento podría entrar el cocinero o cualquier tripulante. Ya había establecido un contacto de rutina con Moscú a través de la radio del barco, durante los momentos de tranquilidad —aunque no menos tensos— en que nadie estaba escuchando; pero necesitaba algo más seguro.

Tyrin era un hombre al que le gustaba trabajar en un

lugar que le resultara agradable. Era muy diferente a Rostov, que iba de la embajada al hotel y del hotel al refugio sin prestar atención a lo que le rodeaba. A él le gustaba tener una base, un lugar donde sentirse cómodo y seguro. Durante la vigilancia inactiva, que era la clase de misión que prefería, siempre se procuraba una gran poltrona para colocar ante la ventana, donde se sentaba durante horas con un telescopio, unos sándwiches, una botella de soda y sus pensamientos. Aquí en el *Coparelli*, había encontrado un lugar donde instalarse.

Explorando el barco durante el día, había descubierto una serie de depósitos en la proa cerca de la escotilla delantera. El arquitecto naval los había puesto ahí sólo para llenar el espacio entre la bodega y la proa. Se entraba a la despensa principal por una puerta semiescondida después de bajar un tramo de escalones. Había algunas herramientas, varios tambores de grasa para las grúas e —inexplicablemente— una vieja máquina de cortar césped. Varios cuartos más pequeños se abrían sobre el principal; en algunos había sogas, trozos de máquinas, cajas de cartón deterioradas, pernos, tuercas, y otros estaban vacíos o habitados por insectos. Tyrin había observado que nadie se acercaba nunca allí. El material se almacenaba en ese lugar y era utilizado cuando se necesitaba.

Eligió un momento en que oscurecía y la mayor parte de la tripulación y los oficiales cenaban. Fue a su camarote, cogió su bolsa marinera, trepó por la escalera de la cámara a cubierta y cogió una linterna de un cajón que había debajo del puente pero no la encendió.

Según el calendario había luna llena pero se hallaba oculta por las nubes espesas. Tyrin avanzó agarrándose fuertemente de la borda donde era más difícil que lo vieran que si iba por la cubierta blanca. Había un foco sobre el puente y la timonera, pero los oficiales de guardia estarían observando el mar y no la cubierta.

La fría espuma de las olas lo roció, y mientras el *Coparelli* se balanceaba como de costumbre, él se agarró con ambas manos de la borda para no ser despedido al agua, que muchas veces alcanzaba la cubierta del barco en tales cantidades que se le llenaban las botas y se le quedaban los pies congelados. Deseó con toda su alma no estar nunca ante un verdadero vendaval en esa situación.

Cuando llegó a la proa estaba completamente mojado y temblando. Entró en el pequeño recinto solitario, cerró la puerta, encendió la linterna y sorteando la chatarra que encontraba a su paso fue hasta uno de los pequeños cuartitos y cerró también esa puerta. Se quitó el capote impermeable, se frotó las manos contra el suéter para calentárselas y secárselas y luego abrió su bolsa. Puso el transmisor en un rincón, lo aferró al mamparo con un cable atado a las argollas y lo aseguró con una caja de cartón.

Llevaba botas con suela de goma y se puso guantes también de goma como precaución adicional antes de ponerse manos a la obra. Los cables al mástil de transmisión radial iban por un tubo hasta la cubierta de arriba. Con una pequeña sierra para cortar metal que había cogido de la sala de máquinas cortó una pequeña porción del tubo dejando los cables a la vista. Tomó uno, hizo una unión en un polo transmisor y luego conectó el enchufe de su radio con el cable de señales del mástil, la encendió y llamó a Moscú.

Su emisión no interferiría con la radio del barco porque él era el radiotelegrafista y era muy improbable que nadie más intentará emitir con el equipo del *Coparelli*. Sin embargo, mientras usaba su propia radio no se recibirían mensajes en la cabina del barco; y él no podría oírlos tampoco porque su equipo estaría sintonizado en otra frecuencia. Podría haber hecho las conexiones de tal manera que las dos radios recibieran al mismo tiempo, pero entonces las respuestas provenientes de Moscú hubieran sido captadas por la radio del barco y alguien podría escucharlas... Bueno, no había nada muy sospechoso en el hecho de que un barco pequeño dejara de captar señales durante un breve espacio de tiempo. Tyrin tendría la precaución de usar su radio solamente cuando no se esperaba que hubiera ningún mensaje para el barco.

Cuando se conectó con Moscú especificó:

«Controlando transmisor secundario.»

Moscú recibió el mensaje. «Aguarde señales de Rostov», ordenaron. Todo esto se emitía en el código normal del KGB.

Tyrin transmitió: «Aguardo, pero dense prisa.»

El mensaje de vuelta fue: «No dé señales de vida hasta que algo suceda. Rostov.»

Tyrin respondió: «Comprendido. Corto.» Sin esperar a que dieran la señal de corte desconectó los cables y los volvió a colocar en el tubo. El tener que torcer y retorcer cables pelados, incluso con pinzas aislantes, llevaba su tiempo y tenía sus riesgos. Había algunos conectores de emergencia en la cabina de transmisión. La próxima vez se metería algunos en el bolsillo para procurar que toda esa operación fuera más rápida.

Estaba satisfecho con el trabajo de esa noche. Había conseguido hacerse su rincón, había abierto las líneas de comunicación y nadie lo había descubierto. Todo lo que tenía que hacer era quedarse ahí sentado, y eso era lo que más le gustaba.

Decidió traer otra caja de cartón para poner ante la radio y ocultarla. Abrió la puerta y dirigió la luz de la linterna al depósito principal. Entonces se quedó paralizado.

Tenía compañía.

La luz estaba encendida y arrojaba sombras inquietas con su resplandor amarillo. En el centro del depósito, sentado contra un tambor de grasa con las piernas estiradas ante él, había un joven marinero. Levantó la vista tan sobresaltado como Tyrin y, por su expresión, sintiéndose cogido en falta como él.

Lo reconoció. Su nombre era Ravlo. Tendría unos diecinueve años, con pelo rubio muy claro y una cara delgada y blanca. No había estado con ellos en las farras de los *pubs* en Cardiff, sin embargo, a menudo se le veía con grandes ojeras y un aire ausente.

—¿Qué estás haciendo aquí? —dijo Tyrin.

Ravlo se había arremangado la manga izquierda de la camisa hasta arriba del codo. Sobre el suelo, entre las piernas tenía una ampolla, un cristal de reloj y una pequeña bolsa impermeable. En la mano derecha sostenía una jeringa hipodérmica con la que estaba a punto de inyectarse.

Tyrin frunció el entrecejo.

—¿Eres diabético?

Ravlo torció el rostro y se echó a reír.

—Un adicto —dijo Tyrin comprendiendo. No sabía mucho sobre drogas, pero sí que al muchacho le podían despedir en el próximo puerto de arribo si se sabía que las consumía. Comenzó a tranquilizarse un poco. Esto tenía arreglo.

Ravlo estaba mirando más allá del pequeño depósito. Tyrin se volvió y vio que la radio era claramente visible. Los dos hombres se miraron, cada uno comprendiendo que el otro estaba haciendo algo que necesitaba ocultar.

—Yo mantendré tu secreto y tú mantendrás el mío —concluyó el ruso.

Ravlo sonrió, luego volvió a concentrarse en su brazo y se clavó la aguja.

El intercambio entre el *Coparelli* y Moscú fue escuchado y registrado por el Servicio de Inteligencia Naval de

Estados Unidos. Dado que era el código normal del KGB pudieron descifrarlo. Pero todo lo que les decía era que alguien a bordo de un barco —no sabían qué barco— estaba controlando un transmisor secundario, y alguien llamado Rostov —el nombre no figuraba en ninguno de sus archivos— quería que no diera señales de vida. Nadie pudo entender nada, de modo que abrieron un archivo al que llamaron «Rostov» y se olvidaron del asunto.

12

Una vez concluido su informe en El Cairo, Hassan
pidió permiso para ir a Siria a visitar a sus padres. Le
dieron cuatro días. Viajó en avión hasta Damasco y llegó al campo de refugiados en un taxi.

No visitó a sus padres.

Hizo ciertas averiguaciones allí y luego, acompañado de uno de los refugiados, cogió varios autobuses
hasta llegar a Dara, pasó la frontera jordana y viajó hasta Ammán. Allí contactó con otro hombre que lo llevó
en otro autobús al río Jordán.

En la noche del segundo día cruzó el río, guiado por
dos tipos que llevaban ametralladoras ligeras. Para entonces Hassan usaba vestimenta árabe y turbante como
ellos, pero no pidió ningún arma. Eran hombres jóvenes, pero en sus facciones adolescentes se dibujaba el
odio y la crueldad; eran reclutas de un nuevo ejército.
Se desplazaron a través del valle del Jordán en silencio,
dirigiendo a Hassan con un roce o un murmullo; parecían haber hecho ese viaje muchas veces. En un momento dado los tres se echaron cuerpo a tierra tras una
mata de cactus mientras las luces y las voces de unos
soldados pasaban a cuatrocientos metros de distancia.

Hassan se sentía inerme. Al principio creyó que ese
sentimiento se debía a que estaba completamente en

manos de esos muchachos, a que su vida dependía del conocimiento y del coraje que tuvieran, pero más tarde, cuando lo dejaron y se encontró solo en una carretera tratando de que alguien lo recogiera, se dio cuenta de que ese viaje era una suerte de regresión. Durante años había sido un banquero europeo que vivía en Luxemburgo y tenía un coche, un aparato de aire acondicionado y un televisor. Ahora, de pronto, estaba caminando con sandalias por la polvorienta Palestina de su juventud, sin coche, sin avión; una vez más era un árabe, un campesino, un ciudadano de segunda clase en su país de origen. Ninguna de las cosas de las que se servía en Europa le serían útiles en ese lugar. No era posible resolver un problema llamando por teléfono o sacando una tarjeta de crédito o pidiendo un taxi. Se sintió como un niño desvalido y un fugitivo al mismo tiempo.

Anduvo a pie ocho kilómetros sin ver un solo vehículo. Finalmente apareció un camión cargado de fruta, con un motor que petardeaba y arrojaba humo y se paró un poco más adelante. Hassan corrió hasta alcanzarlo.

—¿A Nablus? —gritó.

—Sí, suba.

El conductor, un hombre fornido y musculoso, aferraba con fuerza el volante cuando el camión tomaba las curvas a toda velocidad. Fumaba todo el tiempo. Debía de estar seguro de que no se cruzaría con ningún otro vehículo en toda la noche, pues de otro modo no hubiera conducido de ese modo, sin tocar en ningún momento el freno, ni siquiera antes de entrar en una curva. Hassan hubiera dormido un poco, pero el hombre quería conversar. Le dijo que los judíos eran buenos gobernantes, que los negocios habían prosperado desde que ellos ocuparon el Jordán, pero que él creía que la tierra debía ser libre algún día. Sin duda no era sincero en la mitad de las cosas que decía; pero Hassan no podía distinguir en qué parte mentía.

Entraron a Nablus cuando estaba amaneciendo, con un sol rojo que se levantaba tras la cresta de la montaña y la ciudad aún dormida. El camión irrumpió en la plaza del mercado y se detuvo. Hassan le dijo adiós al hombre.

Caminó a paso lento por las calles vacías mientras el sol comenzaba a aplacar el frío de la noche. Saboreó el aire límpido y contempló complacido las casas encaladas de planta baja, disfrutando de cada detalle, empapándose del sentimiento de nostalgia que le invadía. Estaba en Palestina, en su casa.

Tenía los datos exactos de una casa sin número en una calle sin nombre, de un sector pobre, donde las pequeñas edificaciones de piedra estaban demasiado juntas y donde nadie barría las calles. Una cabra estaba atada afuera, y se le ocurrió pensar qué comería ese animal si en aquellos contornos no había pasto. La puerta de la casa no estaba cerrada.

Vaciló un momento afuera, tratando de combatir la ansiedad que sentía en la boca del estómago. Había estado lejos demasiado tiempo. Ahora se encontraba de nuevo en su tierra, después de esperar durante años esta oportunidad de vengarse por lo que le habían hecho a su padre. Había sufrido el exilio, lo soportó con paciencia, alimentando su odio quizá con exageración.

Entró.

Había cuatro o cinco personas durmiendo en el suelo. Una de ellas era una mujer, abrió los ojos, lo vio y se enderezó inmediatamente, estirando su mano debajo de la almohada en busca de lo que podría haber sido un revólver.

—¿Qué quieres?

Hassan pronunció el nombre de aquel que comandaba a los fedayines.

Mahmoud no había vivido lejos de Yasif Hassan cuando los dos eran niños al final de la década de los treinta, pero nunca se habían encontrado, o de haberlo hecho ninguno de los dos lo recordaba. Después de la gran guerra europea, cuando Yasif fue a estudiar a Inglaterra, Mahmoud se quedó cuidando ovejas con sus hermanos, su padre, sus tíos y su abuelo. Sus vidas habrían continuado por rumbos diferentes de no mediar la guerra de 1948. El padre de Mahmoud, como el de Yasif, tomó la decisión de empaquetar y huir. Los dos hijos, Yasif era unos pocos años mayor que Mahmoud, se encontraron en el campo de refugiados. La reacción de Mahmoud ante el cese del fuego fue aún más fuerte que la de Yasif, lo cual era paradójico, porque Yasif había perdido más. Pero Mahmoud estaba poseído por la ira y quería luchar por la liberación de su patria. Hasta entonces no se había interesado por la política, pensando que nada tenía que ver con un pastor de ovejas, pero en ese momento se había propuesto entenderla. Antes, no obstante, tenía que aprender a leer.

Volvieron a encontrarse en los años cincuenta, en Gaza. Para entonces, Mahmoud se había convertido en un hombre de una personalidad violenta. Había leído las teorías de Clausewitz sobre la guerra, la *República* de Platón, *Das Kapital* y *Mein Kampf*, y también a Keynes, Mao, Galbraith y Gandhi, además de historia y biografías de hombres y mujeres relevantes de la historia, novelas clásicas y obras de teatro modernas. Hablaba bien el inglés y mal el ruso y tenía ciertos conocimientos de cantonés. Estaba dirigiendo un pequeño grupo de terroristas que hacía incursiones en Israel. Arrojaban bombas, disparaban y robaban y luego desaparecían en los campos de Gaza. Los terroristas obtenían dinero, armas e información de El Cairo: Hassan era en síntesis parte del respaldo de la inteligencia egipcia. Cuando volvieron a encontrarse, Yasif le dijo a

Mahmoud que en definitiva no quería comprometer su lealtad con El Cairo, ni siquiera con la causa panárabe, sino con Palestina.

Yasif estaba dispuesto a abandonarlo todo —su trabajo en el banco, su casa en Luxemburgo, su papel en la inteligencia egipcia—, y unirse a los luchadores por la libertad. Pero Mahmoud había dicho que no, y era difícil a esas alturas cuestionar su autoridad. En pocos años decía —pues se proyectaba a largo plazo—, los guerrilleros desempeñarían un papel importante en la lucha, pero aún necesitarían amigos en altos puestos, conexiones europeas y servicio de inteligencia secreta.

Se habían encontrado una vez más en El Cairo y establecido canales directos de comunicación que evitaban el control egipcio. En su trabajo de espionaje Hassan había cultivado una imagen engañosa: aparentaba ser algo menos sagaz de lo que era. Al principio enviaba a Mahmoud más o menos la misma información que daba a El Cairo, principalmente los nombres de los árabes leales que estaban dilapidando fortunas en Europa y a los que se podía abordar en busca de fondos. Recientemente, Hassan había desempeñado un papel de mayor importancia práctica inmediata, pues el movimiento palestino comenzaba a operar en Europa. Era él quien les reservaba hoteles y vuelos, les alquilaba coches y casas, hacía acopio de armas y les transfería fondos.

No era el tipo de hombre apto para empuñar un arma, lo sabía y se avergonzaba un poco por ello, pero estaba orgulloso de resultar útil en la lucha con su trabajo en Europa.

El resultado de su labor había empezado a notarse en Roma ese año. Hassan creía en el programa de terrorismo europeo concebido por Mahmoud. Estaba convencido de que los ejércitos árabes incluso con la ajuda roja, nunca podrían derrotar a los judíos, los que, al ser atacados, se sentían como un pueblo sitiado que se defiende contra los extranjeros, y eso les daba fuerza. Desde su punto de vista, la verdad era que los árabes palestinos estaban defendiendo su patria contra la invasión sionista. Aun había más árabes palestinos que judíos israelíes, contando los exiliados en campos de refugiados; y eran ellos, no una horda de soldados de El Cairo y de Damasco, los que liberarían a su patria. Pero primero tenían que creer en los fedayines. Los hechos como el del aeropuerto de Roma los convencían de que tenían recursos a un nivel internacional, y cuando el pueblo creyera en ellos, el pueblo mismo sería fedayín y eso los volvería invulnerables.

El episodio del aeropuerto de Roma era trivial, un pecadillo, en comparación con lo que Hassan tenía ahora en mente. Se trataba de un plan siniestro que llevaría a los fedayines a las primeras páginas de los periódicos de todo el mundo durante semanas y probaría que eran una poderosa fuerza internacional, no un puñado de refugiados enfurecidos y desharrapados. Hassan esperaba que Mahmoud aceptara lo que iba a proponerle, un auténtico holocausto.

Se abrazaron y se besaron en las mejillas como hermanos, luego se apartaron y se miraron.

—Hueles como una prostituta —dijo Mahmoud.

—Tú hueles como un cabrero —contestó Hassan, y los dos rieron y volvieron a abrazarse.

Mahmoud era un hombre fornido, un poco más alto que Hassan y mucho más ancho de tórax. Hablaba y caminaba con altivez, siempre con la cabeza erguida, muy convencido de su papel de líder. Desprendía un olor familiar, agrio, de vivir hacinado con mucha gente en un lugar que carecía de instalaciones tan básicas como un baño con agua caliente. Habían pasado ya tres días desde la última vez que Hassan había usado masaje para después de afeitarse y talco, pero para Mahmoud aún olía como una mujer.

La casa tenía dos habitaciones: una a la que daba la puerta principal y otra detrás, donde Mahmoud dormía en el suelo con otros dos hombres. No había piso superior. Las comidas se preparaban en el fondo de la casa, y el agua estaba a más o menos una manzana de distancia. Una mujer encendió el fuego y comenzó a preparar un potaje de judías. Mientras aguardaban a que estuviera listo, Hassan pasó a informar a Mahmoud.

—Hace tres meses, en Luxemburgo, me encontré con un hombre que había conocido en Oxford, un judío llamado Dickstein, que resultó ser un importante hombre del Mosad. Desde entonces vengo siguiéndolo con ayuda de los rusos, en particular de un hombre del KGB llamado Rostov. Hemos descubierto que Dickstein tiene el plan de robar un cargamento de uranio de un barco para que Israel pueda fabricar sus bombas atómicas.

Al principio, Mahmoud se negaba a creer a Hassan y le preguntó hasta qué punto esa información era fidedigna, cuáles eran exactamente las pruebas, quién podría estar mintiendo, qué errores podrían haberse cometido. A medida que las respuestas de Hassan iban introduciendo más y más coherencia, Mahmoud se fue convenciendo de que su amigo estaba en lo cierto.

—Israel no sólo persigue amenazar la causa del movimiento palestino con esa operación. Esas bombas podrían arrasar todo Oriente Próximo.

Era propio de él, pensó Hassan, ver las cosas en su proyección mayor.

—¿Qué os proponéis hacer tú y el ruso? —preguntó Mahmoud.

—El plan es interceptar a Dickstein y descubrir el

complot israelí al mundo, exhibiendo a los sionistas como aventureros sin ley. No hemos elaborado los detalles todavía. Sin embargo yo tengo otra propuesta. —Hizo una pausa, y luego dijo—: Creo que los fedayines tendrían que asaltar el barco antes de que Dickstein llegara a él.

Mahmoud lo miró atónito durante un buen rato.

Hassan pensó: «¡Por qué no dices algo, por Dios!» Mahmoud comenzó a sacudir la cabeza despacio, de lado a lado, luego sonrió y por último se echó a reír, primero de forma discreta pero después a grandes carcajadas.

—Pero ¿qué piensas? —quiso saber Hassan.

—Es sensacional. No sé cómo podemos hacerlo, pero es una idea estupenda.

Luego comenzó a hacer preguntas. Quería saber todos los detalles: la cantidad de uranio, los nombres de los barcos implicados, cómo se hacía para convertir el óxido de uranio en un explosivo nuclear, lugares, fechas, personas. Hablaron a solas en la habitación de atrás, pero de vez en cuando Mahmoud llamaba a alguien y le decía que escuchara algún punto particular del informe de Hassan.

Alrededor del mediodía llamó a dos hombres que parecían ser sus lugartenientes. Ante el oído atento de estos fedayines, Hassan volvió sobre algunos puntos que consideraba cruciales.

—¿El *Coparelli* es un barco mercante ordinario con una tripulación regular?

—Sí.

—¿Navegará a través del Mediterráneo hasta Génova?

—Sí.

—¿Cuánto pesa el óxido de uranio?

—Doscientas toneladas.

—¿Y está metido en tambores?

—El cincuenta y seis por ciento.

—¿Cuál es el precio de mercado?

—Dos millones de dólares estadounidenses.

—¿Y se emplea para hacer bombas nucleares?

—Sí, bueno, es la materia prima.

—¿Su conversión a la forma explosiva es un proceso costoso o difícil?

—No, si se dispone de un reactor nuclear.

Mahmoud hizo una inclinación de cabeza a sus lugartenientes.

—Quiero que les contéis todo esto a los demás.

En la tarde, cuando el sol había pasado el cenit y había refrescado bastante, Mahmoud y Yasif salieron a caminar por las montañas de las afueras de la ciudad. Yasif estaba desesperado por conocer lo que Mahmoud realmente pensaba de su plan, pero éste no quiso hablar del uranio, de modo que Yasif habló sobre Rostov y dijo que admiraba su profesionalidad pese a las dificultades que ésta le había acarreado.

—Es bueno admirar a los rusos —dijo Mahmoud— siempre y cuando no confiemos en ellos. Su corazón no es nuestra causa. Hay tres razones por las que toman nuestro partido. La menos importante es que causamos malestar a Occidente y todo lo que sea malo para Occidente es bueno para los rusos. Luego está su imagen. Las naciones subdesarrolladas se identifican con nosotros antes que con los sionistas, de modo que al respaldarnos los rusos acrecientan su prestigio ante el Tercer Mundo, y recuerda que el Tercer Mundo no ha tomado partido en la pugna que sostienen Estados Unidos y la Unión Soviética. Pero la razón más importante, la única verdaderamente importante, es el petróleo. Los árabes tenemos petróleo.

Pasaron junto a un muchacho que tocaba la flauta

mientras cuidaba un rebaño de ovejas flacas. Yasif recordó que en una época de su vida Mahmoud había sido un pastor que no sabía leer ni escribir.

—¿Te das cuenta de lo importante que es el petróleo? —dijo Mahmoud—. Hitler perdió la Segunda Guerra Mundial por el petróleo... Los rusos lo derrotaron, como no podía ser de otra forma. Hitler lo sabía, sabía lo que le sucedió a Napoleón, sabía que nadie podía conquistar Rusia... Entonces, ¿por qué lo intentó? Se estaba quedando sin petróleo y quiso conquistar los campos petrolíferos del Cáucaso. Pero para ello, antes debía ocupar Volvogrado, que entonces se llamaba Stalingrado, el lugar donde la marea se volvió contra él... El petróleo. Por él luchamos, nos guste o no, ¿te das cuenta? Si no fuera por el petróleo a nadie excepto a nosotros, le importaría si los árabes y los judíos nos matamos por un polvoriento y pequeño país como el nuestro.

Mahmoud tenía magnetismo cuando hablaba; su voz era clara y fuerte y sabía comunicar sus ideas como si de verdades incuestionables se trataran. Hassan sospechaba que a menudo decía esas mismas cosas a sus tropas. Comparó el discurso de Mahmoud con la forma sofisticada en que los políticos planteaban las cosas en lugares como Luxemburgo y Oxford, y le parecía que pese a todos sus conocimientos e información ninguno de ellos sabía tanto como Mahmoud. Hassan también sabía que la política internacional era complicada; que además del petróleo había otras cosas detrás de todo esto, sin embargo, en el fondo, creía que Mahmoud tenía razón.

Se sentaron a la sombra de una higuera. Un paisaje llano y de color pardo se extendía ante ellos, desierto. El cielo era de un azul intenso y estaba despejado de nubes. Mahmoud descorchó una botella de agua y se la ofreció a Hassan, que bebió de ella y se la devolvió.

Luego le preguntó a Mahmoud si deseaba gobernar a Palestina una vez que los sionistas fueran arrojados del lugar.

—He matado a demasiada gente —dijo él—. Al principio con mis propias manos, con un cuchillo, una pistola o una bomba, ahora mato elaborando planes y haciendo que otros los cumplan. Sé que estoy en pecado, pero no puedo arrepentirme. No tengo remordimientos, Yasif. Aunque cometiéramos un error y matáramos niños y árabes en lugar de soldados y sionistas, sólo pensaría: Esto es malo para nuestra reputación, y desde luego no creería que es malo para mi alma. Hay sangre en mis manos, y no la borraré, ni siquiera lo intentaré. Hay una historia que se titula *El retrato de Dorian Gray* que trata de un hombre que lleva una vida corrupta y malsana, ese tipo de vida que debía hacerle parecer viejo y que le salieran arrugas en el rostro y bolsas debajo de los ojos, que le destrozara el hígado y le produjera enfermedades venéreas. Sin embargo no sufre, los años pasan y él sigue pareciendo joven, como si hubiera descubierto el elixir de la eterna juventud. Pero en un cuarto cerrado de la casa hay un cuadro con su retrato pintado y es el cuadro el que va envejeciendo y sufre los deterioros de la mala vida y de las enfermedades terribles que él debería padecer. ¿Conoces la historia? Es inglesa.

—Vi la película —dijo Yasif.

—Yo leí el libro cuando estuve en Moscú. Me gustaría ver ese filme. ¿Recuerdas cómo termina?

—Dorian Gray destruye el cuadro, y entonces cae enfermo, envejece al instante y muere.

—Sí. —Mahmoud puso de nuevo el tapón en la botella, y miró hacia las laderas pardas de las montañas—. Cuando Palestina sea libre, también destruiré mi cuadro.

Después de eso se quedaron sentados en silencio

durante unos minutos. Luego, sin hablar, se pusieron de pie y emprendieron el camino de vuelta a la ciudad.

Varios hombres llegaron a la pequeña casa de Nablus al atardecer cuando aún no había sonado el toque de queda. Hassan no sabía quiénes eran exactamente; podían ser los líderes locales del movimiento o un grupo de gente elegida a la que Mahmoud quisiera consultar, o un consejo permanente de guerra que permanecía muy cerca de su líder, pero no vivía en la misma casa que él. Hassan pensó que esto último era lo más probable, pues si todos vivieran en el mismo lugar podrían ser liquidados juntos.

Una mujer les dio pan, pescado y vino aguado y Mahmoud les contó el plan de Hassan que él había redondeado y les propuso que asaltaran el *Coparelli* antes que Dickstein y luego aguardaran a los israelíes y los liquidaran cuando abordaran el barco. Puesto que el grupo de Dickstein esperaría encontrarse con una tripulación desprevenida, sería fácil liquidarlos. Luego los fedayines podrían llevar el *Coparelli* a un puerto norteafricano e invitar al mundo a que viniera a bordo a ver los cadáveres de los sionistas criminales. El cargamento sería ofrecido a sus dueños por una cantidad equivalente a la mitad del precio en el mercado: un millón de dólares estadounidenses.

Se produjo un largo debate. Claramente una facción del movimiento estaba en contra de la política de Mahmoud de llevar la guerra a Europa y consideraba el asalto del barco como la extensión de una ulterior estrategia. Sugirieron que los fedayines podrían realizar la mayor parte de lo que se proponían simplemente convocando una conferencia de prensa en Beirut o en Damasco y revelando el complot israelí. Hassan estaba convencido de que eso no era suficiente. Las acusaciones no tenían bastante fuerza, y no se trataba de demostrar la mendacidad de Israel, sino el poder de los fedayines.

Hablaban como iguales y Mahmoud parecía escuchar con mucha atención a todos. Hassan se quedó sentado sin intervenir, escuchando las voces tranquilas de esas gentes que tenían aspecto de pastores y campesinos y que hablaban como senadores. Estaba a la vez esperanzado y temeroso de que adoptaran su plan: esperanzado porque sería el broche de veinte años de sueños de venganza; temeroso porque significaría que tendría que realizar acciones más difíciles, violentas y arriesgadas que las que venía realizando hasta ese momento.

Al final no pudo soportar más y salió. Se puso en cuclillas en el humilde patio, oliendo la noche y el fuego que se apagaba. Poco después llegaba un coro de voces desde el interior, estaban votando.

Mahmoud salió y se sentó junto a él.

—He pedido un coche.

—¿Sí?

—Debemos ir a Damasco esta noche. Hay mucho por hacer. Será nuestro mayor operativo. Debemos comenzar inmediatamente el trabajo.

—¿Está decidido entonces?

—Sí, los fedayines asaltarán el barco y robarán el uranio.

—Que así sea —dijo Yasif Hassan.

A David Rostov siempre le había gustado su familia en pequeñas dosis, y a medida que se volvía más viejo, las dosis necesarias cada vez eran más pequeñas. El primer día de sus vacaciones fue estupendo. Preparó el desayuno, salieron a caminar por la playa, y por la tarde

Vladimir, el joven genio, jugó al ajedrez contra él, Mariya y Yuri simultáneamente, y ganó las tres partidas. Durante horas después de la cena estuvieron poniéndose al día de sus vidas y bebiendo un poco de vino. El segundo día fue similar, pero lo disfrutaron menos; y al tercer día la novedad de sus mutuas compañías se había agotado. Vladimir recordó que era presuntamente un prodigio y volvió a enfrascarse en sus lecturas. Yuri comenzó a escuchar la degenerada música occidental en el tocadiscos y discutió con su padre sobre los poetas disidentes, y Mariya se metió en la cocina de la dacha y dejó de maquillarse.

De modo que cuando llegó el mensaje de que Nik Bunin estaba de vuelta de Rotterdam y que había colocado todos los dispositivos habidos y por haber en el *Stromberg*, Rostov lo utilizó como excusa para volver a Moscú.

Nik informó que el *Stromberg* había estado en dique seco para la inspección previa a la venta de la Savile Shipping. Le estaban haciendo algunas pequeñas reparaciones, y Nik había subido a bordo sin dificultad aparentando ser un electricista y había colocado un poderoso radiofaro en la proa. Al salir fue interrogado por el capataz que no tenía anotado entre los trabajos del día la colocación de ningún faro, y Nik le dijo que, si el trabajo no había sido pedido, indudablemente no tendrían por qué pagarlo.

Desde ese momento, siempre que estuviera conectada la electricidad del barco —es decir, todo el tiempo que estuviera en navegación y la mayor parte del tiempo que permaneciera en el dique— el faro enviaría una señal cada treinta minutos hasta que se hundiera o se convirtiera en chatarra. Durante el resto de sus días, en cualquier lugar del mundo donde estuviera, Moscú podría localizarlo en una hora.

Rostov escuchó a Nik, luego lo envió a su casa.

Tenía planes para la noche. Hacía mucho que no veía a Olga.

Dieter Koch, del Servicio de Inteligencia Naval israelí, era un joven capitán que había sido ingeniero de máquinas. Cuando el *Coparelli* saliera de Amberes con su cargamento de óxido de uranio, Koch tenía que estar a bordo.

Dickstein llegó a Amberes con sólo una vaguísima idea de cómo iba a conseguir introducir a Koch en el *Coparelli*. Desde la habitación de su hotel llamó por teléfono al representante local de la compañía a la cual pertenecía el *Coparelli*.

Cuando me muera, me enterrarán en la habitación de un hotel, pensó mientras aguardaba a que le dieran la comunicación.

Una muchacha respondió al teléfono. Dickstein dijo sin rodeos:

—Soy Pierre Beaudaire. Póngame con el director.

—Un momento, por favor.

—¿Sí? —dijo una voz de hombre.

—Buenos días, soy Pierre Beaudaire, de la Beaudaire Crew List. —Dickstein iba inventando a medida que hablaba.

—No tengo la menor idea de quién es usted.

—Por eso le llamo. Queremos abrir una oficina en Amberes, y quería saber si a ustedes les interesaría probar nuestros servicios.

—Lo dudo. Pero puede escribirme y...

—¿Está usted completamente satisfecho con su agencia de personal para la tripulación?

—Podría ser peor. Mire...

—Una pregunta más y dejaré de molestarlo. ¿Puedo preguntarle con qué agencia trabaja en este momento?

—Cohen. Y mire, estoy muy ocupado...

—Lo comprendo. Gracias por su amabilidad. Adiós.

¡Cohen!, eso sí que era tener suerte. Quizá podré hacer todo esto sin que nadie resulte herido, pensó Dickstein mientras colgaba.

¡Cohen! Eso sí que no se lo esperaba. Los diques y la carga no eran trabajos típicamente judíos. Bueno, a veces uno tenía suerte.

Buscó en la guía de teléfonos: agencia de tripulación Cohen, memorizó la dirección, se puso la chaqueta, salió del hotel y llamó a un taxi.

Cohen tenía una pequeña oficina de dos habitaciones encima de un bar de marineros, en los bajos fondos de la ciudad. Aún no era mediodía, y la gente de la noche —las prostitutas, los truhanes, los músicos, los ladrones y los mozos— todavía estaba durmiendo. En ese momento el barrio era igual a cualquier otro: viejo, gris, sucio y frío a esas horas de la mañana.

Dickstein subió por las escaleras hasta la puerta del primer piso, llamó y entró. Una secretaria de mediana edad estaba a cargo de una pequeña sala de recepción amueblada con archivos y sillas de plástico anaranjado.

—Quisiera ver al señor Cohen —le dijo Dickstein.

La secretaria le miró de arriba abajo y pareció pensar que Dickstein no tenía aspecto de ser un marinero.

—¿Necesita usted un barco? —le preguntó.

—No —respondió él—. Soy de Israel.

La mujer pareció dudar. Tenía el pelo negro y llevaba los ojos excesivamente pintados. Dickstein vio que llevaba una alianza en el dedo anular y pensó que quizá fuera la mujer de Cohen. La secretaria se levantó y entró por una puerta que había tras su escritorio. Llevaba un traje pantalón, y vista por detrás parecía mucho más joven.

Un minuto más tarde reapareció y le condujo a la

oficina de Cohen. Éste se puso de pie y le estrechó la mano.

—Todos los años doy para la causa —dijo sin más preámbulos—. Durante la guerra di veinte mil florines holandeses, puedo mostrarle el recibo. ¿Ahora me hacen un nuevo pedido? ¿Hay otra guerra?

—No estoy aquí para recolectar fondos, señor Cohen —dijo Dickstein con una sonrisa. La mujer había dejado la puerta abierta. Dickstein la cerró—. ¿Puedo sentarme?

—Si no quiere dinero, siéntese, tome un café, quédese todo el tiempo que quiera —contestó el hombre y se echó a reír.

Dickstein se sentó. Cohen era un hombre bajo, con gafas, calvo y bien afeitado, de unos cincuenta años. Llevaba una chaqueta marrón a cuadros que no era muy nueva. Dickstein intuyó que trabajaba bien, pero no era millonario.

—¿Estaba usted aquí en la Segunda Guerra Mundial? —preguntó.

Cohen asintió con la cabeza.

—Era muy joven. Fui al campo y trabajé en una granja donde nadie me conocía, nadie sabía que yo era judío. Tuve suerte.

—Muy bien. Trabajo para el gobierno de Israel. Quisiéramos que hiciera algo para nosotros.

—¿De qué se trata? —dijo Cohen encogiéndose de hombros.

—Dentro de unas semanas, uno de sus clientes le pedirá gente, con urgencia. Necesitarán un oficial ingeniero naval para un barco llamado *Coparelli*. Quisiéramos que les enviara a uno de nuestros hombres. Se llama Koch y es un israelí, pero usará un nombre diferente y papeles falsos. Sin embargo, es ingeniero naval; sus clientes no quedarán defraudados.

Dickstein aguardó a que Cohen dijera algo. Usted

es un hombre simpático, pensó, un honesto comerciante judío, inteligente y trabajador, no haga que deba ponerme duro.

—¿No puede decirme por qué el gobierno de Israel quiere que ese tal Koch suba a bordo del *Coparelli*?

—No.

Se produjo un silencio.

—¿Lleva usted alguna credencial?

—No.

La secretaria entró sin golpear la puerta y les sirvió café. Dickstein sintió que la mujer emanaba energía negativa. Cohen aprovechó la interrupción para ordenar sus pensamientos. Cuando la secretaria se fue, dijo:

—Yo tendría que estar loco para hacer algo así.

—¿Por qué?

—Usted aparece de repente en mi oficina diciendo que representa al gobierno de Israel, pero no tiene ningún documento que lo acredite y ni siquiera me dice su nombre. Me pide que tome parte en algo que evidentemente no es legal y no me quiere decir qué está tratando de hacer. Aunque creyera su historia, no sé si aprobaría que los israelíes hicieran lo que usted quiere hacer.

Dickstein suspiró y pensó en las alternativas: sobornarlo, secuestrar a su mujer, tomar por asalto la oficina cuando fuera necesario...

—¿Hay algo que pueda hacer para convencerlo? —dijo.

—Necesitaría una comunicación personal del primer ministro de Israel, sólo entonces lo haría.

Dickstein se puso de pie. ¿Por qué no?, pensó. ¿Por qué diablos no? Era una locura. Pensarían que estaba demente..., pero la cosa funcionaría... Sonrió mientras lo pensaba. A Pierre Borg le dará un ataque de apoplejía, se dijo.

—Muy bien.

—¿Qué quiere decir «muy bien»? —preguntó Cohen.

—Póngase la chaqueta. Iremos a Jerusalén.

—¿Ahora?

—¿Está ocupado?

—¿Habla en serio?

—Le dije que es importante. —Dickstein señaló el teléfono de encima del escritorio—. Llame a su mujer.

—Está ahí fuera.

Dickstein fue hasta la puerta y la abrió.

—¿Señora Cohen?

—Sí.

—¿Quiere entrar, por favor?

La mujer se apresuró a entrar evidentemente preocupada.

—¿Qué sucede, Josef? —preguntó a su marido.

—Este hombre quiere que vaya a Jerusalén con él.

—¿Cuándo?

—Ahora.

—¿Quieres decir esta semana?

—Quiero decir esta mañana, señora Cohen —replicó Dickstein—. Debo decirle que todo es altamente confidencial. Le he pedido algo a su marido, algo que debe hacer por el gobierno israelí. Naturalmente, él quiere estar seguro de que es el gobierno el que está pidiendo este favor y no un delincuente. De modo que voy a llevármelo para que se convenza.

—No te compliques, Josef —dijo ella.

—Soy judío —respondió Cohen encogiéndose de hombros—, ya estoy complicado. Cuida de todo.

—¡No sabes nada acerca de este hombre!

—Por eso mismo voy a averiguarlo.

—No me gusta.

—No hay peligro —le dijo Cohen—. Volaremos juntos a Jerusalén, veré al primer ministro y volveremos.

—¡Al primer ministro!

Dickstein advirtió lo orgullosa que repentinamente se sentía la mujer de su marido.

—Esto tiene que ser secreto, señora Cohen —dijo—, por favor, dígale a la gente que su marido se ha ido a Rotterdam en viaje de negocios. Estará de vuelta mañana.

Ella los miró atónita.

—¿Josef va a encontrarse con el primer ministro y no puedo contárselo a Rachel Rothstein?

Entonces Dickstein supo que todo iba a ir bien.

Cohen cogió su chaqueta de la percha y se la puso. La señora Cohen le dio un beso y lo abrazó.

—Está bien —le dijo Cohen—. No te preocupes, todo irá muy bien.

La señora Cohen asintió con la cabeza y le dejó marchar.

Tomaron un taxi hasta el aeropuerto. El placer de Dickstein aumentaba a medida que viajaban. Iba a hacer una pequeña travesura, y se sentía como un escolar. Ésta era una escapada sensacional. No podía dejar de sonreír y tenía que girar la cara para que Cohen no se diera cuenta.

Pierre Borg no podría creerlo.

Dickstein compró dos billetes de ida y vuelta a Tel Aviv con su tarjeta de crédito. Tuvieron que tomar un vuelo que hacía escala en París. Antes de partir llamó a la embajada y pidió que alguien fuera a buscarlos al aeropuerto.

En París dio al hombre de la embajada un mensaje para Borg explicándole lo que hacía falta. El diplomático era un hombre del Mosad, y trató a Dickstein con deferencia. A Cohen se le permitió que escuchara la conversación, y cuando el funcionario se fue dijo:

—Me ha convencido. No es necesario que vayamos a Jerusalén.

—Oh, no. Ya que hemos llegado hasta aquí, quiero que esté bien seguro de lo que hace.

En el avión Cohen le observó.

—Usted debe de ser un hombre importante en Israel.

—No, pero lo que estoy haciendo es importante.

Cohen quería saber cómo debía comportarse, qué debía hacer cuando estuviera ante el primer ministro. Dickstein le dijo:

—No lo sé, nunca he estado con él, déle la mano y llámele por su nombre.

Cohen sonrió. Estaba empezando a pasárselo tan bien como Dickstein.

Pierre Borg fue a recibirlos al aeropuerto de Lod y los llevó en coche a Jerusalén. Sonrió y le estrechó la mano a Cohen, aunque estaba haciendo grandes esfuerzos por contener su furia.

—Será mejor que tengas una muy buena razón para todo esto —murmuró a Dickstein mientras caminaban hacia el coche.

—La tengo.

Todo el tiempo estuvieron con Cohen, de modo que Borg no pudo hacer preguntas a Dickstein. Fueron directamente a la residencia del primer ministro en Jerusalén. Dickstein y Cohen aguardaron en la antecámara, mientras Borg explicaba al primer ministro lo que se le pedía y por qué.

Poco después llamaron a Dickstein y Cohen.

—Éste es Nat Dickstein, señor –dijo Borg.

Se estrecharon las manos.

—No nos conocíamos personalmente, pero he oído hablar mucho de usted —dijo el gobernante.

—Y éste es el señor Josef Cohen, de Amberes.

—Señor Cohen –sonrió el primer ministro— es usted un hombre muy cauto, tendría que ser político. Bien, ahora... por favor, haga usted lo que se le pide por nosotros, ningún daño podrá sobrevenirle por ello.

Cohen quedó deslumbrado.

—Sí, señor, haré lo que me pidan. Lamento haber causado tantas molestias.

—No se disculpe. Usted hizo lo que debía hacer. —Le dio la mano una vez más—. Gracias por haber venido. Adiós.

Borg fue menos cortés en el camino de vuelta al aeropuerto. Iba en silencio en el asiento delantero del coche, fumando un cigarro, inquieto. En el aeropuerto se las arregló para hablar a solas con Dickstein un momento.

—Si vuelves a hacer algo parecido...

—Era necesario —dijo Dickstein—. Tomó menos de un minuto. ¿Por qué no habría de hacerse?

—Porque he tenido a todo el departamento trabajando el día entero para ese minuto. ¿Por qué no le pusiste simplemente una pistola en el pecho y listo?

—Porque no somos salvajes —respondió Dickstein.

—Siempre me vienes con ésas.

—¿Ah, sí? Mala señal.

—¿Por qué?

—Porque no debería hacer falta que te lo recordaran.

Luego llamaron a los pasajeros a bordo. Mientras se dirigían al avión, Dickstein pensó que su relación con Borg estaba muy deteriorada. Siempre se habían hablado así, incluso con insultos, pero nunca había habido entre ellos resentimientos, siempre habían sentido afecto y respeto el uno por el otro. Ahora eso había desaparecido. Borg se mostraba hostil. Consideraba que la negativa de Dickstein a ser retirado del proyecto había sido de una insolencia intolerable. Si Dickstein quería continuar perteneciendo al Mosad, tendría que enfrentarse con Borg y aspirar al puesto de director. Ya no había lugar suficiente para los dos hombres en la organización. Pero no iba a haber enfrentamiento, porque Dickstein pensaba dimitir...

Volaron de noche. Cohen bebió un poco de ginebra y se durmió y Dickstein aprovechó para hacer balance de su trabajo en los últimos cinco meses. En mayo no tenía la menor idea de cómo robaría el uranio que necesitaba Israel. Había ido solucionando los problemas a medida que éstos aparecían: cómo localizar el uranio, cuál era el cargamento más conveniente para robar, cómo tomar el barco por asalto, cómo mantener en secreto el papel de los israelíes en el robo, cómo evitar que se informara de la desaparición del uranio a las autoridades, cómo tranquilizar a los dueños del producto. Si se hubiera sentado al comienzo y hubiera tratado de idear todo el proyecto, por más que hubiera que-rido no habría podido anticipar todas las complicaciones.

Había tenido algo de buena y algo de mala suerte. El hecho de que los dueños del *Coparelli* usaran una agencia judía en Amberes para la tripulación era un golpe de suerte; al igual que la existencia de una consignación de uranio para fines no nucleares y el hecho de que se transportara por mar. Lo que había sido fruto de su mala suerte había sido su encuentro con Yasif Hassan.

Hassan era la mosca en la leche. Dickstein estaba bastante seguro de que había despistado a sus oponentes cuando voló a Buffalo a ver a Cortone, y que desde entonces no habían podido seguir su rastro, pero eso no significaba que hubieran abandonado la persecución.

Sería muy importante saber cuánto habían descubierto antes de perderlo de vista.

Dickstein no podía volver a ver a Suza hasta que la operación finalizara y también de eso había que culpar a Hassan.

El avión comenzó a descender y Dickstein se abrochó el cinturón de seguridad. Ahora todo estaba encarrilado. Las cartas estaban echadas. Sabía cuál era su baza y conocía algunas de la cartas de sus enemigos, pero ellos también conocían algunas de las suyas. Sólo faltaba comenzar la partida, y nadie podía anticipar los resultados. Hubiera querido poder ver con más claridad el futuro y que su plan fuera menos complicado, hubiera querido no tener que arriesgar su vida una vez más y que la partida empezara de una vez para dejar de imaginar cosas y comenzar a actuar.

Cohen estaba despierto.

—¿Soñé todo lo que pasó? —dijo.

—No. —Dickstein sonrió. Había aún una cosa desagradable que tenía que hacer: debía amedrentarlo al máximo—. Le dije que vamos a realizar una acción muy importante y secreta.

—Desde luego, lo comprendo.

—No, no lo comprende. Si llega a hablar de esto con alguien además de con su mujer, seremos drásticos. Con esto quiero decirle...

—¿Me está amenazando?

—Le estoy diciendo que si no mantiene la boca bien cerrada, mataremos a su mujer.

Cohen palideció. Pasado un momento, giró la cara y miró por la ventanilla. Estaban a punto de aterrizar.

13

El hotel Rossiya de Moscú era el más grande de Europa. Tenía 5.738 camas y dieciséis kilómetros de pasillos, pero carecía de aire acondicionado.

Yasif Hassan durmió muy mal.

Era muy fácil decir «Los fedayines tienen que asaltar el barco antes que Dickstein», pero cuanto más lo pensaba, más aterrorizado estaba.

En 1968 la Organización para la Liberación de Palestina (OLP) no poseía, como entidad política, la cohesión que pretendía tener. No era siquiera una federación amplia de grupos individuales que trabajaban juntos. Se parecía más a un club de gentes con intereses comunes: representaba a sus miembros, pero no los controlaba. Los grupos de la guerrilla individual podían aunar sus voces a través de la OLP, pero no actuaban ni podían actuar en conjunto. De modo que cuando Mahmoud dijo que los fedayines harían algo, hablaba solamente por su propio grupo. Además, en ese caso, sería poco sensato pedir incluso la cooperación de la OLP. Después del golpe, cuando la prensa internacional viniera a examinar el barco capturado con su carga atómica, los egipcios sabrían y probablemente sospecharían que los fedayines habían frustrado deliberadamente su plan, pero Mahmoud se haría el inocente y los egipcios se verían obligados a aclamar a los fedayines por haber desbaratado un acto de agresión israelí.

De todos modos, Mahmoud creía que no necesitaba la ayuda de los demás. Su grupo tenía las mejores conexiones fuera de Palestina, la mejor organización europea y abundante dinero. Él estaba en ese momento en Bengasi tratando de obtener un barco prestado mientras los integrantes de su grupo internacional llegaban de distintas partes del mundo.

Pero la tarea de más responsabilidad recaía sobre Hassan: si los fedayines debían tomar el *Coparelli* antes que los israelíes, él tenía que averiguar cuándo y dónde planeaba Dickstein realizar el asalto. Para eso necesitaba al KGB.

Ahora se sentía muy mal con respecto a Rostov. Hasta su visita a Mahmoud podía decirse a sí mismo que estaba trabajando para dos organizaciones con un objetivo común, ahora se había convertido indudablemente en un agente doble que pretendía trabajar con los egipcios y con el KGB, mientras estaba saboteando sus planes. Se sentía diferente; se sentía un traidor en cierto modo, y temía que Rostov observara alguna diferencia en él.

Cuando Hassan llegó a Moscú, Rostov también se sintió incómodo. Le dijo que no tenía bastante lugar en su apartamento para alojarlo, aunque Hassan sabía que el resto de la familia estaba ausente de vacaciones. Al parecer Rostov le escondía algo. Hassan sospechaba que estaría con alguna mujer y no quería que su colega interfiriera.

Después de su incómoda noche en el hotel Rossiya, Hassan se encontró con Rostov en el edificio del KGB de Moscú, en la oficina del jefe de Rostov, Félix Vorontsov.

Los dos hombres estaban discutiendo cuando él llegó, y aunque inmediatamente dejaron de hacerlo, la atmósfera se hallaba cargada de cierta hostilidad. Sin embargo, Hassan se encontraba demasiado ocupado con sus propias preocupaciones como para prestar demasiada atención a las de ellos.

—¿Hay novedades? —dijo sentándose.

Rostov y Vorontsov se miraron. El primero se encogió de hombros y Vorontsov dijo:

—El *Stromberg* ha sido acondicionado con un poderoso radiofaro. Ahora está en dique seco, pero pronto se dirigirá al sur pasando el golfo de Vizcaya. Se supone que irá a Haifa donde embarcará una tripulación compuesta por agentes del Mosad. Creo que todos podemos estar muy satisfechos con el trabajo realizado por nuestra inteligencia. Ahora el proyecto está dentro de la esfera de la acción positiva, digamos que nuestra tarea se vuelve prescriptiva antes que descriptiva.

—Todos hablan así en el Centro de Moscú —dijo Rostov irreverentemente. Vorontsov le echó una mirada furibunda.

—¿Qué acción? —preguntó Hassan ignorando el comentario de Rostov.

—Rostov irá a Odesa para subir a bordo de un barco mercante polaco llamado *Karla* —explicó Vorontsov—. Aparentemente es una embarcación como cualquier otra de su clase, sin embargo puede alcanzar mucha velocidad y cuenta con un equipo especial, que utilizamos bastante a menudo.

Rostov miraba hacia arriba con expresión contrariada, era evidente que quería ocultarle todos esos detalles. Quizá eso fuera lo que él y Vorontsov habían estado discutiendo.

—Su trabajo consistirá en tomar un barco egipcio y establecer contacto con el *Karla* en el Mediterráneo —continuó Vorontsov.

—¿Y después? —dijo Hassan.

—Aguardaremos a que Tyrin, a bordo del *Coparelli*, nos diga cuándo asaltarán los israelíes el barco. También nos dirá si el uranio será pasado del *Coparelli* al *Stromberg*, o lo dejaran a bordo del primero para ser llevado a Haifa y descargado.

—¿Y después? —persistió Hassan.

Vorontsov iba a contestar, pero Rostov no se lo permitió.

—No quiero que El Cairo conozca todos los detalles —dijo a Hassan—; quiero que tu gente crea que no sé nada sobre el *Coparelli*. Diles que sólo sabemos que los iraelíes están planeando algo en el Mediterráneo y que estamos tratando de descubrir qué es.

Hassan asintió, manteniéndose inmutable. Tenía que saber cuál era el plan, ¡y Rostov no quería decírselo!

—Haré lo que me dices —dijo—, pero yo quiero saber cuál es el verdadero plan.

Rostov miró a Vorontsov y se encogió de hombros.

—Después del asalto —explicó este último—, el *Karla* irá al encuentro del barco de Dickstein que lleve el uranio y lo embestirá.

—¿Qué?

—Desde su barco usted observará la operación para poder informar. Debe asegurarse de que la tripulación del barco está compuesta por israelíes y de que transportan uranio. Habrá una investigación internacional con respecto a la colisión. La presencia de los israelíes y del uranio robado en el barco quedará establecida sin margen de duda. Mientras tanto el uranio será devuelto a sus legítimos dueños y los israelíes quedarán cubiertos de oprobio.

—Los israelíes lucharán —dijo Hassan.

—Mejor, porque vuestro barco será testigo de que nos atacaron y nos ayudaréis a derrotarlos —dijo Rostov.

—Es un buen plan —concluyó Vorontsov—. Es simple. Todo lo que tienen que hacer es embestirlos.

—Sí, es un buen plan —dijo Hassan.

Concordaba perfectamente con el de los fedayines. A diferencia de Dickstein, Hassan sabía que Tyrin estaba a bordo del *Coparelli*. Una vez que los fedayines hubieran tomado por asalto el barco y estuvieran aguardando al acecho a los israelíes, podrían arrojar a Tyrin y a su radio al mar, entonces Rostov no tendría manera de localizarlos.

Pero Hassan necesitaba saber cuándo y dónde pensaba Dickstein realizar su operación para que los fedayines pudieran adelantársele.

La oficina de Vorontsov era calurosa. Hassan fue hasta la ventana y miró el tránsito de la avenida de Circunvalación de Moscú.

—Necesitamos saber exactamente cuándo y dónde abordará Dickstein el *Coparelli* —dijo.

—¿Por qué? —preguntó Rostov—. Tenemos a Tyrin a bordo del *Coparelli* y un faro en el *Stromberg*. Sabemos dónde están los dos en todo momento. Sólo necesitamos permanecer cerca y actuar cuando llegue el momento.

—Mi barco tiene que estar en el área correcta.

—Entonces sigue al *Stromberg*, permaneciendo justo sobre la línea del horizonte, y podrás captar su señal de radio. También puedes mantenerte en contacto conmigo en el *Karla*, o las dos cosas.

—¿Supón que el radiofaro falla, o que Tyrin es descubierto?

—Hay que considerar ese peligro —dijo Rostov—. Podemos ser descubiertos si localizamos a Dickstein y nos dedicamos a seguirlo por todas partes.

—Sin embargo, no deja de tener razón —observó Vorontsov.

En ese momento le tocaba a Rostov mirarlo con fastidio.

—¿Puedo abrir la ventana? —dijo Hassan desabotonándose el cuello de la camisa.

—No se abren —señaló Vorontsov.

—¿Ustedes no han oído hablar del aire acondicionado?

—¿En Moscú?

Hassan se volvió y habló con Rostov.

—Piénsalo. Quiero estar seguro de que acorralaremos a esta gente.

—Lo he pensado —dijo Rostov—. Tenemos todas las seguridades posibles. Regresa a El Cairo, consigue ese barco y mantente en contacto conmigo.

Paternalista hijo de puta, pensó Hassan.

—Honestamente, no puedo decirle a mi gente que estoy satisfecho con el plan, a menos que podamos eliminar ese resto de incertidumbre —dijo volviéndose hacia Vorontsov.

—Estoy de acuerdo con Hassan.

—Yo no —respondió Rostov—. Además, el plan ya ha sido aprobado por Andrópov.

Hasta ese momento Hassan había pensado que se saldría con la suya, puesto que Vorontsov estaba de su parte y era el jefe de Rostov. Pero la mención del director del KGB parecía constituir una baza a favor de Rostov en ese juego. Vorontsov pareció acobardado y una vez más Hassan tuvo que ocultar su desesperación.

—El plan puede cambiarse —dijo Vorontsov.

—Solamente con la aprobación de Andrópov —respondió Rostov—. Y usted no obtendrá mi respaldo para el cambio.

Los labios de Vorontsov se apretaron hasta formar una línea fina.

Este tipo odia tanto a Rostov como yo, pensó Hassan.

—Muy bien, entonces —dijo Vorontsov.

Durante todo el tiempo que Hassan había trabajado

en el servicio de inteligencia, había formado parte de un equipo profesional: la inteligencia egipcia, el KGB, incluso los fedayines. Había otra gente, experimentada y decisiva, que daba órdenes y consejos y que asumía la última responsabilidad. Ahora, mientras abandonaba el edificio del KGB para volver a su hotel, se dio cuenta de que sólo dependía de sí mismo. Él solo tenía que encontrar un tipo notablemente evasivo e inteligente y descubrir sus secretos más recónditos.

Durante varios días sintió pánico. Volvió a El Cairo, les contó la historia de Rostov y consiguió el barco egipcio que le habían pedido. El problema se le presentaba como un escollo que no podía salvar hasta que viera por lo menos en parte dónde empezaba el camino que conducía a la cumbre. Inconscientemente ahondó en sus recuerdos en busca de actitudes y enfoques que pudieran inducirlo a emprender esa tarea, a actuar con independencia.

Tuvo que retroceder muy atrás en la memoria.

Hubo un tiempo en que Yasif Hassan había sido un hombre diferente, rico, casi aristocrático; un joven árabe que tenía el mundo a sus pies y ello le hacía sentirse poderoso. Había ido a estudiar a Inglaterra, un país extranjero, sin que ello le produjera ninguna inseguridad; había sido admitido en aquella sociedad sin ni siquiera preguntarse qué pensaba la gente de él.

Hubo muchas veces en que tuvo que aprender, pero eso le resultó fácil también. En una ocasión, un estudiante que tenía el título de vizconde lo había invitado al campo para jugar al polo. Hassan nunca había jugado al polo, así que preguntó las reglas del juego y observó cómo los demás empleaban las mazas, golpeaban la pelota y se la pasaban. Después se unió a ellos. No era diestro con la maza, pero montaba muy bien: jugó bastante bien, disfrutó muchísimo y su equipo ganó.

Ahora, en 1968, puedo hacer cualquier cosa, pero ¿a quién debo tratar de parecerme?, se dijo.

La respuesta fue: a David Rostov.

Él era independiente, confiado, capaz, brillante. Pudo encontrar a Dickstein, incluso cuando parecía que estaban en punto muerto, sin ninguna pista, en un callejón sin salida. Lo había hecho dos veces, según recordó Hassan.

Pregunta: ¿Por qué va Dickstein a Luxemburgo?

Bien, ¿qué sabemos sobre Luxemburgo? ¿Qué puede haber ahí?

Está la bolsa, los bancos, el Consejo Europeo, Euratom...

¡Euratom!

Pregunta: Dickstein ha desaparecido: ¿adónde puede haber ido?

No lo sé.

Pero ¿a quién conocemos que él también conozca?

Solamente al profesor Ashford en Oxford...

¡Oxford!

El sistema de Rostov era buscar una pequeña información, cualquier información, por trivial que fuera, y dar en el blanco.

La dificultad era que parecían haber usado ya toda la información que poseían.

Entonces tendré que buscar más, pensó Hassan; yo puedo hacer lo que me plazca.

Se devanó los sesos para recordar todo lo posible, desde la época en que estuvieron juntos en Oxford. Dickstein había estado en la guerra, jugaba al ajedrez, vestía mal...

Tenía madre.

Pero había muerto.

Hassan nunca le había conocido hermanos o hermanas, ni parientes de ninguna clase. Todo había sucedido hacía tanto tiempo; además, nunca fueron muy íntimos.

Sin embargo había alguien que podía saber algo más sobre Dickstein: el profesor Ashford. De modo que en su desesperación Yasif fue de nuevo a Oxford.

Durante todo el camino —en el avión desde El Cairo, en el taxi desde el aeropuerto de Londres a la estación de Paddington, en el tren a Oxford y en el taxi a la pequeña casa verde y blanca junto al río— pensó en el profesor Ashford. La verdad era que él despreciaba a ese hombre. En su juventud quizá hubiera sido un aventurero, pero se había convertido en un viejo débil, en un *dilettante* político, en un académico que no pudo siquiera retener a su mujer. No se podía respetar a un cornudo, y el hecho de que los ingleses no pensaran así no hacía más que aumentar el menosprecio de Hassan. Temía que quizá la debilidad de Ashford y su lealtad hacia Dickstein, alguien que había sido su amigo y discípulo, hicieran que el viejo se negara a colaborar con él.

Quizá debería recordarle que Dickstein era judío... Sabía desde su época de Oxford que el más acérrimo antisemitismo en Inglaterra era el de las clases altas: los clubes de Londres que aún ponían su bolilla negra para impedir la entrada de los judíos al East End y mantenerlos en el West End. Pero Ashford en esto era una excepción. Amaba Oriente Próximo, pero su actitud proárabe era ética, no racial. No; ese enfoque constituía un error.

Al final decidió que le hablaría con claridad: le diría a Ashford por qué quería encontrar a Dickstein, y esperaba que el profesor estuviera de acuerdo con él y colaborara por su causa.

Una vez que se hubieron estrechado las manos y tomado un jerez, se sentaron en el jardín.

—¿Qué lo trae de vuelta tan pronto a Inglaterra? —preguntó Ashford.

Hassan dijo la verdad:

—Estoy persiguiendo a Nat Dickstein.

Estaban sentados al lado del río, en un pequeño rincón del jardín separado de la ribera por un seto, donde Hassan había besado a la hermosa Eila hacía ya muchos años. Ese rincón estaba al abrigo de los vientos de octubre y el suave sol de otoño los entibiaba.

Ashford se puso en guardia.

—Sería mejor que me dijera qué sucede —dijo.

Hassan observó que durante el verano el profesor se había modernizado un tanto y había hecho concesiones a la moda: usaba patillas y había dejado que su flequillo monjil creciera más. Además llevaba pantalones vaqueros con un ancho cinturón de cuero debajo de su vieja chaqueta de *tweed*.

—Se lo diré —empezó Hassan, pensando que Rostov actuaría con mucha más sutileza—. Pero me debe dar su palabra de que no revelará a nadie nada de cuanto le diga.

—De acuerdo.

—Dickstein es un espía israelí.

Ashford no dijo nada. Hassan continuó:

—Los sionistas están planeando fabricar bombas nucleares y necesitan conseguir uranio para alimentar su reactor y obtener plutonio. El trabajo de Dickstein consiste en robar ese uranio, y mi trabajo es encontrarlo e impedírselo. Quiero que usted me ayude.

Ashford miró su vaso de jerez, luego lo vació de un trago.

—Hay dos cuestiones distintas aquí —dijo, y Hassan se dio cuenta de que Ashford iba a tratar esto como un problema intelectual, la característica defensa de un académico atemorizado—. Una es si yo puedo o no ayudar, y la otra si debería o no hacerlo. Esta última tiene prioridad, creo, por lo menos moralmente.

Hassan pensó: Te retorcería con gusto el pescuezo. Quizá pueda hacerlo.

—Usted cree en nuestra causa.

—La cosa no es tan simple. Se me está pidiendo que intervenga en una disputa entre dos personas, las dos amigas mías.

—Pero sólo una de ellas tiene razón.

—¿De modo que yo debería ayudar a la que tiene razón y traicionar a la que no la tiene?

—Así es.

—Yo no lo veo tan claro... ¿Qué haría usted si yo hallara a Dickstein?

—Trabajo con el servicio de inteligencia egipcio, profesor. Pero soy leal a Palestina y, según creo, usted también.

Ashford no quiso morder el anzuelo.

—Continúe —dijo prescindente.

—Tengo que descubrir en qué lugar ha pensado Dickstein robar el uranio... —Hassan vaciló antes de continuar—. Los fedayines deben llegar antes que Dickstein y arrebatarle el cargamento.

Los ojos de Ashford brillaron.

—¡Dios mío! —dijo—. Qué maravilloso.

Ya está, pensó Hassan. Está asustado, pero también interesado.

—Para usted es fácil ser leal a Palestina, aquí en Oxford impartiendo cátedra, asistiendo a reuniones. Para los que estamos peleando por el país las cosas son un poco más difíciles. Estoy aquí para pedirle que haga algo concreto con respecto a la política que defiende, que decida si sus ideales significan algo o no. Aquí es donde usted y yo descubriremos si la causa árabe es algo más para usted que un concepto romántico. Ésta es la prueba, profesor.

—Quizá tenga usted razón —dijo Ashford.

Ya te tengo, pensó Hassan.

Suza había decidido decirle a su padre que estaba enamorada de Nat Dickstein.

Al comienzo ella misma no estaba muy segura de sus sentimientos. Los pocos días que pasaron juntos en Londres habían sido maravillosos, pero después ella se dio cuenta de que ese amor que sentía podía no ser verdadero. Se había propuesto no tomar decisiones. Continuaría con su vida normal y ya vería lo que pasaba.

Algo había sucedido en Singapur que la había hecho cambiar de idea. En ese viaje dos de los auxiliares de a bordo eran homosexuales, y usaban solamente uno de los dos cuartos que les habían asignado; de modo que la tripulación pudo utilizar el otro para una fiesta durante la cual el piloto le hizo una proposición a Suza. Era un rubio atractivo y con un agudo sentido del humor. Todas las azafatas estaban de acuerdo en que se trataba de un tipo sensacional. Normalmente Suza se hubiera acostado con él sin pensarlo dos veces, pero le había dicho que no para asombro de toda la tripulación. Después, a solas, pensó que estaba harta de mantener relaciones con tipos en las que lo único que les unía era el sexo. Quería a Nathaniel. Era como... como cinco años atrás cuando apareció el segundo álbum de los Beatles, y ella arrinconó los discos de Elvis, Roy Orbison y los Everly Brothers y se dio cuenta de que ya no le apetecía escucharlos, había pasado su momento. Había escuchado con demasiada frecuencia esas viejas canciones familiares y necesitaba otro tipo de música. Bueno, algo así le estaba ocurriendo ahora.

La carta de Dickstein fue el detonante. Había sido escrita Dios sabía dónde y enviada desde el aeropuerto de Orly, en París. Con su letrita pequeña y prolija y esos incongruentes rulos en la «g» y la «y», había volcado su corazón de una manera que resultaba increíble en un hombre taciturno como él. Al leerla había llorado.

Rogaba que se le ocurriera alguna manera de explicarle todo eso a su padre.

Sabía que estaba en contra de los israelíes. Dickstein era un viejo alumno, y su padre se había alegrado de verlo, pero ahora ella pensaba convertir a Dickstein en parte permanente de su vida, en miembro de su familia; y eso era diferente. Su carta decía: «quiero estar contigo el resto de mi vida», y Suza casi no podía esperar para decirle: «Oh, sí; yo también.»

Ella creía que las dos partes, árabes e israelíes, estaban equivocadas en el problema de Oriente Próximo. El sufrimiento de los refugiados era injusto, pero ella pensaba que debían comenzar por establecer nuevos territorios. No era fácil, pero era más incruento que la guerra. Además ella despreciaba los gestos heroicos y teatrales que tantos árabes hallaban irresistibles. Por otra parte, era evidente que todo el maldito asunto fue originariamente iniciado por los sionistas que se habían apoderado de un país que pertenecía a otra gente. Semejante punto de vista cínico no tenía atractivo para su padre que veía la Razón de un lado y el Error del otro, y el hermoso fantasma de su mujer al lado de la Razón.

Sería duro para él. Hacía mucho tiempo que Suza le había quitado de la cabeza el sueño de entrar en una iglesia con su hija vestida de novia, pero su padre ocasionalmente aún hablaba de que se casara y le diera una nieta. La idea de que la nieta pudiera ser israelí representaría para él algo difícil de aceptar.

Sin embargo, ése era el precio de ser padre, pensó Suza mientras entraba en su casa.

—Papá, estoy en casa.

Se quitó la chaqueta y la puso en la bolsa de la compañía aérea. No hubo respuesta, pero vio que el maletín de su padre estaba en el vestíbulo y dedujo que debía de estar en el jardín. Puso agua a calentar y salió de la cocina hacia el río, pensando aún cómo le diría a su padre que quería a Nathaniel. Quizá debía comenzar hablándole del viaje, y poco a poco ir acercándose al tema.

Al aproximarse al cerco le llegaron voces.

—¿Y qué hará usted entonces? —Era la voz de su padre.

Suza se detuvo preguntándose si debía interrumpir o no.

—Lo seguiré —dijo otra voz, extraña—. No mataremos a Dickstein de momento.

Suza se llevó la mano a la boca para ahogar un grito de horror, luego, aterrorizada, dio media vuelta y salió corriendo de vuelta a la casa.

—Bueno, ahora, siguiendo lo que podríamos llamar el método Rostov, recordemos todo lo que sabemos sobre Nat Dickstein —dijo Ashford.

Hágalo por el método que quiera, pensó Hassan, pero, por el amor de Dios, aporte algo.

—Nació en el East End de Londres —continuó el profesor—. Su padre murió cuando él era un niño. ¿Qué pasó con su madre?

—Según nuestros archivos, también murió.

—Ah. Bueno, entró al ejército en algún momento de la guerra, creo que fue en 1943. Participó en el ataque a Sicilia. Poco después lo tomaron prisionero en el centro de Italia, no recuerdo dónde exactamente. Por lo visto lo pasó muy mal en los campos de concentración por su condición de judío. Después de la guerra vino aquí...

—Sicilia —interrumpió Hassan.

—¿Sí?

—Sicilia está mencionada en su archivo. Se supone que estuvo implicado en el robo de un barco que transportaba armas. Nuestra gente las había comprado a unos traficantes sicilianos y sospecharon —agregó Hassan— que los asaltantes habían sobornado a los sicilianos para que huyeran.

—¿No fue en Sicilia donde Dickstein salvó la vida de un hombre?

Hassan no sabía de qué hablaba y tuvo que hacer esfuerzos para dominar su impaciencia.

—¿Salvó la vida de alguien? —preguntó.

—De un americano. ¿Lo recuerda usted? Yo nunca lo he olvidado. Dickstein le trajo aquí. Un soldado bastante bruto. Él mismo me contó toda la historia en esta misma casa. Ahora estamos llegando a algo. Usted también lo debió de conocer, estaba aquí ese día, ¿no se acuerda?

—No puedo decir que sí —murmuró Hassan. Probablemente estuviera en la cocina besando a Eila.

—Era... perturbador —continuó Ashford, mirando las aguas que se deslizaban lentamente mientras su mente retrocedía veinte años, y su cara se ensombrecía entristecida por un momento, como si estuviera recordando a su esposa—. Estábamos todos aquí, en una reunión de académicos y estudiantes, hablando probablemente de la música atonal o el existencialismo mientras tomábamos un jerez, cuando de pronto entró un soldado fornido y comenzó a hablar de tiradores apostados, de tanques, de sangre y de muerte. Verdaderamente se nos puso la carne de gallina, por eso lo recuerdo con tanta claridad. Dijo que su familia era de origen siciliano y que sus primos habían agasajado a Dickstein después del incidente de haberle salvado la vida. ¿Dijo usted que una banda de sicilianos había colaborado con Dickstein en el asunto del barco cargado de armas?

—Es posible, eso es todo.

—Quizá no tuviera que sobornarlos.

Hassan sacudió la cabeza. Esto era el tipo de información superficial de la que Rostov siempre parecía sacar algún provecho. Pero ¿cómo iba a usarla?

—No sé de qué puede servirnos esto —dijo—. ¿Cómo puede el antiguo asalto de Dickstein estar vinculado con la mafia?

—¡La mafia! —dijo Ashford—. Ésa era la palabra que estaba buscando. Y el nombre del sujeto era Cortone, Tony Cortone. No, Al Cortone, de Buffalo. Se lo dije ya; recuerdo todos los detalles.

—¿Pero la conexión? —preguntó Hassan impaciente.

—¿Es que no lo ve? —dijo Ashford encogiéndose de hombros—. Ya, con anterioridad, Dickstein utilizó su vinculación con Cortone para acudir a la mafia siciliana en busca de ayuda para realizar una acción de piratería en el Mediterráneo. La gente repite los hechos de su juventud, ¿no es cierto? Acaso podría haber repetido lo que ya hizo una vez.

Hassan comenzó a entender y se sintió esperanzado. Era una conexión compleja, pero tenía sentido. La posibilidad era real, quizá encontraría de nuevo a Dickstein si seguía esa pista.

Ashford se sentía satisfecho de sí mismo.

—Es un buen ejemplo de pensamiento discursivo. Me gustaría poder publicarlo con notas al pie de página. Está refrescando, entremos.

Mientras subían por la cuesta del jardín Hassan pensó que no había aprendido a ser como Rostov; simplemente había encontrado en Ashford a un sustituto. Quizá hubiera perdido su orgullosa independencia anterior para siempre. Había algo poco viril en eso. Se preguntó si lo otros fedayines sentían lo mismo y si a ello se debería que fueran tan sanguinarios.

—La dificultad es —dijo Ashford— que no creo que Cortone le diga nada por mucho que sepa.

—¿A usted se lo diría?

—¿Por qué habría de hacerlo? No creo que se acuerde de mí. Si Eila estuviera viva, ella podría haber ido a verle con algún cuento...

—Bueno... —Hassan prefería no hablar de Eila—. Tendré que intentarlo personalmente.

Entraron en la casa y vieron a Suza en la cocina. Se miraron y supieron que habían encontrado la respuesta.

Para cuando su padre y Hassan entraron en la cocina, Suza ya se había convencido de que lo que había oído en el jardín sobre matar a Nat se lo había imaginado: el jardín, el río, el sol del otoño, su padre con un invitado... ¿qué sentido tenía hablar de asesinatos? La idea era absurda, tan absurda como creer que puede haber un oso polar en el desierto del Sáhara. Además, había una muy buena explicación psicológica para su error: había estado planeando decirle a su padre que amaba a Nat, y como temía su reacción... Freud podría seguramente haber anticipado que llegado a ese punto ella podía muy bien imaginar que su padre intentaba matar a su amado.

Casi convencida con su propio razonamiento, sonrió a los dos hombres cuando entraron.

—¿Quién quiere un café? Acabo de prepararlo.

Su padre la besó en la mejilla.

—No sabía que hubieras vuelto, querida.

—Acabo de llegar, ahora iba a ir a buscarte. —¿Por qué estoy mintiendo?, pensó.

—No conoces a Yasif Hassan. Fue uno de mis discípulos cuanto tú eras muy pequeña.

Hassan le besó la mano y se quedó mirándola de la misma forma como lo hacían todos aquellos que habían conocido a Eila.

—Eres tan hermosa como tu madre —dijo, y en su voz no había indicios de galantería o simple adulación. Parecía asombrado.

—Yasif estuvo aquí hace algunos meses —dijo su padre—, poco después de recibir la visita de un condiscípulo suyo, Nat Dickstein, al que sí conociste, creo. Pero no estabas aquí cuando vino Yasif.

—¿Había alguna relación entre las dos visitas? —preguntó Suza, y silenciosamente maldijo su voz por quebrarse en la última palabra.

Los dos hombres se miraron.

—De hecho, la había —dijo su padre.

Y entonces supo que era verdad, que no había escuchado mal, realmente iban a matar al único hombre que había amado en su vida. Se sintió peligrosamente próxima a las lágrimas, y les dio la espalda para preparar las tazas del café.

—Quiero pedirte que hagas algo, querida —dijo su padre—. Algo muy importante, por el bien de la memoria de tu madre. Siéntate.

Ya basta, pensó ella. Esto se pone cada vez peor, por favor.

Tomó asiento, se dio la vuelta y se sentó frente a él.

—Quiero que ayudes a Yasif a encontrar a Dickstein.

Desde ese momento odió a su padre. Supo súbitamente que su amor por ella era falso, que nunca la había considerado como a una persona, que la usaba como había usado a su madre. Nunca más se ocuparía de él, ni lo serviría. Nunca más se afligiría por cómo se sentía, por si estaba solo, por si necesitaba algo... Se dio cuenta entonces de que su madre había llegado a ese mismo punto con él, que ella ahora iba a hacer lo que había hecho su madre, y que lo despreciaría por eso.

Ashford continuó:

—Hay un hombre en Estados Unidos que puede saber dónde está Dickstein. Quiero que vayas allí con Yasif y que se lo preguntes.

Suza no dijo nada. Hassan tomó su silencio por incomprensión, y comenzó a explicarle.

—Verás, Dickstein es un agente israelí que trabaja contra nuestra gente. Debemos detenerlo. Cortone, el hombre de Buffalo, quizá lo esté ayudando, y de ser así no nos ayudará a nosotros. Pero se acordará de tu madre, que era árabe, y puede que quiera cooperar contigo. Podrías decirle que eres amante de Dickstein.

Suza se echó a reír de forma histérica, y esperó que le atribuyeran razones equivocadas. Tuvo que hacer un esfuerzo para dominarse y mantener la calma mientras le hablaban del óxido de uranio, de un hombre a bordo del *Coparelli*, del radiofaro en el *Stromberg*, del asalto planeado por Mahmoud, y de cuánto significaría todo esto para el movimiento de liberación palestino.

Finalmente su padre dijo:

—Por lo tanto, querida, ¿ayudarás? ¿Verdad que sí?

Con un esfuerzo de autocontrol que la asombró, les dedicó su mejor sonrisa de azafata, se levantó del banco y dijo:

—Es demasiado para digerirlo de golpe, ¿no? Pensaré en ello mientras me baño.

Y salió.

Todo parecía ahora más claro, pensó mientras permanecía en el agua caliente. De modo que eso era lo que Nathaniel tenía que hacer antes de poder verla de nuevo: robar un barco. Y luego, según le había escrito en su carta, no pensaba separarse de ella en muchos años... Quizá eso significaba que quería dejar su trabajo...

Pero ninguno de sus planes podría cumplirse porque sus enemigos sabían todo acerca de ellos. El ruso planeaba embestir el barco de Nat, Hassan quería robar el barco y luego tender una emboscada a Nat. Estaba en peligro. Querían liquidarlo. Pero ella lo pondría sobre aviso.

Si por lo menos estuviera con él.

¡Qué poco sabían acerca de ella esos hombres que estaban abajo! Hassan daba por sentado, como árabe machista, que ella haría lo que le decían. Su padre daba por sentado que ella ayudaría a los palestinos porque él apoyaba su causa y era el cerebro de la familia. Nunca había sabido lo que pasaba por la cabeza de su hija, y tampoco nunca tuvo en cuenta lo que pensaba su mujer. Ella siempre había podido engañarle; aunque su marido nunca había sospechado que pudiera ser distinta a lo que parecía.

Cuando Suza se dio cuenta de lo que tenía que hacer, se sintió aterrorizada.

Después de todo, había un modo de encontrar a Nathaniel y advertirle de lo que sucedía.

«Hallar a Nat», eso era lo que ellos querían que hiciera.

Sabía que podía engañarles, pues equivocadamente daban por descontado que estaba de su lado.

De modo que podía hacer lo que ellos querían. Podía hallar a Nat y luego avisarle de que corría peligro.

¿Estaría empeorando las cosas? Para encontrarle tenía que conducirles a él.

Pero, aunque Hassan no le encontrara, Nat corría peligro por los rusos.

Y si se lo advertía acaso pudiera escapar de ambos.

Quizá, también, ella podría de algún modo liberarse de Hassan, antes de que éste realmente encontrara a Nat.

¿Cuál era la alternativa? ¿Aguardar, continuar como si nada hubiera sucedido, esperar una llamada telefónica que podría no llegar nunca...? Era, se daba cuenta, en parte su necesidad de ver a Nathaniel de nuevo lo que le hacía pensar así, en parte el pensamiento de que tras el asalto al barco pudieran matarle, de que ésta podría ser su última oportunidad. Pero había también buenas razones; si ella no hacía nada podría contribuir a frustrar el proyecto de Hassan, pero quedaba en pie el proyecto de los rusos.

Su decisión estaba tomada. Aparentaría trabajar para Hassan; así podría encontrar a Nathaniel.

Estaba particularmente feliz. Se hallaba en una trampa, pero se sentía libre. Obedecía a su padre, pero a su vez le estaba desafiando. Ante todo, ella se debía a Nathaniel.

También estaba muy asustada.

Salió del baño, se secó, se vistió y bajó para darles las buenas noticias.

El 16 de noviembre de 1968 a las cuatro de la mañana, el *Coparelli* se hacía a la mar en Vlissingen, en la costa holandesa, y llevaba a bordo un práctico para guiarlo por el canal del Westerschelde hasta Amberes. Cuatro horas más tarde tomó otro práctico para entrar a puerto.

Nat Dickstein estaba mirándolo.

Cuando vio que se deslizaba lentamente y leyó el nombre *Coparelli* en el casco, pensó en los tambores de óxido de uranio que pronto llenarían su bodega y experimentó una sensación muy peculiar, semejante a cuando vio por primera vez el cuerpo desnudo de Suza... Sí, tenía mucho que ver con la lujuria.

Desvió la vista del amarradero número 42 y se fijó en la vía del ferrocarril que corría cerca del muelle. En ese momento había en las vías un tren de once vagones y una máquina. Diez de los vagones llevaban cincuenta y un tambores de doscientos litros, con las tapas selladas y la palabra PLUMBAT estampada al costado; solamente el coche undécimo tenía cincuenta tambores.

Estaba tan cerca de esos tambores, de ese uranio, que podía caminar hasta ahí y tocar los vagones. Ya lo había hecho una vez, aquella mañana temprano, y había pensado que sería sensacional rodear el lugar y robar sin más con un grupo de hombres el material.

El *Coparelli* figuraba en lista con un rápido turno de carga. Las autoridades del puerto habían sido convencidas de que el uranio podía ser manipulado sin ningún peligro, pero de todos modos no querían que anduviera dando vueltas por su puerto ni un minuto más de lo necesario. Había una grúa lista para cargar los tambores en el barco.

Sin embargo, había que llenar algunas formalidades antes de que comenzaran a cargar.

La primera persona que Dickstein vio subir a bordo fue a un funcionario que tenía que dar a los pilotos su propina y obtener del capitán una lista de la tripulación para dársela a la policía del puerto. La segunda persona que vio a bordo fue Josef Cohen. Estaba allí para hacer relaciones con sus clientes: al capitán le llevó una botella de whisky y se sentó con él y con el representante de la compañía responsable del cargamento. También le dio al capitán entradas con una consumición gratis en el mejor club nocturno de la ciudad para que las repartiera entre sus oficiales. Cohen debía averiguar el nombre del ingeniero de a bordo. Dickstein le había sugerido que lo hiciera pidiendo la lista de la tripulación para dar una de las entradas al club a cada oficial. De una forma u otra, el caso fue que Cohen lo había logrado: cuando dejó el barco y cruzó el muelle para volver a su oficina pasó junto a Dickstein y le murmuró sin detenerse:

—El nombre del ingeniero es Sarne.

Hasta la tarde no comenzaron a cargar los bidones en las tres bodegas del *Coparelli*. Tenían que ser llevados de uno en uno, y una vez en el barco, cada bidón debía ser asegurado con cuñas de madera. Como era de esperar, no pudo subirse al barco toda la carga ese día.

Por la noche Dickstein fue al mejor club nocturno de la ciudad. Sentada en el bar, junto al teléfono, había una mujer muy atractiva de unos treinta años, morena y de rasgos finos en los que se dibujaba una leve expresión altanera. Llevaba un vestido negro largo, muy elegante, que resaltaba su sensacional figura. Dickstein le hizo un casi imperceptible saludo con la cabeza pero no habló con ella.

Permaneció sentado en una esquina con un vaso de cerveza en la mano, con la esperanza de que los navegantes aparecieran. Por supuesto que aparecerían. ¿Cuándo un marino ha rehusado a un trago gratis?

Sí.

El club comenzó a llenarse. La mujer vestida de negro fue invitada en dos ocasiones, pero no aceptó, demostrando así que no era una chica de alterne. A las nueve Dickstein salió al vestíbulo y llamó por teléfono a Cohen. Según lo acordado, éste había llamado ya al capitán del *Coparelli* con un pretexto, y le dijo a Dickstein lo que había averiguado: todos, menos dos oficiales estaban usando las invitaciones al club. Las excepciones eran el capitán mismo, que estaba atareado con el papeleo, y el radiotelegrafista —un hombre nuevo que habían contratado en Cardiff porque el anterior radiotelegrafista se había roto la pierna—, que estaba resfriado.

Entonces Dickstein marcó el número del club donde se encontraba. Pidió hablar con el señor Sarne, quien, suponía, se hallaba en el bar. Mientras aguardaba podía oír al barman llamarlo en voz alta. Finalmente oyó una voz que decía:

—¿Sí? ¿Hola? Aquí Sarne. ¿Hola, hola?

Dickstein colgó y se dirigió rápidamente hacia la barra. Miró en dirección al teléfono. La mujer vestida de negro estaba hablando con un hombre alto, de piel tostada y de unos treinta años a quien Dickstein había visto el día anterior en el muelle. De modo que ése era Sarne. La mujer le sonrió. Sus labios eran rojos y tenía unos dientes blanquísimos y una lánguida mirada. Dickstein la miró fascinado. No tenía idea de cómo se actuaba en esas situaciones, cómo los hombres abordaban a las mujeres o viceversa, y lo que nunca había entendido era cómo las mujeres conquistaban a los hombres dejándoles creer que eran ellos los conquistadores.

Sarne al parecer tenía sus encantos. Le devolvió la sonrisa, con algo de chico travieso lo que le hacía parecer diez años más joven. Le dijo algo y la mujer volvió a sonreír. El oficial vaciló, como un hombre que quiere hablar con alguien pero no sabe qué decirle. Luego, ante la decepción de Dickstein, se dio la vuelta para irse.

La mujer era muy hábil. Dickstein no tenía por qué preocuparse. Tocó la manga de la chaqueta de Sarne y él se volvió nuevamente hacia ella. De pronto ella sacó un cigarrillo y Sarne se palpó los bolsillos en busca de fósforos. Aparentemente no fumaba. Dickstein no podía evitar un creciente nerviosismo. La mujer tomó un encendedor de su cartera y se lo alcanzó. Él le encendió el cigarrillo.

Dickstein no podía seguir observando la escena desde lejos, temía sufrir un colapso nervioso. Tenía que escuchar. Se abrió camino hasta la barra y permaneció detrás de Sarne, que estaba frente a la mujer. Dickstein pidió otra cerveza.

La voz de la mujer era cálida e insinuante. Dickstein lo sabía de antemano, pero ella ahora lo estaba demostrando.

—Este tipo de cosas —decía Sarne— me suceden todo el tiempo.

—¿La llamada telefónica? —preguntó ella.

Sarne asintió.

—Líos de mujeres. Odio a las mujeres. Sólo me han causado dolor y sufrimiento. Ojalá fuera homosexual.

Dickstein se quedó azorado. ¿Qué estaba diciendo ese tipo? ¿Hablaba en serio? ¿Estaba tratando de sacársela de encima?

—¿Y por qué no lo pruebas? —dijo ella.

—No me atraen los hombres.

—Hazte cura.

—Bueno, no puedo. Tengo otro problema: un insaciable apetito sexual. Es un gran problema para mí. ¿Quieres tomar otra copa?

Ah, era todo un tema de conversación. Dickstein no tenía más remedio que admirar la forma en que la mujer llevó a Sarne de la nariz mientras le dejaba creer que era él quien hacía la conquista. Ella le dijo que se quedaba sólo por esta noche en Amberes y le dejó saber que tenía una habitación en un hotel. Poco después él sugirió que tomaran champán, pero que el champán que se vendía en el club era de baja calidad, no como el que se podía conseguir en un lugar como... un hotel, digamos, el hotel de ella, por ejemplo.

Se fueron cuando comenzó el *show*. Dickstein estaba encantado: hasta ese momento todo iba espléndidamente. Se quedó diez minutos viendo a las muchachas bailando y luego se fue...

Cogió un taxi hasta el hotel y subió a su habitación. Permaneció junto a la puerta que comunicaba con el otro cuarto. Oyó la risita entrecortada de ella y que Sarne decía algo en voz baja.

Dickstein se sentó en la cama y controló la bombona de gas; le abrió la tapa y volvió a cerrarla rápidamente, mientras le llegaba un hálito de olor dulce de la mácara de gas, que no tuvo efecto sobre él. Se preguntó cuánto habría que respirar antes de que hiciera efecto. No había tenido tiempo para probar el dispositivo adecuadamente.

Los ruidos de la habitación contigua se volvieron más fuertes, y Dickstein comenzó a sentirse algo confuso. No sabía hasta qué punto Sarne tenía conciencia. ¿Acaso querría irse de vuelta al barco en cuanto terminara con la mujer? Si así sucedía resultaría desagradable, pues significaría una lucha en el corredor del hotel, algo antiprofesional, arriesgado.

Dickstein aguardó, confuso y ansioso. La mujer era eficiente en lo suyo. Sabía que Dickstein quería que después Sarne se durmiera, y estaba tratando de cansarlo. Parecía que el asunto no terminaba nunca.

Eran más de las dos de la madrugada cuando ella llamó a la puerta. El código era tres golpes lentos para decir que estaba dormido, seis golpes rápidos para decir que se iba.

Golpeó tres veces despacio.

Dickstein abrió. Con la bombona de gas en una mano y la máscara en la otra, caminó silenciosamente hasta la próxima habitación.

Sarne estaba echado de espaldas, desnudo, con su pelo rubio revuelto. Su cuerpo se veía saludable y fuerte. Dickstein se aproximó, escuchó su respiración y le aplicó la máscara sobre la nariz y la boca.

Los ojos de Sarne se abrieron desmesuradamente. Dickstein sostuvo la máscara con mayor firmeza. La respiración se convirtió en un jadeo, y Sarne sacudió la cabeza y comenzó a agitarse. Dickstein se inclinó sobre el pecho afirmándolo con un codo, pensando: ¡Por Dios, cuánto tarda esto!

Sarne exhaló el aire. La confusión en su mirada se había convertido en pánico. Volvió a revolverse. Dickstein pensó en llamar a la mujer para que le ayudara, pero el forcejeo comenzó a ceder; Sarne parpadeó y se le cerraron los ojos; y cuando volvió a exhalar ya estaba dormido.

Dickstein se distendió. Probablemente Sarne nunca

recordaría lo que le había sucedido. Le dio un poco más de gas, para estar seguro, luego se puso de pie.

Miró a la mujer. Tenía puestos los zapatos, las medias y las ligas, nada más. Era cautivadora. Ella advirtió su mirada y le abrió los brazos ofreciéndose. Dickstein meneó la cabeza con una maliciosa sonrisa de pesar.

Se sentó en una silla junto a la cama y la miró mientras se ponía la ropa interior, las alhajas, el vestido, el abrigo y el bolso. La mujer se aproximó y él le dio ocho mil florines holandeses. Lo besó en la mejilla, luego besó los billetes y salió sin hablar.

Dickstein fue hasta la ventana. Pocos minutos después vio la luz de los faros de su coche deportivo que pasaba ante el hotel camino de vuelta a Amsterdam.

Se sentó de nuevo a esperar. Pasado un momento comenzó a sentir sueño. Fue a la otra habitación y pidió que le subieran café.

A la mañana siguiente Cohen le llamó para decir que el primer oficial del *Coparelli* estaba recorriendo los bares, los burdeles y los bodegones de Amberes en busca de su ingeniero técnico.

A las doce y media, Cohen volvió a llamar. El capitán le había llamado para decirle que el barco ya estaba cargado y que le faltaba un oficial ingeniero. Cohen había respondido: «Capitán, tiene usted suerte.»

A las dos y media, Cohen llamó para decirle que había visto a Dieter Koch a bordo del *Coparelli* con una bolsa de marinero al hombro.

Dickstein siguió aplicándole un poco más de gas a Sarne cada vez que éste tenía síntomas de comenzar a despertarse. Le administró la última dosis a las seis de la mañana del día siguiente, luego pagó la cuenta de las dos habitaciones y se fue.

Cuando Sarne finalmente despertó se encontró con que la mujer con la que se había acostado se había ido sin decir adiós. También se dio cuenta de que estaba desesperadamente muerto de hambre.

Durante el curso de la mañana descubrió que no había dormido una noche, como había imaginado, sino un día y dos noches.

Tenía una persistente impresión de que había algo más que no podía recordar. Pero nunca descubrió qué le había sucedido durante esas veinticuatro horas perdidas.

Mientras tanto, el domingo 17 de noviembre de 1968, el *Coparelli* se hizo a la mar.

14

Lo que tenía que haber hecho era llamar a la embajada israelí y dejar un mensaje para Nat.

Esto se le ocurrió a Suza una hora después de haberle dicho a su padre que ayudaría a Hassan. Estaba haciendo la maleta. Cogió el teléfono de su dormitorio para comunicarse con información y pedir el número de la embajada, pero en ese momento entró su padre y le preguntó a quién llamaba. Le respondió que al aeropuerto, y él dijo que ya se encargaría él de los billetes. En adelante se mantuvo alerta a la espera de una oportunidad para hacer una llamada clandestina, pero no hubo tal. Hassan permaneció con ella todo el tiempo. Fueron en coche al aeropuerto, subieron al avión, en Kennedy cogieron otro avión a Buffalo, y una vez allí fueron directamente a la casa de Cortone.

Durante el trayecto llegó a odiar a Yasif Hassan, que no dejaba de jactarse de su trabajo para los fedayines, sonreía afectadamente y le ponía la mano sobre la rodilla. Le sugirió que él y Eila habían sido algo más que amigos, y que también le agradaría ser algo más que un amigo para ella. Suza le respondió que Palestina no sería libre hasta que no lo fueran sus mujeres, y que los hombres árabes tenían que aprender la diferencia existente entre ser viriles y ser unos cerdos. Esto enfrió un poco a Hassan.

Tuvieron algunos inconvenientes para hallar la dirección de Cortone —Suza, en el fondo, deseaba que no pudieran dar con la casa—, pero al final un taxista los llevó hasta ella. Suza descendió y acordó con Hassan que éste la esperaría a un kilómetro de distancia.

La casa era enorme y estaba rodeada por un alto muro, con guardias en la puerta. Suza dijo que quería ver a Cortone y que era una amiga de Nat Dickstein.

Había pensado mucho en qué le diría a ese hombre. ¿Le confiaría toda o parte de la verdad? Suponiendo que lo supiera, o que pudiera averiguar dónde estaba Dickstein, ¿por qué habría de decírselo a ella? Suza decidió que le diría que Dickstein estaba en peligro, que tenía que encontrarlo y ponerlo sobre aviso. ¿Qué razón tenía Cortone para creerla? Lo seduciría, sabía cómo seducir a hombres de su edad, pero aun así a él le resultaría sospechoso.

Quería explicarle a Cortone toda la verdad. Que buscaba a Nat para decirle que corría peligro y sus enemigos la estaban usando para que ella les condujera hasta él, que Hassan se hallaba a un kilómetro de la casa aguardándola en un taxi. Pero entonces a buen seguro Cortone no le diría nada.

Se le hizo muy difícil pensar con claridad acerca de todo esto. Implicaba tantos engaños y dobles engaños... y ella sólo quería ver a Nathaniel, y habla con él.

No había decidido aún qué diría, cuando los guardias le franquearon la entrada y la condujeron por el camino de grava hasta la casa. Era un lugar hermoso, pero algo recargado, como si después del trabajo del decorador los propietarios hubieran llevado a la casa una cantidad ingente de cosas caras y de mal gusto. Parecía que Cortone tenía muchos criados. Uno de ellos la condujo escaleras arriba y le informó de que

Cortone estaba tomando su segundo desayuno en el dormitorio.

Cuando entró, encontró al hombre sentado ante una pequeña mesa, escarbando en la cáscara de unos huevos pasados por agua acompañados de patatas fritas. Era gordo y estaba completamente calvo. Suza no se acordaba de haberlo visto en Oxford, aunque supuso que su aspecto habría cambiado mucho en aquellos años.

Cortone la miró y luego se puso de pie de un salto.

—¡Usted tendría que ser vieja! —dijo con la boca llena. Se atragantó y comenzó a toser y a ponerlo todo perdido.

El sirviente aferró a Suza por los brazos y luego la dejó para ir a golpearle la espalda a Cortone.

—¿Qué ha hecho usted? —le gritó a la joven—. ¿Qué ha hecho, por Dios?

De algún modo toda esa farsa contribuyó a calmarla un poco. No podía sentir miedo de un hombre a quien ella aterrorizaba tanto. Recuperada, se sentó ante la mesa y se sirvió café. Cuando Cortone dejó de toser, Suza le dijo:

—Era mi madre...

—Dios santo —exclamó Cortone. Volvió a toser de nuevo, pero le hizo un gesto al sirviente para que se retirara y tomó asiento—, eres idéntica a ella. —Entrecerró los ojos, recordando—. En 1947, ¿tendrías cuatro o cinco años?

—Así es.

—Diablos, te recuerdo. Llevabas una cinta en el pelo. Y ahora tú y Nat...

—De modo que estuvo aquí —dijo la joven con el corazón palpitándole de alegría.

—Quizá —respondió Cortone, y su cordialidad se desvaneció. No sería fácil de manejar.

—Quiero saber dónde está —dijo Suza.

—Y yo quiero saber quién te envió aquí.

—Nadie. —Suza trató de mostrarse tranquila—. Pensé que podía haber venido a pedirle ayuda para el proyecto... en el que está trabajando. El problema es que los árabes saben lo que pretende hacer y quieren matarlo. Quiero encontrarle, avisarle... Por favor, si usted sabe dónde está, ayúdeme —pidió con las lágrimas en los ojos, pero Cortone no se conmovió.

—Ayudarte es fácil —dijo—. Confiar en ti es lo difícil. —Cogió un puro y lo encendió sin prisas. Suza lo observaba con desesperación. Él alzó la vista y con la mirada perdida en algún punto dijo como hablando consigo mismo—: Hubo una época en que si veía algo que quería no tenía más que cogerlo. Ahora ya no es tan simple. Ahora tengo más complicaciones. Debo elegir, y ninguna de las opciones es realmente la que quiero. No sé si es porque ahora las cosas son así o quizá yo he cambiado.

»A Dickstein le debo la vida —dijo volviéndose hacia ella—. Ahora tengo una oportunidad de salvar la de él, si es que tú estás diciendo la verdad. Ésta es una deuda de honor. Tengo que pagarla en persona. ¿Qué debo hacer? —Hizo una pausa y se quedó mirándola.

Suza quedó sin aliento.

—Dickstein está en una vieja casa, en algún lugar del Mediterráneo. Es una verdadera ruina, nadie ha vivido ahí durante años, de modo que no tiene teléfono. Podría mandar un mensaje, pero no estoy seguro de que llegara. Además, como te he dicho, tendría que ir yo personalmente.

Continuó fumando su cigarro.

—Podría indicarte dónde está y que tú fueras sola, pero tú podrías pasar la información a quienes no corresponde. No correré ese riesgo.

—¿Qué vamos a hacer entonces? —dijo Suza desesperada—. Tenemos que ayudarle.

—Lo sé —contestó Cortone, imperturbable—. De modo que iré yo.

Esa era una posibilidad que Suza no había considerado.

—Pero ¿y tú? —siguió el hombre—. No pienso decirte a dónde voy, pero aun así podrías hacer que me siguieran. Necesito mantenerte muy cerca en adelante, ya que podrías estar haciendo un doble juego. De modo que te llevaré conmigo.

Suza se relajó y se sentó en la silla.

—¡Oh, gracias! —dijo, y se echó a llorar.

Viajaron en primera. Cortone no sabía viajar de otra forma. Después de comer, Suza le dejó para ir al lavabo y se asomó a la zona de clase turista: ahí estaba Hassan con su rostro oliváceo, mirándola por encima de los asientos.

Miró dentro de la cocina y le dijo al oficial de a bordo en tono confidencial que tenía un problema. Necesitaba comunicarse con su novio, pero no podía apartarse de su padre italiano, que quería hacerle usar cinturón de castidad hasta que tuviera veintiún años. ¿Sería tan amable de llamar al consulado israelí en Roma y dejar un mensaje para Nathaniel Dickstein? Sólo tenía que decir: «Hassan me lo contó todo, y él y yo vamos a verte.» Le dio dinero para la llamada, más de lo que realmente le costaría, era una forma de darle propina. Él escribió el mensaje y prometió hacerlo.

Suza volvió donde estaba Cortone.

—Malas noticias —dijo—, uno de los árabes está en la clase turista. Seguramente viene siguiéndonos.

Cortone maldijo, luego le aconsejó que no se pusiera nerviosa. Después habría que ocuparse de él.

¡Oh Dios!, pensó Suza. ¿Qué he hecho?

Desde la casa grande sobre el acantilado, Dickstein bajó un largo tramo zigzagueante de peldaños cortados en la roca, hasta la playa, desde donde fue vadeando hasta una lancha a motor que lo aguardaba, saltó adentro, e hizo una señal de asentimiento al hombre del timón.

El motor rugió y la lancha se abrió camino a través de las olas mar adentro. El sol acababa de ponerse. En la luz desfalleciente del atardecer las nubes se arracimaban en lo alto oscureciendo las estrellas en cuanto éstas aparecían. Dickstein estaba sumido en sus pensamientos, rompiéndose la cabeza tratando de descubrir qué era lo que había dejado de hacer, las precauciones que aún podía tomar, baches que aún tenía tiempo de llenar. Una y otra vez repasó mentalmente el plan, como un hombre que ha aprendido un importante discurso de memoria pero que aún quiere mejorarlo.

La gran sombra del *Stromberg* se perfilaba a lo lejos, y el hombre al timón describió un arco espumoso para detenerse junto a la borda desde donde colgaba balanceándose y metiéndose en el agua una escala de cuerda. Por ella trepó Dickstein y subió a bordo...

El capitán del barco se presentó estrechándole la mano. Como todos los oficiales a bordo del *Stromberg*, pertenecía a la marina israelí. Dieron una vuelta en torno a la cubierta.

—¿Algún problema, capitán? —preguntó Dickstein.

—No es un buen barco —dijo el hombre—. Es lento, pesado y viejo, pero lo hemos acondicionado bien.

Por lo que Dickstein podía ver, el *Stromberg* estaba en mejores condiciones que el *Coparelli*, que había visto en Amberes. Se veía limpio, y en la cubierta reinaba un orden admirable.

Fueron al puente de mando, revisaron el poderoso equipo en la sala de radio y luego bajaron a donde la tripulación estaba terminando la comida. A diferencia de los oficiales, los marineros eran todos agentes del Mosad; la mayoría con poca experiencia en el mar. Dickstein había trabajado con algunos de ellos antes. Todos, observó, eran por lo menos diez años más jóvenes que él. Tenían la mirada brillante, buen físico, vestían con cierto tipo de sarga y jerséis tejidos a mano, y parecían fuertes, de buen humor y bien entrenados.

Dickstein tomó una taza de café y se sentó a una de las mesas. Tenía más jerarquía que cualquiera de ellos, pero en las fuerzas israelíes no se hacía demasiada alharaca y menos aún en el Mosad. Los cuatro hombres de la mesa inclinaron la cabeza y dijeron: «Hola.»

—El tiempo está cambiando —dijo Ish.

—No me digas; yo que quería broncearme durante este crucero. —El que hablaba era un desteñido rubio ceniza de Nueva York llamado Feinberg, un atractivo joven homosexual, que tenía unas pestañas que eran la envidia de todas las mujeres.

En el informe que había redactado Dickstein esa mañana, escribió que el *Coparelli* estaría prácticamente abandonado cuando ellos lo abordaran. «En cuanto pase el estrecho de Gibraltar», les había dicho, las máquinas se estropearán y el daño será de tal magnitud que no podrá ser reparado en el mar. El capitán enviará un cablegrama al dueño, que «casualmente» somos nosotros ahora, y por una aparente coincidencia afortunada, otro de nuestros barcos se hallará cerca, el *Gil Hamilton*, que ahora está anclado aquí, en la bahía. El *Gil Hamilton* irá hasta el *Coparelli* para recoger a toda la tripulación, excepto al ingeniero técnico, y luego se eclipsará y volverá a aparecer en su próximo puerto de escala, donde la tripulación del *Coparelli* será enviada a sus casas con un pasaje de tren.

Puesto que habían tenido todo el día para pensar en esta reunión, Dickstein estaba preparado para responder a las preguntas de sus hombres. Ahora Levi Abbas, un hombre de escasa estatura y compacto, «sólido y casi tan hermoso como un tanque», según Feinberg, le preguntó a Dickstein:

—¿Por qué está tan seguro de que el *Coparelli* se averiará al pasar el estrecho?

—Ah. —Dickstein sorbió su café—. ¿Conoce usted a Dieter Koch de la inteligencia naval?

Feinberg lo conocía.

—Él es el ingeniero técnico del *Coparelli*.

—Lo cual también responde —asintió Abbas— a por qué sabremos que podemos reparar el *Coparelli*, ya que conoceremos muy rápidamente cuál es el fallo, ¿no es así?

—Exacto.

—Borraremos del casco el nombre de *Coparelli*, y lo rebautizaremos con el de *Stromberg*, cambiaremos los diarios de navegación, echaremos a pique el viejo *Stromberg* y navegaremos con el que antes era *Coparelli* a Haifa con el cargamento. Pero ¿por qué no cambiar la carga de un barco al otro en el mar? Tenemos grúas.

—Ésa fue mi primera idea —dijo Dickstein—. Pero la consideré demasiado arriesgada. Podríamos tener problemas especialmente si el tiempo era tormentoso.

—Sin embargo, podemos hacerlo si el buen tiempo se mantiene.

—Sí, pero ahora que tenemos dos barcos idénticos, resultará más sencillo cambiar los nombres que las cargas.

—De todos modos —dijo Ish, siempre pesimista—, el buen tiempo no se mantendrá.

El cuarto hombre sentado a la mesa era Porush, un joven marinero de hombros anchos, que recordaba a un barril de cerveza, y estaba casado con la hermana de Abbas.

—Si todo será tan fácil ¿para qué estamos nosotros aquí? —preguntó.

—Durante los últimos seis meses he estado yendo de un país a otro para arreglar este asunto y, como era inevitable, me he topado con hombres que trabajaban para el enemigo. No creo que sepan con exactitud qué pretendemos hacer... pero si lo saben es muy posible que tengamos que enfrentarnos directamente con ellos.

Uno de los oficiales vino con un papel en la mano y se aproximó a Dickstein.

—Mensaje de Tel Aviv, señor. El *Coparelli* acaba de pasar Gribraltar.

—Eso significa —dijo Dickstein poniéndose de pie— que zarparemos por la manaña.

Suza Ashford y Al Cortone cambiaron de avión en Roma y llegaron a Sicilia temprano por la mañana. Dos de los primos de Cortone estaban en el aeropuerto para recibirlo. Entre ellos se produjo una discusión; no demasiado agresiva, pero algo agitada. Suza no podía seguir ese dialecto tan cerrado, pero alcanzó a entender que los primos querían acompañar a Cortone y él insistía en que eso era algo que debía hacerlo solo porque era una deuda de honor.

Cortone parecía haber ganado la discusión. Dejaron el aeropuerto sin los primos en un Fiat blanco grande. Suza conducía. Cortone la guiaba por la ruta de la costa. Por centésima vez imaginó cómo sería su reencuentro con Nathaniel: le veía, delgado, musculoso; él levantaba la vista, la reconocía y en su rostro se dibujaba una gran sonrisa. Ella corría a su encuentro para abrazarle y decirle cuánto le quería. Él entonces le besaba la mejilla, la nariz, la boca... Pero como se sentía culpable y temerosa, imaginaba también otro tipo de encuentro muy diferente, en el cual él la miraba imperturbable y decía: «¿Qué estás haciendo aquí?»

Era como aquella vez que se había portado mal en

la víspera de Navidad y su madre se enojó y le dijo que Santa Claus le pondría piedras en los zapatos en lugar de juguetes y golosinas. Ella no sabía si creerla o no, y se había quedado despierta, deseando y temiendo a la vez que llegara la mañana.

Miró de reojo a Cortone, que iba a su lado. El viaje le había cansado. A Suza le resultaba difícil creer que él y Nat tuvieran la misma edad. Cortone era tan gordo y, además, estaba calvo...

La isla era preciosa cuando despuntaba el sol. Suza miraba el paisaje, tratando de distraerse para que el tiempo pasara más rápido. El camino serpenteaba siguiendo la orilla del mar y pasando de ciudad en ciudad. A su derecha se veían playas rocosas y el brillante Mediterráneo.

Cortone encendió un cigarro.

—Solía hacer esto con frecuencia cuando era joven —dijo—. Cogía un avión con alguna muchacha bonita y me iba con ella de viaje. Eso ya se acabó. Desde hace años estoy metido en Buffalo por culpa de los negocios. Cuando uno se vuelve rico, siempre hay algo de qué ocuparse, de modo que nunca se puede viajar. La gente te viene a ver con problemas, siempre con problemas. Al final te vuelves demasiado perezoso para salir a divertirte.

—Usted lo eligió —dijo Suza. Sentía más simpatía por Cortone de la que demostraba: era un hombre que había trabajado duro por cosas que no valían tanto la pena.

—Yo lo elegí —admitió Cortone—. Los jóvenes son despiadados. —Hizo una extraña semisonrisa y dio una calada a su cigarro.

Por tercera vez Suza vio el mismo coche azul por el espejo retrovisor.

—Nos están siguiendo —dijo tratando de mantener la calma.

—¿El árabe?

—Seguramente. —No podía verle la cara detrás del parabrisas—. ¿Qué hacemos? Usted dijo que se ocuparía de él.

—Así es.

Cortone guardó silencio. Suza esperó a que dijera algo más, miró y vio que estaba cargando una pistola y se le aceleró la respiración. Nunca había visto un revólver de verdad.

Cortone la miró y luego dirigió la vista hacia delante.

—¡Cristo! ¡Mira por dónde vas!

La joven miró y pisó el freno, estaban entrando en una curva cerrada.

—¿De dónde ha sacado eso? —preguntó.

—Es de mi primo.

Suza pensó que estaba viviendo una pesadilla. Hacía cuatro días que no dormía en una cama. Desde que oyó a su padre hablar con tanta calma acerca de matar a Nathaniel, había comenzado a correr, huyendo de la horrible verdad sobre Hassan y su padre, en busca de la seguridad de los fuertes brazos del hombre al que amaba. Pero, como en una pesadilla, su objetivo parecía alejarse a medida que avanzaba.

—¿Por qué no me dice adónde vamos? —le preguntó a Cortone.

—Creo que ahora puedo hacerlo. Nat me pidió que le prestara una casa que tuviera un amarradero y estuviera protegida de la curiosidad de la policía. Ahora vamos allí.

El corazón de Suza se aceleró.

—¿A qué distancia está?

—Un kilómetro y medio —respondió Cortone—. Llegaremos, no hace falta que corras tanto. No quiero morirme en el camino —le dijo un minuto más tarde.

Suza se dio cuenta entonces de que inconscientemente había apretado el acelerador; estaba muy nerviosa.

Pronto él estaría ante ella, acariciándola, dándole un beso de bienvenida, abrazándola...

—Gira aquí, a la derecha.

Suza entró por un portón abierto y siguió por un sendero pedregoso donde crecía el pasto, hasta una gran villa ruinosa, de piedra blanca. Cuando frenó ante el pórtico con columnas, esperó que Nathaniel saliera corriendo a recibirla.

No había signos de vida en ese lado de la casa.

Bajaron del coche y subieron el tramo de peldaños de piedra rota hasta la entrada delantera. La gran puerta de madera estaba cerrada pero sin cerrojo. Suza abrió y entraron.

Había un gran vestíbulo con el suelo de mármol roto en su mayor parte. El techo estaba lleno de goteras y agrietado y las paredes tenían grandes manchas de humedad. En el centro había una gran araña estrellada contra el piso como un águila muerta.

Cortone gritó:

—¿No hay nadie en casa?

No hubo respuesta.

Es un lugar grande, debe de estar aquí, lo que pasa es que no nos oye, quizá esté en el jardín, pensó Suza.

Atravesaron el recibidor evitando pisar la lámpara. Todo era tan lúgubre: el eco de sus pasos, la gran puerta de vidrio en la parte de atrás de la casa rota... El jardín llegaba al acantilado. Caminaron hasta allí y vieron una larga escalera serpenteada, picada en la roca, que descendía hasta el mar.

No había nadie a la vista.

No está, pensó Suza; esta vez Dios no me ha ayudado.

—Las escaleras —dijo ella.

—Mira. —Cortone señalaba el mar con su mano regordeta. Suza miró y vio dos embarcaciones: un barco y una lancha. Ésta iba velozmente hacia ellos, saltando sobre las olas y cortando el agua con su proa afilada; en ella había un hombre. El barco se estaba alejando de la bahía, dejando una gran estela tras de sí.

—Parece que hemos llegado tarde —dijo Cortone.

Suza corrió hasta abajo agitando alocadamente los brazos, tratando de atraer la atención de la gente del barco, aunque sabía que era imposible, que estaban demasiado lejos. Se resbaló y cayó al suelo. No pudo evitar echarse a llorar.

Cortone corrió a ayudarla.

—No hay nada que hacer —dijo él ofreciéndole su mano para que ella se levantara.

—La lancha —dijo ella con desesperación—. Quizá podamos subir a la lancha y alcanzar el barco...

—No. Cuando la lancha haya llegado aquí de nuevo, el barco se habrá alejado demasiado y su velocidad será mayor que la de la lancha.

La ayudó a subir los escalones. Suza se había resbalado muy abajo y la cuesta fatigaba mucho a Cortone, pero ella no lo advirtió, ya que se sentía muy desgraciada y seguía adelante sin descanso.

—Tengo que sentarme —dijo Cortone cuando llegaron a la casa.

Suza le miró; respiraba con dificultad. Estaba pálido y cubierto de sudor. De pronto se dio cuenta de que el esfuerzo había sido demasiado para él, dado su peso. Por un momento olvidó su propio malestar.

—Las escaleras —dijo ella.

Fueron al ruinoso recibidor donde ayudó a Cortone a sentarse en un escalón de la amplia escalinata que ascendía al piso de arriba. El hombre cerró los ojos y apoyó la cabeza contra la pared.

—Oye —dijo Cortone—, puedes llamar a los barcos... o mandar un cable... Aún podemos alcanzarlo...

—Tranquilo, debe recuperar fuerzas —dijo ella—. No hable.

—Pregúntale a mis primos... ¿Quién anda ahí?

Suza se volvió. Se oyó un crujir de vidrios y entonces vio cuál era la causa.

Yasif Hassan estaba cruzando el recibidor. Cortone se puso de pie haciendo grandes esfuerzos y Hassan se detuvo. La respiración del italiano aún no era regular. Se palpó el bolsillo.

—No —dijo Suza.

Cortone sacó el revólver.

Hassan estaba paralizado.

Suza gritó. El italiano vaciló, alzó la mano empuñando el arma y apretó el gatillo. Hubo dos disparos, que produjeron un ruido ensordecedor. Fueron dos tiros al aire. Cortone se hundió con el rostro pálido como el de un muerto. La pistola cayó de su mano y fue a dar contra el deteriorado piso de mármol.

Mientras Yasif Hassan se recuperaba del momento de pánico, Suza se arrodilló junto a Cortone.

—Déjalo, vamos —ordenó Hassan.

Suza se volvió hacia él y con la voz quebrada le gritó:

—Déjenos en paz —y se volvió de nuevo a Cortone.

—He matado a mucha gente. —dijo Cortone. Suza se inclinó más para escucharlo—. He matado a once hombres... he hecho el amor con muchas mujeres... —La voz se extinguía, luego hizo un gran esfuerzo y volvió a hablar—. He sido un delincuente durante toda mi vida, pero voy a morir por un amigo. Espero que eso me salve, ¿no?

—Claro —dijo ella—. No se preocupe.

—Está bien —respondió él.

Luego murió.

Suza nunca había visto morir a nadie. Fue espantoso. De pronto no quedaba nada, sólo un cuerpo; la persona se había desvanecido. Pensó que no era extraño que la muerte nos hiciera llorar. Se dio cuenta de que tenía la cara surcada de lágrimas. Ni siquiera le tenía simpatía, hasta este momento, se dijo.

—Eres una gran actriz —dijo Hassan—. Ahora vámonos de aquí.

Hassan no sabía que ella le había dicho a Cortone que un árabe les seguía. Para Hassan ella había hecho exactamente lo que él quería que hiciera: conducirlo hasta allí. Ahora debía seguir simulando que estaba de su lado hasta que pudiera encontrar una posibilidad de establecer contacto con Nat. Pero no puedo seguir engañando más, no puedo, es demasiado, estoy cansada, pensó. Luego recordó las palabras de Cortone: «Puedes llamar a los barcos o al menos enviar un cable.»

Aún podía alertar a Nat.

—¿A qué estamos esperando? —dijo Suza poniéndose de pie. Salieron afuera.

—Utilizaremos mi coche —le dijo Hassan.

Suza pensó en huir entonces, pero era una idea descabellada. Hassan pronto la dejaría ir. Ella había hecho lo que él pedía, ¿no era así? Pronto la enviaría a su casa.

Subió al coche.

—Aguarda —dijo Hassan, corrió al coche de Cortone, sacó las llaves y las arrojó entre los arbustos. Luego se sentó tras el volante de su vehículo—. Así el hombre de la lancha no podrá seguirnos —explicó—. Estoy defraudado por tu actitud —comentó el árabe cuando partieron—. Ese hombre estaba ayudando a nuestros enemigos. Deberías alegrarte, no llorar, cuando muere un enemigo.

—Ese hombre estaba tratando de ayudar a su amigo —dijo ella cubriéndose los ojos con la mano.

Hassan le dio golpecitos en la rodilla.

—Has hecho un buen trabajo, no debería criticarte. Conseguiste la información que yo necesitaba.

—¿Sí? —Se quedó mirándolo.

—Seguro. Ese barco grande que vimos alejarse de la bahía era el *Stromberg*. Ahora sé su hora de partida y como también sé cuál es la velocidad máxima que puede alcanzar, puedo calcular cuándo puede encontrarse con el *Coparelli* y hacer que mis hombres estén allí un día antes. —Volvió a darle golpecitos en la rodilla; esta vez dejando descansar la mano sobre el muslo.

—No me toque —dijo la joven.

Él retiró la mano.

Suza cerró los ojos y trató de pensar. Había obtenido el peor de los resultados con lo que había hecho: condujo a Hassan a Sicilia, pero no pudo alertar a Nat. Ahora debía pensar en cómo enviaría un telegrama al barco en cuanto ella y Hassan se separaran un momento. También estaba el oficial del avión que había prometido hablar con el consulado israelí en Roma...

—Oh, Dios. Quisiera estar de vuelta en Oxford —exclamó.

—¿Oxford? —rió Hassan—. Aún no. Tienes que permanecer junto a mí, hasta que concluya la operación.

Dios mío, no puedo soportarlo, pensó Suza.

—Es que estoy tan cansada —dijo.

—Pronto descansaremos. No puedo permitir que te vayas. Razones de seguridad, ya sabes. De todos modos, seguramente no querrás perderte el espectáculo de la muerte de Nat Dickstein.

En el mostrador de Alitalia, en el aeropuerto, tres hombres se aproximaron a Yasif Hassan. Dos de ellos eran jóvenes y fuertes, el tercero era alto, de rostro afilado y de unos cincuenta años. Éste le dijo a Hassan:

—Pedazo de estúpido, merecerías que te fusilasen.

Hassan le miró, y Suza vio el temor reflejado en sus ojos al tiempo que exclamaba:

—¡Rostov!

¿Y esto, qué es?, se preguntó Suza.

Rostov tomó a Hassan del brazo, y el árabe dio un tirón tratando de desasirse. Los dos más jóvenes les rodearon. Suza y Hassan quedaron encerrados. Rostov se llevó a Hassan, alejándole del mostrador de los pasajes. Uno de los secuaces tomó a Suza del brazo y les siguieron hasta un rincón tranquilo. Rostov estaba evidentemente furioso, pero mantenía la voz baja.

—Podrías haber hecho fracasar todo si no hubieras llegado un par de minutos tarde.

—No sé qué quieres decir —dijo Hassan, asustado.

—¿Crees que no sé que has andado recorriendo el mundo en busca de Dickstein? ¿Crees que no puedo hacerte seguir como a cualquier otro imbécil? He estado recibiendo información sobre tus movimientos cada hora desde que salí de El Cairo. ¿Y qué te hizo pensar que podías confiar en ella? —Dirigió un dedo acusador a Suza.

—Ella me condujo aquí.

Suza permanecía inmóvil, silenciosa y asustada. Estaba desesperadamente confundida. Las múltiples impresiones de la mañana —no haber conseguido avisar a Nat, haber presenciado la muerte de Cortone— le habían hecho perder su capacidad de pensar. Mantener coherencia en las mentiras había sido bastante difícil mientras engañaba a Hassan y le decía a Cortone una verdad que Hassan pensaba que era una mentira. Ahora aparecía Rostov, a quien Hassan estaba mintiendo, y ya no sabía si ella debía decirle a Rostov la verdad u otra mentira diferente.

Hassan estaba diciendo:

—¿Cómo llegaste aquí?

—En el *Karla*. Estábamos sólo a sesenta o setenta

kilómetros de Sicilia cuando me informaron de que tú habías aterrizado en la isla. También conseguí permiso de El Cairo para ordenar tu retorno inmediato y directo allí.

—No obstante, yo creo que he hecho lo que debía —dijo Hassan.

—¡Sal de mi vista!

Hassan comenzó a alejarse. Suza se disponía a seguirlo, pero Rostov le dijo:

—Tú no. —La tomó del brazo y echó a andar.

¿Qué puedo hacer ahora?, pensó ella mientras caminaba junto al ruso.

—Sé que has probado tu lealtad hacia nosotros, señorita Ashford —dijo—, pero en medio de un proyecto de las proporciones del nuestro no podemos permitir que las personas recientemente reclutadas se vayan a su casa como si tal cosa. Por otra parte aquí en Sicilia sólo cuento con los hombres imprescindibles para la misión, de modo que no puedo hacer que te escolten a alguna otra parte. Mucho me temo que tendrás que venir con nosotros en el *Karla* hasta que este asunto haya terminado. Espero que no te importe. ¿Sabes que eres idéntica a tu madre?

Habían salido del aeropuerto y se dirigían a un coche que los aguardaba. Rostov le abrió la puerta para que subiera. Éste era el momento en que debía escapar; luego podría ser demasiado tarde. Vaciló. Uno de los sujetos se le puso al lado. Tenía la chaqueta ligeramente abierta y ella alcanzó a ver la culata de su pistola. Recordó el estampido tremendo que había producido el tiro de Cortone en aquella casa ruinosa, y el grito que ella había dado. Tuvo miedo de morir, de convertirse en un terrón de arcilla como el pobre Cortone. Estaba aterrorizada ante la vista de la pistola y la idea de la bala entrando en su cuerpo, y comenzó a temblar.

—¿Qué te pasa? —dijo Rostov.

—Al Cortone murió.

—Lo sabemos —dijo Rostov—. Sube al coche.

Suza obedeció.

Pierre Borg salió de Atenas y aparcó en un extremo de la playa donde solían pasear las parejas. Bajó y recorrió un tramo hasta que se encontró con Kawash, que venía en sentido contrario. Se colocaron a la par mirando hacia el mar mientras las pequeñas olas les lamían somnolientamente los pies. Borg podía ver el hermoso rostro del doble agente árabe a la luz de las estrellas. Kawash no parecía el hombre confiado de siempre.

—Gracias por venir —dijo el árabe.

Borg no sabía por qué se lo agradecía. Si a alguien le correspondía dar las gracias era a él... Entonces se dio cuenta de que a eso precisamente aludía Kawash. El tipo era todo sutileza, incluso insultando.

—Los rusos sospechan que las informaciones llegan a Israel desde El Cairo —dijo Kawash—. Están jugando con las cartas muy cerca de su pecho, por así decirlo. —Sonrió levemente. Borg no vio dónde estaba la gracia—. Por eso, cuando Yasif Hassan fue a El Cairo para informar, no nos enteramos de mucho, y yo no obtuve toda la información entregada por Hassan.

Borg eructó estruendosamente. Había comido mucho en la cena.

—No malgastes el tiempo con excusas, por favor. Dime simplemente todo lo que sabes.

—Muy bien —dijo Kawash con humildad—. Saben que Dickstein va a robar uranio.

—Me dijiste esto la última vez que nos vimos.

—No creo que conozcan los detalles, pero su intención es dejar que suceda y luego hacer público este hecho. Han puesto un par de barcos en el Mediterráneo, pero no saben adónde deben enviarlos.

Una botella de plástico flotaba en el agua y encalló a los pies de Borg. La pateó de vuelta al agua.

—¿Qué puedes decir de Suza Ashford?

—Decididamente trabaja para los árabes. Verás, hubo un altercado entre Rostov y Hassan. Hassan quería saber exactamente dónde se encontraba Dickstein, y Rostov pensó que era innecesario.

—Malas noticias. Continúa.

—Hassan se marchó solo y consiguió que la señorita Ashford le ayudase a encontrar a Dickstein. Fueron a Buffalo a ver a un gángster llamado Cortone que los llevó a Sicilia. No llegaron a ver a Dickstein por muy poco, ya que llegaron cuando el *Stromberg* se iba. A causa de esto Hassan está en dificultades. Se le ha ordenado que vuelva a El Cairo. Aún no ha llegado.

—¿Así que la muchacha les condujo al lugar donde se encontraba Dickstein?

—Exactamente.

—¡Dios mío! —Borg pensó en el mensaje que había llegado al consulado de Roma Para Nat Dickstein, de parte de su novia y se lo dijo Kawash.

«Hassan me lo dijo todo, y él y yo vamos a verte.» ¿Qué diablos significaba? ¿Intentaba ponerlo sobre aviso, retrasar la operación o confundirlo? ¿O se trataba de un doble engaño, un intento de hacerle creer que la obligaban a conducir a Hassan hasta donde él estaba?

—Yo diría que es un doble juego —dijo Kawash—. Ella sabía que su papel quedaría al descubierto en algún momento y trató de resguardarse las espaldas. ¿No pensarás enviar el mensaje?

—Por supuesto que no. —La mente de Borg tomó otro rumbo—: Si fueron a Sicilia, es que sabían que existía el *Stromberg*. ¿Qué conclusiones podían sacar de ello?

—¿Que el *Stromberg* sería usado en el robo del uranio?

—Exactamente. Ahora bien, si yo fuera Rostov, seguiría al *Stromberg*, dejaría que lo asaltaran y luego atacaría... Maldición, creo que va a haber que intervenir. —Hundió la punta de su zapato en la arena blanda—. ¿Cuál es la situación en Qattara?

—Estaba reservando para el final las peores noticias. Todos los controles han sido completamente satisfactorios. Los rusos les están proporcionando uranio. El reactor está funcionando desde hace tres semanas.

Borg se quedó mirando el mar. Se sentía cansado.

—Sabes lo que esto significa, ¿no? Que no podemos interrumpir la operación. Significa que Dickstein es la última oportunidad de Israel.

Kawash guardó silencio. Pasado un momento Borg le miró. Los ojos del árabe estaban cerrados.

—¿Qué estás haciendo? —preguntó Borg.

El silencio continuó un momento. Finalmente Kawash abrió los ojos, miró a Borg y sonrió levemente.

—Rezaba —dijo.

TEL AVIV A MV *STROMBERG*
PERSONAL DE BORG A DICKSTEIN EXCLUSIVO
DEBE SER DESCODIFICADO POR EL DESTINATARIO

COMIENZA: SUZA ASHFORD AGENTE ÁRABE CONFIRMADA PUNTO PERSUADIÓ A CORTONE PARA QUE LLEVARA A ELLA Y A HASSAN A SICILIA PUNTO LLEGARON DESPUÉS QUE TÚ HABÍAS PARTIDO PUNTO CORTONE AHORA MUERTO PUNTO ÉSTE Y OTROS DATOS INDICAN FUERTE POSIBILIDAD DE QUE SEAS ATACADO EN ALTA MAR PUNTO NO MÁS ACCIÓN NOS HAREMOS CARGO AQUÍ PUNTO LO ARRUINASTE TODO POR SUFICIENCIA AHORA ARRÉGLATELAS COMO PUEDAS FIN

Las nubes que se habían estado amontonando al oeste del Mediterráneo durante los días anteriores finalmente estallaron esa noche y el *Stromberg* se halló de pronto en medio de una tormenta, zarandeado por el viento.

Nat Dickstein no lo notó.

Sentado, solo, en su pequeño camarote ante la mesa atornillada al muro, con un lápiz y una agenda, el libro de códigos y un descodificador frente a él, transcribía el mensaje de Borg, letra por letra. Lo leyó una y otra vez y, finalmente, se quedó con la mirada fija en la pared.

Era inútil ponerse a pensar por qué ella lo había hecho, inventar hipótesis, pensar que Hassan podría haberla obligado o imaginar que Suza había actuado por error o por motivos que no alcanzaba a comprender. Borg decía que era una espía y tenía razón. Siempre había sido espía. Por eso había hecho el amor con él.

Tenía un gran futuro en el servicio de inteligencia esa muchacha.

Dickstein ocultó la cara entre las manos y se presionó los ojos, pero aun así seguía viéndola: desnuda; apoyada contra la mesa de la cocina de aquel pequeño apartamento, mientras leía el periódico y esperaba a que hirviera el agua...

Lo peor del caso era que aún la amaba. Antes de conocerla era un hombre que no sabía lo que era el amor y Suza se lo había mostrado, y a partir de entonces todo había sido tan diferente para él... Ahora resultaba que le había engañado, llevándose lo que le había dado, y él se sentía derrotado. Le había escrito una carta de amor. Santo Dios, se preguntó qué habría hecho cuando leyó esa carta. ¿Se habría reído? ¿Se la habría mostrado a Yasif Hassan diciéndole «Mira cómo le tengo agarrado»?

Se sentía como un ciego al que le hubieran dado la vista, y luego, tras un par de días, hubieran decidido privarle de ella otra vez mientras dormía.

Le había dicho a Borg que él mismo mataría a Suza si resultaba ser un agente, pero ahora sabía que le había mentido, que nunca sería capaz de herirla, a pesar de todo.

Era tarde. Excepto los hombres que hacían la guardia, todos los demás estaban durmiendo. Dejó el camarote y salió a cubierta sin ver a nadie. En el trayecto desde la escotilla a la borda quedó completamente mojado por la lluvia y las olas que saltaban a cubierta, pero no lo notaba. Permaneció ante la borda mirando la oscuridad, imposibilitado de ver dónde concluía el mar negro y empezaba el cielo del mismo color, dejando que la lluvia corriera por su rostro como las lágrimas.

Nunca mataría a Suza, pero sí se encargaría de Yasif Hassan. Lo consideraba su peor enemigo. Había amado a Eila, y había tenido que verla en brazos de ese árabe. Ahora se había enamorado de Suza, y descubría que ya había sido seducida por el mismo viejo rival. Además, Hassan había utilizado a Suza en la lucha árabe-israelí por Israel.

Oh, sí; mataría a Yasif Hassan, y lo haría con sus propias manos. Y también a los otros. El pensamiento lo sacó de las profundidades de la desesperación para llenarlo de furia; quería oír el crujido de huesos rotos, quería ver los cuerpos de sus enemigos convertidos en guiñapos, quería sentir el olor del miedo y de la pólvora, quería sembrar la muerte a su alrededor.

Borg pensaba que serían atacados en alta mar. Dickstein se aferraba a los rieles de la borda mientras el barco se balanceaba en el turbulento mar. El viento frío sopló con más fuerza. Pensó: que así sea, y luego gritó al mar:

—Que vengan esos hijos de perra, sí, que vengan.

15

Hassan no regresó a El Cairo, nunca lo hacía.

Cuando el avión salió de Palermo, estaba eufórico, ¡una vez más había conseguido ser más hábil que Rostov! Cuando le oyó decir «¡sal de mi vista!», Hassan pensó que a continuación le obligaría a ir al *Karla* y, en consecuencia, no podría presenciar el asalto que realizarían los fedayines. Pero Rostov creía que Hassan era simplemente un tipo superentusiasta, desmedido e impulsivo, además de inexperto. Nunca se le hubiera ocurrido que pudiera ser un traidor. Pero ¿por qué habría de pensarlo? En el equipo, Hassan era representante de la inteligencia egipcia y era árabe. Si Rostov hubiera sospechado de su lealtad, podría haber considerado que quizá trabajaba para los israelíes, puesto que eran los enemigos; se daba por descontado que los palestinos, de participar en el plan, estarían del lado de los árabes.

Era sensacional. El inteligente y altivo coronel Rostov, factor de poder del KGB, había sido engañado por un pobre refugiado palestino, por un hombre a quien consideraba un don nadie.

Pero no todo había concluido. Aún tenía que unir sus fuerzas con los fedayines.

El vuelo de Palermo le había llevado a Roma donde trató de conseguir un avión a Annaba o a Constantino, ambas ciudades próximas a la costa argelina, pero lo más cerca que podían ofrecer las líneas aéreas era Argelia o Túnez. Fue a Túnez. Allí encontró a un joven taxista con un Renault bastante nuevo y le puso ante la nariz unos cuantos dólares americanos que sumaban una cantidad superior a la que el muchacho ganaba en un año. El taxi lo llevó a través de los ciento sesenta kilómetros de ancho de Túnez hasta llegar a Argelia, y lo dejó en una pequeña villa de pescadores que tenía un pequeño puerto.

Uno de los fedayines estaba esperándolo. Hassan lo encontró en la playa, sentado bajo un inmundo refugio, resguardándose de la lluvia mientras jugaba al *backgammon* con un pescador. Los tres hombres se metieron en una lancha y se hicieron a la mar, que estaba picada al caer el día. Hassan, que no era ningún lobo marino, temía que la pequeña embarcación zozobrara, pero fue tranquilizándose al ver que el pescador parecía un hombre que sabía lo que hacía,

El viaje les tomó menos de media hora, y a medida que se aproximaban al protuberante casco del barco, Hassan sentía una creciente sensación de triunfo. Un barco... Tenían un barco.

Trepó a cubierta mientras el hombre que había ido a su encuentro pagó y despidió al pescador. Mahmoud le recibió con un abrazo.

—Tendríamos que levar anclas inmediatamente —dijo Hassan.

—Ven al puente de mando.

Hassan siguió a Mahmoud. El barco era pequeño, de unas mil toneladas, bastante nuevo y en buenas condiciones. Había una escotilla para una bodega. Estaba pensada para llevar pequeñas cargas y para maniobrar en los puertos locales norteafricanos.

Se quedaron un momento en la cubierta de proa, mirando alrededor.

—Es justo lo que necesitábamos —afirmó Hassan contento.

—Lo he rebautizado el *Nablus* —le dijo Mahmoud—. Es el primer barco de la armada palestina.

Hassan sintió que los ojos se le llenaban de lágrimas.

Subieron la escalerilla, y Mahmoud agregó:

—Se lo compré a un comerciante libanés que quería salvar la vida.

El puente era sólido y limpio. Tenía sólo un fallo: el radar. Muchos de estos pequeños barcos no contaban con radar y Mahmoud no había tenido tiempo de comprar un equipo e instalárselo.

Mahmoud le presentó al capitán, que era también libio. El comerciante les había conseguido también la tripulación, ya que ninguno de los fedayines era marino. El capitán dio órdenes de levar anclas y poner en marcha las máquinas.

Los tres hombres se inclinaron sobre la carta de navegación mientras Hassan les informaba.

—El *Stromberg* dejó la costa sur de Sicilia hoy a mediodía. El *Coparelli* debía pasar por el estrecho de Gibraltar a última hora de la noche de ayer, camino a Génova. Son barcos idénticos, ambos pueden alcanzar la misma velocidad, de modo que como muy pronto podrán encontrarse a las diez, al este del punto medio entre Sicilia y Gibraltar.

El capitán hizo algunos cálculos y observó otra carta de navegación.

—Se encontrarán al sudeste de Menorca.

—Deberíamos interceptar el *Coparelli* al menos ocho horas antes.

El capitán recorrió con el dedo la ruta:

—Eso sería mañana, al anochecer. Para entonces se hallará al sur de Ibiza.

—¿Podemos llegar?

—Sí, nos sobra un poco de tiempo, a menos que se levante un temporal.

—¿Se espera tormenta?

—En algún momento de los días venideros. Pero no mañana, según creo.

—Bien. ¿Dónde está el radiotelegrafista?

—Aquí. Éste es Yaacov.

Hassan se volvió para ver a un pequeño hombre sonriente con manchas de tabaco en los dientes, y le dijo:

—A bordo del *Coparelli* hay un ruso, un hombre llamado Tyrin, que enviará señales a un barco polaco, el *Karla*. Usted debe sintonizar su frecuencia de onda —luego escribió—. También hay un radiofaro en el *Stromberg* que envía una señal simple de treinta segundos cada media hora. Si lo escuchamos cada vez que emite estaremos seguros de que el *Stromberg* no nos aventaja.

El capitán estaba dando un rumbo. Sobre cubierta el primer oficial apuntaba todos los detalles. Mahmoud hablaba con uno de los fedayines sobre la conveniencia de realizar una inspección a las armas. El radiotelegrafista comenzó a interrogar a Hassan sobre el faro del *Stromberg*, pero él no estaba escuchándole; pensaba: Suceda lo que suceda, será glorioso.

Rugieron las máquinas del barco, la cubierta tembló, la proa hendió el agua y estuvieron en camino.

Dieter Koch, el nuevo oficial ingeniero del *Coparelli* estaba en su litera en medio de la noche pensando: Pero ¿qué diré si alguien me ve?

Lo que tenía que hacer era simple. Debía levantarse, ir al cuarto de máquinas, sacar la bomba de aceite complementaria y tirarla. Era casi seguro que podría hacerlo sin ser visto, pues su camarote estaba próximo al depósito, la mayor parte de la tripulación dormía, y los que estaban despiertos se encontraban en el puente de mando y en el cuarto de máquinas, y seguramente permanecerían donde estaban. Pero «seguramente», no era bastante en una operación de semejante importancia. Si alguien sospechaba, en ese momento o más tarde, en lo que él estaba...

Se puso un suéter, pantalones, botas y un capote impermeable. Debía hacerlo, y debía hacerlo ya. Se metió en el bolsillo la llave del depósito, abrió la puerta de su camarote y salió. Mientras iba agarrado del pasamanos pensó: Diré que no podía dormir y fui a echar un vistazo al depósito.

Con la llave abrió la puerta del depósito, encendió la luz, entró y cerró de nuevo. Había gran cantidad de piezas de repuesto apiladas: cajas, válvulas, fichas, cadenas, cables, filtros, cerrojos... Con todas ellas y un bloque de cilindros hubiera podido construir un motor completo.

Halló la bomba suplementaria en una caja que estaba en un estante alto. La levantó —no era voluminosa pero sí pesada—, luego pasó unos cinco minutos asegurándose de que no hubiera una segunda bomba de aceite de repuesto.

Ahora venía lo difícil.

«... No podía dormir, señor, de modo que me puse a revisar los repuestos. Muy bien, ¿todo en orden? Sí señor. ¿Y qué tiene debajo del brazo? Una botella de whisky, señor. Una torta que me mandó mi madre. La bomba de repuesto, señor, la voy a tirar por la borda...»

Abrió la puerta del depósito y observó.

Nadie.

Aún llovía y era difícil ver lo que había a pocos pasos por delante, lo cual le ayudaba, dado que los demás tenían la misma falta de visibilidad.

Atravesó la cubierta hasta la borda, se inclinó y dejó

caer la bomba al mar. Al volverse, tropezó con alguien.

«Una torta que me envió mi madre, estaba tan seca...»

—¿Quién anda ahí? —preguntó una voz con acento extranjero.

—Oficial ingeniero. ¿Y usted? —Mientras Koch respondía, el otro hombre se puso de costado de modo que pudo ver su perfil gracias a la luz de cubierta. Entonces reconoció la figura corpulenta y la nariz grande del radiotelegrafista.

—No podía dormir —dijo—. Salí a tomar un poco de aire.

Está tan azorado como yo, pensó Koch. ¿Por qué será?

—Noche de perros —dijo—. Voy a...

—Hasta mañana.

Koch fue adentro y se dirigió a su camarote. Un tipo raro ese radiotelegrafista. No pertenecía a la tripulación regular. Había sido enganchado en Cardiff porque el radiotelegrafista del barco había tenido un accidente. Lo mismo que Koch era alguien de fuera. Prefería haberse tropezado con él y no con uno de los de la tripulación original.

Ya en el camarote, se quitó la ropa mojada y se echó en la litera. Sabía que no podría dormir. Su plan para el día siguiente estaba controlado, no valía la pena repasarlo de nuevo, de modo que trató de pensar en otras cosas. En su madre, que hacía el mejor pastel de patatas del mundo; en su novia, que era la mejor muchacha del mundo; en su alocado padre, que ahora era una institución en Tel Aviv; en el magnífico tocadiscos que compraría con la paga de este trabajo; en su hermoso apartamento de Haifa; en los hijos que tendría, y cómo crecerían en Israel a salvo de la guerra.

Se levantó un par de horas más tarde y fue a la cocina a buscar café. El ayudante del cocinero estaba allí, en medio de un charco de agua, friendo tocino para la tripulación.

—Tiempo de perros —dijo Koch.

—Empeorará.

Koch bebió su café, luego se sirvió de nuevo y llenó otra taza y subió al puente. El primer oficial estaba allí.

—Buenos días —dijo Koch.

—No me parece —repuso el hombre mirando la cortina de agua.

—¿Café?

—Gracias.

Koch le ofreció la taza.

—¿Dónde estamos?

—Aquí. —El oficial le señaló la posición en la carta de navegación—. No llevamos ninguna demora pese al tiempo.

Koch asintió. Eso significaba que él debía parar el barco en el término de un cuarto de hora.

—Hasta luego —dijo, y se alejó del puente para dirigirse al cuarto de máquinas.

Ahí estaba su segundo, con aspecto fresco, como si hubiera echado un buen sueño durante su guardia nocturna.

—¿Cómo está la presión del combustible? —le preguntó.

—Se mantiene bien.

—Ayer oscilaba mucho.

—Bueno, durante la noche no se observó ninguna alteración —dijo su segundo. Lo decía con demasiado énfasis, como si temiera ser acusado de dormirse mientras la aguja oscilaba.

—Bien, a lo mejor se arregló sola. —Dejó la taza de café sobre el tablero, pero tuvo que cogerla de nuevo rápidamente porque el barco se balanceaba mucho.

—Bien, Larsen, vete a la cama.

—Bueno.

—Que descanses.

El segundo se fue, y Kock bebió su café y se puso a trabajar.

El dispositivo de la presión de aceite estaba colocado en un tablero de controles en la parte trasera de la máquina. Los controles estaban insertados en un compartimiento de delgado metal, pintado de negro y asegurado con cuatro tornillos. Empleando un largo destornillador, Koch sacó los cuatro tornillos y le quitó la cubierta de metal. Detrás había una maraña de cables de distintos colores que iban a diversas llaves. Koch cambió su destornillador largo por uno eléctrico, pequeño, con el mango aislado. Con unos pocos giros desconectó uno de los cables que iba a la llave de presión del combustible. Cubrió con cinta aislante la punta expuesta del cable, luego lo colocó en la parte de atrás del control de tal modo que sólo una inspección muy minuciosa podría revelar que no estaba conectado al terminal. Volvió a colocarle la cubierta y la aseguró con los cuatro tornillos.

Cuando Larsen entró se estaba agotando el líquido de la transmisión.

—¿Lo cargo, señor? —dijo Larsen, pues ésa era su especialidad.

—Acabo de hacerlo —contestó Koch, acomodando el embudo y colocando la lata en su gaveta.

Larsen se frotó los ojos y encendió un cigarrillo. Miró los controles, dio dos pitadas seguidas y exclamó:

—¡Señor! ¡La presión de aceite es cero!

—¿Cero?

—Sí.

—¡Para las máquinas!

—Sí, sí, señor.

Sin aceite, la fricción entre las partes metálicas de la máquina elevaría rápidamente la temperatura hasta que el metal se fundiría y se pararían las máquinas para no funcionar nunca más. Tan peligrosa era la repentina falta de presión de aceite, que Larsen habría parado las máquinas por propia iniciativa sin consultar a Koch.

Todos los que estaban a bordo del *Coparelli* oyeron que las máquinas dejaron de funcionar y sintieron que el barco perdía velocidad; incluso los trabajadores diurnos que aún estaban en sus literas lo oyeron aún semidormidos. Antes de que las máquinas estuvieran totalmente paradas, la voz del capitán llegó por el tubo.

—¡Puente de mando! ¿Qué pasa ahí abajo?

Koch respondió por el otro tubo:

—Súbita pérdida de presión de aceite.

—¿Tiene idea de la causa?

—Aún no.

—Manténgame informado.

—Sí, señor.

—Vamos a ver el colector de aceite —dijo Koch a Larsen, quien tomó la caja de herramientas y le siguió hasta una cubierta intermedia donde podían revisar la máquina desde abajo—. Si las tomas principales estuvieran gastadas la caída de la presión de aceite hubiera sido gradual. Un descenso súbito significa una falla en el paso del aceite. Hay abundancia de líquido en el sistema, lo controlé antes, y no había indicios de pérdidas. De modo que probablemente esté tapado algún conducto.

Koch aflojó el colector con una llave y entre los dos lo bajaron a cubierta. Revisaron el filtro y todas las válvulas sin hallar ninguna obstrucción.

—Si no está tapado en ninguna parte, el fallo debe de ser de la bomba —dijo Koch—. Cambiémosla.

—La de repuesto estará en el depósito de la cubierta principal —dijo Larsen.

Koch le entregó la llave, y el muchacho subió.

Ahora Koch tenía que trabajar muy rápido. Retiró

la protección de la bomba de aceite dejando al descubierto dos ruedas con engranajes, quitó el eje de la cremallera y con un martillo y un punzón le hizo volar algunos dientes, insertó una barra entre las dos ruedas hasta que oyó un *crak*. Finalmente sacó de su bolsillo una pequeña bola de acero endurecido, muy deteriorada, que había traído consigo cuando subió a bordo del barco. Tiró la bolilla en la bomba de aceite.

Listo.

Larsen volvió.

—No hay ninguna bomba, señor.

Koch pescó la bolilla dentro de la bomba de aceite.

—Mira esto —dijo—, ésta es la causa de todo. —Le mostró a Larsen los engranajes arruinados de la bomba de aceite—. Esta bola debe de haber caído cuando cambiaron los filtros y desde entonces ha estado dando vueltas aquí adentro. Me sorprende que no hayamos oído el ruido, a pesar del sonido de la máquina. De todos modos esta bomba no se puede reparar, de manera que deberás encontrar la de repuesto. Haz que te ayuden a buscar y tráela.

Larsen se fue. Koch reacomodó las piezas de la bomba y corrió al cuarto principal de máquinas para hacer desaparecer la otra prueba incriminatoria: tomó el cable que había desconectado y lo volvió a conectar al medidor de presión de aceite. Ahora realmente marcaría cero. Volvió a colocarle la protección y tiró la cinta aislante con que había envuelto el cable.

Todo concluido. Ahora había que ir a darle la noticia al capitán.

No bien los otros agotaron la búsqueda, Koch fue al puente de mando.

—Al hacer la última revisión a la bomba de aceite, señor, un mecánico debió de haber dejado caer una bolita de acero dentro —dijo al capitán mostrándole la pieza—. En algún momento, la bolita se metió en la bomba de aceite y después sólo ha sido una cuestión de tiempo. Esta pieza se metió entre los engranajes y ha sido la causante de la avería. Me temo que no podemos hacer ruedas de engranaje como ésas a bordo, señor. El barco debería llevar una bomba de repuesto, pero no la encontramos.

—Cuando dé con el responsable de esto, lo pagará caro —gritaba el capitán, furioso.

—Es responsabilidad del ingeniero de a bordo controlar los repuestos, pero como usted sabe, señor, yo subí a bordo en el último momento.

—Eso significa que el culpable es Sarne.

—Puede haber una explicación...

—Sí, sí, por supuesto, que anduvo tras las prostitutas belgas en lugar de hacer su trabajo. ¿Podemos seguir de alguna manera?

—En absoluto, señor. En estas condiciones, el barco no puede avanzar ni un metro.

—Maldición. ¿Dónde está el radiotelegrafista?

—Lo buscaré, señor —dijo el primer oficial, y se fue.

—¿Está seguro de que no se puede hacer nada? —preguntó el capitán a Koch.

—No se puede hacer una bomba de aceite con piezas sueltas. Por eso hay que llevar una bomba de repuesto.

El primer oficial volvió con el radiotelegrafista. El capitán le dijo:

—¿Dónde diablos ha estado usted?

El radiotelegrafista, el hombre de la nariz grande con quien Koch se había topado en la cubierta durante la noche, parecía ofendido.

—Estaba ayudando a buscar la bomba de aceite en el depósito, señor, después me fui a lavar las manos. —Echó una mirada a Koch, pero éste no vio en ella ningún signo de sospecha.

Koch no estaba seguro de cuánto habría visto ese hombre cuando se lo encontró en cubierta, pero si había establecido alguna relación entre la bomba que faltaba y un paquete tirado al agua por el oficial mecánico, no lo demostraba.

—Muy bien —dijo el capitán—, envíe un mensaje a los propietarios del barco. Informe de que se ha producido una avería en la máquina a la altura de... ¿Cuál es nuestra posición exacta, número uno?

El primer oficial dio al radiotelegrafista la posición.

—Pida una nueva bomba de aceite o remolque hasta puerto —continuó el capitán—. Por favor, enviar instrucciones.

Los hombros de Koch se inclinaron un poco. Lo había conseguido.

En su momento, llegó la respuesta de los propietarios:

> *Coparelli* vendido a Savile Shipping de Zúrich, su mensaje pasado a nuevos propietarios. Aguarde sus instrucciones.

Casi inmediatamente después llegó el mensaje de la Savile Shipping:

> Nuestro barco *Gil Hamilton* está en las cercanías. Llegará aproximadamente a mediodía. Prepárense, excepto al oficial ingeniero, el *Gil Hamilton* llevará a toda la tripulación a Marsella. Oficial ingeniero aguarde nueva bomba de aceite. Papagopoulos.

Solly Weinberg, el principal del *Gil Hamilton* y su comandante, de la nave israelí que se encontraba a sesenta millas de distancia, escuchó el mensaje y murmuró:

—Tal como estaba programado. Bien hecho, Koch.

Puso rumbo hacia donde estaba el *Coparelli* y ordenó marchar a toda máquina.

Esto no fue escuchado por Yasif Hassan y Mahmoud a bordo del *Nablus*, situado a ciento cincuenta millas. Ellos estaban en la cabina del capitán, discutiendo el plan de Hassan para abordar el *Coparelli*. Hassan había dado instrucciones al radiotelegrafista del *Nablus* para que escuchara en dos frecuencias de onda: la que transmitía el radio-faro y la que estaba usando Tyrin para su transmisión clandestina a Rostov, a bordo del *Karla*. A causa de que el *Coparelli* transmitía en su frecuencia de onda regular, el *Nablus* no captó nada. Pasaría algún tiempo antes de que los fedayines se dieran cuenta de que estaban asaltando un barco prácticamente abandonado.

El intercambio de mensajes fue escuchado a doscientas millas de distancia del puente de mando del *Stromberg*. Cuando el *Coparelli* acusó recibo de las señales de Papagopoulos, los oficiales en el puente de mando dieron vivas y aplaudieron. Nat Dickstein, apoyado contra un mástil, con una taza de café en la mano, tenía la vista perdida en la lluvia y no se inmutó. Las facciones de su rostro se habían endurecido y en su mirada podía advertirse su furia interior. Uno de sus hombres notó su silencio e hizo una observación acerca de que habían superado el primer gran obstáculo. Dickstein murmuró algo y contestó de mala manera al oficial, que se alejó de él sin decir nada. Más tarde, mientras comían, el mismo hombre observó que Dickstein parecía en ese momento un tipo capaz de hundirle un puñal al primero que osara enfrentarse a él.

El mensaje fue captado por David Rostov y Suza Ashford a trescientas millas, a bordo del *Karla*. Ella estaba obnubilada mientras atravesaba la pasarela del muelle siciliano al barco polaco. Casi no había notado lo que sucedía mientras Rostov la condujo a su camarote y le dijo que esperaba que se sintiera cómoda. Se sentó en la cama. Una hora más tarde, aún estaba ahí en la misma posición cuando un marinero le trajo algo de comer en una bandeja que colocó sobre la mesa sin decir una palabra. No comió. Cuando oscureció, estaba tiritando, de modo que se metió en la cama y permaneció inmóvil, con los ojos abiertos, pero sin ver y aún temblando.

Finalmente se quedó dormida y tuvo extrañas pesadillas, pero luego consiguió descansar con un sueño profundo. El amanecer la despertó.

Permanecía inmóvil, sintiendo el movimiento del barco y mirando extrañada el camarote hasta recordar dónde se hallaba. Era como despertarse a una pesadilla, todo era verdad, no había sido un sueño.

Se sintió culpable. Se había estado engañando, lo veía ahora. Se había convencido de que tenía que encontrar a Dickstein para ponerle sobre aviso sin tener en cuenta el riesgo posible. Pero la verdad era que se hubiera aferrado a cualquier excusa sólo para verle. Las desastrosas consecuencias de lo que había hecho estaban a la vista. Era verdad que Nat se hallaba en peligro, y que ahora el peligro era aún mayor, y la culpa era suya.

Pensó en cómo había llegado a ese barco polaco comandado por los enemigos de Nat, donde ella estaba rodeada de agentes rusos. Cerró los ojos y metió la cabeza debajo de la almohada, tenía que calmarse. La indignación que sentía le ayudó a conservar la serenidad.

Pensó en su padre, y en cómo quería usarla para beneficio de sus ideas políticas y se indignó contra él.

Pensó en Hassan manipulando a su padre, poniéndole a ella la mano sobre la rodilla, y lamentó no haberle dado una bofetada cuando tuvo la oportunidad. Finalmente, pensó en Rostov, duro, inteligente, calculador, y en la forma en que pensaba arrasar el barco de Nat y asesinarlo, y se enfureció.

Nat era el hombre al que amaba. Era divertido, fuerte y extrañamente vulnerable. Escribía cartas de amor, robaba barcos y era el único hombre a quien había querido así, tan profundamente. No estaba dispuesta a perderlo.

Estaba en el campo enemigo, en realidad era una prisionera; sin embargo ellos pensaban que estaba de su lado; confiaban en ella. Quizá tendría la oportunidad de arruinarles los planes. Debía estar al acecho. Se desplazaría por el barco ocultando su miedo, hablando a sus enemigos, consolidando su posición de persona de confianza, aparentando compartir sus ambiciones y sus intereses, hasta que se le presentara la oportunidad.

Este pensamiento la hizo temblar. Luego se dijo: Si no lo hago, lo pierdo; y si lo pierdo, no quiero seguir viviendo.

Se levantó, se quitó la ropa con la que había dormido, se lavó y se puso un suéter limpio y ropa interior que tenía en la maleta. Se sentó ante la pequeña mesa fijada a la pared y comió algo de salchicha y queso que había quedado del día anterior. Se cepilló el pelo y se maquilló levemente.

Probó la puerta de su camarote. No estaba cerrada.

Salió. Caminó siguiendo la línea de la borda y el olor a comida que venía de la cocina. Entró y miró rápidamente alrededor.

Rostov estaba sentado, solo, comía huevos con un tenedor. Levantó la vista y la vio. De pronto su expresión se tornó maligna, su boca fina se apretó, sus ojos se despojaron de emoción. Suza dudó, luego se forzó a ir hacia él. Cuando llegó a la mesa, se inclinó levemente sobre una silla, pues le fallaban las piernas.

—Siéntate. —dijo él.

Ella se dejó caer.

—¿Cómo has dormido?

Suza sentía la respiración acelerada, como si hubiera caminado muy rápido.

—Muy bien —contestó con voz temblorosa.

La mirada penetrante y escéptica de Rostov pareció taladrarle el cerebro.

—Pareces muy nerviosa. —Hablaba sin entonación, sin simpatía y sin hostilidad.

—Yo... —las palabras parecían ahogársele en la garganta—. Ayer... estaba confundida. —Era verdad, de todos modos, y era fácil decir algo así—. Nunca había visto morir a alguien.

—¡Ah! —Por fin apareció en la cara de Rostov un asomo de sentimiento humano; quizá recordara la primera vez que él vio morir a una persona. Tomó la cafetera y le sirvió café—. Eres muy joven —dijo—. Debes tener la edad de mi hijo mayor.

Suza bebió agradecida el café caliente. Esperaba que Rostov continuara hablando de esa forma; la ayudaría a serenarse.

—¿Su hijo? —preguntó.

—Yuri Davidovitch. Tiene veinte años.

—¿Qué hace?

La sonrisa de Rostov ya no era tan fría.

—Desafortunadamente se pasa la mayor parte del tiempo escuchando música decadente. No estudia tanto como debiera. No estudia como su hermano.

La respiración de Suza iba normalizándose y ya no le temblaba la mano cuando levantó su taza. Sabía que ese hombre no era menos peligroso porque tuviera familia, pero al menos parecía menos temible cuando hablaba de ella.

—¿Y su otro hijo? —preguntó la muchacha—. El más pequeño.

—Vladimir —asintió Rostov. Ahora Suza pudo advertir incluso ternura en su mirada—. Es muy inteligente. Será un gran matemático si logra una correcta formación.

—Ése no debería ser un problema —dijo Suza mirándole—, la educación soviética es la mejor del mundo.

Le parecía que no era nada arriesgado decir eso, pero debía tener algún significado especial para él, porque la mirada nostálgica desapareció y el rostro volvió a adquirir la habitual dureza.

—No —dijo—, no debería constituir un problema.

Continuó comiendo sus huevos.

Suza pensó apresuradamente: estaba volviéndose cordial. No debo perderlo ahora. Trató de pensar algo que decir. ¿Qué tenían en común, de qué podían hablar? De pronto se inspiró.

—Me gustaría poder acordarme de usted, en la época en que estaba en Oxford.

—Eras muy pequeña. —Se sirvió más café—. Todos recuerdan a tu madre. Era sin duda la mujer más bella del lugar. Y tú te pareces mucho a ella.

Esto va mejor, pensó Suza.

—¿Qué estudió usted? —preguntó.

—Economía.

—Entonces no era exactamente una ciencia, supongo.

—Y no ha avanzado mucho en la actualidad.

Suza adoptó una expresión levemente solemne:

—Hablamos de la economía burguesa, por supuesto.

—Por supuesto. —Rostov la miró como si no pudiera distinguir si hablaba en serio o no. Pareció decidir que hablaba en serio.

Un oficial entró en la cocina y habló con él en ruso. Rostov miró a Suza como pidiéndole disculpas.

—Debo ir al puente de mando.

La joven tenía que ir con él. Se esforzó y le dijo con serenidad:

—¿Puedo ir con usted?

Rostov vaciló. Suza pensó: Tendría que dejarme, le ha gustado conversar conmigo, cree que estoy de su lado. Además, debe pensar que yo no puedo hacer servir nada de lo que averigüe, dado que estoy encerrada aquí, en un barco del KGB.

—¿Por qué no? —dijo Rostov.

Salió y Suza le siguió.

Arriba en la cabina de radiotransmisión Rostov sonrió al leer los mensajes y los trabajos a Suza. Parecía deleitado con el ingenio de Dickstein.

—Este hombre es más inteligente que el diablo —dijo.

—¿Qué es la Savile Shipping? —preguntó Suza.

—Una falsa compañía creada por la inteligencia israelí. Dickstein está eliminando a toda la gente que tiene razones para interesarse con lo que sucede con el uranio. La compañía naviera no está interesada porque ya no es dueña del barco. Ahora elimina al capitán y a la tripulación. No cabe duda de que Dickstein algo tiene que ver con los verdaderos dueños del uranio. Es un plan sensacional.

Esto era lo que necesitaba Suza. Rostov le estaba hablando como a un colega; ella se encontraba en el centro de los acontecimientos, debía hallar la manera de hacerlo caer en la trampa.

—¿Supongo que la avería del barco entraba dentro de ese plan?

—Sí. Ahora Dickstein puede adueñarse del *Coparelli* sin disparar un tiro.

Suza trató de pensar con rapidez. Cuando ella «engañó» a Dickstein, probó con ello su lealtad a los árabes. Ahora el bando de los árabes se había dividido en dos bandos, en uno estaba Rostov, el KGB y el servicio de inteligencia egipcio; en el otro, Hassan y los fedayines. Ahora Susa podía probar su lealtad a Rostov engañando a Hassan.

—Lo mismo puede hacer Yasif Hassan —sentenció.

—¿Cómo?

—Hassan también puede abordar el *Coparelli* sin disparar un solo tiro.

Rostov la miró sin dar crédito a lo que le decía. Toda la sangre pareció desaparecer de su rostro macilento. Suza se asustó al ver que de pronto perdía toda su seguridad y confianza.

—¿Hassan intenta tomar por asalto el *Coparelli*?

Suza fingió de nuevo.

—¡No me diga que usted no lo sabía!

—Pero ¿cómo? No creo que los egipcios tengan algo que ver con eso.

—Los fedayines. Hassan dijo que ése era su plan.

Rostov dio un puñetazo contra la protección del puente.

—¡Hassan es un mentiroso y un traidor!

Ésta era la oportunidad de Suza, lo sabía.

—Quizá podamos detenerle...

—¿Cuál es su plan? —dijo Rostov mirándola.

—Abordar el *Coparelli* antes de que Dickstein llegue y esperar a los israelíes y destruirlos. Luego navegar... no me dijo exactamente adónde pensaban ir, pero sí dijo que se dirigirían a África del Norte. ¿Cuál era su plan?

—Embestir el barco una vez que Dickstein robara el uranio.

—¿Y no podemos mantenerlo?

—No, estamos demasiado lejos.

Suza sabía que si su próxima movida no era exacta,

ella y Dickstein morirían. Se cruzó de brazos para dejar de temblar.

—Entonces sólo podemos hacer una cosa —dijo.

—¿Cuál?

—Tenemos que advertir a Dickstein contra la emboscada del feyadín para que pueda retener el *Coparelli*.

Bien. Lo había dicho. Se quedó observando la cara de Rostov. ¡Tenía que tragárselo, no podía hacer otra cosa! El ruso se quedó pensativo.

—Advertir a Dickstein para que pueda reconquistar el *Coparelli*. ¡Después él podría proseguir con su plan y nosotros con el nuestro!

—¡Sí! —dijo Suza—. ¡Es la única forma! ¿No es cierto? ¿No?

De: Savile Shipping, Zúrich.
Para: Angeluzzi e Bianco, Génova.

Su consignación de óxido de uranio de F. A. Pedler indefinidamente demorada a causa avería mecánica en el mar. Comunicaremos en breve nuevas fechas de entrega. Papagopoulos.

Cuando avistaron el *Gil Hamilton*, Tyrin acorraló a Ravlo, el drogadicto, en la entrecubierta del *Coparelli*. Actuó con una seguridad que estaba lejos de sentir. Cogió a Ravlo por el suéter y dijo:

—Escucha, vas a hacer algo para mí.

—Sí, cómo no, lo que quieras.

Tyrin vaciló. Sería arriesgado. Sin embargo no había otra alternativa.

—Necesito quedarme a bordo del barco cuando embarquéis en el *Gil Hamilton*. Si advierten que falto, tú dirás que me viste pasar.

—Sí, bueno. Está bien.

—Si me descubren, y tengo que ir a bordo del *Gil Hamilton* puedes estar seguro de que les contaré tu secreto.

—Haré todo lo que pueda.

—Eso espero.

Tyrin le soltó. No confiaba en el muchacho, un drogadicto puede prometer cualquier cosa y desdecirse a la menor presión.

Se convocó a toda la tripulación sobre cubierta para realizar el cambio. El mar estaba demasiado picado y el *Gil Hamilton* no pudo ponerse a la altura del *Coparelli*, de modo que mandó una lancha. Todos debían usar salvavidas para el cruce. Los oficiales y la tripulación del *Coparelli* se mantuvieron serenos bajo el aguacero mientras se les contaba, luego el primer marinero avanzó hasta el costado, bajó por la escalerilla y saltó a la lancha.

La embarcación era demasiado pequeña para llevar a toda la tripulación; tendrían que ir en dos o tres tandas, advirtió Tyrin. Cuando la atención de todos estaba centrada en el que debía bajar, Tyrin le susurró a Ravlo:

—Quédate el último para bajar.

—Está bien.

Los dos fueron quedándose detrás de la multitud sobre cubierta. Los oficiales observaban la operación. Los hombres estaban parados, aguardando, de cara al *Gil Hamilton*.

Tyris se deslizó detrás de una mampara.

Estaba a dos pasos de un bote salvavidas cuya cobertura había soltado antes. La proa de la chalupa podía verse desde la cubierta entre los dos barcos, donde los marineros estaban parados, pero no se divisaba la popa. Tyrin se alejó hacia la popa, levantó la lona, se metió dentro, y desde adentro volvió a colocarla de nuevo en su lugar.

Si me descubren ahora estoy listo, pensó.

Era un hombre corpulento, y el salvavidas le hacía aún más voluminoso. Con cierta dificultad se arrastró a lo largo del bote hasta una posición desde la cual podía ver la cubierta a través de un orificio en la lona. Ahora todo dependía de Ravlo.

Miró cómo bajaba la segunda tanda de hombres por la escalinata a la lancha, luego oyó que el primer oficial decía:

—¿Dónde está el radiotelegrafista?

Tyrin buscó a Ravlo y lo localizó.

—¡Habla, caray!

Ravlo vaciló:

—Bajó con la primera tanda, señor.

¡Bien, muchacho!, pensó Tyrin.

—¿Estás seguro?

—Sí, señor; yo lo vi.

El oficial asintió y dijo algo sobre que él no podía distinguir a sus hombres bajo esa endemoniada lluvia.

El capitán llamó a Koch, y los dos hombres se quedaron hablando a sotavento junto a una mampara, cerca del escondite de Tyrin.

El capitán decía:

—Nunca he oído hablar de la Savile Shipping. ¿Y tú?

—No señor.

—No entiendo nada, mira que vender un barco mientras está en el mar, dejar al ingeniero técnico a cargo del mismo y sacar al capitán...

—Yo tampoco lo entiendo, señor. Los nuevos propietarios no deben de ser gente de mar.

—Evidentemente no, de serlo no hubieran actuado así. Probablemente son oficinistas. —Hubo una pausa—. Podrías haberte negado a quedarte solo y pedir que yo me quedara contigo. Te hubiera respaldado.

—Me temo que hubiera perdido mi pasaje.

—Es verdad. Bueno, te deseo buena suerte.

—Gracias, señor.

El tercer grupo de marineros había saltado a bordo. El primer oficial se encontraba en la parte de arriba de la escalera aguardando al capitán, que aún estaba murmurando algo sobre los oficinistas mientras se daba la vuelta, atravesaba la cubierta y seguía al primer oficial por el costado del barco.

Tyrin miró a Koch, que ahora pensaba que era el único hombre que quedaba a bordo del *Coparelli*. El oficial ingeniero observó cómo la lancha iba hasta el *Gil Hamilton*, luego subió la escalera hasta el puente de mando.

Tyrin maldijo en voz alta. Quería que Koch se fuera abajo para poder ir hasta el depósito y transmitir al *Karla*. Observó el puente y vio a Koch, cuya cara aparecía de vez en cuando detrás del vidrio. Si Koch se quedaba ahí, debería esperar hasta que oscureciera para poder establecer contacto con Rostov e informar.

Tyrin se acomodó. Tenía una larga espera, por delante.

Cuando el *Nablus* llegó al sur de Ibiza, donde Hassan esperaba encontrar el *Coparelli*, no había barco alguno a la vista.

Marcharon en círculos cada vez más amplios mientras Hassan oteaba el desolado horizonte barrido por la lluvia, con los prismáticos.

—Has cometido un error —dijo Mahmoud.

—No necesariamente. —Hassan estaba decidido a guardar la calma—. Éste era simplemente el punto más próximo donde podíamos encontrarlo. No tiene por qué navegar a toda máquina.

—¿Y por qué habría de demorarse?

Hassan se encogió de hombros, aparentemente menos preocupado de lo que en realidad estaba.

—Quizá sufrió alguna avería. Quizá hayan tenido peor tiempo del que hemos tenido nosotros...

—¿Qué sugieres, entonces?

Mahmoud también estaba muy nervioso. En ese barco no era él quien mandaba, sino Hassan.

—Vamos hacia el sudoeste, siguiendo la ruta del *Coparelli*. Tarde o temprano tenemos que encontrarlo.

—Da las órdenes al capitán —dijo Mahmoud, y se fue abajo a unirse a sus hombres, dejando a Hassan en el puente de mando.

Hassan observó cuán furiosos estaban Mahmoud y sus hombres, quienes habían esperado entrar en lucha a mediodía, y ahora debían aguardar, sin tener nada que hacer, en los compartimientos de la tripulación y en la cocina, limpiando las armas, jugando a las cartas y contando historias sobre batallas anteriores. Tenían el animo dispuesto para el combate y mostraban predisposición para probar su coraje ante los demás y ante sí mismos. Uno de ellos se había peleado con dos marineros porque decía sin razón que lo habían insultado y les había señalado el rostro a los dos con un vaso roto antes de que los separaran. Ahora la tripulación se mantenía bien alejada de los fedayines.

Hassan pensó en cómo podría manejar a esos hombres si estuviera en el lugar de Mahmoud. Últimamente había pensado bastante en cosas por el estilo. Mahmoud era aún el comandante, pero él había realizado todo el trabajo importante: había descubierto a Dickstein, traído las noticias sobre su plan, concebido el contraasalto al barco y establecido la zona donde se encontraba el *Stromberg*. Ahora comenzaba a preguntarse cuál sería su posición dentro del movimiento una vez que todo hubiera pasado.

Era evidente que Mahmoud se preguntaba lo mismo.

Bueno, si debía haber una lucha por el poder entre ellos, había que postergarla. Primero tenía que asaltar el *Coparelli* y sorprender a Dickstein. Hassan sentía una sensación de náuseas cuando pensaba acerca de esto. Estaba muy bien que los hombres de abajo, endurecidos y aguerridos, se convencieran de que deseaban entrar en batalla, pero Hassan nunca había estado en una guerra, nunca le habían apuntado con una pistola, excepto Cortone en aquella villa abandonada. Tenía miedo, y tenía aún más miedo de desacreditarse al poner de manifiesto ese miedo, echando a correr o vomitando, como le había sucedido en la villa. Pero también estaba excitado, pues si ganaban... ¡si ganaban...!

A las cuatro y media de la tarde hubo una falsa alarma, cuando avistaron otro barco que venía hacia ellos, pero después de observarlo con los prismáticos Hassan anunció que no se trataba del *Coparelli,* y cuando pasó pudieron leer sobre el costado: *Gil Hamilton.*

A medida que la luz comenzaba a eclipsarse Hassan se preocupaba cada vez más. Con este tiempo, aun con los faros de navegación, dos barcos podían navegar a media milla de distancia sin verse. Y en toda la tarde no había llegado un solo sonido de la radio secreta del *Coparelli,* aunque Yaacov había informado que Rostov estaba tratando de captar a Tyrin. Para estar seguros de que el *Coparelli* no había cruzado al *Nablus* durante la noche tendrían que estar en alerta hasta el amanecer navegando rumbo a Génova, a la velocidad del *Coparelli.* Pero cuando llegara el momento, el *Stromberg* podría estar cerca y los fedayines perderían la oportunidad de tenderle una trampa a Dickstein.

Hassan estaba por explicarle esto a Mahmoud —que acababa de volver al puente—, cuando vieron una luz blanca parpadear a la distancia.

—Está anclado —dijo el capitán.

—¿Cómo puede saberlo? —preguntó Mahmoud.

—Porque eso es lo que significa una sola luz blanca.

—Eso explicaría por qué no estaban en Ibiza cuando lo esperábamos —dijo Hassan—. Si ése es el *Coparelli*, deberías preparar el abordaje.

—De acuerdo —dijo Mahmoud, y partió a decírselo a sus hombres.

—Apague las luces de navegación —ordenó Hassan al capitán.

Mientras el *Nablus* se acercaba al otro barco caía la noche.

—Estoy casi seguro de que ése es el *Coparelli* —dijo Hassan.

El capitán bajó sus binoculares.

—Tiene tres grúas sobre la cubierta.

—Su vista es mejor que la mía —dijo Hassan—. Es el *Coparelli*.

Bajó a la cocina, donde Mahmoud que estaba arengando a sus hombres se detuvo al verlo entrar y le miró. Hassan asintió.

—Efectivamente ése es nuestro barco.

—No esperamos mucha resistencia —dijo Mahmoud volviéndose hacia sus hombres—. El barco está tripulado por gente de mar común y no hay razón para que estén armados. Iremos en dos botes, uno para atacar a babor y otro a estribor. Una vez a bordo nuestra primera tarea es tomar el puente y evitar que la tripulación use la radio. Luego reuniremos a toda la tripulación sobre cubierta. —Hizo una pausa y se volvió hacia Hassan—. Dile al capitán que se acerque todo lo que pueda al *Coparelli* y que luego pare las máquinas.

Hassan se volvió para marcharse: de nuevo era el chico de los recados. Mahmoud estaba demostrando que él era aún el líder de la batalla. Hassan sintió que la humillación le hacía enrojecer el rostro.

—Yasif.

Éste se volvió.

—Tu arma. —Mahmoud le arrojó una pistola. Hassan la observó. Era pequeña, casi un juguete, de esa clase que las mujeres pueden llevar en el bolso. El fedayín lanzó una carcajada.

Hassan pensó: Yo también puedo jugar. Halló lo que parecía el seguro y lo soltó. Apuntó el arma al suelo y apretó el gatillo. El estampido fue muy fuerte. Vació la carga sobre la cubierta.

Se produjo un silencio.

—Creí ver un ratón —dijo Hassan, y le arrojó de nuevo el arma a Mahmoud.

El fedayín rió aún más fuerte.

Hassan salió. Volvió al puente, dio las órdenes al capitán y volvió a cubierta. Ya estaba muy oscuro. Por un momento, todo lo que podía verse del *Coparelli* era su luz. Luego comenzó a distinguir una sólida silueta negra contra un fondo gris oscuro.

El fedayín, ahora tranquilo, había emergido de la profundidad y permaneció en cubierta con la tripulación. Las máquinas del *Nablus* se pararon. La tripulación bajó los botes.

Hassan y sus fedayines bajaron por el costado.

Hassan iba en el mismo bote que Mahmoud. La pequeña lancha se zarandeaba por el fuerte oleaje. Se aproximaron al lado más inclinado del *Coparelli*. No había signos de actividad alguna en el barco. Seguramente, pensó Hassan, el oficial de guardia debe de haber oído el sonido de dos máquinas que se aproximaban. Pero no hubo sirenas de alarma, ni luces que se encendieran sobre la cubierta, nadie gritaba órdenes ni se aproximaba a la borda.

Mahmoud subió el primero por la escalerilla.

Cuando Hassan llegó a la cubierta del *Coparelli* el otro grupo irrumpió por estribor.

Los hombres se lanzaron por todos los ascensos y descensos. Aún no había indicios de la tripulación del

Coparelli. Hassan intuyó que algo había salido espantosamente mal y siguió a Mahmoud al puente de mando. Dos de los hombres ya estaban arriba.

—¿Tuvieron tiempo de usar la radio? —preguntó Hassan.

—¿Quién? —dijo Mahmoud.

Volvieron a bajar a la cubierta. Lentamente los hombres emergían de las entrañas del barco, azorados, con las armas sin disparar entre sus manos.

—El naufragio del *Marie Celeste* —dijo Mahmoud.

Dos hombres venían por la cubierta con un marinero de aspecto amedrentado entre ellos.

Hassan le habló al marinero en inglés.

—¿Qué ha sucedido aquí?

El marinero replicó en algún otro idioma.

Hassan tuvo un súbito y terrible pensamiento.

—Revisemos la bodega —le dijo a Mahmoud.

Encontraron la escalera que conducía abajo. Hassan halló el interruptor de la luz y la encendió.

La bodega estaba llena de grandes bidones de aceite, sellados y asegurados con cuñas de madera, en los que se leía: «PLUMBAT.»

—Es esto —dijo Hassan—. Éste es el uranio.

Miraron los bidones, luego se miraron entre sí. Por un momento toda la rivalidad quedó olvidada.

—Lo conseguimos —dijo Hassan.

Mientras caía la noche, Tyrin miraba cómo el ingeniero iba a encender la luz blanca. Al volver, en vez de subir al puente de mando, se había dirigido a la popa y bajado a la cocina. Iba a buscar comida. Tyrin también tenía hambre. Hubiera dado su brazo por un plato de arenques salados y un pan negro. Mientras permanecía acalambrado durante toda la tarde en el bote salvavidas, a la espera de que Koch se fuera, no tenía nada más en qué pensar, sólo en comida, y se había torturado con imágenes de caviar, salmón ahumado, hongos salteados y sobre todo, pan negro.

Aún no, se dijo.

En cuanto Koch desapareció, él salió del bote salvavidas, con los músculos entumecidos, y se apresuró a bajar al depósito.

Había puesto las cajas y la chatarra del depósito principal de tal modo que ocultaran la entrada a su pequeño cuarto de transmisión. Ahora tuvo que ponerse a gatas, retirar una caja y reptar por un túnel para penetrar en el lugar.

El aparato repetía una señal corta de dos letras. Tyrin buscó en el libro de código y entendió el mensaje: le pedían que cambiara de frecuencia antes de transmitir. Siguió las instrucciones.

Rostov inmediatamente le envió el siguiente mensaje: «CAMBIO DE PLAN. HASSAN ATACARÁ EL *COPARELLI*.»

Tyrin frunció el entrecejo desconcertado, y transmitió: «REPITA, POR FAVOR.»

«HASSAN ES UN TRAIDOR, FEDAYÍN ATACARÁ EL *COPARELLI*», repitió Rostov.

Tyrin dijo en voz alta:

—Dios mío, ¿qué sucede? El *Coparelli* estaba aquí, él estaba en el barco... ¿Por qué Hassan? El uranio, claro.

Rostov aún enviaba señales: «HASSAN INTENTA EMBOSCADA A DICKSTEIN. PARA PROSEGUIR NUESTRO PLAN DEBEMOS ADVERTIR A DICKSTEIN SOBRE EMBOSCADA.»

Tyrin frunció el entrecejo mientras descodificaba esto. Luego comprendió. Después volveremos al punto uno, se dijo. Es inteligente, pero ¿qué hago yo? Transmitió: «¿CÓMO?»

«LLAMA AL *STROMBERG* —contestó Rostov— EN LA FRECUENCIA DE ONDA REGULAR DEL *COPARELLI* Y

ENVÍA SIGUIENTE MENSAJE EXACTO REPITO EXACTO. COMILLAS *COPARELLI* AL *STROMBERG* TENGO A BORDO ÁRABES CREO. EN GUARDIA COMILLAS.»

Tyrin asintió. Dickstein pensaría que Koch había tenido tiempo de iniciar una transmisión antes de que los árabes le mataran. Advertido, Dickstein tendría que poder abordar el *Coparelli.* Luego el *Karla* de Rostov podría chocar contra el barco de Dickstein tal como estaba planeado. Pero, ¿qué pasará conmigo?

«COMPRENDIDO», transmitió. Oyó un golpe distante, como si algo hubiese golpeado el casco del barco. Al comienzo lo ignoró, pero luego recordó que a bordo no había nadie más que él y Koch. Fue hasta la puerta principal del depósito y miró afuera.

Los fedayines habían llegado.

Cerró la puerta y corrió de nuevo al transmisor:

«HASSAN ESTÁ AQUÍ.»

«TRASMITE A DICKSTEIN AHORA», le constestó Rostov.

«¿QUÉ HAGO DESPUÉS?»

«ESCÓNDETE.»

Muchas gracias, pensó Tyrin. Dio señal de cambio y sintonizó la frecuencia de onda regular para el *Stromberg.*

Se le ocurrió el pensamiento morboso de que nunca más volvería a comer arenques salados.

—He oído que están armados hasta los dientes, pero es ridículo —dijo Nat Dickstein, y todos se echaron a reír.

El mensaje del *Coparelli* le había cambiado el ánimo. Al comienzo había estado azorado. ¿Cómo sus enemigos habían conseguido saber tanto acerca de sus planes que hasta habían abordado el barco antes que él? En algún lugar debió de haber cometido tremendos errores de cálculo. ¿Suza...? Pero era inútil castigarse ahora. Le aguardaba la lucha. Su negra depresión se desvaneció. Quedaba aún la tensión, enroscada en su interior como un elástico resorte, pero ahora podía avanzar y usarla, tenía ante él la forma ideal de canalizarla.

Los doce hombres que había en el comedor del *Stromberg* intuyeron el cambio en Dickstein y captaron su ansiedad por entrar en batalla. También ellos querían entrar en acción, aunque sabían que alguno de ellos moriría.

Estaban armados hasta los dientes. Cada uno tenía una metralleta Uzi de nueve milímetros que era un arma de fuego compacta de cuatro kilos cuando estaba completamente cargada. Cada hombre llevaba tres tambores de repuesto, además de llevar en el cinturón una Luger de nueve milímetros —la pistola se cargaba con los mismos cartuchos que la metralleta— y tres granadas. Era casi seguro que todos llevaban encima otras armas de su propiedad: cuchillos, navajas, bayonetas, guantes de hierro y otros elementos de lucha más exóticos, como amuletos.

Dickstein sabía cómo se sentían y qué les había transmitido su estado de ánimo. Ya le había sucedido esto anteriormente con sus hombres antes de entrar en pelea. Tenían miedo, y —paradójicamente— el miedo les volvía ansiosos de lanzarse a la lucha, pues nada era peor que la espera, la batalla en sí misma era un anestésico, y después, o se había sobrevivido o se estaba muerto, y ya nada importaba nada.

Dickstein había confeccionado su plan de lucha con detalle y les había informado. El *Coparelli* estaba diseñado como un barco-tanque en miniatura, con bodegas adelante y en el medio, la superestructura principal en la proa y una superestructura secundaria en la popa. La estructura principal comprendía el puente de mando, las dependencias de la oficialidad y el comedor; debajo se encontraban las dependencias de la tripulación. La superestructura de la popa comprendía la cocina; debajo, los depósitos, y más abajo el cuarto de máquinas. Las dos superestructuras estaban separadas por la cubierta, pero debajo de ésta se conectaban con escalerillas.

Debían realizar el abordaje en tres contingentes. Abbas atacaría por la proa. Los otros dos, al mando de Bader y Gibli, subirían por las escalas de babor y estribor de la popa. Los dos contingentes de la popa debían bajar y hacer que el enemigo retrocediera a la cubierta intermedia donde podrían ser abatidos por Abbas y sus hombres desde la proa. La estrategia posiblemente dejara un punto vulnerable en el puente, de modo que Dickstein se propuso tomarlo él mismo.

El ataque se realizaría por la noche; de otro modo nunca podrían llegar a bordo, serían bajados en cuanto fueran apareciendo por la barandilla. Quedaba el problema de cómo evitar dispararse unos a otros lo mismo que al enemigo. Para ello les dio una contraseña, la palabra «*Aliyah*», y el plan de ataque quedó esbozado de tal forma que se suponía que no se enfrentarían entre sí hasta el final.

Ahora estaban aguardando.

Se encontraban sentados en un amplio círculo en la cocina del *Stromberg,* que era idéntica a la del *Coparelli* donde pronto estarían peleando y muriendo.

—Desde la proa controlarás la cubierta delantera donde estará el frente de batalla —le decía Dickstein a Abbas—. Despliega a tus hombres en los puntos cubiertos y quédate allí. Cuando los enemigos que estén en cubierta revelen sus posiciones, los bajas. Tu problema principal será los que disparen desde el puente.

Encajado en su silla, Abbas se parecía más que nunca a un tanque. Dickstein estaba contento de que ese hombre estuviera a su lado.

—Y al principio nos abstendremos de disparar.

—Sí —dijo Dickstein—. Tenéis una buena oportunidad de subir a bordo sin ser vistos. No habrá ninguna ventaja en disparar hasta que no sepas que hemos llegado todos los demás.

—Veo que Porush está en mi equipo. ¿Sabes que es mi cuñado?

—Sí. También sé que es el único tipo casado aquí. Pensé que quizá quisieras hacerte cargo de él.

—Gracias.

Feinberg levantó la vista del cuchillo que estaba limpiando. Por una vez, el neoyorquino larguirucho no sonreía.

—¿Cómo creen ustedes que son estos árabes?

—Pueden ser militares comunes o fedayines —dijo Dickstein sacudiendo la cabeza.

—Esperemos que sean del ejército regular —dijo Feinberg sonriendo—. Les haremos muecas y se rendirán.

Era un mal chiste, pero a pesar de ello todos rieron.

Ish, siempre pesimista, sentado con los pies sobre la mesa y los ojos cerrados, dijo:

—La parte más peliaguda será atravesar la borda. Estaremos indefensos como criaturas.

—Recuerda que ellos creen que nosotros esperamos abordar un barco desierto —dijo Dickstein—. Su emboscada debe ser supuestamente, una gran sorpresa para nosotros. Esperan una victoria fácil, pero estamos preparados. Y estará oscuro...

Se abrió la puerta y el capitán entró.

—Hemos avistado al *Coparelli.*

Dickstein se puso de pie:

—Vamos. Buena suerte. Recordar, no quiero prisioneros.

16

Los tres botes se alejaron del *Stromberg* poco antes de que anocheciera.

En pocos segundos el barco detrás de ellos resultó invisible. No tenía luces de navegación y las de cubierta y de las cabinas se habían apagado, incluyendo las de debajo del nivel del agua, para asegurarse de que ningún destello podía poner sobre aviso al *Coparelli*.

El tiempo había empeorado durante la noche. El capitán del *Stromberg* dijo que no era lo suficientemente malo como para llamarlo tormentoso, pero la lluvia era torrencial, el viento lo bastante fuerte como para arrastrar un balde por la cubierta y las olas tan altas que Dickstein debía aferrarse con fuerza al banco de la lancha de motor.

Por un momento se encontraban en el limbo, sin nada visible por delante ni por detrás. Dickstein no podía siquiera ver las caras de los cuatro hombres que iban en el bote con él. Feinberg rompió el silencio:

—Sigo pensando que deberíamos haber esperado a mañana para ir a pescar.

Dickstein era tan supersticioso como los demás: debajo de su capote de lluvia y su salvavidas usaba el viejo chaleco a rayas de su padre con un abollado reloj colocado en el pequeño bolsillo sobre su corazón. Ese reloj una vez había detenido una bala germana.

Dickstein intentaba pensar con lógica, pese a saber que su relación con Suza y su traición le habían trastornado: había abandonado su antigua escala de valores y sus motivaciones para adquirir otras con Suza, y todo eso ahora ya no tenía ningún valor. Aún le importaban algunas cosas: quería ganar esta batalla, quería que Israel tuviera el uranio y quería matar a Yasif Hassan; pero no le importaba nada su vida. De pronto, no tenía miedo de las balas ni del dolor ni de la muerte. Suza le había engañado, y no tenía ningún deseo ardiente de vivir una larga vida con ese dolor. Mientras Israel tuviera su bomba, Esther moriría en paz, Mottie podría terminar *La isla del tesoro* y Yishael cuidar las viñas.

Apretaba el tambor de la metralleta debajo de su capote impermeable.

Pasaron la cresta de una ola y de súbito, allá en la próxima hondonada, estaba el *Coparelli*.

Cambiando la marcha hacia atrás y hacia adelante varias veces en rápida sucesión, Levi Abbas consiguió poner la lancha junto a la proa del *Coparelli*. La luz blanca por encima de ellos le permitía ver con mucha claridad, mientras que la curvatura del casco protegía a su lancha e impedía que les viera nadie desde la cubierta o el puente. Cuando la barca estuvo lo suficientemente cerca de la escalerilla, Abbas tomó una cuerda y se la ató en torno a la cintura por debajo del capote impermeable. Dudó un momento, luego levantó el capote, aflojó la correa del arma y se la colgó al cuello. Con un pie en la lancha y otro en la escalera, aguardó el momento y saltó. Se afirmó bien con pies y manos a la escalera. Desató la cuerda de su cintura y la aseguró a un travesaño. Subió por la escalera casi hasta el tope, luego se detuvo. Deberían pasar la borda lo más juntos posible.

Miró hacia abajo. Sharrett y Sapir ya estaban en la escalerilla debajo de él. En el momento en que miraba, Porush daba el salto, un salto inseguro que le hizo perder pie en el peldaño de la escala y por un momento Abbas quedó sin aliento; había resbalado, pero consiguió agarrarse a la escala y evitar la caída.

Abbas esperó que Porush estuviera cerca de Sapir, luego saltó por la borda y cayó suavemente sobre pies y manos. Se quedó bien agazapado junto a la regala. Los demás le siguieron rápidamente: uno, dos, tres. La luz blanca estaba sobre ellos y era fácil distinguirles.

Abbas miró alrededor. Sharrett era el más pequeño y podía reptar como una serpiente. Le tocó el hombro y señaló.

—Ponte a cubierto del lado de la tronera —dijo.

Sharrett se arrastró dos metros sobre la cubierta, luego quedó en parte oculto por la tapa levantada de la escotilla de popa. Avanzó un poco.

Abbas miró de un lado a otro de la cubierta. En cualquier momento podían ser localizados; no lo sabrían hasta que una ráfaga de metralla les diera de lleno. ¡Rápido, rápido! Allá en la roda estaba el engranaje del ancla, con una gran cadena enroscada.

—Sapir. —Señaló Abbas, y el hombre se arrastró por la cubierta hasta la posición señalada.

—Me gusta la grúa —dijo Porush.

Abbas miró la grúa que se levantaba sobre ellos, dominando toda la cubierta de proa. La cabina de control estaba a unos tres metros por encima del nivel de la cubierta. Sería una posición peligrosa, pero buena desde el punto de vista táctico.

—Ve —le gritó.

Porush reptó en la misma dirección que Sharrett. Mirándole, Abbas pensó: Tiene el trasero gordo, mi hermana lo alimenta demasiado. Porush llegó al pie de la grúa y comenzó a trepar por la escala. Abbas contuvo el aliento temiendo que alguno de los enemigos mirara hacia ese lado, mientras Porush estaba subiendo por la escala. En ese momento su cuñado llegó a la cabina.

Detrás de Abbas, en la proa, había un tambucho sobre una corta escala que conducía a una puerta. El compartimiento no era lo suficientemente grande como para considerarlo un camarote, era casi seguro que no había posibilidad de afirmarse bien allí, era simplemente la entrada a algún depósito de proa. Se deslizó hasta el lugar, se agazapó al pie de los peldaños en el espacio vacío y abrió la puerta. Adentro estaba oscuro. Cerró la puerta y se dio la vuelta, dejando la metralleta sobre los peldaños, satisfecho de ver que estaba solo.

Había muy poca luz en el extremo de la popa, y el bote de Dickstein tuvo que arrimarse mucho a la escala de estribor del *Coparelli*. A Gibli, el que conducía el grupo, le fue difícil mantener la estabilidad de la pequeña embarcación. Dickstein encontró un gancho en la lancha y lo usó para ayudar a estabilizarla, tirando hacia el *Coparelli* cuando el mar trataba de apartarlos y hacia el lado contrario cuando amenazaba con hacerlos chocar.

Gibli, que era un ex soldado, insistió en seguir la tradición de que los oficiales debían marchar a la cabeza de sus hombres, y no permanecer en la retaguardia: él debía ir el primero. Siempre usaba sombrero para ocultar su calvicie, y ahora llevaba una boina. Se agazapó a un lado de la lancha mientras esquivaba una ola; luego, en el vacío que quedó mientras el barco y la lancha se aproximaban, saltó. Se afirmó bien y trepó.

Sobre la borda, aguardando su momento, Feinberg dijo:

—¡Ahora! Cuento hasta tres, ¿entendido? —Luego saltó.

Katzen lo siguió, después Raoul Dovrat. Dickstein soltó el gancho del bote y saltó. Desde la escala, se echó hacia atrás y miró a través de la lluvia. Vio a Gibli que saltaba por encima de la borda.

Dickstein miró hacia atrás por encima del hombro y vio una desvaída banda de color gris más claro en el cielo distante, era el primer signo del amanecer.

Luego se produjo un tremendo estallido de fuego de ametralladora y un grito.

Miró hacia arriba y vio que Gibli caía lentamente hacia atrás desde el tope de la escala. Se le cayó la boina y el viento la hizo desaparecer en la oscuridad. Gibli se hundió en el mar.

—¡Adelante, adelante! —gritó Dickstein.

Feinberg saltó a cubierta y rodó por ella al mismo tiempo que disparaba.

Katzen también estaba arriba, ya eran cuatro. Dickstein siguió trepando mientras con los dientes le quitaba el cierre a una granada. Luego la arrojó por encima de la borda a unos treinta metros, donde estallaría sin causar daño a sus hombres, que estaban en sus puestos. Dovrat saltó a la cubierta y se deslizó en busca de refugio, detrás de la superestructura de la popa. Dickstein gritó:

—Aquí estoy, hijos de puta —y saltó. Cayó agachado, para defenderse de una ráfaga de metralleta que lo cubría y llegó a la popa.

—¿Dónde están? —gritó.

Feinberg dejó de disparar para responderle:

—En la cocina —dijo levantando el pulgar hacia el mamparo junto a ellos—. En los botes salvavidas y en las entradas del centro.

—Perfecto —Dickstein se puso de pie—; mantengamos esta posición hasta que el grupo de Bader alcance la cubierta. Cuando oigas que ellos abren fuego, avanza. Dovrat y Katzen, abrid de un golpe la puerta que conduce a la cocina y bajad. Feinberg, cúbrelos, luego avanza por este lado de la cubierta. Yo me cubriré con el primer bote salvavidas. Mientras tanto, dales algo para que distraigan su atención de la escala de babor y del grupo de Bader. Fuego a discreción.

Hassan y Mahmoud estaban interrogando al marinero cuando comenzó el fuego. Estaban en la caseta de derrota delante del puente. El marinero sólo hablaba alemán, pero Hassan conocía ese idioma. Decía que el *Coparelli* había sufrido una avería y que habían sacado a la tripulación, dejándole a él en el barco mientras llegaba la bomba de repuesto. No sabía nada del uranio, ni de asaltos, ni había oído hablar en su vida de Dickstein. Hassan no le creía, pues —como le señalaba a Mahmoud— si Dickstein podía hacer que el barco tuviera una avería, seguramente había tomado todas las precauciones para que uno de sus hombres se quedara a bordo. El marinero estaba atado a una silla, y en ese momento Mahmoud le estaba cortando los dedos uno a uno, para que hablara.

Oyeron una ráfaga de metralleta, luego un silencio y una segunda ráfaga seguida de un estallido. Mahmoud envainó su cuchillo y bajó por la escalera que iba de la caseta de derrota a las dependencias de los oficiales.

Hassan trató de evaluar la situación. Los fedayines estaban agrupados en tres lugares: los botes salvavidas, la cocina y la superestructura de la cubierta principal. Desde donde él estaba podía ver de babor a estribor, y si avanzaba, desde el cuarto de mapas, podía dominar toda la proa. La mayoría de los israelíes parecían haber abordado la embarcación desde popa. Los fedayines, tanto los hombres que estaban inmediatamente por debajo de Hassan como los que se hallaban en los botes salvavidas a ambos lados, abrían fuego hacia la popa. De la cocina no venían tiros, lo cual debía significar que los israelíes la habían tomado. Seguramente habían ido abajo, pero habían dejado dos hombres en cubierta, uno a cada lado, para que les cubrieran las espaldas.

Entonces, la emboscada de Mahmoud había fracasado. Se suponía que los israelíes serían abatidos a medida que atravesaban la borda. En cambio habían podido saltar al barco y parapetarse, y ahora estaban igualados en la lucha.

La batalla se desarrollaba en cubierta. Hassan intuyó que los israelíes intentaban mantenerles arriba mientras ellos tomaban posiciones abajo. Atacarían la fortaleza de los fedayines, la superestructura de la cubierta media, desde abajo, después de abrirse camino entre los portalones.

¿Cuál era el mejor lugar para estar?, se preguntó. Exactamente donde se hallaba, decidió Hassan. Para alcanzarlo, los israelíes tenían que abrirse camino por las cubiertas, subir a las dependencias de los oficiales y nuevamente arriba hasta el puente de mando y la caseta de derrota. Esa posición era difícil de tomar.

Se produjo una enorme explosión en el puente. La pesada puerta que separaba el puente y la caseta de derrota tembló, vaciló sobre sus goznes y lentamente cayó hacia adentro. Hassan miró a través del maderamen.

Una granada había caído sobre el puente. Los cuerpos de tres fedayines estaban tendidos sobre la construcción derrumbada. Los vidrios del puente de mando se habían hecho trizas. La granada debió de llegar desde la popa. Como para confirmar esta suposición, una ráfaga de ametralladora llegó desde esa dirección.

Hassan tomó una metralleta del suelo, la apoyó sobre el vano de la ventana y comenzó a disparar.

Levi Abbas observó que la granada de Porush describía una curva en el aire y caía en el puente, luego vio cómo la explosión destruía lo restante del vidrio. Los disparos provenientes de ese lado quedaron momentáneamente acallados, y luego comenzaron de nuevo. Por un instante Abbas no podía darse cuenta de adónde apuntaba la nueva andanada, pues ningún disparo le llegaba cerca. Miró a ambos lados. Sapir y Sharrett disparaban en dirección al puente, y ninguno de los dos parecían estar bajo el fuego. Abbas miró hacia la grúa. Porush, era Porush quien recibía el ataque. Hubo un estallido desde la cabina de la grúa; era Porush quien devolvía la granizada.

El que tiraba desde el puente lo hacía como un aficionado, con furia pero certeramente, ya que estaba en una buena posición y bien protegido por las paredes del puente. Tarde o temprano daría en un blanco. Abbas sacó una granada y la lanzó, pero se quedó corto. Únicamente Porush estaba lo suficientemente cerca como para tirar al puente y ya había usado todas sus granadas; sólo la cuarta había dado en el blanco. Abbas volvió a tirar otra granada y luego miró a la cabina de control de la grúa. Entonces vio a Porush vacilar y caer hacia atrás, como un peso muerto sobre la cubierta.

El que disparaba desde el puente dejó de hacerlo, luego volvió a la carga en dirección de Sharrett. A diferencia de Abbas y Sapir, Sharrett tenía muy poca protección: estaba acorralado entre el cabrestante y la borda. Abbas y Sapir tiraron a la vez contra el puente. El emboscado iba mejorando la puntería: los proyectiles trazaban una línea en dirección a Sharrett, entonces éste lanzó un grito, saltó a un lado y dio un respingo como si hubiera sido electrocutado mientras más proyectiles se le incrustaban en el cuerpo. Finalmente quedó inerte y cayó sobre cubierta.

La situación era mala. Se suponía que el equipo de

Abbas comandaba el sector de la popa, pero por el momento el hombre del puente era el que dominaba la situación. Abbas tenía que bajarlo.

Tiró otra granada. Volvió a caer antes del puente y estalló; el fogonazo podía marear al emboscado por uno o dos segundos. Cuando se produjo el estallido, Abbas se había puesto en pie y corría hacia la grúa mientras retumbaba en sus oídos la metralla con que lo cubría Sapir. Llegó al pie de la escala y comenzó a disparar antes de que el emboscado lo viera. Los proyectiles daban contra los rieles y vigas en torno a él. Subir cada peldaño le parecía una eternidad. Comenzó a contar los peldaños: siete-ocho-nueve-diez...

Un proyectil le penetró en el muslo, justo debajo del hueso de la cadera. No le mató, pero pareció paralizarle los músculos de la parte inferior del cuerpo. Los pies se le deslizaron fuera de los peldaños. Tuvo un momento de confusión y pánico al descubrir que sus piernas no le respondían. Instintivamente se aferró más fuertemente con las manos al travesaño de la escalera, pero no pudo aguantar y cayó, doblándose de tal modo en la caída que se quebró la nuca y murió.

La puerta principal del depósito se abrió lentamente y apareció la cara de un ruso muerto de miedo. Pero nadie lo vio, y volvió a entrar, cerrando de nuevo la puerta tras de sí.

Mientras Katzen y Dovrat se apresuraron a la cocina, Dickstein aprovechó el fuego con que le cubría Feinberg para avanzar. Corrió agachado, pasando por el lugar donde habían abordado el barco y por la puerta de la cocina, para tirarse detrás del primero de los botes salvavidas que ya había sido destruido por una granada. Desde allí, gracias a la desvaída pero creciente claridad, podía distinguir las líneas de la superestructura de la cubierta central, construida en tres planos. En el nivel de la cubierta principal estaban las dependencias de los oficiales y un camarote para pasajeros usado como almacén de elementos envasados. En el siguiente nivel se hallaban los camarotes de los oficiales y del capitán. En la cubierta superior estaba el puente de mando con la caseta de derrota y la cabina de radiotransmisión.

La mayor parte de los enemigos estaría en ese momento en la cubierta principal donde estaban el comedor y el salón. Podía esquivarlos trepando por una escala de la chimenea hasta la plataforma en torno a la segunda cubierta. Tendría que liquidar sin ayuda a los soldados que encontrara en las cabinas.

Miró hacia atrás. Feinberg había retrocedido hasta detrás de la cocina, quizá para volver a cargar el arma. Esperó hasta que Feinberg comenzó a disparar de nuevo. Entonces volvió a erguirse. Haciendo fuego enloquecidamente, se apartó del bote salvavidas y se lanzó a través de la cubierta de popa hasta la escala. Sin detenerse, saltó al cuarto peldaño y trepó, consciente de que por un instante había constituido un blanco fácil, oía el estampido de los proyectiles contra la chimenea. Finalmente alcanzó el nivel de la cubierta superior y se lanzó por la pasarela, sin aliento y tembloroso por el esfuerzo, dejándose caer contra la puerta de las dependencias de la oficialidad.

Volvió a cargar su arma. Apretó la espalda contra la puerta y despacio fue enderezándose hasta una mirilla que había en la puerta a la altura de la cabeza. Miró por ella. Vio un pasillo con tres puertas a cada lado y al final una escalera que bajaba al comedor y otra que subía a la caseta de derrota. Sabía que se llegaba al puente por cualquiera de las dos escaleras que subían de la cubierta principal y también por la caseta de derrota. Sin embargo, los árabes aún controlaban esa parte de la cubierta y podían dominar las escaleras del exterior, por lo tanto el único camino que quedaba al puente era éste. Abrió la puerta y entró. Caminó agazapado hasta la puerta del primer camarote, la abrió y tiró una granada. Vio que un árabe comenzaba a darse la vuelta, y cerró la puerta. Oyó estallar la granada en el pequeño espacio. Corrió hasta la siguiente puerta, la abrió y tiró otra granada. Estalló en el espacio vacío.

Había una puerta más en ese mismo lado, y no tenía más granadas. Corrió hasta la puerta, la abrió de un golpe e hizo fuego. Un hombre estaba disparando a través del ojo de buey, se detuvo y se volvió hacia él. La ráfaga de Dickstein lo cortó en dos.

Dickstein se dio la vuelta y enfrentó la puerta abierta esperando. La puerta de la cabina opuesta se abrió de golpe y Dickstein abatió al hombre detrás de ella y salió disparando a ciegas. Había dos cabinas más. La puerta de la más cercana se abrió y un hombre cayó al suelo.

La puerta de la última se entreabrió y se volvió a cerrar. Dickstein corrió y la abrió de una patada y sembró el lugar de balas. No hubo réplica. Entró: el ocupante había recibido una bala de rebote y se desangraba sobre una litera.

Dickstein sintió una especie de alegría enloquecedora: había tomado solo toda la cubierta.

Ahora debía llegar al puente. Corrió junto a la borda, el extremo de la escala conducía a la caseta de derrota, y, hacia abajo, al comedor de los oficiales. Puso el pie en el travesaño, miró hacia arriba, y saltó a un lado al tiempo que el cañón de un arma le apuntaba y hacía fuego. Ya no le quedaban granadas. El hombre de la caseta de derrota era invulnerable a los disparos. Podía permanecer detrás del borde de la escalerilla y seguir tirando a quemarropa escaleras abajo. Dickstein tenía que trepar, pues de otro modo no podía llegar arriba.

Se metió en una de las cabinas de proa para poder

mirar la cubierta y tener idea de cómo estaba la situación. Quedó descorazonado cuando vio lo que había pasado en la cubierta de proa: sólo uno de los cuatro hombres de Abbas seguía disparando, y Dickstein podía divisar tres cuerpos. Tres o cuatro fedayines parecían estar atacando al israelí desde el puente, lo tenían acorralado detrás de la cadena del ancla.

Dickstein miró a un lado. Feinberg estaba bien parapetado, pero no había podido avanzar. Y todavía no había indicios de los hombres que habían ido abajo.

Los fedayines estaban bien atrincherados en el comedor de abajo. Desde su posición de superioridad podían mantener en jaque a los hombres de cubierta principal y a los de la intermedia, debajo de ellos. La única forma de tomar el comedor sería atacándolo desde todos los lados a la vez, incluso desde arriba. Pero eso significaba tomar primero el puente. Y el puente era inexpugnable.

Dickstein regresó corriendo por el pasillo, alejándose de la salida de popa. Aún llovía a cántaros. Podía apostar a Feinberg de un lado y a Dovrat del otro. Gritó sus nombres y les señaló la cocina, a la que se precipitó tras saltar de la pasarela a la cubierta de popa y atravesar ésta corriendo.

Sus hombres lo comprendieron. Un momento después lo seguían.

—Tenemos que tomar el comedor —dijo Dickstein.

—No veo cómo —contestó Feinberg.

—Callad y os lo diré. Arremetemos de todos lados a la vez: de babor, de estribor, por arriba y por abajo. Primero tenemos que tomar el puente. Yo lo haré. Cuando lo haya logrado haré sonar la sirena. Ésa será la señal. Quiero que vayáis abajo y se lo comuniquéis a los hombres que están ahí.

—¿Cómo harás para llegar al puente? —preguntó Feinberg.

—Por el techo —respondió Dickstein.

En el puente, a Yasif Hassan se le había unido Mahmoud y dos fedayines, que se pusieron en posición de tiradores, mientras los líderes se sentaban en el suelo y hablaban.

—No pueden ganar —decía Mahmoud—. Desde aquí controlamos gran parte de la cubierta. No pueden atacar el comedor desde abajo, porque la escalera de acceso es fácil de dominar desde arriba, y no pueden atacar desde los lados o el frente porque podemos dispararles desde aquí. Tampoco pueden atacar desde arriba porque controlamos la entrada y la bajada. Sigamos disparando hasta que se rindan.

—Uno de ellos trató de tomar la escalera de acceso hace unos minutos y lo paré... —dijo Hassan.

—¿Estabas solo aquí arriba?

—Sí.

—Ahora —dijo poniéndole una mano en el hombro a Hassan— eres un fedayín.

Boca abajo, con los brazos y las piernas abiertos para tener mejor estabilidad, Dickstein fue avanzando por el techo, combado y sin salientes de donde asirse; además estaba resbaladizo por la lluvia. El *Coparelli* seguía siendo zarandeado por el oleaje y a Dickstein le era difícil mantenerse en el techo. Avanzó hacia una luz de navegación que había en la parte delantera para asirse a ella. Su avance era muy lento. Estaba a punto de alcanzar la luz cuando el barco se inclinó hacia un lado y volvió a perder el terreno ganado al deslizarse hasta el borde del techo. Por un momento quedó colgando a más de diez metros de altura sobre la cubierta. Luego el barco volvió a inclinarse y pudo subir nuevamente.

Hubo una angustiosa pausa.

El *Coparelli* se enderezó... y luego se inclinó hacia el lado de la luz, de forma que él aprovechó para deslizarse hacia ella. Pero el barco se levantó entonces de popa, el techo volvió a inclinarse y a pocos centímetros de distancia volvió a perder la posibilidad de agarrarse. De nuevo, trató de pegarse a la superficie para evitar el deslizamiento, y de nuevo llegó hasta el borde; pero esta vez fue su brazo derecho el que quedó colgando y la metralleta se le cayó del hombro y fue a parar a un bote salvavidas.

El barco volvió a inclinarse de nuevo hacia la luz y Dickstein se encontró deslizándose con creciente velocidad hacia ella. Esta vez la alcanzó y se agarró a ella con las dos manos. La luz se encontraba a treinta centímetros del borde delantero. Inmediatamente debajo, estaba la ventana delantera del puente. El vidrio estaba roto y vio asomar dos cañones de escopeta.

Dickstein, estaba aferrado a la luz, pero su cuerpo se desplazaba de un lado a otro, víctima del oleaje. Vio que en la parte delantera del techo, a diferencia de los demás lados, había una angosta canaleta de acero para impedir que la lluvia cayera sobre el vidrio. Soltó una mano de la luz de navegación, y se dejó llevar a favor del movimiento del barco hasta la canaleta, a la que se agarró con la punta de los dedos. Entonces imprimió un movimiento de vaivén a las piernas y... adentro. Cayó de pie en el centro del puente. Dobló las rodillas para amortiguar el golpe de la caída y luego se enderezó. Había perdido la metralleta y no pudo sacar a tiempo ni la pistola ni el cuchillo. En el puente había dos árabes, uno a cada lado de él, con ametralladoras haciendo fuego sobre la cubierta. Cuando Dickstein cayó en el puente, ellos se habían vuelto inmediatamente hacia él, anonadados.

Dickstein estaba algo más cerca del que se encontraba a babor. Aprovechando el momento de desconcierto, le dio una patada en el codo que le paralizó el brazo con que manejaba el arma. Luego saltó hacia el

otro y antes de que le pudiera apuntar con la ametralladora le asestó el más brutal doble golpe que conocía:
con los nudillos golpeó la barbilla del árabe y a continuación, con los dedos rígidos, le dio de lleno en la garganta.

Antes de que el hombre cayera, Dickstein lo tomó
por la chaqueta y lo hizo girar poniéndolo entre él y el
otro hombre, quien, en ese momento, cogía el arma.
Dickstein levantó al hombre muerto y lo arrojó hacia
su compañero al tiempo que éste abría fuego. El cuerpo muerto recibió las balas, dio contra el otro árabe,
que perdió el equilibrio, se inclinó hacia atrás y finalmente cayó sobre la cubierta de abajo.

En la caseta de derrota había un tercer hombre,
montando guardia al pie de la escalerilla que bajaba. En
los tres segundos durante los cuales Dickstein había estado en el puente el hombre se había puesto de pie y se
había dado la vuelta. Ahora Dickstein acababa de reconocer a Yasif Hassan.

Dickstein se agachó y dio una patada a la puerta
rota que estaba entre él y Hassan, que se deslizó por la
cubierta pegándole a éste en los pies. Fue suficiente
para hacerle perder el equilibrio, y mientras intentaba
recuperarlo Dickstein se desplazó.

Hasta ese momento, había actuado como una máquina, reaccionando reflexivamente ante todo cuanto
se le presentaba, dejando que el entrenamiento y el instinto le guiaran; pero ahora, enfrentado al enemigo de
todo lo que él había amado más en su vida, se sintió poseído por el odio ciego y la ira enloquecida.

Eso le dio más velocidad y fuerza.

Tomó el brazo con que Hassan sostenía el arma por
la muñeca y el hombro y dándole un tirón hacia abajo
se lo rompió contra su rodilla. Hassan dio un grito y el
arma cayó. Volviéndose apenas, Dickstein llevó el codo
hacia atrás y golpeó a Hassan justo por debajo del oído.

Antes de que el árabe se desplomara, Dickstein le tomó del pelo, por detrás, tirándole la cabeza hacia atrás, y le dio una patada en la nuca. En ese momento su cabeza dio un respingo. Tras un chasquido desapareció la tensión de los músculos y la cabeza del hombre cayó muerta sobre los hombros.

Dickstein le soltó y el cuerpo se desplomó.

Se quedó mirando el cuerpo inofensivo exultante de alegría.

Después vio a Koch.

El ingeniero estaba atado a una silla, con la cabeza caída, pálido como la muerte, pero consciente. Tenía sangre en las ropas. Dickstein sacó el cuchillo y cortó las sogas que ataban a Koch. Entonces vio las manos del hombre.

—¡Dios mío! —dijo.

—Sobreviviré —murmuró Koch. No se levantó de la silla.

Dickstein levantó la ametralladora de Hassan y miró el tambor. Estaba casi completo. Avanzó sobre el puente y localizó la sirena.

—Koch —dijo—, ¿puedes levantarte de esa silla?

El hombre se levantó, vacilante. Entonces Dickstein se le acercó y le sostuvo, conduciéndole a través del puente.

—¿Ves este botón? Quiero que cuentes lentamente hasta diez, luego te apoyas sobre él.

Koch sacudió la cabeza para tratar de despejarse.

—Creo que puedo hacerme cargo.

—Empieza ya.

—Uno, dos...

Dickstein bajó por la escalerilla y salió a la segunda cubierta, la que él mismo había limpiado de hombres. Aún estaba vacía. Siguió bajando, y se detuvo justo ante la escalera que daba al comedor. Se imaginó que los fedayines restantes debían de estar ahí, de espaldas, contra la pared, haciendo fuego a través de los ojos de buey y de las puertas. Quizá uno o dos guardaban la escalera. No había forma segura de tomar ese puesto defensivo tan fuerte.

¡Vamos, Koch!

Dickstein había intentado pasar uno o dos segundos escondido en el acceso a la escalera. En cualquier momento uno de los árabes podía mirar hacia arriba y vigilar. Si Koch se había desvanecido tendría que volver y...

La sirena sonó.

Dickstein saltó. Estaba disparando antes de caer. Había dos hombres cerca del pie de la escalera. Tiró sobre ellos primero. El fuego desde fuera iba *in crescendo*. Dickstein se volvió, se agachó para evitar las balas y disparó a los fedayines que estaban cerca de la pared. De repente Ish apareció desde abajo, Feinberg se presentó en el vano de una puerta disparando y Dovrat, herido, entró por otra. Y luego, como si hubieran recibido una señal, todos dejaron de disparar, y se hizo el silencio.

Todos los fedayines estaban muertos.

Dickstein, aún de rodillas, inclinó la cabeza exhausto. Pasado un momento se puso de pie y miró a sus hombres.

—¿Dónde están los otros? —dijo.

Feinberg le miró de forma significativa.

—Creo que hay alguien en la cubierta de popa, me parece que es Sapir.

—¿Y el resto?

—Eso es todo. El resto ha muerto.

Dickstein dio un puñetazo contra el tabique.

—Qué precio —dijo quedamente.

Miró hacia fuera por el maltrecho ojo de buey y vio que ya era de día.

17

Hacía un año el BOAC de propulsión a chorro en el cual Suza estaba sirviendo la cena había comenzado súbitamente a perder altura sobre el océano Atlántico sin que se supiera por qué. El piloto había dado la señal de que se abrocharan los cinturones. Suza trató de calmar al pasaje diciendo que se trataba sólo del mal tiempo, y mientras ayudaba a unos y a otros a ajustarse los cinturones pensaba: Vamos a morir. Todos vamos a morir.

Ahora sentía lo mismo.

Habían recibido un corto mensaje de Tyrin: «Los israelíes atacan», luego silencio. En ese momento Dickstein estaba bajo las balas. Podría estar herido, podría haber sido capturado, podría estar muerto... Suza no podía soportar esa tensión, sin embargo trató de dominarse y con una amplia sonrisa le dijo al radiotelegrafista:

—Menudo equipo tiene usted aquí.

El radiotelegrafista del *Karla* era un hombre corpulento, de pelo canoso, original de Odesa. Se llamaba Alexandr, y hablaba un inglés pasable.

—Cuesta cien mil dólares —dijo orgulloso—. ¿Usted entiende de radios?

—Un poco... Trabajé de azafata. —Había dicho

«trabajé» sin pensarlo, y ahora se preguntaba si en realidad esa etapa estaba concluida—. He visto a los pilotos usar las radios. Sé lo básico.

—En realidad aquí hay cuatro radios en una —explicó Alexandr—. Una toma el radiofaro del *Stromberg,* otra escucha a Tyrin en el *Coparelli,* la tercera recibe la transmisión regular del *Coparelli* y la cuarta es oscilante. Mire.

Le mostró un dial cuya aguja se desplazaba lentamente.

—Busca un transmisor y se detiene cuando encuentra uno —dijo Alexandr.

—Es increíble. ¿Lo inventó usted?

—Lamentablemente yo soy radiotelegrafista no inventor.

—¿Y se puede transmitir en cualquiera de ellas simplemente llevando la palanca a TRANSMISOR?

—Sí, en morse o simplemente hablando. Pero, naturalmente, en esta operación no hablamos por radio.

—¿Tuvo que estudiar mucho para convertirse en radiotelegrafista?

—No mucho. Es fácil aprender el código morse. Pero para ser el radiotelegrafista de un barco uno debe saber cómo hacer una reparación —bajó la voz— y para ser un radiotelegrafista del KGB hay que ir a la escuela de espías. —El hombre rió.

Suza rió a su vez pensando: Vamos, Tyrin, y entones se le concedió el deseo.

Llegaba un mensaje. Alexandr escribía y al mismo tiempo le dijo a Suza:

—Es Tyrin. Que venga Rostov, por favor.

Suza dejó el puente de mala gana; quería saber qué se decía en el mensaje. Se apresuró al comedor, con la esperanza de encontrar a Rostov tomando café, pero el lugar estaba vacío. Bajó a la otra cubierta y se dirigió a al camarote del ruso. Golpeó a la puerta.

El hombre masculló algo al otro lado y ella abrió la puerta. Rostov estaba en calzoncillos, lavándose en una palangana.

—Tyrin está enviando un mensaje —dijo Suza, y se dio la vuelta para irse.

—Suza.

Ella se volvió.

—¿Qué me dirías si yo te sorprendiera en ropa interior?

—Le diría que se fuera —respondió Suza.

—Espérame afuera.

La joven cerró la puerta pensando: Paciencia.

—Disculpe —dijo cuando él salió.

—No tendrías que haber sido tan poco profesional —dijo Rostov con una sonrisa de compromiso—. Vamos.

Suza le siguió hasta la cabina de radiotransmisión, que estaba inmediatamente debajo del puente, en lo que hubiera tenido que ser la cabina del capitán. A causa de la cantidad de elementos, había explicado Alexandr, no era posible poner al radiotelegrafista en el espacio adyacente al puente, como era la costumbre. Suza imaginó que ese arreglo tenía la ventaja adicional de aislar la radio de la tripulación, puesto que en el barco había marineros regulares y agentes del KGB.

Alexandr había transcrito el mensaje de Tyrin. Y se lo dio a Rostov, que lo leyó en inglés.

«Los israelíes han tomado el *Coparelli*. El *Stromberg* está en el lugar. Dickstein vivo.»

Suza casi se desmaya de alegría. Se dejó caer en una silla. Nadie notó nada. Rostov ya estaba enviando su respuesta a Tyrin: «Atacaremos a las seis mañana.»

El alivio que había sentido antes se desvaneció. Dios mío, ¿qué hago ahora?, pensó.

Nat Dickstein se quedó en silencio, con una gorra marinera prestada mientras el capitán del *Stromberg* leía las palabras del servicio religioso para los muertos, levantando la voz para hacerse oír por encima del rugido del viento, la lluvia y el mar. Uno por uno, los cuerpos envueltos en lienzos fueron arrojados por la borda: Abbas, Sharrett, Porush, Gibli, Bader, Remez y Jabotinsky. Siete de los doce habían muerto. El uranio era el metal más costoso del mundo.

Antes había habido otro funeral. Cuatro fedayines habían sobrevivido: tres estaban heridos, el cuarto había sido presa del pánico y había salvado la vida escondiéndose. Después de haberlos desarmado, Dickstein les permitió que rindieran homenaje a sus muertos. Veinticinco cuerpos fueron lanzados al mar. Se apresuraron a realizar su ceremonia bajo la mirada vigilante —y las armas— de tres israelíes, que si bien entendieron que esa cortesía debía ser extensiva al enemigo no tenían por qué simpatizar con ellos.

Mientras tanto, el capitán del *Stromberg* trajo a bordo todos los papeles de su barco. El equipo de obreros que debía hacer los cambios en el *Coparelli* para que pareciera el *Stromberg* estaba ocupado en reparar los daños causados por la batalla. Dickstein les había dicho que sólo repararan lo que fuera visible desde la cubierta; el resto tendría que esperar hasta que llegaran a puerto. Estaban pues en el trabajo de rellenar agujeros, reparar el aparejo y reemplazar los vidrios rotos y piezas metálicas con material proveniente del sentenciado *Stromberg*. Un pintor bajó por una escala para borrar el nombre de *Coparelli* del casco y colocarle las letras ya preparadas de *Stromberg*. Cuando hubo terminado, pintó los mamparos y el maderamen de la cubierta. Todos los botes salvavidas del *Coparelli* que quedaron destrozados en la batalla fueron destruidos y tirados por la borda, y subieron los del *Stromberg*. La nueva bomba de aceite, que el *Stromberg* traía, fue instalada en la máquina del *Coparelli* siguiendo las instrucciones de Koch.

El trabajo sólo se había detenido para la ceremonia del entierro. En cuanto el capitán pronunció las palabras finales, comenzó de nuevo. Hacia el final de la tarde, la máquina se hizo oír. Dickstein permanecía en el puente con el capitán, mientras se levantaba el ancla. La tripulación del *Stromberg* pronto se ubicó en el nuevo barco, que era idéntico al anterior. El capitán marcó el rumbo y ordenó zarpar a toda máquina.

Prácticamente todo había terminado, pensó Dickstein. El *Coparelli* había «desaparecido», el barco en que ahora navegaban era el *Stromberg*, que pertenecía legalmente a la Savile Shipping. Israel tenía su uranio, y nadie sabía cómo lo había conseguido. Se habían tomado todas las disposiciones necesarias con cada una de las personas en cada eslabón de la operación, excepto Pedler, que era aún el propietario legal del óxido de uranio. Era el único que podía arruinar todo el plan si se le ocurría ser curioso u hostil. Papagopoulos se estaría ocupando de él en este mismo momento. Dickstein le deseó buena suerte.

—Estamos en perfectas condiciones —dijo el capitán.

El experto en explosivos de la caseta de derrota levantó una palanca de su radiodetonador, luego todos miraron hacia el *Stromberg*, que ya estaba a más de una milla. Se produjo un estruendo, y el barco se partió por el centro. Sus tanques de combustible ardieron y el anochecer tormentoso fue iluminado por una gran llamarada que se elevaba al cielo. Dickstein se sentía satisfecho ante el espectáculo de aquella destrucción. El *Stromberg* comenzó a hundirse, despacio al principio y luego pareció ser engullido por el agua. La chimenea asomaba por encima del agua por un momento, como el brazo levantado de un hombre que se ahoga, y no quedó rastro de la embarcación.

Dickstein esbozó una sonrisa y se dio la vuelta.

Oyó barullo. El capitán también. Fueron hacia un lado del puente y se asomaron: Entonces comprendieron.

Abajo, sobre cubierta, los hombres lo estaban celebrando.

Franz Albrecht Pedler estaba sentado en su oficina, en las afueras de Wiesbaden, y se rascaba la cabeza blanca como la nieve. El telegrama de Angeluzzi e Bianco desde Génova, traducido del italiano por la secretaria políglota de Pedler, era perfectamente claro y al mismo tiempo totalmente incomprensible: «POR FAVOR AVISE EN BREVE SOBRE LA FECHA DE LA NUEVA ENTREGA ESPERADA DEL ÓXIDO DE URANIO.»

Por lo que él sabía no había habido ninguna dificultad con la fecha fijada previamente para la entrega, que era un par de días antes. Evidentemente Angeluzzi e Bianco sabían algo que él ignoraba. Él ya había telegrafiado a los encargados del embarque: «¿HAY DEMORA CON EL ÓXIDO DE URANIO?» Se sentía un poco molesto con ellos. No cabía duda de que tendrían que haberle informado al mismo tiempo que a la compañía receptora si había algún retraso. Pero quizá se hubieran cruzado los telegramas. Durante la guerra Pedler ya se había formado la opinión de que jamás se podía confiar en que un italiano hiciera lo que debía. Creía que podían haber cambiado, pero por lo visto no era así.

Permaneció ante la ventana, mirando caer la tarde sobre el pequeño complejo de su fábrica. Casi se arrepentía de haber comprado el uranio. El convenio con el ejército israelí, firmado, sellado y enviado mantendría a su empresa para el resto de sus días, en adelante no necesitaría especular.

Su secretaria vino con la respuesta ya traducida: «*COPARELLI* VENDIDO A LA SAVILE SHIPPING DE ZÚRICH QUE AHORA ES RESPONSABLE DE SU CARGAMENTO. LE ASEGURAMOS TOTAL CONFIANZA EN LOS COMPRADORES.» Seguía el número de teléfono de la Savile Shipping y las palabras: «HABLE CON PAPAGOPOULOS.»

Pedler le devolvió el telegrama a su secretaria.

—¿Quiere hacer la llamada a Zúrich y preguntar por ese Papagopoulos, por favor?

Pocos minutos más tarde ella volvía.

—Papagopoulos le llamará a usted enseguida.

Pedler consultó su reloj. Supongo que es mejor que espere su llamada y aclare bien todo esto de una vez.

Papagopoulos llamó diez minutos más tarde. Pedler le dijo:

—Me dicen que usted es responsable de mi cargamento a bordo del *Coparelli*. He recibido un cable de los italianos que me preguntan por la próxima fecha de entrega. ¿Hay alguna demora?

—Sí —respondió Papagopoulos—. Usted tendría que haber sido informado, lo lamento mucho. —El hombre hablaba un excelente alemán, pero aun así era evidente que no era de origen germano. También era evidente que no lamentaba tanto como decía el que Pedler no estuviera debidamente informado. Continuó—: El *Coparelli* sufrió una avería en la bomba de aceite en alta mar. Ya se la han cambiado. Estamos tomando disposiciones para que su cargamento sea entregado lo antes posible.

—Bien. ¿Qué debo contestar a Angeluzzi e Bianco?

—Ya les he mandado decir que les haré saber la nueva fecha de entrega en cuanto yo mismo la sepa —dijo Papagopoulos—. Por favor, déjelo usted en mis manos. Les mantendré informados a los dos.

—Muy bien. Adiós.

Es extraño, pensó Pedler mientras colgaba. Mirando por la ventana vio que todos los trabajadores se habían ido. El lugar de estacionamiento estaba vacío, sólo quedaban su Mercedes y el Volkswagen de su secretaria. ¡Qué diablos!, era hora de irse a su casa. Se puso la chaqueta. El uranio estaba asegurado. Si se perdiera, tendría su dinero de vuelta. Apagó las luces de la oficina, ayudó a su secretaria a ponerse el abrigo, luego se metió en su coche y se fue a su casa donde le aguardaba su mujer.

Suza Ashford no pudo cerrar los ojos en toda la noche.

Una vez más la vida de Dickstein estaba en peligro. Una vez más ella era la única que podía advertírselo. Y esta vez no podía engañar a los demás para que la ayudaran...

Tenía que arreglárselas sola.

Era simple. Tenía que ir al cuarto de radio del *Karla*, librarse de Alexandr, y llamar al *Coparelli.*

Nunca podré hacerlo pensó. El barco está lleno de gente del KGB. Alexandr es un hombre corpulento. Es imposible. No puedo hacerlo. Nathaniel...

A las cuatro de la mañana se puso los pantalones vaqueros, un suéter, botas y un impermeable. Cogió la botella de vodka que había encontrado en el comedor —«para ayudarme a dormir»— y se la metió en un bolsillo del impermeable.

Tenía que saber cuál era la posición del *Karla.*

Fue al puente. El primer oficial le sonrió.

—¿No puede dormir? —le preguntó en inglés.

—Demasiadas emociones —le dijo con su mejor sonrisa de azafata del tipo «No es nada, señor. Sólo son turbulencias, no se preocupe. ¿Tiene bien ajustado el cinturón?»—. ¿Dónde estamos?

El primer oficial le mostró la posición en el mapa y la presunta posición del *Coparelli.*

—¿Cómo se diría en números? —preguntó Suza.

El oficial le dijo las coordenadas, el curso y la velocidad del *Karla.* La joven repitió los números una vez en voz alta y dos veces más en silencio, tratando de grabárselos en la mente.

—Es fascinante —dijo con vivacidad—. En un barco cada uno tiene su especialidad... ¿Cree que alcanzaremos al *Coparelli* a la hora señalada?

—Oh, sí, y entonces ¡*bum*!

Suza miró hacia delante. Estaba completamente negro, no había estrellas, ni luces de barcos a la vista. El tiempo estaba empeorando.

—Está temblando —dijo el primer oficial—. ¿Tiene frío?

—Sí —respondió la joven, aunque no era el frío lo que la hacía temblar—. ¿A qué hora se levanta el coronel Rostov?

—Hay que llamarlo a las cinco.

—Voy a tratar de dormir otra hora.

Bajó al cuarto de radio. Alexandr estaba allí.

—¿Usted tampoco podía dormir? —le preguntó.

—No, mandé a mi segundo a la cama.

La joven miró el equipo.

—¿Ya no se escucha nada más del *Stromberg*?

—La aguja se ha detenido. O encontraron al radiofaro, o han hundido el barco, esto último es lo más probable.

Suza se sentó, sacó la botella de vodka y la destapó.

—Tome un trago. —Le alcanzó la botella.

—¿Tiene frío?

—Un poco.

—Le tiembla la mano. —Alexandr tomó la botella y se la llevó a los labios tomando un buen trago—. Gracias. —Se la devolvió.

Suza bebió a su vez para darse coraje. Era áspero vodka ruso y le quemaba en la garganta, pero tuvo el efecto deseado. Le puso la tapa y aguardó a que Alexandr le diera la espalda.

—Cuénteme cómo es la vida en Inglaterra —dijo él en tono confidencial—. ¿Es verdad que los pobres se mueren de hambre mientras que los ricos engordan?

—No hay muchos que se mueran de hambre —contestó Suza. Vuélvete de espaldas, maldito seas, date la vuelta. No puedo hacerlo mirándote—. Pero hay una gran desigualdad.

—¿Hay leyes diferentes para los ricos y los pobres?

—Hay un dicho: «La ley prohíbe a los ricos y a los pobres por igual robar pan y dormir bajo los puentes.»

—En la Unión Soviética todos somos iguales, pero algunos gozan de privilegios —dijo Alexandr riendo—. ¿Ahora vivirá en Rusia?

—No lo sé.

Suza abrió la botella y se la pasó de nuevo. Alexandr tomó otro trago y se la devolvió.

—En Rusia no va a poder vestirse así.

El tiempo pasaba demasiado rápidamente, tenía que hacerlo ahora. Se puso de pie para coger la botella. Su impermeable estaba abierto. De pie ante él, echó la cabeza hacia atrás para beber de la botella, sabiendo que Alexandr estaría mirándole los senos que se adivinaban bajo su suéter ajustado. Le permitió que se solazara, luego agarró fuertemente el cuello de la botella y le pegó con todas sus fuerzas sobre la cabeza. El operador de radio se quedó mirándola obnubilado. Ella pensó: ¡No se cae! Los ojos no se le cerraban. ¿Qué puedo hacer? Vaciló, apretó los dientes y volvió a pegarle.

Se le cerraron los ojos y se hundió en la silla. Suza lo cogió de los pies y tiró de él. Al caer de la silla golpeó con la cabeza contra la cubierta, asustando a la joven, pero ésta pensó: Mejor, así le durará más el efecto.

Lo arrastró hasta un armario, mientras respiraba con dificultad, en parte por el miedo, en parte por el esfuerzo. Sacó del bolsillo de sus pantalones un trozo de soga que había cogido en la popa y le ató los pies. Luego le dio la vuelta y le ató las manos detrás de la espalda.

Tenía que meterlo dentro del armario. Echó una mirada a la puerta. ¡Dios, no permitas que llegue nadie ahora! Le metió los pies dentro, luego luchó con el cuerpo pesado tratando de levantarlo. Consiguió enderezarlo a medias, pero cuando trató de deslizarlo hacia dentro del armario se le fue de las manos. Se puso por detrás para volver a intentarlo. Lo cogió por debajo de las axilas y lo levantó. Así era mejor; pudo apoyarlo contra su pecho mientras trataba de agarrarlo con firmeza. Consiguió volver a enderezarlo un poco, luego lo cogió a la altura del pecho y fue empujándolo de lado. Tuvo que meterse en el armario con él, luego soltó y logró salir por debajo del cuerpo de Alexandr.

El radiotelegrafista había quedado en posición de sentado, con los pies contra un lado del armario, las rodillas dobladas y la espalda contra el lado opuesto. Le revisó las ataduras: estaban perfectas. ¡Pero podía gritar! Miró alrededor en busca de algo para taparle la boca. No veía nada que le fuera útil. No podía salir a buscar algo afuera porque entretanto él podía volver en sí. Lo único que se le ocurrió fueron sus medias.

Tardó una eternidad en quitárselas. Tuvo que sacarse las botas que le habían prestado, los pantalones y por fin las medias; volvió a ponerse los pantalones y las botas, y luego hizo una pelota con el tejido de nailon y lo introdujo en la boca del muchacho.

No podía cerrar la puerta del armario. Por el codo de Alexandr. Sus manos atadas descansaban sobre el suelo del armario y, a causa de esa posición, los brazos sobresalían. Por mucho que empujara e hiciera fuerza con la puerta el codo le impediría cerrarla. Finalmente tuvo que volver a meterse con él en el armario y doblarlo ligeramente de costado de modo que quedara un poco inclinado hacia la pared. Ahora el codo ya no molestaba.

Le miró todavía un momento. ¿Cuánto tiempo permanecía la gente en ese estado? No tenía idea. Sabía que debía pegarle de nuevo, aunque tuviera miedo de matarlo. Fue a buscar la botella, la levantó sobre su cabeza, pero se arrepintió en el último momento. Dejó la botella en el suelo y cerró con fuerza la puerta del armario.

Miró su reloj de pulsera y dio un grito ahogado de desesperación. Eran las cinco menos diez. El *Coparelli* pronto aparecería en la pantalla del radar del *Karla*, Rostov estaría ahí y ella habría perdido su oportunidad.

Se sentó ante el tablero de transmisión y pasó la palanca a TRANSMITIR, eligió el equipo que ya estaba sintonizado en la longitud de onda del *Coparelli* y se inclinó sobre el micrófono:

—Llamando a *Coparelli*; responda, por favor.

Aguardó.

Nada.

—Llamando a *Coparelli*; responda, por favor.

Nada.

—Maldición, Nat Dickstein, háblame, ¡Nathaniel!

Nat Dickstein estaba en la bodega central del *Coparelli* mirando los tambores de arenosa mena metálica que habían costado tanto. No tenían ningún aspecto especial, simplemente grandes tambores negros, de aceite con la palabra PLUMBAT pintada en los lados. Le hubiera gustado abrir uno y tocar el contenido, sólo para saber cómo era al tacto, pero las tapas estaban herméticamente selladas.

Se sentía suicida. En lugar de la alegría de la victoria, sólo tenía desazón. No podía regocijarse por los terroristas que había matado, sólo podía lamentarse por sus propios muertos.

Recordaba la batalla, como si hubiese transcurrido durante una noche de insomnio. Si le hubiera dicho a Abbas que abriera fuego en cuanto pisara la cubierta, quizá hubiese podido distraer la atención de los fedayines el tiempo suficiente como para que Gibli pasara sobre la borda sin ser disparado. Si él hubiera ido con tres hombres a tomar el puente con granadas al comienzo de la lucha, el comedor hubiera podido ser tomado antes y se hubieran salvado las vidas. Sí... Pero había cientos de cosas que hubiera hecho de forma diferente de haber podido anticiparse al futuro, o si simplemente hubiera sido más astuto.

Bueno, Israel tendría ahora bombas atómicas para proteger su futuro. Ni siquiera ese pensamiento le alegraba. Hacía un año le habría estremecido. Pero hacía un año no conocía a Suza Ashford.

Oyó un ruido y levantó la vista. Era como si hubiera gente corriendo por la cubierta.

Suza le había cambiado. Le había enseñado a esperar de la vida algo más que una batalla victoriosa. Cada vez que había pensado en este día, cuando anticipaba cómo se sentiría después de haber dado este tremendo golpe, ella siempre había estado presente en ese soñar despierto, esperándole en alguna parte, lista para compartir su triunfo. Pero Suza no estaría ahí. Nadie más estaría. Y no había alegría en una celebración solitaria.

Ya había mirado esos tambores bastante. Trepó escaleras arriba fuera de la bodega, preguntándose qué hacer con el resto de su vida. Emergió en la cubierta. Un marinero le avistó.

—¿Señor, Dickstein?

—Sí. ¿Qué quieres?

—Hemos estado buscándole por todo el barco, señor... Es la radio, alguien está llamando al *Coparelli*. No hemos respondido señor, porque se supone que no somos el *Coparelli*, ¿no es verdad? Pero ella dice...

—¿Ella?

—Sí, señor, se oye con mucha claridad, habla, no utiliza el código morse. Parece muy cerca. «Háblame, Nathaniel», y cosas así, señor.

Dickstein cogió al marinero por la chaqueta:

—Dice: ¿Nathaniel? —gritó—. ¿Ella dijo Nathaniel?

—Sí, señor, disculpe, si...

Pero Dickstein ya corría hacia el puente.

La voz de Nat Dickstein llegó a través de la radio:

—¿Quién está llamando al *Coparelli*?

De pronto Suza se quedó sin habla. Oír su voz después de todo lo que había pasado, la hacía sentir débil y desvalida.

—¿Quién está llamando al *Coparelli*?

—Oh, Nat, al fin —pudo decir la joven.

—¿Suza? ¿Eres tú? ¿Suza?

—Sí, sí.

—¿Dónde estás?

—Estoy con David Rostov —trató de ir al grano— en un barco ruso llamado *Karla*. Toma nota. —Le dio la posición, rumbo y velocidad, tal como se lo había dicho el primer oficial—. Eso era a las cuatro y diez de la mañana. Nat, este barco va a embestir al tuyo a las seis.

—¿Embestir? ¿Por qué? Oh, bueno...

—Nat, me cogerán ante el transmisor en cualquier momento. ¿Qué vamos a hacer, rápido?

—Tienes que hacer algo exactamente a las cinco y media que les distraiga y les mantenga ocupados aunque sea por unos minutos.

—¿El qué?

—Préndele fuego a algo, grita «hombre al agua», cualquier cosa...

—Bueno, lo intentaré...

—Haz lo que puedas. Quiero que todos estén ocupados, que crees confusión entre ellos y nadie sepa que debe hacer. ¿Todos son del KGB?

—Sí.

—Bueno, ahora...

La puerta de la cabina de radiotransmisión se abrió. Suza pasó la palanca a TRANSMITIR y se silenció la voz de Dickstein justo cuando David Rostov entró.

—¿Dónde está Alexandr? —preguntó.

—Salió a tomar un café —dijo Suza tratando de sonreír—. Me he quedado yo a cargo de la radio.

—Pedazo de estúpido... —dijo, y salió indignado.

Suza pasó la palanca a RECIBIR.

—Oí eso —dijo Nat—. Mejor que trates de desaparecer hasta las cinco y media.

—Espera —gritó Suza—. ¿Qué vas a hacer?

—¿Hacer? Voy a buscarte.

—¡Oh, Gracias!

—Te amo.

Cuando cortó la comunicación con Nat, comenzó a llegar un mensaje en morse de otro sector. Tyrin seguramente había escuchado toda la conversación palabra por palabra, y ahora trataría de alertar a Rostov. Ella se había olvidado de advertir a Nat sobre Tyrin.

Podía intentar volver a comunicarse con Nat, pero sería muy arriesgado, y Tyrin conseguiría pasar su mensaje a Rostov en el tiempo que tomaría a los hombres de Nat revisar el *Coparelli*, localizar al ruso y destrozar su equipo. Y cuando el mensaje de Tyrin llegara a Rostov, éste sabría que Nat venía y se prepararía para ello.

Debía bloquear el mensaje.

También tenía que huir.

Decidió estropear el aparato.

¿Cómo? Todos los cables debían de estar detrás de los paneles; tendría que sacar uno. Necesitaba un destornillador. Rápido, rápido, ¡antes de que Rostov volviera porque podía encontrar a Alexandr! Encontró las herramientas de Alexandr en un rincón y sacó un pequeño destornillador. Quitó los tornillos de dos esquinas del panel. Impaciente, se metió el destornillador en el bolsillo y forzó el panel tirándolo con las dos manos. Adentro había un montón de cables semejantes a fideos sicodélicos. Cogió un puñado y tiró de ellos. No sucedió nada, había tirado de demasiados juntos, y no tenía fuerza suficiente. Eligió uno y tiró hasta sacarlo. Furiosamente siguió tirando de los cables hasta que quince o veinte quedaron colgando. Todavía seguía el tableteo del código morse. Derramó entonces los restos del vodka en el interior del aparato. El morse se interrumpió y todas las luces del panel se apagaron.

Se oyó un golpe dentro del armario. Alexandr debía de estar volviendo en sí. Bueno, de todos modos, en cuanto viera la situación del aparato se darían cuenta de todo.

Salió cerrando la puerta.

Bajó la escalerilla y salió a cubierta, tratando de pensar dónde podría esconderse y qué haría para crear confusión entre aquellos hombres. No era cuestión de gritar «hombre al agua», seguramente no le creerían después del destrozo causado en la radiotransmisión. ¿Soltar el ancla? No sabía cómo hacerlo.

¿Qué haría Rostov ahora? Buscaría a Alexandr en la cocina, en el comedor, en su camarote. Al no encontrarlo, volvería al cuarto de transmisión, y después la buscaría a ella por todas partes. Era un hombre metódico. Empezaría por la proa y registraría toda la cubierta principal, luego mandaría un grupo a revisar cubierta por cubierta empezando desde arriba y terminando en la parte inferior del barco.

¿Cuál era la parte más inferior? La sala de máquinas. Ése tendría que ser su escondite. Entró y fue siguiendo las escaleras que conducían abajo. Tenía el pie en el primer peldaño cuando vio a Rostov.

No tenía idea de dónde le salieron las fuerzas para hablar.

—Alexandr volvió a la sala de transmisión. Yo volveré arriba en un minuto.

Rostov asintió malhumorado y se dirigió a donde estaba el equipo de radiotransmisión.

Suza enfiló directamente hacia abajo, pasó dos cubiertas y llegó a la sala de máquinas. El segundo ingeniero estaba de guardia por la noche. Se quedó mirándola al ver que entraba y se aproximaba a él.

—Éste es el único lugar cálido del barco —dijo ella alegremente—. ¿Le importa si le hago compañía?

El hombre parecía desconcertado, y dijo despacio:

—No sé... hablar inglés... Lo lamento.

—¿Usted no habla inglés?

Él negó con la cabeza.

—Tengo frío —dijo Suza, y simuló un temblor. Extendió las manos hacia las máquinas palpitantes—. ¿Están calientes?

El hombre estaba más que feliz de tener la compañía de la hermosa chica en la sala de máquinas.

—*Okey* —dijo asintiendo vigorosamente.

Continuó mirándola, con expresión de agrado, hasta que se le ocurrió que quizá podría demostrar cierta hospitalidad. Miró alrededor, luego sacó un paquete de cigarrillos de su bolsillo y le ofreció uno.

—Habitualmente no fumo, pero voy a aceptarlo —dijo Suza tomando un cigarrillo. El hombre se lo encendió. La joven levantó la vista para mirar a la escotilla a medias esperando ver aparecer a Rostov. Luego consultó su reloj. ¡Parecía mentira que fuesen ya las cinco y veinticinco! No tenía tiempo de pensar. Debía hacer algo. Gritar «hombre al agua», tirar el ancla, provocar un incendio.

Provocar un incendio.

¿Con qué?

Tenía que haber combustible diesel, o algo así en la sala de máquinas.

Echó un vistazo a la máquina. ¿De dónde venía el combustible? Vio una masa de tuberías y caños. ¡Concéntrate, concéntrate! ¿Los motores de los barcos serían iguales que los de los coches? No, a veces empleaban combustible de camión. ¿Qué clase de barco era éste? Se suponía que era un barco veloz, de modo que quizá llevara nafta, recordaba vagamente que las máquinas que funcionaban con nafta eran más costosas de mantener, pero alcanzaban una mayor velocidad. Si era un motor de ese tipo, tendría que ser similar al de su coche. ¿Tendría cables que conducían a las bujías? Ella había cambiado una bujía una vez.

Se quedó pensando. Sí, era como un coche. Tenía seis bujías, con cables aislados que iban hasta una especie de distribuidor. En algún lado tenía que haber un carburador, que era un dispositivo pequeño que alguna vez se obstruía...

Por el tubo llegó una voz que ladraba en ruso y el ingeniero se aproximó para responder. Estaba de espalda a Suza.

Tenía que hacerlo ahora.

Había algo de aproximadamente el tamaño de una lata de café con una tapa sostenida sólo por un tornillo central. Podía ser el carburador. Se estiró sobre la máquina y trató de quitar el tornillo con los dedos, pero éste no se movió. Un sólido caño de plástico se introducía en la pieza. Lo cogió y tiró de él. No pudo quitarlo. Recordó que tenía el destornillador de Alexandr en el bolsillo de su impermeable. Lo sacó y comenzó a pinchar el caño con la parte afilada. El plástico era grueso y duro. Hincó el destornillador con todas sus fuerzas. Produjo un pequeño corte en la superficie. Metió la punta del destornillador en la incisión y trató de hacer el agujero más grande.

El mecánico ingeniero llegó al tubo y habló en ruso. Suza sintió que el destornillador rompía el plástico y lo retiró. Un chorro de líquido salió por el agujero, y el aire se llenó de olor a nafta. Tiró el destornillador y corrió a la escalera.

Oyó que el ingeniero contestaba que sí en ruso y que asentía con la cabeza en respuesta a una pregunta de la voz del tubo. Siguió una orden. La voz estaba enojada. Cuando llegó al pie de la escalera miró hacia atrás. La cara sonriente del ingeniero se había transformado en una máscara de malignidad. Corrió escaleras arriba mientras él atravesaba la sala de máquinas para ir tras ella.

Al llegar al final de la escalera se dio la vuelta. Vio un charco de petróleo desparramándose sobre la cubierta, y el técnico subiendo el primer peldaño. Suza aún tenía en la mano la colilla del cigarrillo que él le había dado, la tiró hacia la máquina, apuntando al lugar por donde manaba el combustible fuera del caño.

No aguardó a verlo caer. Siguió subiendo. Su cabeza y sus hombros salían a la siguiente cubierta cuando se produjo una fuerte explosión y sintió una oleada de calor proveniente de abajo. Suza gritó. El fuego había prendido sus pantalones. Entonces luchó por sacarse el capote y se las ingenió para envolvérselo en torno a las piernas. Sofocó el fuego, pero el dolor aumentó.

Quería dejarse caer, pero sabía que si lo hacía moriría, además debía huir del fuego, y tenía que estar en algún lugar donde Nat pudiera encontrarla. Se obligó a permanecer de pie. Le ardían las piernas. Al mirárselas vio que las tenía destrozadas.

Dio un paso.

Podía caminar.

Continuó vacilante junto a la borda. Comenzó a sonar la sirena de alarma por todo el barco. Llegó al final del riel y se inclinó sobre la escalerilla.

Arriba, tenía que subir.

Levantó un pie, lo colocó en el peldaño inferior y comenzó el ascenso más duro de su vida.

18

Por segunda vez en veinticuatro horas Nat Dickstein cruzaba el vasto mar en una pequeña lancha para
abordar un barco enemigo. Estaba vestido como antes,
con salvavidas, impermeable y botas, y armado también como antes, con una metralleta, pistola y granadas. Pero esta vez iba solo y estaba aterrorizado.

A bordo del *Coparelli* se había discutido sobre qué
hacer después del radiomensaje de Suza. Su diálogo
con Dickstein había sido escuchado por el capitán,
Feinberg e Ish. Habían visto el júbilo en la cara de Nat,
y se habían sentido autorizados a pensar que su juicio
estaba distorsionado por la afectividad personal.

—Es una trampa —dijo Feinberg—. No pueden al-
canzarnos. Quieren que regresemos y les presentemos
batalla.

—Conozco a Rostov —dijo Dickstein—. Él espera
a que uno se confíe y entonces da el zarpazo. Esta idea
de atacar lleva su firma.

Feinberg estaba nervioso:

—Esto no es un juego, Dickstein.

—Escucha, Nat —dijo Ish en tono más razonable—.
Sigamos y estemos listos para la lucha si nos dan alcance. ¿Qué podemos ganar mandando un equipo de
asalto?

—Es que no voy a ir con ningún equipo de asalto. Voy solo.

—No seas idiota —dijo Ish—. Si tú vas, vamos contigo. No puedes tomar un barco tú solo.

—Si lo consigo, el *Karla* nunca podrá alcanzar este barco. Si me va mal, vosotros aún podréis luchar cuando el *Karla* os dé alcance. Y si el *Karla* realmente no puede alcanzar nuestro barco y esto es una trampa, seré el único en caer en ella. Es lo mejor.

—No creo que sea lo mejor —opinó Feinberg.

—Tampoco yo lo creo —afirmó Ish.

—Bueno —dijo Dickstein sonriendo—, yo sí, y es mi vida. Además, soy el oficial de mayor graduación aquí y yo doy las órdenes.

En consecuencia se vistió y se armó. El capitán le mostró cómo se manejaba la radio de la lancha y cómo mantener el rumbo para interceptar el *Karla*. Bajaron la embarcación. Dickstein descendió, puso en marcha el motor y se alejó.

Estaba aterrorizado.

Era imposible vencer solo a una tripulación entera del KGB. Sin embargo, no era eso lo que planeaba. No pelearía con nadie, si podía evitarlo. Subiría a bordo, se escondería hasta que comenzara el desbarajuste iniciado por Suza, luego la buscaría, y una vez la hallara, saldría del *Karla* con ella y huirían. Tenía una pequeña mina magnética que llevaba con él y la ubicaría en un costado antes de subir a bordo. Después, pudiera o no escapar, se tratara o no de una trampa, el *Karla* tendría un agujero lo suficientemente grande como para que le fuera imposible dar alcance al *Coparelli*.

Estaba seguro de que no se trataba de una trampa. Sabía que Suza estaba ahí, sabía que de algún modo estaba en poder de ellos, que había sido forzada a ayudarles, y que había arriesgado su vida para salvarle. Sabía que ella le amaba.

Y por eso estaba aterrorizado.

De pronto, quería vivir. Se le había acabado el goce de la sangre: ya no estaba interesado en matar a sus enemigos, derrotar a Rostov, frustrar los planes de los fedayines o desbaratar el ingenio de la inteligencia egipcia. Sólo quería encontrar a Suza, llevársela y pasar el resto de sus días con ella. Tenía miedo de morir.

Se concentró en la dirección de la lancha. Encontrar al *Karla* de noche no era fácil. Podía mantener un rumbo, pero tenía que calcular y tener en cuenta cuánto lo desviaban el viento y el oleaje. En quince minutos tenía que haber encontrado el barco, pero no lo veía por ninguna parte. Comenzó a zigzaguear, tratando desesperadamente de no perder el rumbo.

Estaba considerando la posibilidad de establecer contacto con el *Coparelli* para controlar su posición cuando, de pronto, el *Karla* surgió de la noche paralelo a él. Iba a mucha velocidad, le sería difícil alcanzarlo con la lancha. Dickstein tenía que llegar a la escala de popa antes de que el barco le sobrepasara, y al mismo tiempo evitar el choque. Se lanzó a toda máquina, desviándose bruscamente cuando el *Karla* avanzó hacia él, luego regresó y se acercó al barco cuando éste se inclinó hacia el otro lado.

Tenía lista una soga atada a su cintura. La escala estuvo por fin a su alcance. Puso el motor en punto muerto, dio un salto y trepó. Ahora el *Karla* se inclinaba de popa sumergiéndole hasta la cintura en el agua, que pronto le cubrió hasta los hombros. Respiró hondo mientras el agua le tapaba la cabeza. Le pareció que permanecía una eternidad debajo del agua, y el *Karla* seguía inclinándose hacia abajo. Cuando le pareció que sus pulmones le iban a reventar, por fin comenzó a levantarse lentamente. Salió a flote y respiró profundamente para llenarse los pulmones. Siguió subiendo unos cuantos peldaños, se desató la soga de su cintura y la aseguró a la escala para no correr el riesgo de que se le fuera la lancha que necesitaba para huir. La mina magnética estaba colgando de otra soga que llevaba cruzada en bandolera. La desató y la colocó en el casco del *Karla*.

El uranio estaba a salvo.

Se desprendió del capote y trepó.

El sonido del motor de la lancha era inaudible por el viento, el mar, y las propias máquinas del *Karla*, pero algo debió de atraer la atención del hombre que miró por la borda justo cuando Dickstein llegaba a nivel de la cubierta. Por un momento, el tipo se quedó mirándole sorprendido. Luego Dickstein estiró el brazo para que él le ayudara a subir. Instintivamente, el marino estiró el brazo y le ayudó. Dickstein pasó una pierna por encima de la baranda, usó su otra mano para aferrar el brazo tendido y arrojó al hombre al mar. Su grito quedó ahogado por el rugido del viento. Dickstein pasó la otra pierna por encima de la baranda y se agazapó sobre la cubierta.

Al parecer, nadie había presenciado el incidente.

El *Karla* era un barco pequeño, mucho más pequeño que el *Coparelli*. Había solamente una superestructura, situada en el centro de la cubierta, y dos cubiertas superiores. No llevaba grúas. La cubierta de proa tenía una gran escotilla sobre la bodega, pero no había bodega en la popa. Dickstein dedujo que las dependencias de la tripulación y la sala de máquinas debían ocupar todo el espacio inferior debajo de la popa.

Miró su reloj. Eran las cinco y veinticinco. Suza debía estar a punto de dar lugar a algún incidente que creara confusión.

Comenzó a caminar a lo largo de la cubierta. Las luces del barco iluminaban débilmente, por lo que cualquier hombre de la tripulación tendría que mirarlo dos veces para darse cuenta de que no era uno de ellos. Sacó el cuchillo de la vaina: no quería usar la pistola a menos que fuera imprescindible, pues el ruido del disparo alertaría a toda la tripulación.

Cuando llegaba a nivel de la superestructura, se abrió una puerta arrojando un cono de luz sobre la cubierta mojada por la lluvia. Dickstein desapareció en un ángulo y se pegó al mamparo de proa. Oyó dos voces que hablaban ruso. La puerta golpeó y las voces se alejaron. Los hombres se dirigieron hacia popa, bajo la lluvia.

A sotavento de la superestructura cruzó hacia babor y continuó hasta la popa. Se detuvo en un ángulo y, mirando cautelosamente alrededor, vio a los dos hombres cruzar la cubierta y hablar con un tercer hombre. Estuvo tentado de barrer a los tres con una ráfaga de metralleta. Tres hombres probablemente representaban una quinta parte de la oposición, pero decidió no hacerlo. Era demasiado temprano. Aún no estaba en marcha la acción de Suza y no tenía idea de dónde podía estar la joven.

Los dos hombres volvían por la banda de estribor y se metieron adentro. Dickstein fue hasta donde se encontraba el tercer hombre, quien parecía estar en guardia. El tipo le habló en ruso y él musitó algo ininteligible. El hombre le respondió con una pregunta. Dickstein ya estaba lo suficientemente cerca; saltó y le cortó la garganta.

Tiró al hombre por la borda y volvió atrás. Dos muertos, y aún no sabían que él estaba a bordo. Miró su reloj. Las agujas luminosas señalaban las cinco y media. Era hora de entrar.

Abrió una puerta y vio un pasillo vacío y una escalerilla que conducía arriba, presumiblemente al puente. Trepó por ella.

Del puente llegaban conversaciones en voz alta. Al llegar arriba vio a tres hombres: el capitán, el primer oficial y un segundo oficial, según intuyó. El primer oficial gritaba algo por el tubo de donde llegaba un ruido extraño. Mientras Dickstein sacaba la metralleta, el capitán bajó una palanca y comenzó a sonar una alarma en todo el barco. Dickstein apretó el gatillo. El tableteo del arma quedó en parte confundido por el aullido de la señal de incendio. Los tres hombres quedaron muertos en el lugar donde se encontraban.

Dickstein se apresuró a descender. La alarma tenía que significar que la acción de Suza había comenzado. Ahora, todo lo que él tenía que hacer era mantenerse con vida hasta encontrarla.

La escalerilla del puente llegaba a la cubierta en una conjunción de dos pasillos, uno lateral, que Dickstein había utilizado, y otro que recorría toda la superestructura. En respuesta a la alarma se abrían puertas de donde emergían hombres que corrían en ambas direcciones. Ninguno parecía armado: se trataba de una alarma de incendio, no de una llamada a tomar posición de combate. Dickstein decidió mezclarse entre ellos y disparar sólo si era imprescindible. Avanzó por el acceso central entre los hombres amontonados, gritándoles en alemán: «Háganse a un lado.» Ellos le miraban sin entender quién era ni qué estaba haciendo, confusos porque parecía tener autoridad. Uno o dos le hablaron y él les ignoró. Se oyó una orden que venía de algún sitio, y los hombres comenzaron a comportarse con coherencia. Dickstein llegó al final del pasillo y estaba a punto de bajar por la escalera cuando apareció el oficial que había impartido la orden y le lanzó una pregunta.

Dickstein se largó abajo.

En la cubierta inferior las cosas parecían estar mejor organizadas. Los hombres corrían en una dirección, hacia la popa, y un grupo de tres bajo la supervisión de un oficial estaba sacando una manguera de incendios enrollada en un mecanismo. Ahí, en un sitio donde el lugar se ampliaba para tener acceso a las mangueras, Dickstein vio algo que por un momento le trastornó y le nubló la vista de odio.

Suza estaba en el suelo, con la espalda apoyada contra un tabique. Tenía las piernas estiradas ante ella, los pantalones destrozados. Pudo verle la piel quemada y ennegrecida a través de los jirones. Oyó la voz de Rostov gritándole.

—¿Qué le dijo a Dickstein?

Éste saltó de la escalera a la cubierta. Uno de los hombres trató de cortarle el paso, pero él lo apartó de un golpe y saltó sobre Rostov.

En medio de su furia se dio cuenta de que no podía usar el arma en este espacio reducido porque Rostov estaba demasiado cerca de Suza. Además, quería matarlo con sus propias manos.

Lo cogió por los hombros y lo hizo volverse hacia él.

Rostov vio su cara.

—¡Tú!

Dickstein le golpeó primero en el estómago. El ruso se dobló sobre sí mismo y quedó sin aliento. Cuando inclinó la cabeza, Dickstein le dio un rodillazo en el mentón que le partió la mandíbula. Luego, con el mismo movimiento le pegó en la garganta de tal modo que le quebró la nuca, tirándolo de espaldas contra el mamparo.

Antes de que Rostov completara su caída, Dickstein se volvió de golpe, apoyó una rodilla contra el suelo para quitarse la metralleta del hombro, y con Suza arrinconada detrás de él disparó a tres hombres que aparecieron en el pasillo.

Se dio la vuelta de nuevo y levantó a Suza tratando de no tocarle la carne quemada. Se detuvo un momento a pensar. Evidentemente, el fuego se había declarado en la popa, o sea la dirección en que corrían todos. Si avanzaba ahora era menos probable que lo vieran.

Corrió a lo largo de la borda, luego la llevó escaleras arriba. Podía darse cuenta por cómo sentía el cuerpo de Suza que aún estaba consciente. Llegó al tope de la escalera y desde allí accedió a la cubierta principal, donde halló una puerta y salió.

En la cubierta había cierta confusión. Un hombre pasó corriendo junto a ellos en dirección a la popa; otro corría en dirección opuesta. Alguien estaba en la proa. En la popa había un hombre tirado en la cubierta con dos más inclinados sobre él; presumiblemente había sido dañado por el fuego.

Dickstein corrió hasta la escala que había usado para subir a bordo. Se acomodó el arma en el hombro, colocó a Suza sobre el otro hombro y pasó por encima de la borda. Al mirar a la cubierta mientras empezaba a descender, supo que le habían visto.

Una cosa era ver una cara extraña a bordo del barco, preguntarse quién podría ser y dejar las preguntas para más tarde porque estaba sonando la alarma de incendio, y otra muy distinta era ver que un tipo abandonaba el barco con una mujer sobre los hombros.

No había llegado a la mitad de la escala cuando comenzaron a dispararle.

Una bala pegó en el casco y rebotó pasando cerca de su cabeza. Miró hacia arriba y vio tres hombres reclinados sobre la baranda, dos de ellos con pistolas. Aferrándose a la escalera con la mano izquierda llevó la mano derecha a la pistola, apuntó hacia arriba e hizo fuego. Su objetivo era imposible, pero los hombres se retiraron.

Perdió el equilibrio.

Cuando la proa del barco se levantó, se balanceó a la izquierda, dejó caer la pistola al mar y se aferró a la escalera con la mano derecha. Su pie derecho se resbaló del peldaño y Suza comenzó a resbalársele del hombro izquierdo.

—Agárrate fuerte —le gritó sin estar seguro ya de si ella estaba o no consciente. Sintió que sus manos se asían del suéter, pero continuaba deslizándose, y ahora su peso mal equilibrado lo tiraba aún más a la izquierda—. ¡No! —volvió a gritar.

Suza se le resbaló del hombro y cayó al mar.

Dickstein se dio la vuelta, vio la lancha y saltó a ella.

La llamó por su nombre repetidas veces con creciente desesperación y finalmente oyó un grito por encima del sonido del viento. Se volvió a mirar y la vio asomar justo por encima del agua entre la lancha y el casco del *Karla*.

Estaba fuera de su alcance.

Suza volvió a gritar.

La lancha estaba atada al *Karla* por la soga, la mayor parte de la cual se encontraba apilada sobre la borda del bote. Dickstein cortó la soga con su cuchillo, y tiró el cabo suelto en dirección a Suza.

En el momento en que ella estiraba el brazo para atraparla, el oleaje volvió a levantarse y a tragarla de nuevo.

Arriba en la cubierta del *Karla* empezaron a dispararles otra vez.

Dickstein ignoró el fuego y recorrió con la vista la superficie del agua. Con el movimiento del barco y del bote las posibilidades de que los hombres acertaran eran relativamente escasas.

Pasados unos segundos que le parecieron horas, Suza volvió de nuevo a la superficie. Dickstein le arrojó la soga. Esta vez pudo atraparla y él tiró rápidamente para arrastrarla hacia la lancha, hasta que pudo inclinarse por encima de la borda y cogerla de las muñecas. Ya la tenía aferrada y por nada del mundo la hubiera soltado. Consiguió subirla a la lancha. Desde arriba una ametralladora abría fuego. Dickstein puso el motor en marcha y se arrojó sobre Suza para cubrirla con su cuerpo. La lancha se alejó del *Karla*, sin dirección precisa, atravesando las olas como una tabla de *surf* perdida.

Los disparos cesaron. Dickstein miró hacia atrás. El *Karla* había desaparecido de la vista.

Suavemente dio la vuelta al cuerpo de Suza temiendo por su vida. Tenía los ojos cerrados. Dickstein se puso al volante de la lancha, miró la brújula y le imprimió un rumbo aproximado. Se volvió luego hacia la radio del bote y llamó al *Coparelli*. Mientras esperaba que le contestaran, levantó a Suza hacia él y la sostuvo entre sus brazos.

A través del agua llegó un sonido sordo como una explosión distante: la mina magnética.

El *Coparelli* dio señales. Dickstein dijo:

—El *Karla* se está incendiando. Retrocedan y vengan a buscarme. Tengan lista la enfermería para atender a Suza. Tiene quemaduras graves. —Aguardó la respuesta y luego cortó.

Miró la cara inexpresiva de Suza.

—No te muevas —dijo—. Por favor, no te muevas.

Ella abrió los ojos y le miró. Abrió la boca, quería decirle algo. Dickstein inclino la cabeza sobre ella.

—¿Eres realmente tú? —preguntó Suza.

—Soy yo.

Ella sonrió.

—Me pondré bien.

Se oyó el sonido de una tremenda explosión. El fuego había alcanzado los tanques de combustible del *Karla*. El cielo quedó encendido durante unos minutos por una sábana de fuego, el aire se llenó de un ruido ensordecedor y la lluvia se interrumpió. Luego, repentinamente, el ruido y la luz se extinguieron, y también el *Karla*.

—Se hundió —dijo Dickstein a Suza.

La miró. Sus ojos se habían cerrado. Estaba inconsciente, pero aún sonreía.

EPÍLOGO

Nathaniel Dickstein abandonó su puesto en el Mosad y su nombre pasó a formar parte de la leyenda. Se casó con Suza y la llevó con él al *kibbutz*, donde cuidaban de las viñas durante el día y hacían el amor por la noche. En el tiempo libre organizó una campaña política para hacer que cambiaran las leyes de modo que sus hijos pudieran ser considerados judíos.

Tardaron en tener hijos. Estaban preparados para esperar: Suza era joven y él no tenía prisa. Las quemaduras de la joven nunca se curaron completamente. A veces, en la cama le decía: «Mis piernas son horribles», y él le besaba las rodillas y le contestaba: «Son hermosas, salvaron mi vida.»

Cuando el comienzo de la guerra del Yom Kippur tomó por sorpresa a las fuerzas armadas israelíes, Pierre Borg fue acusado por el servicio de inteligencia de no haber cumplido debidamente con su deber y renunció. La verdad era más complicada. La cuestión fue que el oficial de la inteligencia rusa llamado David Rostov —un hombre con aspecto envejecido que tenía que usar durante toda su vida un corsé de acero que le llegaba hasta el cuello— había ido a El Cairo y, comenzando con el interrogatorio y la muerte de un agente israelí llamado Towfik a comienzos de 1968, había in-

465

vestigado todos los acontecimientos de ese año y llegado a la conclusión de que Kawash era un agente doble. En lugar de que lo juzgaran y lo colgaran por ese delito, Rostov les había dicho a los egipcios cómo debían suministrarle información errónea, que Kawash, inocentemente, pasó a Borg.

Tras estos acontecimientos, Nat Dickstein debió abandonar su situación de retirado y ocupar el puesto de Pierre Borg durante la guerra. El lunes 8 de octubre de 1973, asistió a una reunión de urgencia del gabinete. Pasados tres días de guerra, los israelíes estaban terriblemente atribulados. Los egipcios habían cruzado el canal de Suez haciendo retroceder a los israelíes al Sinaí con graves pérdidas. En el otro frente, en los Altos del Golán, los sirios avanzaban, una vez más con graves pérdidas para los israelíes. La propuesta ante el gabinete fue tirar bombas atómicas sobre El Cairo y Damasco. Ni a los ministros más encarnizados les gustó la idea, pero la situación era desesperada y los estadounidenses no se decidían a proporcionarles por vía aérea armas que podían salvar la situación.

Cuando estaban a punto de aprobar el empleo de las armas nucleares, Nat Dickstein hizo su única contribución a la discusión:

—Podríamos decirles a los estadounidenses que tiraremos esas bombas el miércoles si no nos proporcionan las armas inmediatamente.

Y eso fue exactamente lo que hicieron.

El abastecimiento aéreo dio la vuelta al curso de la guerra, y más tarde se convocó una reunión de urgencia en El Cairo. Una vez más, nadie estaba a favor de la guerra nuclear en Oriente Próximo; una vez más, los políticos reunidos en torno a la mesa comenzaron a persuadirse de que no había alternativa, y una vez más, la propuesta fue interrumpida por una inesperada contribución.

Esta vez fueron los militares los que participaron. Puesto que sabían las propuestas que surgirían ante la reunión de presidentes, habían verificado su fuerza de ataque nuclear, listos para una decisión positiva, y hallaron que todo el plutonio de las bombas había sido reemplazado por virutas de acero. Se suponía que lo habían hecho los rusos, del mismo modo que habían arruinado el reactor nuclear de Qattara, antes de ser expulsados de Egipto en 1972.

Esa noche, uno de los presidentes habló con su esposa antes de quedarse dormido en la silla.

—Todo ha concluido —le dijo—. Israel ha ganado... Tienen la bomba, y nosotros no y ese solo hecho determinará el curso de la historia en nuestra región.

—¿Y qué pasa con los refugiados palestinos? —preguntó su esposa.

El presidente se encogió de hombros y comenzó a encender la última pipa del día.

—Recuerdo haber leído una historia en el *Times* de Londres..., debe de hacer unos cinco años. Decía que el ejército del País de Gales había puesto una bomba en la estación de policía de Cardiff.

—¿El País de Gales? —dijo su esposa—. ¿Dónde está?

—Es más o menos una parte de Inglaterra.

—Ya me acuerdo. Tienen minas de carbón y coros.

—Exactamente. ¿Tienes idea de cuánto hace que los anglosajones conquistaron a los galeses?

—En absoluto.

—Yo tampoco, pero debe de haber sido hace más de mil años, porque los normandos conquistaron a los anglosajones hace novecientos años. ¿Entonces...? Mil años... ¡y aún andan bombardeando los destacamentos de policía! Los palestinos serán como los galeses... Pueden bombardear Israel durante mil años, pero siempre serán los perdedores.

Su esposa levantó la vista hacia él. Todos estos años habían estado juntos y aún era capaz de sorprenderla. Había creído que nunca escucharía palabras semejantes de él.

—Te diré algo más —prosiguió él—. Tendrá que haber paz. No tenemos posibilidad de ganar, ahora, de modo que tendremos que trabajar por la paz. Ahora no; quizá no durante cinco o diez años. Pero llegará el momento, y entonces tendré que ir a Jerusalén y decir: «Basta de guerra.» Incluso se me reconocerá el mérito, cuando el tiempo pase. No he pensado pasar a la historia de esa manera, pero no estaría mal, después de todo. «El hombre que trajo la paz a Oriente Próximo.» ¿Qué dirías tú ante eso?

Su esposa se levantó de la silla y vino a tomarle las manos. Tenía los ojos llenos de lágrimas.

—Yo le daría gracias a Dios —respondió.

Franz Albrecht Pedler murió en 1974. Murió contento. Su vida había conocido algunos altibajos; después de todo había vivido el período más ignominioso de la historia de su país. Pero había sobrevivido y concluido sus días con felicidad.

Se había dado cuenta de lo que había pasado con el uranio. Un día de 1969 su compañía recibió un cheque por dos millones de dólares, firmado por un tal A. Papagopoulos, con una nota de la Savile Shipping: «Por el cargamento perdido.» Al día siguiente un representante del ejército israelí había llamado y le había llevado el pago por el primer embarque de materiales de limpieza. Cuando se iba el militar le había dicho:

—Por lo que respecta a su cargamento perdido, le agradeceríamos que no prosiguiera las averiguaciones.

En ese momento, Pedler comenzó a comprender.

—Pero ¿qué hago si Euratom me hace preguntas?

—Dígales la verdad —dijo el hombre—. El cargamento se perdió, y cuando usted trató de descubrir qué había sucedido, se encontró con que la Savile Shipping se había retirado de los negocios.

—¿Es verdad?

—Así es.

Y eso fue lo que Pedler le dijo a Euratom. Ellos le enviaron un investigador, y él les repitió la historia, que era absolutamente auténtica, pero no era toda la verdad de lo sucedido.

—Supongo que pronto se sabrá todo esto por los diarios —dijo Pedler al investigador.

—Lo dudo. Y no creo que demos difusión a la historia a menos que recabemos más información.

Naturalmente, no consiguieron más información. Al menos no en vida de Pedler.

Durante el Yom Kippur de 1974, Suza Dickstein comenzó a sentir los dolores de parto.

Conforme la costumbre del *kibbutz* donde vivían, el niño debía ser recibido por el padre, con una partera junto a él, para darle instrucciones y coraje.

El niño era pequeño, y se parecía a su padre. En cuanto se asomó al mundo, gritó. La vista de Dickstein se nubló mientras sostenía la cabeza del niño. Cuidó que el cordón umbilical no se enroscara en torno al cuello del pequeño y dijo:

—Ya casi está, Suza.

Ella hizo un esfuerzo más y salieron los hombros del niño. Lo demás fue fácil. Dickstein ató el cordón y lo cortó, luego —nuevamente de acuerdo con la costumbre local— puso al niño entre los brazos de su madre.

—¿Está todo bien? —preguntó.

—Perfecto —dijo la partera.

—¿Qué es?

—Es un niño —dijo Dickstein.

—¿Cómo lo llamaremos? ¿Nathaniel? —preguntó Suza un poco más tarde.

—Me gustaría llamarlo Towfik —contestó Dickstein.

—¿Towfik? ¿Es un nombre árabe?

—Sí.

—¿Por qué Towfik?

—Bueno —respondió Dickstein—, es una historia muy larga.